Beth Nugent
lebt in Evanston, Illinois.

BETH NUGENT

Stadt voller Jungs

STORIES

Deutsch von Thomas Gunkel

rororo

Rowohlt

Die Originalausgabe erschien 1992 unter dem Titel
«City of Boys» bei Jonathan Cape, London

Deutsche Erstausgabe
Veröffentlicht im Rowohlt Taschenbuch Verlag GmbH,
Reinbek bei Hamburg, Januar 1995

Umschlaggestaltung Susanne Heeder
(Foto: Bruce Davidson / Magnum)
Satz Garamond (Linotronic 500)
Gesamtherstellung Clausen & Bosse, Leck
Printed in Germany
1490-ISBN 3 499 13552 3

Stadt voller Jungs

Inhalt

Stadt voller Jungs

«Mein kleiner Schatz», sagt sie und kommt mit ihrem Gesicht so nahe, daß ich das feine Netz aus Falten sehen kann, das ihr Gesicht in einen verwitterten Stein verwandelt. «Du liebst mich doch, oder, du kleiner Schatz, kleines Lämmchen?»

Ich bin nicht sicher, ob sie überhaupt noch zuhört, aber ich antworte immer mit Ja. «Ja», sage ich immer, «ja, ich liebe dich.»

Sie ist Mutter und Vater für mich, Schwester, Bruder, Cousine, Geliebte. Sie ist alles, habe ich immer gedacht, was ein Mensch nur braucht auf der Welt. Sie ist alles, nur kein Junge.

«Jungs», sagt sie zu mir. «Jungs machen dich bloß kaputt.»

Ich weiß das. Ich beobachte sie an den Straßenecken, zusammengedrängt unter ihren blauen Rauchschwaden. Sie sind so nervös wie Insekten, immer führt irgendein Körperteil sinnlose, aufgeregte Bewegungen aus, ein Fuß trappelt, eine Kinnlade mahlt, ein Finger zieht Kreise auf dem Oberschenkel, die Augen wandern rastlos wie programmiert, hin und her, während sie vorbeigehende Frauen taxieren – sie wandern von den Brüsten zum Gesicht, zu den Beinen, zu den Brüsten. Sie stehen niemals still, und sie zucken und fahren zusammen, wenn ich vorbeigehe, aber trotzdem will ich sie. Ich will sie auf dem Rücksitz ihres Autos; ich will sie unter der Brücke, wo der Fluß die glitschigen Ufersteine überspült; ich will sie in den hinteren Reihen der Kinos und unter den Büschen und Bänken im Park.

«Jungs», sagt sie. «An Jungs solltest du nicht mal denken. Jungs würden dich nur dazu bringen, etwas zu tun, wovon du keine Ahnung hast, etwas, das du nie tun wolltest, wenn du wüßtest, worum es sich handelt. Ich weiß», sagt sie, «ich weiß eine Menge über Jungs.»

Sie ist alles für mich. Sie ist nicht meine Mutter, obwohl ich mir den Luxus geleistet habe, manchmal zu glauben, ich sei ihr Kind. Meine Mutter ist in Fairborn, Ohio, wo sie zusammen mit meinem Vater darauf wartet, daß ich nach Hause komme und einen Jungen heirate und daß ich mich zu der Frau entwickle, die ich ihrer Meinung nach noch werden kann. Fairborn ist eine Stadt voller Jungs und Parkuhren und der Air Force, aber vor allem ist es eine Stadt voll von meiner Mutter, und in meiner Vorstellung schwebt sie darüber wie eine Wolke aus radioaktivem Staub. Wenn ich zurückkehre, dann wird es zu ihr sein. Sie ist nicht der Grund dafür, daß ich weggegangen bin, sie ist nicht der Grund dafür, daß ich hier bin. Sie ist bloß etwas, das ich verlassen habe, wie all die anderen Dinge, die hinter uns herschleifen, wenn wir von Ort zu Ort gehen, von Geburt zu Geburt, von Entwicklung zu Entwicklung. Sie ist nur noch eine Brotkrume, nur noch eine Mutter in einer langen Reihe von Müttern, die dich loslassen, damit die Frau aus dir wird, die du werden mußt. Aber du kommst immer auf sie zurück.

Auch die Stadt, in der ich jetzt lebe, ist voller Jungs, und als ich hierhergekommen bin, bin ich durch Hunderte von Städten gekommen, und die waren alle voller Jungs.

«Jungs», sagt sie zu mir, «sind uninteressant, und wenn sie erwachsen werden, werden Männer aus ihnen, und dann werden sie noch uninteressanter.»

Auch das weiß ich. Ich sehe, wie Jungs ihre Tage verbringen, wie sie entweder herumstehen oder Basketball spielen oder damit beschäftigt sind, die ganze Zeit irgendeinen geisttötenden Sermon von sich zu geben, und ich kann meine eigenen Schlüsse daraus ziehen, worüber sie reden und zu welchen Höhen sie sich aufschwingen können, und ich sehe, was sie den ganzen Tag machen, aber trotzdem will ich sie.

Das eine Mal, als ich so getan habe, als ob sie ein Junge wäre, wußte sie Bescheid, weil ich die Augen zumachte. Ich mache nie die Augen zu, und als ich gekommen bin, haute sie mir ordentlich eine runter. «Ich bin kein Junge», sagte sie, «vergiß das bloß nicht. Du weißt, wer ich bin, und vergiß bloß nicht, daß ich dich liebe und daß kein Junge dich jemals so lieben könnte wie ich.»

Wahrscheinlich hat sie recht. Welcher Junge könnte mit ihrer nachlassenden Konzentration lieben? Wahrscheinlich könnte kein Junge jemals das erreichen, was sie mit jedem Tag, der zwischen uns tritt, losläßt, was sie in der langen Geschichte ihrer Liebe verloren hat.

Was ich manchmal tue ist, mich unter ihrem abwesenden Blick davonzustehlen.

«Wo gehst du hin, was hast du vor?» sagt sie dann, und ich schwelge in der Vorstellung, ich sei ein Kind, und gebe zur Antwort: «Nirgendwohin. Nichts.»

In ihrer völlig ungelenkten, berauschenden Sinnlosigkeit haben unsere Gespräche eine größere Tragweite, als wir beide imstande sind zu verkraften, gemeinsam oder jede für sich, und die schleppe ich heute hinaus auf die Straße, eine große Last, die hinter mir herschleift, während ich nach Jungs Ausschau halte.

Heute, sage ich zu mir, ist genau der richtige Tag, um etwas zu verlieren, Liebe und Unschuld, Illusionen und Erwartungen. Es ist ein Tag, den ich durchstreifen werde, bis ich genau den richtigen Jungen finde.

Da, wo wir wohnen, an der Upper West Side, sind die Straßen voller Puertoricaner, die den Frauen hinterherschauen. Sorgfältig mustern sie jede Frau, die vorbeigeht; sorgfältig fassen sie sie ins Auge, als ob sie irgendwie für ihr weiteres Vorhandensein auf der Straße verantwortlich wären. Nicht eine Frau geht vorbei, ohne von der langen Leine ihrer Blicke erfaßt zu werden.

Ohh, sssss, sagen sie. *Mira*, *mira*, und wenn eine Frau hinsieht, lächeln sie und zischen noch einmal durch ihre strahlendweißen Zähne. In ihren Augen spiegeln sich all die Frauen, die sie haben vorbeigehen und kochen und ihr schwarzes Haar kämmen sehen. All die Frauen, die sie mit ihren Händen berührt, und all die Frauen, die sie gekannt haben, leben in ihren

Augen und schimmern aus dem Dunkel hervor. Ihre Augen sind nur dazu geschaffen, Frauen in den Straßen zu sehen.

Da, wo wir wohnen, Ecke 83. West und Amsterdam, gibt es Kakerlaken und Ratten; aber das spielt alles keine Rolle, solange wir zusammen sind, sagen wir tapfer, voll Sehnsucht. Das spielt alles keine Rolle, sage ich und zertrample einen Kakerlaken, und sie, den Blick auf eine kurzbeinige Ratte gerichtet, die sich in dem langen Korridor in Richtung der kleinen Müllkammer gegenüber der Tür zu unserem Apartment davonmacht, stimmt zu, das spiele alles keine Rolle. Ich habe dem Hausmeister mal gesagt, daß sich das Ungeziefer in dem Gebäude vielleicht nicht so heimisch fühlen würde, wenn er den Müll draußen auf der Straße deponierte.

«Was ist Ungeziefer?» wollte er wissen.

Ungeziefer, sagte ich ihm, sind Ratten und Kakerlaken und riesige schwarze Käfer, die um den Toilettensitz herumkrabbeln, wenn man nachts das Licht anschaltet. Ungeziefer sind die ganzen Geräusche in der Nacht, das ganze Knacken und Kratzen und Trippeln in der Dunkelheit. «Keine Ratten», sagte er. «Vielleicht die eine oder andere Maus, und vielleicht bekommt man ab und zu mal Kakerlakeneier zu Gesicht, aber ich halte dieses Haus sauber.»

Gemeinsam beobachteten wir, wie ein großer, braungepanzerter Kakerlak versuchte, an der Wand an uns vorbeizukrabbeln. Keiner von uns beiden rührte einen Finger, um ihn totzuschlagen, doch als er stehenblieb und seine Fühler ausstreckte, donnerte der Hausmeister seine große Faust mit voller Wucht gegen die Wand. Er sah den toten Kakerlaken nicht an, aber ich konnte kaum meinen Blick von ihm wenden, völlig platt gedrückt, als wäre er auf seiner Hand glattgewalzt worden.

«Vielleicht hier und da ein Kakerlak», sagte er und schnipste den Kakerlaken auf den Fußboden, ohne ihn anzusehen, «aber ich halte dieses Haus sauber. Wenn ihr einen Mann im Haus hättet», sagte er und versuchte, an mir vorbei einen Blick in unser Apartment zu werfen, «dann hättet ihr vielleicht nicht solche Probleme mit Ungeziefer.»

Ich tat so, als ob ich nicht verstünde, was er meint, und ging ins Zimmer zurück. Der Mieterschutz wird in New York nicht bis in alle Ewigkeit in Kraft sein, und wenn er ausläuft und die ganzen Puertoricaner in die Bronx gezogen sind, werden wir einen Job finden müssen oder auf der Straße sitzen, aber solange wir zusammen sind, solange wir füreinander da sind...

«Wir werden immer füreinander dasein, oder?» sagt sie, zündet sich eine Zigarette an und kontrolliert, wie viele noch in der Packung sind.

«Ja», sage ich immer und frage mich, ob sie zuhört oder nur darin vertieft ist, Zigaretten zu zählen. Ich werde immer für dich dasein, sage ich. Es sei denn, denke ich, es sei denn, du verläßt mich, oder ich entwickle mich zu der Frau, die ich laut meiner Mutter immer noch werden kann.

Heute ist ein Tag voller Jungs. Sie sind überall, und ich sehe mir jeden von ihnen an, Jungs auf Motorrädern, Jungs in Autos, auf Fahrrädern, an Mauern gelehnt, zu Fuß unterwegs: Ich schau sie mir alle an, um zu sehen, welcher von ihnen in dieser Stadt voller Jungs mir gehört.

Ich bin nicht so jung, und sie ist nicht so alt, aber der Mieterschutz wird nicht bis in alle Ewigkeit in Kraft sein, und eines Tages werde ich eine Frau sein. Sie will, sage ich mir, nur mich. Manchmal denke ich, daß sie meine Mutter gewesen sein muß, so wie sie mich liebt, aber als ich sie gefragt habe, ob sie jemals meine Mutter gewesen sei, faßte sie meine kleinen Brüste an und sagte: Würde das deine Mutter tun? und ließ ihre Zunge über meine Haut gleiten und sagte: Oder das? Würde deine Mutter wissen, was du willst, mein Schatz? Ich bin nicht deine Mutter, sagte sie, ich hab dich in der Innenstadt von einer Matratze gestohlen, da, wo gleich um die Ecke die ganzen Alkis in Pisse und Wein rumliegen und um Hilfe rufen und niemand zuhört. Ich hab dir das erspart, sagte sie. Aber ich erinnere mich nur zu deutlich an die Reise hierher, in einem Auto voller Leute, die meisten von ihnen vollgepumpt mit Drogen, und ich erinnere mich daran, wie sie mich entdeckt hat, als ich direkt vor dem Pornokino Ecke 98. und Broadway stand, und sie machte sich direkt unter den Augen von etwa hundert neugierigen Puertoricanern mit mir aus dem Staub.

«Weiß deine Mutter, wo du bist?» fragte sie mich.

Ich lachte und sagte, meine Mutter wisse alles, was sie wissen müsse, und sie sagte: «Komm mit mir nach Hause. Da ist jemand, den ich dir vorstellen möchte.» Als sie mit mir bei sich zu Hause angekommen ist, brachte sie mich sofort zu einem großen, schweren Mann, der auf dem Sofa lag und fernsah.

«Tito, das ist Prinzessin Gracia», sagte sie, und Tito hob seinen großen Kopf vom Kissen hoch, um mich zu betrachten.

«Für mich sieht sie aber nicht nach einer Prinzessin aus», war alles, was er sagte.

Ich habe nie viel von Tito gehalten, und sie hat nie zugelassen, daß er mich anrührt, obwohl unser Apartment nur aus einem Zimmer besteht und er krank war vor Verlangen nach mir. Nachts, wenn sie miteinander fertig waren, kroch sie zu mir in meine Ecke herüber und flüsterte mir ins Ohr: «Schatz, du bist mein ein und alles.»

Während Tito nachts schnarchte, taten wir es immer mindestens einmal mehr als die beiden, und dann seufzte sie auf und sagte: «Mein kleiner Schatz, du bist die, die ich die ganze Zeit über haben wollte; trotz der ganzen anderen Jungs und Mädchen, die mich geliebt haben, hab ich immer nur nach dir gesucht, wollte ich dich haben.»

Solche Äußerungen sind es, die mich umbringen; solche Äußerungen sind es, die mich für sie eingenommen haben, und dazu die Tatsache, daß sie mich von den rauhen Straßen voller Jungs und Bullen und Taxis zu sich holte und daß sich, wo ich auch hinsah, die strengen Augen der Unschuld abwandten.

Während dieser ersten Zeit mit ihr hatte ich das Gefühl, als ob meine Mutter zusammengerollt in meinem eigenen Körper läge und mich gebärt. Jedesmal wenn sie mich herausgelassen hat, bin ich wieder in sie hineingekrochen.

Das große Auto hält am Gehsteig, und ich bücke mich, um zu sehen, ob sich Jungs darin befinden. Es ist voller Jungs, also sage ich: «He, kann ich mitfahren?»

«He», sagen sie. «He, die Lady will mitfahren. Wohin?» fragen sie.

«Oh», sage ich, «egal wohin.» Ich schaue, in welche Richtung sie fahren. «In den Norden der Stadt», sage ich, und dann schwingt die Tür auf, damit ich einsteige. Der älteste Junge ist wahrscheinlich sechzehn und hat gerade seinen Führerschein gemacht, und er fährt das Auto seiner Mutter, einen großen Buick oder Chevrolet oder Monte Carlo – das Auto einer Mutter. Jeder von den Jungs ist anders, aber als Jungs gleichen sie sich wie ein Ei dem anderen, und ich suche mir sofort den aus, den ich haben will. Es ist der, der mich nicht anschaut, und er ist der älteste, nur ein paar Jahre jünger als ich, und das Auto, in dem wir sitzen, gehört seiner Mutter.

«Wie wär's mit 'ner Party?» sagen die Jungs. «Wir wissen von einer guten Party im Norden der Stadt.»

«Mal sehen», sage ich. «Laßt uns in den Norden der Stadt fahren, und dann sehen wir weiter.»

Manchmal wache ich auf und sehe, wie sie sich auf ihren dünnen Knien an die kahle Wand lehnt, deren rauhe Ziegelsteine unter dem Putz freigelegt sind. Ich träume, daß sie darum betet, daß ich bei ihr bleibe, aber ich fürchte, daß es etwas anderes ist, worum sie betet, ein Anfang oder ein Ende oder etwas, wovon ich nichts weiß. Einmal ist sie ins Bett gekommen und hat ihren Kopf auf meine Brust gelegt, und ich spürte den Abdruck des Ziegelsteins auf der zarten Haut an ihrer Stirn.

Sie selbst ist nicht besonders religiös, obwohl das Apartment mit den Überbleibseln von Heiligen übersät ist – heiligen Reliquien der einen oder anderen Art: eine Haarsträhne des Jesuskindes, ein Stückchen Fingernagel des heiligen Paulus, ein Fetzen vom Kleid der Jungfrau Maria. Die sind noch übrig von Tito, der heilige Reliquien gesammelt hat, wie andere Leute Glückspfennige oder Streichholzbriefe sammeln, als eine Art

Vorbeugung gegen die unausgesprochene Ahnung irgendeines Unglücks. Doch hier, in diesem kleinen Apartment, in dem wir wohnen, sind sie nur im Weg, und ich habe ihr einmal vorgeschlagen, sie wegzuwerfen. Da hob sie ein Stück getrocknetes Kraut aus Gethsemane auf und sagte: «Ich glaube nicht, daß wir das Recht haben, sie wegzuwerfen. Tito hat sie ausfindig gemacht, und wenn wir sie wegschmeißen würden, wer weiß, was Tito dann zustieße? Ich meine, vielleicht funktionieren sie ja. Und außerdem», sagte sie noch, «bin ich nicht der Meinung, daß es in geistiger Hinsicht zweckmäßig ist, in absolut allen Dingen eine Skeptikerin zu sein.»

Als Tito gegangen ist, seine Reliquien wegen irgendeiner neuen Hoffnung im Stich gelassen hat, war sie ein oder zwei Tage lang niedergeschlagen, doch schließlich sagte sie, es sei wirklich für alle das beste, besonders für uns beide, für die einzigartige Realität, zu der unser beider Leben sich entwickelt habe. Tito hat gesagt, ihm werde übel davon, die ganze Zeit zuzusehen, wie zwei Lesben aufeinander rumturnen, obwohl ich glaube, daß er nur wütend war, weil sie nicht zugelassen hat, daß er mich anrührt. Ich war sehr dafür, ich wollte, daß er mich anfaßt. Deshalb bin ich in diese Stadt gekommen: damit jemand wie Tito mich anfaßt, jemand, für den Anfassen die ganze Realität des Daseins ist, jemand, der es nicht im Keller tut und denkt, er müßte dich heiraten, jemand, der es tut und nicht an die Herrlichkeit der Liebe denkt. Doch sie hat es nicht zugelassen. Sie sagte, wenn er mich jemals anrühre, schicke sie mich zu dem Pornokino in der 98. Straße zurück und lasse die Puertoricaner Hackfleisch aus mir machen, und was Tito betreffe, der könne dann zu Rosa zurückgehen, seiner Frau in Queens, und wieder anfangen, für die *Daily News* Zeitungen auszutragen und jeden Tag mit der U-Bahn zu fahren und heimzukommen und Rosa die ganze Nacht über telefonieren zu hören, statt an Straßenecken herumzuhängen und vor dem Schulhof mit den Männern Karten zu spielen, wie er es jetzt tue. Denn, sagte sie, denn sie zahle die Miete, und solange der Mieterschutz in New York in Kraft sei, werde sie weiter die Miete zahlen, und sie könne ganz glücklich und zufrieden allein wohnen, bis sie den richtigen Zimmergenossen gefunden habe. Einen, sagte sie und fingerte an dem glänzenden Satin von Titos Hemd herum, der die Miete zahlt.

Also hielt Tito Abstand und machte uns beide krank mit seinem Verlangen, und als sie schließlich aufhorte, mit ihm zu schlafen, und zu mir auf die Matratze auf dem Fußboden kam, da konnte sich selbst Tito vorstellen, daß es nicht mehr lange dauern würde, bis wir das Bett in Besitz nähmen und er sich auf den Fußboden verziehen müßte. Um sich das zu ersparen, sagte er eines Tages, daß er wohl so was wie das fünfte Rad in dieser Bude sei, hm?, und er habe eine nette puertoricanische Familie gefunden, die einen Mann im Haus brauche, und er denke, daß er einfach bei ihnen einziehen werde. Doch ich glaube, er versuchte nur, sein Gesicht zu wahren, weil er sich eines Tages, als sie weg war, um Zigaretten zu kaufen, vom Fernseher losriß und vom Sofa aufschwang, um mir zu sagen: «Weißt du, sie war schon mal verheiratet, weißt du.»

«Das weiß ich», sagte ich. «Ich weiß alles darüber.»

Sie zahlt die Miete von dem Unterhaltsgeld, das sie immer noch wegen ihrer Ehe erhält, und ich weiß alles darüber, und Tito hat mir nichts erzählt, was ich nicht schon gewußt hätte, also guckte ich wieder in die Zeitschrift, die ich gelesen habe, und wartete darauf, daß er zum Fernseher zurückgeht. Er sah mich weiter an, also stand ich auf, um aus dem Fenster zu sehen, ob sie zurückkommt und etwas für mich dabeihat.

«Was ich zu sagen versuche», sagte er, «was ich dir zu sagen versuche ist, daß du nicht die einzige bist. Das bist du nicht. Ich war auch ihr ein und alles, der, den sie immer gesucht hat. Ich war der vor dir, und du bist bloß die vor jemand anderem.» Ich sah sie um die Ecke 96. und Broadway biegen und konnte sehen, daß sie etwas in einer Tüte für mich dabeihatte, Doughnuts oder Kekse. Ich sagte nichts, schaute nur aus dem Fenster und zählte die Schritte, die sie bis zu unserem Gebäude machte. Sie war nach vorn gebeugt und hatte etwas Schlagseite zur Hauswand hin, so daß ich mir dachte, sie hat wohl in der Bar, wo sie immer ihre Zigaretten kauft, ein paar Drinks gehabt. Als ich hören konnte, wie ihr Schlüssel sich im Schloß der Haustür drehte, ging ich, um ihr die Tür aufzumachen, und da streckte Tito die Hand aus und packte mich am Arm.

«Hör mal zu», sagte er. «Hör einfach zu. Niemand ist jemals der einzige für niemanden. Mach dir doch nichts vor!»

Ich riß mich los und machte ihr die Tür auf. Als sie hereinkam, durchgefroren und durchnäßt, vergrub ich mein Gesicht in ihrem Haar und atmete den Geruch von Gin und Zigaretten ein und den ganzen Sinn meines Lebens.

Am nächsten Tag ging Tito, aber er kam nicht weit, weil ich ihn immer noch an den Straßenecken herumhängen sehe. Jetzt spiegeln sich all die Frauen, die er gekannt hat, in seinen Augen, aber vor allem sie, und wenn er mich ansieht, kann ich es nicht ertragen, sie da im Dunkel verloren zu sehen. Immer wenn ich an ihm vorbeigehe, lächle ich.

«He, Tiiiiiito», sage ich. «*Mira, mira*, hm?» Und seine ganzen Freunde lachen, während Tito sich den Anschein zu geben versucht, als hätte er sich das selbst ausgedacht, als hätte er mir diese Bemerkung irgendwie entlockt.

Ich denke, eines Tages wird Tito den Schlüssel, den er vergessen hat dazulassen, dazu benutzen, sich heimlich hereinzuschleichen und mich mit seinem erlahmenden Verlangen zu überziehen, mit seinem schwindenden Bedauern und seinen Enttäuschungen, und sie wird dann woanders hinziehen, weg von mir; aber der Mieterschutz wird in New York nicht bis in alle Ewigkeit in Kraft sein, und ich kann nicht bis zu den Anfängen und den Enden vorausdenken, um die sie betet.

Die Jungs im Auto lehnen sich aneinander und grinsen anzüglich und zucken wie gequälte Insekten, sie wechseln Blicke, von denen sie denken, daß sie viel zu raffiniert sind, als daß ich sie verstehen könnte, aber ich bin zu weit herumgekommen und habe zu viel erlebt, um auch nur einen einzigen davon zu übersehen. Wir fahren den Riverside Drive zu schnell hoch, so daß im Handumdrehen aus den besseren Vierteln Slums werden mit lauter Frauen in den Fenstern, mit farbenprächtigen Kleidern, die über Feuerleitern aufgehängt sind, und dem fröhlichen Lärm von Salsa-Musik, der wie ein dichter Dunstschleier über der Stadt liegt. Wie das Zirpen der Grillen, die sich in Ohio durch die Sommernächte schlängeln, bildet er den Grundton für alles andere.

«Also», sagt einer von ihnen, «wo willst du überhaupt hin?»

«Tja», sage ich. «Tja. Ich hab vorgehabt, in die Bronx Botanical Gardens zu gehen.»

Die Bronx Botanical Gardens sind kein Ort, zu dem es mich wirklich jemals hinziehen würde, aber ich glaube, daß es wichtig ist, zumindest in ihren Augen, die Illusion eines Fahrtziels aufrechtzuerhalten. Wenn ich ein bißchen selbstsicherer wäre, würde ich vorschlagen, daß wir die Fähre nach Staten Island nehmen und es dort im Park tun. Dann könnte ich an sie denken.

Als wir nach Staten Island gefahren sind, war es kalt und grau und windig. Wir kamen dort an, und es wurde uns bewußt, daß es dort wirklich nichts gab, was wir sehen wollten, daß auf Staten Island zu sein wirklich nicht viel anders war, als in Manhattan zu sein.

«Oder sonstwo», sagte sie und schaute eine Straße mit einer Galerie heruntergekommener Bekleidungsgeschäfte und Versicherungsbüros hinunter. Es war Sonntag, so daß alles fest verschlossen und niemand auf der Straße war. Schließlich entdeckten wir in der Nähe der Anlegestelle ein Restaurant, wo wir Coca-Cola und Kaffee tranken und sie Zigaretten rauchte, während wir darauf warteten, daß das Boot ablegt.

«Lesben», hat der Kellner zu einem anderen Mann gesagt, der an der Theke saß und einen Doughnut aß. «Was wollen wir wetten, daß das Lesben sind?»

Der Mann, der den Doughnut aß, drehte sich um und musterte uns.

«Jedenfalls sind sie nicht allzu aufregend», sagte er. «Kein großer Verlust.»

Sie lächelte und legte ihre Hand einen Augenblick lang auf meine Wange. Der Rauch ihrer Zigarette zog an meinen Augen vorbei in mein Haar.

«Was für ein unvergeßlicher Augenblick», sagte sie.

Auf der Rückfahrt beobachtete ich, wie der Wind ihr so ins Gesicht peitschte, daß ich es nicht wiedererkannte, und als ich die Aufmerksamkeit einiger Jungs auf der Fähre auf mich zog, sagte sie, ohne mich anzusehen oder ihren Blick von den Betonfalten des Kleids an den Füßen der Freiheitsstatue genau links von uns zu wenden: «Was du machst, ist deine Sache, aber erwarte nicht, daß ich dich bis in alle Ewigkeit liebe, wenn du so was tust. Ich bin», sagte sie und drehte sich um, um mir direkt ins Gesicht zu sehen, «nicht deine Mutter, weißt du? Alles, was ich bin, ist deine Geliebte, und nichts dauert ewig.»

Als wir die Fähre verließen, sagte ich: «Ich erwarte nicht, daß du mich bis in alle Ewigkeit liebst», und sie sagte, ich sei promiskuitiv und streitsüchtig, und dann zündete sie sich, während sie in die U-Bahnstation hinunterging, eine Zigarette an. Ich beobachtete sie dabei, und es kam mir so vor, als wäre es das erste Mal, daß ich sie von hinten sehe, wie sie von mir weggeht und einen langen blauen Rauchfaden hinter sich herzieht.

Es geht etwas vor sich mit den Jungs, etwas an ihrem Gesichtsausdruck hat sich verändert, die Art, wie sie ihre Zigaretten halten, die Art, wie sie sich mit den Ellbogen anstoßen. Es verändert sich etwas, als das Licht schwächer zu werden beginnt, und einer von ihnen sagt zu mir: «Wir haben ein Klubhaus im Norden der Stadt, hast du Lust mitzukommen?»

«Was für ein Klub», frage ich, «was macht ihr da?»

«Wir trinken Whisky», sagen sie, «und nehmen Drogen und gucken Fernsehen.»

Mein Junge, der, den ich mir in dieser ganzen Stadt voller Jungs ausgesucht habe, starrt aus dem Fenster, kaut auf einem Zahnstocher, den er irgendwo tief in seinem Mund festgeklemmt hat, und fährt mit seinem Finger über den glatten Kunststoff des Lenkrads. Ich merke an seiner Weigerung, mich zu fragen, daß er will, daß ich mitkomme. So stößt man, glaube ich, ins Innerste von Jungs vor, indem man in ihren Klub geht. Jungs sind wie Rudeltiere, und sie bilden immer Klubs. Es ist, als ob sie sich allein nicht zu helfen wissen. Das ist das einzige Naturgesetz des Menschen, das ich mit meiner begrenzten Lebenserfahrung beobachtet habe, das sich immer und immer wieder mit einer schlichten, banalen Beständigkeit abspielt: Da, wo es Jungs gibt, gibt es auch Klubs, und überall, wo es einen Klub gibt, ist er zwangsläufig voller Jungs, die auf der Suche sind nach den Vergnügungen, die ihnen einfach dadurch offenstehen, daß sie Jungs sind.

«Kann ich beitreten?» frage ich. Das ist das, was ich zu ihr zurückbringen werde, Zigaretten und einen Klub von Jungs. Dadurch wird sie für immer bei mir bleiben: daß ich ins Innerste von Jungs vorgestoßen und zu ihr zurückgekommen bin.

«Tja», sagen sie und lächeln süffisant und grinsen und kratzen sich. «Tja, es gibt eine Aufnahmeprüfung.»

Der älteste der Jungs ist jünger als ich, und doch denken sie alle, wie es Jungs überall tun, daß ich nicht annähernd so viel weiß wie sie, als ob es irgendwie einen Kurzschluß in meiner Aufnahmekapazität verursachen würde, daß ich eine Frau bin. Sie sprechen eine Sprache, von der sie glauben, daß nur Jungs sie verstehen können, doch ihre Sprache zu verstehen ist mein Schlüssel zum Erfolg, also lächle ich und sage: «Ich werde euch nicht alle ficken, weder einzeln noch auf einmal.»

Mein Junge schaut zu mir herüber und gestattet sich den Anflug eines coolen Lächelns, und ich bin verärgert darüber, daß er jetzt mehr Achtung vor mir hat, weil ich in der Lage bin, eine Sprache zu sprechen, die jeder Idiot erlernen könnte.

Zwischen uns gibt es keine trivialen Augenblicke; entweder wir sprechen gar nicht, oder wir sprechen alles aus. Heizkosten und Zahnpasta und Abendessen und die ganzen alltäglichen Dinge des Lebens kommen in der Zeit, in der wir zusammen sind, nicht zur Sprache. Ich bin mir bewußt, daß so eine Intensität nicht lange aufrechterhalten werden kann und daß jede kurze Abwesenheit in unserer Zeit ein Ende zwischen uns ankündigt. Sie sagt zu mir, daß ich sie niemals verlassen darf, aber ich weiß, daß sie es ist, die mich eines Tages zurücklassen wird mit ein bißchen Unterhaltsgeld, um die Miete zu bezahlen, solange der Mieterschutz in New York noch in Kraft ist, und ich werde sie die Straßen entlangbummeln sehen, sie in den Armen eines anderen sehen, und manchmal sage ich spätnachts, wenn sie Rauchringe auf meine Brüste bläst, zu ihr: «Verlaß mich nicht. Verlaß mich bloß nie.»

«Das Leben», sagt sie immer zu mir, «ist ein langer Abschied. Mach dir nichts vor, Kleines», sagt sie und lacht. «Du bist jedenfalls mein kleiner Schatz, wie könnte ich dich jemals verlassen, und wie könnte ich das verlassen» – sanfte Berührung meiner Haut – «und das, und das.»

Sie weiß, daß mich das jedesmal umbringt.

Ihr Klubhaus ist schmutzig und unordentlich, und überall liegen Matratzen und leere Bierflaschen und Tüten von McDonald's, und durch diese ganze Unordnung jagen mehr Kakerlaken, als ich mir in einem einzigen Haus hätte vorstellen können, mehr Kakerlaken, als es Jungs in dieser Stadt gibt, mehr Kakerlaken, als es Augenblicke der Liebe auf dieser Welt gibt.

Die Jungs gehen wichtigtuerisch hinein. Das ist ihr Klub. Sie sind Jungs aus New York City, sie nehmen Drogen, und sie haben einen Klub, und ich beobachte, wie sie sich verteilen und auf Matratzen setzen und den Fernseher anmachen. Ich bleibe in der Tür stehen und strecke die Hand aus, um nach dem Zipfel der Jacke zu grabschen, die mein Junge trägt. Er dreht sich teilnahmslos zu mir um.

«Wie wär's mit etwas frischer Luft?» sage ich.

«Laß mich erst high werden», sagt er, und er geht zu einem Stuhl hinüber, setzt sich, holt sein Besteck raus, macht den Stoff heiß, bindet sich den Arm ab und verbringt gut zwei Minuten damit, nach einer Vene zu suchen, in die er sich den Schuß setzen kann. Überall auf seinen Händen und Armen und wahrscheinlich auch auf seinen Beinen und Füßen und seinem Bauch sind Spuren des Scheiterns und des Verfalls, als wäre sein Körper nur für einen einzigen Zweck geschaffen und als hätte er sein Leben eifrig und ergiebig darauf verwandt, ihn systematisch nach geeigneten Stellen zum Fixen zu durchforsten.

Ich beobachte ihn, während die anderen Jungs sich ihren

Stoff verabreichen oder ihre Joints rollen oder ihre Pillen schlukken, und er bietet mir was davon an. Ich sage nein, ich wolle lieber einen klaren Kopf behalten, und wie es mit etwas frischer Luft wäre? Ich will nicht, daß er voll drauf kommt, bevor überhaupt irgendwas passiert ist, aber genau das ist meine Erfahrung mit Junkies, daß sie aus jeder Situation aussteigen, bevor überhaupt eine Situation entstanden ist.

«Laß uns das Auto nehmen», sagt er.

Du bist mein Schatz, sagt sie, und wenn du mich verläßt, wirst du dein ganzes Leben darauf verwenden, zu mir zurückzukommen. Mit ihrer Zunge und ihren Worten und dem ruhigen Streicheln ihrer Hand auf meiner Haut hat sie für mich alle Grenzen meines Lebens und meiner Liebe gezogen. Das ist die eine Liebe, die mich geschaffen hat und mich in sich schließen wird, und wenn sie mich verließe, wäre ich einsam, und ich würde lieber auf der Straße schlafen, mit ihrer Hand für immer zwischen meinen Beinen, als einsam zu sein.

Im Auto läßt der Junge seine Hand zwischen meine Beine gleiten und legt sie dann aufs Lenkrad. Die Luft ist kalt, die Straßen leer, und es ist spät. Jede Sekunde bringt mich tiefer in die Nacht hinein und fort von ihr; jede Sekunde schickt mich nach Hause. Wir fahren zum Inwood Park und klettern über den Zaun, so daß wir nur ein paar Meter vom Hudson entfernt sind.

«Hier ist es ganz anders als in Ohio», sage ich zu ihm, und er zündet sich eine Zigarette an.

«Wo liegt Ohio?»

«Gehst du nicht in die Schule?» frage ich ihn. «Hast du keinen Erdkundeunterricht?»

«Ich weiß alles, was ich brauche», sagt er und streckt die Hand aus, um mir die Bluse aufzuknöpfen. Junkies wissen, daß sie nicht viel Zeit haben, und Jungs wissen, wie man gleich zur Sache kommt. «Das ist sehr romantisch», sage ich, als seine eiskalten Finger meine Brustwarzen berühren. «Kommst du oft hierher?»

Was mir an diesem Jungen gefällt, ist, daß er ihn gleich reinsteckt. Er steckt ihn einfach rein, als ob er die ganze Zeit nichts anderes täte, als ob er ihn normalerweise nicht durch seine Finger oder zwischen die rauhen Lippen seiner Freundin gleiten lassen müßte. Er steckt ihn einfach rein und kommt wie nasse Seife, die aus einer Faust flutscht, und das ist genau das, was ich wollte. Das ist genau das, was ich wollte, sage ich zu mir, während ich über seine Schulter hinweg den bräunlichen Hudson dahinfließen sehe. Das ist genau das, was ich wollte, aber ich denke nur daran, wie es bei uns ist. Das ist genau das, was ich wollte, aber ich sehe nur ihr Gesicht den Fluß hinuntertreiben, ihre Augen, die aussehen wie vom Wasser eingefangene Funken des Mondlichts.

Es spielt keine Rolle mehr, was ich für wahr halte; es spielt keine Rolle mehr, was ich für unwahr halte. Es spielt keine Rolle mehr, was ich überhaupt glaube, weil es nur noch sie gibt. Wie ein über mein Denken gebreitetes Bild überlagert sie jeden meiner Gedanken. Sie sitzt am Fenster und schaut auf die Straße hinaus, als würde sie auf etwas warten, darauf, daß der Mieterschutz ausläuft, oder darauf, daß etwas anderes anfängt. Sie sitzt am Fenster, wartet auf etwas und läßt eine lange Schnur durch ihre Finger gleiten. In dem Licht vom Fenster her kann ich jeden Knochen ihrer Hand sehen. Sie bilden ein zartes Muster, das sich in der Haut und den Knochen ihres Handgelenks verliert.

«Ändere dich nie», sage ich zu ihr. «Ändere dich bloß nie.» Sie lächelt und läßt die Schnur von ihrer Hand herabhängen.

«Nichts bleibt jemals so, wie es ist», sagt sie. «Du bist alt genug, um das zu wissen, mein Schatz, oder? Beständigkeit», sagt sie, «ist nichts anderes als der Wunsch, daß alles so bleibt, wie es ist.»

Ich weiß das.

«Das Leben ist hart für mich», sagt der Junge. «Was fang ich schon mit meinem Leben an? Ich häng bloß den ganzen Tag rum oder fahre im Auto meiner Mutter spazieren. Das Leben ist so hart. Hier in dieser Stadt wird für mich immer alles das gleiche sein. Sie wird mich auffressen und wieder ausspeien, und ich könnte genausogut nie geboren sein.»

Er schaut poetisch über den Fluß.

«Ich wollte einen Jungen», sage ich, «und keinen Dichter.»

«Ich bin kein Dichter», sagt er. «Ich bin bloß ein Junkie, und du bist bloß eine Nutte. Du kannst zusehen, wie du heute nacht nach Hause kommst.»

Ich sage nichts und schaue zu, wie der Hudson dahinfließt.

«Tut mir leid», sagt er. «Na und? Dann bin ich eben ein Junkie, und du bist eine Nutte, und wennschon. Nichts ändert sich jemals. Außerdem», sagt er, «will mein Lehrer, daß ich ein bekannter Langstreckenläufer werde, weil ich im Sportunterricht schneller laufen kann als alle anderen. Das hat er gesagt.»

«Na, das hört sich doch nach einer vielversprechenden Karriere an», sage ich, obwohl ich mir den Lehrer in seiner ausgebeulten Trainingshose vorstellen kann, wie seine Erregung wächst, wenn er meinen Jungen anstarrt und ihm ein Extratraining nach der Schule anbietet. «Warum machst du das nicht?»

«Ich müßte das Rauchen aufgeben», sagt er. «Und Dope.»

Gemeinsam schauen wir auf den Fluß, und schließlich sagt er: «Also, es ist Zeit, daß ich das Auto meiner Mutter nach Hause bringe.»

«Das war alles?» frage ich ihn.

«Was hast du erwartet?» sagt er. «Ich bin bloß ein Junkie. In zwei Jahren bin ich wahrscheinlich nicht mal mehr in der Lage, einen hochzukriegen.»

«Schau her», sage ich, trete ein und gehe zum Fenster hinüber, wo sie sitzt. «Schau her. Ich bin eine Gezeichnete. Zwischen meinen Beinen ist Blut, und es stammt nicht von dir.»

Sie sieht mich an, richtet dann ihren Blick wieder auf das, womit sie beschäftigt war, bevor ich hereingekommen bin, und stößt Rauchringe aus, die an dem schmutzigen Fenster platt gedrückt werden. «Hast du mir ein paar Zigaretten mitgebracht?» fragt sie und drückt ihre in dem Aschenbecher aus, der auf der Fensterbank steht.

«Eine Gezeichnete», sage ich. «Siehst du das Blut denn nicht?»

«Ich sehe gar nichts», sagt sie, «und ich guck auch nicht hin, bevor ich nicht eine Zigarette kriege.»

Ich gebe ihr die Zigaretten, die ich vorher gekauft habe. Selbst als ich voll und ganz damit beschäftigt war, eine Frau zu werden, habe ich an die kleinen Dinge gedacht, die ihr Freude bereiten. Sie zündet sich eine an und atmet den Rauch ein, dann stößt sie ihn gleichzeitig durch Mund und Nase langsam wieder aus. Sie weiß, daß mich das umbringt.

«Siehst du's nicht?» frage ich.

«Ich sehe gar nichts», sagt sie. «Ich verstehe nicht, warum du das tun mußtest.»

Sie steht auf und sagt: «Ich geh jetzt ins Bett. Ich war den ganzen Tag und die ganze Nacht auf, und ich bin müde und will schlafen gehen, bevor die Sonne rauskommt.»

«Ich bin eine Gezeichnete», sage ich, während ich neben ihr liege. «Spürst du das nicht?»

«Ich spüre gar nichts», sagt sie, aber sie hält mich fest, und gemeinsam warten wir geduldig auf den Tagesanbruch. Sie ist alles für mich. In der Kühle des Morgens, bevor die düsteren Lichter der Stadt auf uns fallen, drehe ich mich zu ihrem Gesicht voller Schatten um.

«Ich bin eine Gezeichnete», sage ich. «Das bin ich.»

«Still», sagt sie und legt ihre dunkle Hand sanft auf meinen Mund, schiebt sie dann über meine Kehle zum Ansatz meiner Brust. Niemand in der ganzen Stadt merkt, daß sie das tut. Nirgends ändert sich das Geringste, als sie das tut.

«Still», sagt sie erneut.

Sie preßt ihre Hand auf mein Herz und berührt mein Gesicht mit ihrem und nimmt mich mit sich in die mutterlos werdende Nacht. Alle Augenblicke hören hier auf; dies ist der erste und der letzte, und das einzige Fleisch ist ihres, die einzige Berührung die ihrer Hand. Nichts sonst existiert, und gemeinsam drehen wir uns um unter dem Streicheln des Mondes und dem

Zischen der Sterne. Sie ist alles, was ich einmal sein werde, und gemeinsam werden wir zu jeder Erinnerung, die es jemals gegeben hat.

Cocktail Hour

Meine Mutter zieht in der Küche die Vorhänge zu, und das Licht im Raum reicht von einem eher matten, blassen bis zu einem dunklen Gelbton.

«Mensch», sagt sie und sitzt am Tisch. «Mannomannomann. Diesmal sterb ich wirklich.» Sie legt sich die Hand auf die Stirn. «Mensch», sagt sie noch einmal.

Mein Vater sieht ihr vom Herd aus zu, wo er Rühreier zubereitet. «Weißt du», sagt er schließlich, «wenn du nicht soviel rauchen würdest, hättest du auch nicht so einen fürchterlichen Kater. Guck mich an», sagt er, «ich hab nie einen Kater. Und weshalb?»

Er macht eine Pause, als erwarte er eine Antwort von ihr, obwohl sie sich durchschnittlich zweimal pro Woche über dieses Thema unterhalten. Meine Mutter sucht in der Tasche ihres Morgenrocks nach Zigaretten.

«Weil», sagt mein Vater triumphierend, «weil ich nicht rauche.» Er lächelt, und meine Mutter zündet sich ihre Zigarette an.

«Haben wir Kaffee?» sagt sie. Mein Vater legt den Pfannenwender hin und gießt ihr eine Tasse Kaffee ein; als er ihr die Tasse bringt, sehen sie sich einen Augenblick lang an, und sie nimmt sie ihm aus der Hand.

«Deine Eier brennen an», sagt sie, und er dreht sich um und blickt zum Herd hinüber. Meine Mutter sieht ihm zu, während er die Eier in der Pfanne herumschiebt.

«Ich weiß nicht», sagt er, «die Eier sehen schlecht aus.» Er hält sich die Pfanne unter die Nase und riecht. «Ich glaube, die Eier sind schlecht», sagt er.

Meine Mutter lehnt sich auf dem Stuhl zurück und zieht die

Zeitung zu sich herüber, als mein Vater ihr die Pfanne mit Eiern bringt.

«Was meinst du?» sagt er. «Meinst du, daß die Eier schlecht sind?»

Meine Mutter sieht sich die Eier an, schaut dann weg. «Ich weiß nicht», sagt sie. «Zeig mir bloß nichts zu essen.»

Mein Vater hält mir die Eier hin. In leuchtendgelbe Klümpchen und eine farblose Flüssigkeit unterteilt, sehen sie ein bißchen komisch aus, aber bevor ich irgend etwas sagen kann, streift er sie in den Abfall.

«So», sagt er. «Ich glaube, die Eier waren schlecht. Du wirst mit Corn-flakes vorliebnehmen müssen», verkündet er mir. «Falls wir welche haben.»

«Liebes», sagt meine Mutter zu mir. «Sei doch so gut und schau mal, ob einer von den Nachbarn eine Pepsi gegen meinen Kater hat.»

Heute ist Sonntag, in einer Welt, in der die Geschäfte noch nicht den ganzen Tag geöffnet haben. Und meine Eltern verstehen es, sich auf die Hilfe der Nachbarn zu verlassen – besonders bei neuen Nachbarn.

«Schau mal, ob sie auch ein paar Eier haben», sagt mein Vater.

«Mensch», sagt meine Mutter und drückt ihre Zigarette im Aschenbecher aus. «Laß die Eier, Liebes. Hol bloß die Pepsi.»

Mein Vater setzt sich an den Tisch, und sie zündet sich noch eine Zigarette an. Beide sehen sie zu, wie der Rauch durch das trübe Licht zieht.

Ich bleibe vor dem Küchenfenster stehen, um mich zu entscheiden, bei welchem Nachbarn ich es versuchen soll, und um zu hören, ob meine Eltern über mich reden, wenn ich weg bin. Sie haben nur ein paar Themen, über die sie sich unterhalten: die Cocktailparty, die sie erst kürzlich gegeben oder besucht haben, die Karriere meines Vaters, das Rauchen meiner Mutter und, seltener, mich. Ich kenne jede dieser Unterhaltungen auswendig.

«Weißt du», sagt meine Mutter. «Du solltest sie nicht überall um Eier bitten lassen. Sie hat noch nicht mal neue Freunde gefunden.»

«Tja», sagt mein Vater nach einer Weile, «ich verstehe nicht, wieso das unsere Schuld sein soll.»

Die Unterhaltung stockt hier einen Augenblick lang, und ich stelle mir vor, wie meine Mutter sich dem Kreuzworträtsel in der Zeitung zuwendet und mein Vater auf den Tisch starrt.

«Na ja», sagt meine Mutter schließlich, «sie ist in einem schwierigen Alter. Vielleicht war dieser Umzug keine so gute Idee.»

Mein Vater schweigt und überlegt sich, welches seiner vielen Gegenargumente er jetzt vorbringen soll. Immer wenn sie diese spezielle Unterhaltung führen, habe ich das Gefühl, als würde ich am Rande eines Waldes stehen, vor mir eine dunkle Mauer aus Bäumen, aber wenn ich mich umdrehe und zurückgehen will, stehen auch hinter mir Bäume, und zu beiden Seiten. Ich bin mir meines schwierigen Alters bewußt, obwohl es mir so vorkommt, als ob es kein Alter gegeben hat, das nicht schwierig war für mich, und keinen Zeitpunkt, zu dem ein Umzug eine gute Idee gewesen wäre. Es ist vielleicht möglich, daß das noch keine so große Rolle gespielt hat, als ich noch ein Baby war. Wenn ich unsere Kartons voller Schnappschüsse durchstöbere, finde ich Bilder von mir, ein fremdes Baby, das unbeholfen in fremden Armen gehalten wird, oder ein älteres, verlegen aussehendes Kind vor fremden Häusern in Gesellschaft von Kindern, deren Namen ich vergessen habe. Ich versuche, mich an einen einzelnen Herkunftsort zu erinnern, einen Ort, der mir wie mein Zuhause vorkommt, aber alles, was ich sehe, sind meine Eltern in Liegestühlen, wie sie in die Sonne lächeln, oder auf Cocktailpartys, wie sie fröhlich, mit leuchtenden Augen ihre Gläser erheben. Das sind die Bilder meiner Vergangenheit, und sie wechseln mühelos von Staat zu Staat, genau wie wir, fast ohne Mißtöne.

Die Viertel, in denen wir wohnen, sind alle gleich: schmucke, nahezu neue Häuser mit Auffahrten; innen sehen sie auch alle gleich aus, mit hellen Wänden und leichten, hohlen Türen. Jedes Schlafzimmer, das ich habe, sieht aus wie alle anderen

Schlafzimmer, die ich gehabt habe, und manchmal scheinen mir die Sachen, die ich besitze oder trage oder gern habe, genauso zu den Häusern zu gehören, in denen wir gewohnt haben, wie sie mir gehören. Die Firmen, für die mein Vater arbeitet, erledigen jedesmal den ganzen Umzug für uns, so daß am Umzugstag plötzlich ganze Zimmer auseinandergenommen werden und verschwinden, um in dem neuen Haus fast in der gleichen Anordnung wiederaufzutauchen. Eine Puppe, die ich seit meiner Kindheit habe, erhält den Vortritt vor mir, wird vorsichtig von dem Kissen auf meinem Bett gehoben, dann wieder darauf gelegt und immer von dem Möbelpacker getragen, der eine kleine Tochter zu Hause hat. Immer wenn ich ein neues Schlafzimmer betrete, ist sie schon da und starrt, das blonde Haar straff und ordentlich, mit ausdruckslosen Puppenaugen zur Tür.

In meinen neuen Schulen bitten meine Lehrer mich manchmal, der Klasse etwas Interessantes über meine früheren Wohnorte zu erzählen, und ich versuche, mich an etwas zu erinnern, aber in Wirklichkeit ist das Amerika, das ich gesehen habe, überall gleich: Franklin, New Jersey, unterscheidet sich aus meiner Sicht nicht im geringsten von Arlington, Virginia, oder Syracuse, New York. Die Häuser und die Nachbarn und die Straßen sind alle genau gleich, ohne sich auch nur so weit zu unterscheiden, daß sie mir dabei helfen könnten, mir etwas auszudenken.

Zum Schluß spielt mein Vater seine Trumpfkarte gegen meine Mutter aus, die darin besteht, daß er schließlich wegen seiner Arbeit umziehe, und die Arbeit mache er schließlich unseretwegen. Ihre Unterhaltung endet zuletzt so wie in den meisten Fällen, in einer Art beredtem Schweigen, und ich sehe mich um und frage mich, bei welchem Nachbarn die Wahrscheinlichkeit am größten ist, daß er eine Pepsi hat. Ich habe in dem Haus auf der gegenüberliegenden Straßenseite ein Mädchen ungefähr in meinem Alter gesehen, also fange ich dort an, und dieses Mädchen ist es, das mir die Tür öffnet. Sie sieht genauso aus, wie ich gern aussehen würde: glattes Haar, schöne lange Nase und lange, dünne Arme und Beine. Sie steht sichtlich auf der Schwelle zum Erwachsenenalter, und wie wir einander so gegenüberstehen, scheinen wir uns ungefähr vom gleichen Ausgangspunkt aus in genau entgegengesetzte Richtungen zu entwickeln. Das Zimmer hinter dem Mädchen liegt im Dunkeln, und sie sieht mich an, sagt aber nichts.

«Habt ihr vielleicht Pepsi da?» sage ich, aber sie starrt mich nur ausdruckslos an. «Die ist für meine Mutter», füge ich hinzu. «Sie hat einen Kater.»

Die Augen des Mädchens gleiten von meinem Gesicht zu meinem Oberkörper, zu meinen Beinen und Füßen, wandern dann wieder nach oben, meine Arme entlang, und beurteilen mein äußeres Erscheinungsbild.

«Nein», sagt sie schließlich, «wir haben keine Pepsi.»

Ich wende mich zum Gehen, aber sie macht die Tür etwas weiter auf und schaut an mir vorbei unser Haus an, als hätte sie irgend etwas darüber gehört; dann tritt sie einen Schritt zurück. «Du kannst reinkommen, wenn du willst», sagt sie.

Es ist das kleinste Haus im ganzen Block, und bei dem dunklen Zimmer hinter ihr handelt es sich um ein Wohnzimmer, das kaum benutzt aussieht, voll großer, schwerer Möbel und makellos polierter Tische.

«Meine Eltern sind noch nicht auf», sagt sie, «aber du kannst mit in mein Zimmer kommen.»

Von irgendwo im Haus ertönt ein Fernseher, und wir gehen die kurze Treppe zu einem höher gelegenen Stockwerk mit nur zwei Türen hinauf. In dem Zimmer, in das sie mich führt, liegt ein Junge auf einem der beiden Betten. Er hält ein Comic-Heft ein paar Zentimeter vor sein Gesicht und blickt nicht auf, als wir eintreten.

«Verschwinde, Tommy», sagt sie, und er läßt das Comic-Heft sinken. Er scheint etwa so alt wie sie zu sein, und seine langen Arme und Beine ragen linkisch aus seinem Baumwollpyjama hervor.

«Verschwinde du lieber», sagt er. Sie starren sich einen Augenblick lang an, und schließlich dreht das Mädchen sich um und geht hinaus. Tommy hält sein Comic-Heft wieder vors Gesicht. Comic-Bände liegen auf dem ganzen Bett und auf dem Fußboden rundherum verstreut, und ein paar brutale Umschlagbilder auf Glanzpapier hängen über seinem Kissen an der Wand. Auf der anderen Seite des Zimmers ist alles in kleinen Stößen an der Wand aufgestapelt.

Ich folge dem Mädchen nach unten in die Küche; das Geräusch des Fernsehers scheint aus dem Keller zu kommen, wo sich bei mir zu Hause das sogenannte Familienzimmer befindet. Das Mädchen macht den Kühlschrank auf, lehnt sich auf die Tür und starrt auf das Essen darin.

«Du hast ein Zimmer mit deinem Bruder zusammen?» frage ich.

«Und?» sagt sie. «Hast du keinen Bruder?»

Hinter ihr, im Kühlschrank, kann ich eine ganze Sechserpakkung Pepsi sehen.

«Nein», sage ich.

Sie zieht das Fleischfach heraus und läßt den Blick über den Käse und die Mortadella schweifen.

«Eine Schwester?» sagt sie.

«Nein.»

Sie dreht sich um und sieht mich an. «Du bist ein Einzelkind», sagt sie, als wäre sie anhand raffinierter Schlußfolgerungen an diese Information gelangt.

«Macht es dir nichts aus, ein Zimmer mit deinem Bruder zusammen zu haben?» frage ich, und sie wendet sich wieder dem Kühlschrank zu.

«Guck mal», sagt sie, «wir haben doch noch Pepsi.» Sie zieht eine aus der Sechserpackung und reicht sie mir. «Hier», sagt sie, ist dann einen Augenblick unschlüssig. «Möchtest du Eis?» fragt sie.

Ich warte am Tisch, während sie Eis, Löffel und Schälchen mitbringt. Sie gibt mir etwas Eis, löffelt dann den Rest – fast die halbe Packung – in ihr eigenes Schälchen und klatscht ihren Löffel obendrauf.

«Okay», sagt sie. «Was wäre deiner Meinung nach die schlimmste Todesart?»

Sie hält den Löffel an die Zunge und macht die Augen zu, um alle Möglichkeiten zu durchdenken. Während sie die Augen immer noch geschlossen hält, betritt ein Mann das Zimmer und bleibt in der Tür stehen. Auch er trägt einen Pyjama, dazu noch einen Morgenrock und ein Paar Slipper, die seine glatten weißen Fersen sehen lassen.

«Annie», sagt er, und sie macht die Augen auf, wartet jedoch kurz, bevor sie sich umdreht und ihn ansieht.

«Wie heißt deine Freundin?» fragt er, und mir wird bewußt, daß ich ihr meinen Namen nicht genannt habe. Sie starrt mich einen Augenblick lang an.

«Anne», sagt sie. «Das ist Anne.»

«Also gut, Anne», sagt der Mann, und er beugt sich über den Tisch und streckt seine Hand aus. «Sehr erfreut, dich kennenzulernen.» Seine Haut ist kalt und trocken, und ich lasse seine Hand schnell los.

Annie zerstampft ihre Eiscreme zu einer Suppe, und ihr Vater steht daneben. Er sieht uns kurz zu, macht eine Schleife in den Gürtel seines Morgenrocks und löst sie wieder, während Annie den Löffel zum Mund führt und ihr Eis aufschlürft.

«Das Eis sieht lecker aus», sagt er. Er sieht ihr noch einen Augenblick beim Essen zu, dann dreht er sich um und geht.

Annie wirft einen Blick auf mein Eis, bringt ihr Schälchen zum Spülbecken und gießt aus, was übriggeblieben ist. Dann geht sie zur Haustür und stellt sich daneben, ohne mich anzusehen, aber auch ohne irgend etwas anderes anzusehen. Ich habe mein Eis noch nicht fertig gegessen, aber ich stehe mit dem Schälchen in der Hand auf.

«Oh», sagt sie, «das kannst du dalassen. Tommy ißt das schon.»

Sie macht die Tür mit dem Fliegengitter hinter mir zu, und als ich mich auf der Straße umdrehe, um einen Blick zurückzuwerfen, steht sie immer noch da, und die Silhouette von Gesicht, Hals und Kopf hebt sich von dem dunklen Zimmer hinter ihr ab.

Die Pepsi ist warm, als ich zu Hause ankomme, aber mittlerweile ist meine Mutter ihren Kater wieder los, und sie sitzt über das Kreuzworträtsel gebeugt. Als sie mit dem Eis in ihrem leeren Glas klirrt, steht mein Vater auf, um es ihr aus der Hand zu nehmen. Tomatensaft läuft in Schlieren an seiner Innenseite herunter.

«Sally», sagt meine Mutter, «wir haben uns schon Sorgen um dich gemacht.»

«Hier ist deine Pepsi», sage ich und halte sie ihr hin.

«Trink du sie, Liebes», sagt sie. «Ich brauch sie nicht mehr.»

Sie tippt sich mit der Spitze ihres Kugelschreibers an die Lippe, wodurch ein winziges schwarzes Pünktchen zurückbleibt, als sie ihn wieder wegnimmt. «Kennst du ein Wort für Pferderennen mit fünf Buchstaben?» fragt sie meinen Vater, und er hört auf, Eis in ihr Glas zu geben, und steht still, um zu überlegen. Sein Gesicht ist völlig ausdruckslos. Schließlich schüttelt er den Kopf, läßt das Eis in ihr Glas fallen und gießt dann Tomatensaft drauf, der blaßrosa wird, als er Wodka dazuschüttet.

Ich mache die Pepsi meiner Mutter auf und sitze mit meinen Eltern am Tisch. Meine Mutter starrt auf das Rätsel, trägt gelegentlich ein Wort ein, und mein Vater arbeitet sich durch die Zeitung, indem er jede einzelne Seite auf der Suche nach bedeutsamen Artikeln überfliegt. Er legt die einzelnen Teile der Zeitung auf einen von zwei Stößen: die mit bedeutsamen Artikeln, die er später noch lesen wird, und die ohne. Er sieht sich jede Seite verzweifelt von oben bis unten an und hofft, nichts zu finden, womit er sich näher befassen muß, damit dieser Teil des Tages für ihn vorbei ist. Die Pepsi ist zu warm und zu süß, aber ich trinke sie aus der Dose und sehe meiner Mutter dabei zu, wie sie einen Eiswürfel aus ihrem Glas nimmt und ihn sich an die Stirn hält.

«Herrgott», sagt sie. «Warum müssen die einen immer in so heiße Gegenden schicken?»

Mein Vater blickt von seiner Zeitung auf und sieht dabei zu, wie etwas von dem Eis auf das Rätsel meiner Mutter tropft.

«Verdammt», sagt sie, tupft einen Tropfen auf, der auf die Zeitung gefallen ist, und verschmiert damit das Wort, das sie gerade eingetragen hat.

«Aber wenigstens ist sie aus gutem Papier», sagt mein Vater. «Das muß man ihr lassen.»

Sie sagt nichts und reibt sich mit dem Eiswürfel über Gesicht und Hals. Mein Vater sieht dabei zu, wie ihr die Wassertropfen über das zierliche Brustbein in die Bluse rinnen. Dann schaut er weg und steht auf, um noch einen Drink zuzubereiten.

«Liebes», sagt meine Mutter, «ist dir nicht langweilig? Warum guckst du nicht ein bißchen Fernsehen?»

Genau wie unsere Nachbarn und unsere Häuser, unsere Straßen und unsere Bäume verändert sich das Fernsehprogramm von einem Ort zum andern so gut wie gar nicht, und die gleichen Shows und Songs und Gesichter begleiten uns durch das ganze Land. Ich sehe mir einen Film an, den ich schon in zwei anderen Staaten gesehen habe, und durchs Fenster kann ich Annies Haus sehen. Ich male mir aus, wie sie in das Zimmer zurückgeht, das sie sich mit ihrem Bruder teilt, sich auf die Bettkante setzt und ihm dabei zusieht, wie er seine Comic-Hefte liest. Ich kann mir nicht vorstellen, was sie in jenem Haus sonst tun könnte, es sei denn, sie sitzt auf dem großen, schweren Sofa im Dunkel des Wohnzimmers.

In der Küche ist mein Vater damit fertig, die Zeitung durchzusehen, seufzt auf und wendet sich dem großen Stoß von Artikeln zu, die er jetzt lesen muß. Er starrt lustlos auf jeden einzelnen Artikel, und immer wenn meine Mutter ihn bei ihrem Rätsel um Hilfe bittet, hört er auf zu lesen und stiert geradeaus, um zu überlegen, bis er, unfähig zu helfen, sich wieder seinem Artikel zuwendet und sie zu einer anderen Frage übergeht. So verrinnt der Nachmittag ganz langsam; die meisten Tage vergehen bei uns so, ganz langsam, und immer wieder geschieht das gleiche, und bei dem Tempo, in dem für uns die Zeit vergeht, erscheint es möglich, daß ich niemals erwachsen werde.

Der Film geht zu Ende, ein anderer fängt an, und ich sehe mir auch den noch an, bis meine Eltern sich zu regen beginnen, in Erwartung der Cocktail Hour, die unmittelbar bevorsteht. Die Cocktail Hour macht es erträglicher, daß der Tag plötzlich zur Neige geht, macht daraus ein sanftes Hinübergleiten in den Abend, und sie verändert alles – selbst das Licht nimmt einen gedämpften Goldton an, und es fällt direkt auf meine Eltern. Ich sitze nicht in dem Licht, aber ich bin nahe genug, um seine Wärme zu spüren, zusammen mit dem beißenden Geruch der Martinis meiner Mutter und der gelegentlichen milden Woge von Scotch im Atem meines Vaters, wenn er sich über mich beugt, um meiner Mutter ihren Drink zu reichen.

Mit der Cocktail Hour stellt sich so eine Erregung ein, ein fieberhaftes Gespür dafür, daß alles möglich ist. Die Augen meiner Eltern beginnen zu leuchten, ihre Stimmen erheben sich, ihre Gesten werden weitausholend und fröhlich. Dann herrscht hier ein grell funkelndes Licht, und wenn ich nach draußen schaue, kommen mir die ganzen anderen Häuser grau und unwirklich vor, nur wie ein Teil der verschwindenden, fahlen Abendlandschaft. Die Familien darin nehmen ihr Abendessen ein und machen die Hausarbeit und sehen zusammen fern. Sie werden heute abend das gleiche tun, was sie gestern abend getan haben und was sie auch morgen wieder tun werden. Selbst Annies Haus ist düster, nur von dem kraftlosen orangefarbenen Sonnenstrahl erleuchtet, der von dem Gebäude dahinter reflektiert wird. Ich wende mich wieder dem Fernseher zu und höre, wie meine Eltern munter werden.

Als ich am nächsten Tag die Haustür aufmache, steht Annie da, ganz unbekümmert an den Türpfosten gelehnt. Sie hat nicht geklopft und vielleicht den ganzen Morgen hier gestanden, möglicherweise schon, seit mein Vater zur Arbeit gefahren ist.

«Oh», sagt sie, als hätte sie ihre Tür geöffnet und mich davor entdeckt.

«Hi», sage ich.

«Hör mal», sagt sie. «Ich hab deinen Namen nicht mitgekriegt.»

«Sally», sage ich zu ihr, und sie nickt.

«Sally», wiederholt sie. «In der Schule gibt es schon drei Sallys.»

Sie faßt nach einem Faden, der von ihrem Ärmelaufschlag herunterhängt, und zieht daran, aber er ist nicht lose, und sie lächelt, als ihr Ärmel anfängt, sich aufzuribbeln. «Ich kann sie alle drei nicht leiden», sagt sie und blickt in Richtung der Schule, die nicht allzu weit entfernt liegt. Meine Eltern bemühen sich immer, ganz nah bei der Schule zu wohnen, damit ich zu Fuß hingehen kann, und sie bemühen sich auch, bei unseren Umzügen den Schulbeginn mit einzuplanen, damit ich, wie sie es ausdrücken, keinen schlechten Start habe. Die Chance, neue Freunde zu finden, sagen sie, ist für mich genauso groß wie für alle anderen. Und das stimmt, ich finde in meinen neuen Schulen immer Freunde, und es sind immer die gleichen: schüchterne Mädchen mit dünnem Haar und Brille und schüchterne Jungs mit blassen, runden Gesichtern. Sie ähneln einander so sehr, daß ich mich kaum von einer Stadt zur nächsten an sie, ihre Namen oder ihre jeweiligen Charakterzüge erinnere. Manchmal schikken wir uns ein paar kurze, hingestammelte Briefe, doch schon bald treten neue Freunde an ihre Stelle, die so reden wie sie, so gehen und aussehen und sich so kleiden wie sie, ja, ihnen so ähnlich sind, daß nur ihr Alter sich ändert, und es ist, als handele es sich um denselben Freundeskreis, der zusammen mit mir älter wird.

Ich finde meine neuen Freunde am Anfang jedes Schuljahrs, und genau wie ich selbst sind sie immer zu finden, wie sie sich am Rand des Klassenzimmers herumdrücken oder in den Fluren die Wand entlangschleichen – an Stellen, wo wir nicht im Weg stehen und beobachten können, wie uns die Spielregeln an der Schule vorgeführt werden. Annie ist ganz anders als meine üblichen Freunde.

«Wie auch immer», sagt sie jetzt, «was hast du gerade gemacht?»

«Nichts», sage ich, und sie starrt mich gespannt an.

Sie sagt nichts, also sage ich schließlich: «Ich hab bloß Fernsehen geguckt.»

«Fernsehen?» sagt sie und wirft einen Blick über meine Schulter. Hinter mir springt der Fernseher übergangslos von einer Show zur Werbung und wieder zu der Show, und sie horcht und versucht zu erraten, was gerade läuft.

«Meine Eltern lassen mich nicht viel Fernsehen gucken»,

sagt sie und schaut immer noch an mir vorbei, und bald sitzen wir zusammen auf dem Teppich vor dem Fernseher.

«Oh», sagt sie, «ich finde diese Show toll.» Sie sitzt nur ein paar Schritte vom Fernseher entfernt, aber ich kann sehen, wie ihre Augen durchs ganze Zimmer wandern. Sie lehnt sich zur Seite und wirft um die Ecke herum einen Blick in die Küche.

«Was macht sie da?» fragt Annie.

«Ich weiß nicht», sage ich, «vielleicht ein Kreuzworträtsel.»

Einen Augenblick später kommt meine Mutter ins Zimmer, und als ich ihr Annies Namen sage, wirft Annie mir einen überraschten, etwas mißtrauischen Blick zu, da sie ihn mir eigentlich nicht verraten hat, aber sie gibt meiner Mutter die Hand und lächelt.

«Sie haben ein sehr schönes Haus», sagt sie, und meine Mutter schaut verdutzt drein und läßt dann ihren Blick über die weißen Wände, die schlichten, gediegenen Möbel schweifen.

«Danke», sagt sie, und als unsere Show weitergeht, steht sie, vornehm an ihrer Zigarette ziehend, hinter uns, während wir es uns wieder vor dem Fernseher gemütlich machen. Annie sitzt ruhig neben mir, aber ich kann sehen, wie sie sich, ohne den Kopf zu bewegen, immer noch umblickt, und hinter mir atmet meine Mutter den Rauch ein und aus. Sie allein scheint sich die Show anzusehen, und als wieder ein Werbespot kommt, geht sie in die Küche zurück, wobei sie die Zigarettenasche in der Hand birgt.

«Kinder», ruft sie nach einer Weile, «kennt ihr ein Kinderspielzeug mit sechs Buchstaben?»

Annie sieht mich an.

«Also», sage ich, «wie ist es hier so an der Schule?» Obwohl ich schon weiß, wie es ist; es ist wie an allen anderen Schulen.

«Oh», sagt Annie, als eine neue Show anfängt. «Guck mal.» Sie läßt sich weiter auf den Teppich zurücksinken, um zuzuschauen. Sie hat die Ellbogen unbequem hinter sich aufgestützt und starrt mit halboffenem Mund auf den Fernseher.

Als mein Vater von der Arbeit nach Hause kommt, steht Annie sofort auf. Verschämt stellt sie ein Bein schräg hinter das andere und lächelt meinen Vater auf eine Art an, die mir sagt, daß sie nicht anders kann.

«Sie haben ein sehr schönes Haus», sagt sie, und er lächelt erfreut.

«Tja», sagt er und rückt die Füllfederhalter in seiner Brusttasche zurecht, zieht sie heraus und steckt sie einen nach dem anderen zurück. Meine Mutter sieht ihm zu und trägt noch ein Wort in ihr Kreuzworträtsel ein. Als er zum Kühlschrank geht und das Gefrierfach aufmacht, faltet sie ihre Zeitung zusammen.

«Liebes», sagt sie zu mir, «möchte deine Freundin gern zum Essen bleiben?»

Sie sagt das ganz selbstverständlich, als würden wir wie alle anderen Familien zu Abend essen, wenn mein Vater von der Arbeit nach Hause kommt. Die Hand noch auf einer Eisschale, dreht er sich zu ihr um, und sie nimmt, ohne eine Antwort abzuwarten, einen Topf aus der Schublade unter dem Herd und macht einen Schrank auf. Annie gibt keine Antwort, und wir sehen alle meiner Mutter dabei zu, wie sie Dosen herausnimmt und sich gut gelaunt die Etiketten anschaut. Schließlich macht sie eine davon auf, und wir starren sie wie gelähmt an, während sie eine Dose olivgrüner Erbsen in den Topf schüttet. Als die Dose leer ist, tritt Annie einen Schritt zurück.

«Danke», sagt sie, «aber meine Eltern werden auf mich warten.» Meine Mutter blickt entgeistert auf; sie hat das alles nur Annie zuliebe auf sich genommen.

«Bis morgen», sagt Annie zu mir, und als die Tür hinter ihr ins Schloß fällt, schaut meine Mutter auf die Dose in ihrer Hand und dann auf den Topf auf dem Herd; schließlich stellt sie die Dose hin und schaltet den Herd aus, während mein Vater Eis in ihr Glas fallen läßt. Ich beobachte Annie, wie sie langsam im Zickzack über die Straße nach Hause geht.

«Du bist nicht hungrig, Liebes, oder?» fragt meine Mutter, und ich schüttele den Kopf und setze mich wieder vor den Fernseher, während meine Eltern sich der Cocktail Hour widmen. In der ganzen Gegend bereiten sich die Jungs und Mädchen, die meine Freunde sein werden, darauf vor, daß die Schule anfängt; sie essen ruhig ihr Abendessen und fürchten sich vor dem Beginn eines weiteren Jahres, das sie an den Rändern der Dinge zubringen werden.

Als wir schließlich zu Abend essen, sind wir alle etwas träge. Ich habe zuviel ferngesehen, und bei meinen Eltern ist die glühende Erregung der Cocktail Hour erloschen. Es ist zu spät zum Essen, so daß wir nur dasitzen und die zartgrünen Erbsen von einer Seite des Tellers zur anderen schieben.

Annie erscheint am nächsten Tag auf die gleiche Art: Sie steht diskret neben der Tür herum, als ich aufmache.

«He», sagt sie, «nur noch ein Tag bis Schulbeginn.»

Während sie spricht, schaut sie an mir vorbei und auf meine Hände und Füße herunter und auf unser Haus. «Willst du die Schule mal sehen?» sagt sie. «Willst du doch, oder? Wir können zusammen hingehen.» Sie sieht mich an, als sie das sagt, und nickt dann.

«Komm schon», sagt sie und dreht sich um, also folge ich ihr und lasse den Fernseher laufen und meine Mutter in der Küche an den Rand ihres Rätsels verschiedene Wortkombinationen kritzeln.

So menschenleer sieht der Schulhof winzig und uninteressant aus, selbst wenn er in nur einem Tag riesig und unkontrollierbar erscheinen wird, voller Kinder, die die Anlaufschwierigkeiten am Anfang jedes Schuljahrs durchlaufen. Annie sitzt auf einer Schaukel, schlingt die Ketten fest umeinander und dreht sich im Kreis; ihre Füße schleifen auf dem Sand und hinterlassen lange Furchen; dann dreht sie sich andersherum und wirbelt die ganze Erde auf.

«Ich weiß was», sagt sie, «laß uns ein Feuer machen.»

«Ein Feuer?» sage ich.

Sie schaut mich an und zieht eine Augenbraue hoch. «Hast du noch nie ein Feuer gemacht?» sagt sie, und ihr Ton bringt mich dazu zu sagen: «Doch, na klar», obwohl mir noch nie der Gedanke gekommen ist, ein Feuer zu machen.

«Okay», sagt sie und blickt sich um. Sie fängt an, irgendwelches Zeug aufzusammeln – loses Papier, Blätter, ein paar Büschel trockenes Gras – und häuft alles am Fuß der Schaukelständer auf. Ich reiche ihr alles, was ich gefunden habe, und als an jedem Ständer ein kleiner Haufen liegt, lächelt sie mich an und zündet das erste Streichholz an. Sie kniet sich vorsichtig an jede einzelne Ecke der Schaukel, und als alle vier kleinen Feuer in Brand gesetzt sind, nimmt sie mich bei der Hand, und wir laufen zu dem Zaun am Rand des Schulhofs. Wir ducken uns dahinter, um zu beobachten, wie die Schaukel brennt. Flammen lodern an den schräg stehenden Metallständern hoch und fallen schließlich in sich zusammen. Ich kann Annies Erregung spüren, während sie dabei zusieht und sich an den Zaunmaschen festhält. Als die Feuer erloschen sind, dreht sie sich mit strahlendem Gesicht zu mir.

«War das nicht klasse?» Sie nickt mit dem Kopf. «Das war klasse.» Sie starrt einen Augenblick lang zu der Schaukel zurück, steht dann unvermittelt auf und geht davon. Ich folge ihr nach Hause, aber auf dem ganzen Weg versuche ich mir vorzustellen, wie es sein muß, auf der Schaukel zu sitzen, wenn sie brennt, und die Wärme steigt durch den Metallsitz hoch, und ich mittendrin, aufwärts und wieder zur Erde zurückschwingend, von Flammen umzüngelt.

«Also», sagt Annie, als wir in unserer Straße ankommen. «Meine Mutter hat gesagt, daß du heute zu uns zum Abendessen kommen kannst. Wenn du willst.» Sie schaut zu unserem Haus hinüber. «Wenn deine Mutter nichts dagegen hat.» Ohne meine Antwort abzuwarten oder mir auch nur die Möglichkeit zu geben, über ihre Einladung nachzudenken, geht sie vor in mein Haus und steht unbeweglich vor meiner Mutter, während ich um Erlaubnis frage.

Meine Mutter lächelt Annie fröhlich an.

«Natürlich, Liebes», sagt sie und wendet sich wieder ihrem

Rätsel zu. Annie sieht sich in unserer Küche um. «Wir können Fernsehen gucken bis zum Abendessen», sagt sie und geht ins Wohnzimmer, um den Fernseher einzuschalten.

Bei Annies Familie gibt es Möhren, Kartoffeln, Hähnchen und Brot zum Abendessen, alles auf einem Teller. Ich sitze neben Annie, gegenüber von Tommy, der einen völlig gleichbleibenden Eßrhythmus hat: Jedesmal wenn er einen Bissen zu sich nimmt, sieht er sich das Essen auf dem Tisch an; während er kaut, starrt er Annie und mich an. Die Gesichter von Annies Eltern sind wie aus Plastik. Ihre Haut ist hell und glatt, und ihr Gesichtsausdruck verändert sich kaum einmal. Jeder von uns hat ein großes Glas Eistee neben seinem Silbergeschirr stehen, aber niemand scheint etwas davon zu trinken.

«Es ist schön, daß Annie eine neue Freundin hat», sagt ihre Mutter zu mir. «Annie hat nicht viele Freunde.»

Annie hält den Kopf gesenkt und ißt ihre Möhren. Sie steckt einen Bissen nach dem anderen in den Mund, bis ihre Wange ganz dick ist.

«Annie», sagt ihre Mutter, «laß das.» Langsam fängt Annie an zu kauen. Ihr Bruder starrt sie an, sagt aber nichts, und als sie die ganzen Möhren in ihrem Mund heruntergeschluckt hat, habe ich meinen Teller fast leer gegessen.

«Du hast einen sehr guten Appetit», sagt ihre Mutter zu mir. «Ich wünschte, Annie hätte einen so guten Appetit wie du.»

Im selben Augenblick herrscht völlige Stille, und alle sehen auf meinen Teller. Ich versuche, mir etwas zu überlegen, was ich sagen könnte, aber mir fällt nichts ein, also trinke ich einen Schluck von meinem Tee, und die anderen fangen wieder an zu essen. Neben mir stopft Annie sich ihr Essen in den Mund, bis beide Wangen voll sind, und hält sich dann ihre Serviette vor den Mund. Auf diese Weise ißt sie ihren Teller leer, und ich bin erstaunt, daß das niemandem auffällt. Als sie fertig ist, nimmt sie die Serviette mit sich ins Bad.

«Kriegst du keinen Hunger?» frage ich sie, als das Abendessen vorbei ist und wir in ihrem Schlafzimmer sind.

«Nein», sagt sie und macht eine Schublade auf, aus der sie eine Tüte Karamelbonbons nimmt. «Ich mag das Essen nicht», sagt sie. «Ich mag nur Bonbons.»

Sie wickelt ein Karamelbonbon aus und ißt es schnell auf, fast ohne zu kauen, bevor sie es herunterschluckt, und wickelt schon das nächste aus, während ihre Kiefer in heftiger Bewegung sind; dann ißt sie das auf, dann noch eins, alle mit einem so verzweifelten Blick, als handele es sich um etwas, das sie innerhalb einer bestimmten Zeit ausführen muß. Ich weiß kaum, was ich tun soll, während sie ißt, so daß ich die Papierchen aufsammle, glattstreiche und übereinanderlege.

Ich habe einen makellosen kleinen Stapel zusammen, als Tommy hereinkommt und sich auf den Rand seines Bettes setzt. Er starrt Annie an, während sie ißt. Eine Schweißschicht glänzt auf seiner Stirn, und als er sein Hemd hochzieht, um sie abzuwischen, kommt sein weißer, dünner Bauch zum Vorschein. Ich schaue weg, als er sein Hemd wieder herunterläßt.

«Warum ißt du nicht wie ganz normale Leute?» sagt er, und sie schluckt das Bonbon in ihrem Mund herunter und macht die Tüte zu.

«Halt die Klappe, Tommy», sagt sie und wendet ihm den Rücken zu. Er sieht uns noch einen Augenblick lang zu, wirft sich dann auf sein Bett zurück und greift nach einem Comic-Heft.

Annie macht die Schublade mit ihren Bonbons zu und lehnt sich an den Kopfteil ihres Bettes zurück. «Du kannst über Nacht bleiben, wenn du willst», sagt sie. «Meine Mutter sagt, das wäre okay.»

Ich spüre, daß Tommy sich auf dem Bett anders hinlegt, um zu lauschen, und ich versuche mir vorzustellen, wie es nachts in diesem Zimmer wohl sein mag, wenn Annies dünner Körper sich an die Wand drückt, während Tommy das Bettlaken abstreift und wieder hochzieht über sein sehnsüchtiges Fleisch und sich immer wieder auf seinen Comic-Heften hin und her wälzt.

«Das geht nicht», sage ich. «Nicht, wenn ich am nächsten Tag in die Schule muß.»

«Okay», sagt sie und verläßt das Zimmer. Ich folge ihr, und Tommy sieht zu, wie wir gehen.

Unten im Familienzimmer sitzen Annies Eltern zusammen auf dem Sofa und sehen fern. Alle Lichter sind aus, das Zimmer ist voller Schatten, und das kalte Licht des Fernsehers tanzt an den Wänden wie etwas, das unter dem Anstrich entlanghuscht. Wir setzen uns vor den Fernseher, und Annie starrt auf den Bildschirm. Ich kann ihre Eltern hinter uns kaum atmen oder sich einmal bewegen hören, so sehr konzentrieren sie sich aufs Fernsehen. Bei der Werbung steht Annie auf, und wieder folge ich ihr. Ihre Eltern lächeln uns freundlich an, als wir gehen, und wenden ihren Blick dann wieder dem Fernseher zu, um sich den Rest des Werbespots anzusehen.

Annie macht den Kühlschrank auf.

«Möchtest du etwas Eiscreme?» fragt sie. Sie schwingt die Tür auf und zu. «Kekse?» sagt sie. «Pepsi?»

«Nein», sage ich. «Meine Eltern machen sich bestimmt bald Sorgen um mich.»

Sie stellt im obersten Fach ein paar Flaschen um. «Also», sagt sie, «ich komme dann morgen und hole dich zur Schule ab.»

Als ich gehe, steht sie immer noch vor dem Kühlschrank und dreht sich auch nicht um, um mich weggehen zu sehen. Draußen ist es dunkel geworden. Meine Eltern werden noch die Cocktail Hour genießen, und von Annies Auffahrt her kann ich meinen Vater in der Küche herumlaufen sehen, wie er Eis zerkleinert und Drinks eingießt. Obwohl meine Mutter nicht zu sehen ist, weiß ich, daß sie am Tisch sitzt, raucht und ihm zuschaut.

Hier im Dunkeln sehen die Häuser genauso aus wie immer, aber drinnen kommt mir nichts – weder Abendessen noch Hausarbeit oder Fernsehen – vertraut vor. Ich bin der einzige Mensch, der nicht hinter einem sicheren, beleuchteten Fenster steckt, und einen Augenblick lang bin ich wie gelähmt, umgeben von einer fremden Welt, unfähig, zu Annie zurück, und ohne Lust, nach Hause zu gehen. Schließlich überquere ich die Straße zu unserem Haus, und vor der Tür mache ich Lärm und warte, um meinen Eltern die Gelegenheit zu geben, ihr übliches höfliches Gesicht aufzusetzen. Als ich hereinkomme, lächeln sie und trinken noch einen Cocktail, aber als ich im Bett liege, horche ich angespannt, und ich bin sicher, neben dem Klirren des Eises in ihren Gläsern zu hören, wie die Haut sich von ihren Gesichtern schält.

Annie und ich gehen auf dem Weg zur Schule an der Schaukel vorbei, und sie stößt mich mit dem Ellbogen an. Ein Junge und ein Mädchen haben sich an einen der schräg stehenden Metallständer gedrängt und küssen sich, aber Annie beachtet sie gar nicht, sondern nur das verbrannte Gras zu ihren Füßen.

«Das sind wir gewesen», sagt sie und lacht, ein seltsames, schrilles Gekicher, während sie mich wegzieht. Der Junge und das Mädchen blicken auf, als ich zu ihnen zurückschaue. Es fällt mir schwer zu glauben, daß wir für die großen Flecken schwarzen Grases unter der Schaukel verantwortlich sind. Annie trödelt herum, als wir zum Eingang kommen, und wartet bis zur letzten Minute, ehe sie hineingeht.

Es ist neu für mich, an einer Schule anzufangen und schon eine Freundin zu haben. Normalerweise begebe ich mich an den Rand des Gedränges und schließe Freundschaft mit denen, die schon da stehen. Dann sehen wir den anderen zu und versuchen, uns damit zu trösten, daß wir intelligent sind und in der Schule gut vorankommen. Annie hat keine Schulfreunde erwähnt, obwohl ich mir ziemlich sicher bin, daß sie welche hat. Ihr Bruder geht auch an unsere Schule, eine Klasse über uns, aber als wir an ihm vorbeigehen, in einer Gruppe von Jungs vor dem Eingang, sieht er uns nicht an. Die ganzen Jungs tragen dunkle T-Shirts mit Bildern darauf. Annie und ich gehen zusammen den Gang hinunter, und sie spricht mit niemandem. Ab und zu faßt sie mich am Ellbogen und flüstert mir erregt ins Ohr, was sie über die Leute weiß, an denen wir vorbeigehen.

«Das ist eine von den anderen Sallys», sagt sie oder: «Siehst du den Jungen da? Der hat versucht, sich umzubringen.»

Als wir uns trennen, um unsere jeweiligen Klassenzimmer aufzusuchen, bohrt sie ihre Nägel in meine Handfläche. «Wir treffen uns genau hier», sagt sie. «Zum Mittagessen.»

Während mein neuer Lehrer die wichtigsten Exportartikel Brasiliens aufzählt, die ich schon an meiner letzten Schule auswendig gelernt habe, sehe ich mir die anderen Schüler an und suche mir meine neuen Freunde heraus. In dem Klassenzimmer herrscht die übliche Sitzordnung: Intelligente, wißbegierige Schüler sitzen voller Aufmerksamkeit ganz vorn; gelangweilte, zornige Jungs starren in der hintersten Reihe zum Fenster hinaus; die Mädchen, die einmal – das läßt sich schon absehen – hübsch und beliebt sein werden, sitzen wie ein einziges Energiebündel in der Nähe der Tür. Diejenigen, die meine Freunde sein werden, haben sich da verteilt, wo noch Stühle frei waren, und schätzen sich glücklich, wenn sie an der Seite oder hinten sitzen können, neben niemand Bestimmtem. Sie melden sich selten, machen sich jedoch gewissenhaft Notizen. Draußen fahren Autos auf der Straße jenseits des Schulhofzauns vorbei. Nach einer Weile fange ich an, mir Notizen zu machen. *Kaffee*, schreibe ich, *Paranüsse*.

Annie steht mitten im Gang und starrt die Tür zu meinem Klassenzimmer an, als ich herauskomme. Zwei Mädchen mit Brille und dünnem braunen Haar blicken mich an, aber als sie sehen, daß eine Freundin auf mich wartet, gehen sie vor uns her den Gang hinunter. Ihre hellblauen Pullover verschwinden in der Menge.

Annie und ich gehen mit unseren Tabletts durch den Speisesaal zu dem freien Ende eines Tischs. Niemand spricht mit uns, und auch wir sprechen mit niemandem. Tommy sitzt an einem Tisch mit lauter Jungs. Er ißt in einem fort und blickt zu uns auf, als wir vorbeigehen. Einen Augenblick lang herrscht Schweigen; dann lächelt Annie die Jungs an, und ihre Gesichter erstarren; ihre Gesichter zeigen keinerlei Regung, nicht einmal, als sie ihr Essen auspacken und das Papier zusammenknüllen. Als wir weitergehen, folgen sie uns mit ihren Blicken, aber Annie sieht sich nicht um.

Wir setzen uns auf die zwei Plätze am Ende des Tischs, und niemand sieht zu uns auf, als wir uns hinsetzen. Annie hat sich nur Schokoladenpudding zum Mittagessen gekauft, und während sie die Plastikfolie von dem Schälchen entfernt, deutet sie auf ein Mädchen, das an einem Tisch mit lauter Leuten sitzt, bei denen ich mich wohl fühlen würde. Das Haar des Mädchens ist an der Stirn ungleichmäßig geschnitten, und ein langes, rötliches Muttermal zieht sich über ihre Wange.

«Guck mal», sagt Annie. «Das ist eine von den anderen Sallys. Sie ist adoptiert worden.»

Annie deutet direkt auf das Mädchen, das uns einen nervösen Blick zuwirft und dann wegschaut, aber Annie starrt sie noch einen Augenblick lang an und wendet sich dann wieder ihrem Pudding zu, der sich dunkel in den Falten ihrer Mundwinkel ansammelt.

Nach der Schule, als die Kinder überall Gruppen bilden, zerrt Annie mich auf den Schulhof.

«Laß uns von hier weggehen», sagt sie. «Ich bin nicht gern hier.»

Sie wirft mit einem Stein nach der Schaukel, als wir daran vorbeikommen.

«Gehen wir zu dir», sagt sie. Als wir dort ankommen, blickt meine Mutter von ihrem Rätsel auf und lächelt, während wir die Treppe zu meinem Zimmer hinaufgehen.

«Ist das alles, was deine Mutter macht?» fragt Annie.

«Nein», sage ich. «Sie macht eine Menge Sachen.»

Ich versuche, mir meine Mutter bei anderen Tätigkeiten vorzustellen, aber das einzige Bild, das in diesem Augenblick vor mir aufsteigt, ist das, wie sie, über ein Rätsel gebeugt, den Kopf hebt, um in eine Welt voll halbfertiger Wörter zu starren, denen manchmal nur ein oder zwei Buchstaben fehlen, damit sie einen Sinn ergeben.

Annie blickt sich in meinem Zimmer um, das von Männern sorgfältig eingerichtet wurde, deren Gesichter ich niemals sehen werde. «Was für ein langweiliges Zimmer», sagt sie.

Sie wirft sich auf mein Bett, beugt sich zur Seite und starrt der Puppe, die auf dem Kissen lehnt, in die Augen.

«Du hast noch eine *Puppe*?» sagt sie und hebt sie an einem

Bein hoch. Sie reibt das dicke Haar der Puppe zwischen den Fingern. «Das würde brennen wie Zunder», sagt sie.

«Vielleicht ist das sogar Zunder.»

Sie lächelt und zieht ein Päckchen Streichhölzer aus der Tasche.

«Mal sehen.»

«Das geht nicht», sage ich. «Meine Mutter würde es merken.»

«Stimmt», sagt sie und lacht. Sie zündet ein Streichholz an, und ich kann nur dabei zuschauen, wie sie es der Puppe an die Haarspitzen hält. Es gibt keine Flamme, nur ein Knistern, während jedes einzelne Haar sich kräuselt und mit einem Zischen auf dem Plastikkopf verglüht.

«Na ja», sagt Annie, «das war enttäuschend.»

Der Puppenkopf sieht verschmort aus und riecht noch schlimmer. Ich lasse meine Hand über den warmen, hubbeligen Kunststoff gleiten, und Annie sieht mich an. «Tja», sagt sie, «ich geh dann besser.»

An der Tür dreht sie sich um. «Bis morgen.»

Meine Mutter blickt auf, als ich mich zu ihr an den Tisch setze. «Es muß schön sein, bei Schulbeginn schon eine Freundin zu haben», sagt sie und blickt nach unten, um ein Wort einzutragen. Das Kratzen des Kugelschreibers auf dem Zeitungspapier ist wie etwas Scharfes, das über meine eigene Haut gleitet.

Das Leben hier nimmt ganz schnell die Form des Lebens an, das wir anderswo geführt haben, außer daß hier Annie meine Freundin ist. Wir gehen gemeinsam zur Schule, und wir kommen gemeinsam aus der Schule, und überall um mich her werden neue Freundschaften geschlossen, während Annie und ich uns darüber hinweg oder daran vorbei oder mitten hindurch bewegen. Die Jungs, die Tommys Freunde sind, beobachten Annie mit einer sonderbaren Aufmerksamkeit. Sie scheinen etwas über sie zu wissen – und, da ich ihre Freundin bin, auch über mich –, und selbst wenn ich nicht bei ihr stehe, mich über den Trinkbrunnen beuge, um etwas zu trinken, oder vor meinem Schließfach stehe, sehen sie mich mit jenem besonderen Blick an. Sie wissen nicht genau, was sie wissen, aber trotzdem starren sie uns an.

Ich beobachte die Schüler, die normalerweise meine Freunde wären. Sie haben einander schon in den hinteren Sitzreihen und in den Ecken des Speisesaals gefunden, und ich beobachte sie voll Sehnsucht. Ich weiß, worüber wir sprechen, was für Pläne wir schmieden, über welche Fernsehshows wir uns unterhalten würden. Wenn Annie den Gang herunterkommt, fährt sie mitten hinein wie eine Feuersbrunst, und alle treten zur Seite, aber ich sehne mich danach, bei ihnen zu stehen und in den grünen Kacheln an den Wänden aufzugehen. Annie beobachtet mich dabei, wie ich ihnen nachblicke, und sie macht mich auf deren Fehler aufmerksam.

Der einzige freie Tisch steht in der Nähe von Tommy und seinen Freunden, und als wir uns hinsetzen, lachen sie und knuffen einander. Gerade als Annie ihren Kuchen auspackt, landet ein Stück Brot auf ihrem Tablett und bespritzt es mit Senf und kleinen Salatstückchen. Annie starrt darauf, während sie ihren Kuchen ißt, und schließlich steht sie auf und bringt es zu dem Tisch der Jungs.

«Tommy», sagt sie, «das werde ich Dad erzählen.»

Sie läßt das Brot vor ihm auf den Tisch fallen, und seine Freunde grinsen alle, schauen ihn an und warten. Er blickt sich nervös um, sieht seine Freunde an und mich und Annie. Als ich sein Gesicht betrachte, weiß ich, daß ihm tausend Wörter durch den Kopf gehen, aber als er sich schließlich für eins entscheidet, ist selbst er überrascht.

«Fotze», sagt er, und ich sehe an seinem entsetzten Gesichtsausdruck, daß er das zum ersten Mal gesagt hat. Er braucht einen Augenblick, um sich wieder zu fangen, und dann sagt er es noch einmal: «Fotze.» Er lächelt, und seine Freunde lächeln, und sie schauen zuerst Annie an und dann zu mir herüber.

Wir sind auf allen Seiten von Unschuld umgeben, bis auf diesen winzigen Punkt der Verstörung hier in der Mitte des Speisesaals. Annie kommt an unseren Tisch zurück, und alles geht genauso weiter wie vorher, nur daß die Jungs sich mehr herausnehmen und sich der Sache sicherer sind, die sie zu wissen glauben. Sie ziehen die Schultern hoch und lächeln, aber sie haben Angst und sind wütend, und in ihrer Erregung schlagen sie Dosen platt und bewerfen sich mit Kartoffelchips. Und mittendrin ißt Annie ihren Kuchen fertig und starrt geradeaus ins Leere.

Es ist Cocktail Hour, und meine Eltern sitzen fröhlich am Tisch und planen die erste Cocktailparty, die sie in dieser neuen Stadt geben werden. Wenn ich daran denke, wie schnell meine Eltern neue Freundschaften schließen, und das mit meinen eigenen langsamen, absehbaren Fortschritten vergleiche, kann ich mir vorstellen, daß ich ein Adoptivkind bin. Aber genau wie meine ähneln auch ihre Freunde in jeder neuen Stadt denen aus der vorigen: nervöse, hagere Frauen in schwarzen Kleidern und mit langen Fingernägeln und gesichtslose Männer mit sich lichtendem Haar, in weißen Hemden und dunklen Jacketts und Krawatten. Es ist beinahe so, als würden sie uns begleiten, eine Traube von Cocktailgästen, die in einer schwarzen Wolke dahinschleichen, welche uns über den Highway folgt. Schon wenige Wochen nach einem Umzug besuchen oder geben meine Eltern wieder Cocktailpartys, und heute abend lächeln sie in dem goldenen Licht, während die Erde sich langsamer dreht zu den gleichmäßigen Bewegungen meines Vaters, wenn er aufsteht und sich wieder hinsetzt, und zu dem sanften, erregten Gemurmel ihrer Stimmen, als sie all die Namen ihrer neuen Freunde durchgehen.

Auf dem Weg zur Schule erzähle ich Annie, daß ich mich nicht wohl fühle und heute früher nach Hause gehen werde, damit sie beim Mittagessen nicht auf mich wartet, und mittags bleibe ich in meinem Klassenzimmer, bis sich niemand mehr auf dem Gang aufhält. Von der Tür zur Cafeteria beobachte ich, wie Annie mit ihrem Tablett allein zum Ende eines Tisches geht und ruhig ihr Essen einnimmt. Sie hält den Kopf gesenkt und sieht niemanden an. Ich gehe mit meinem Mittagessen auf die andere Seite des Saals, zu einem Tisch mit lauter Leuten, die normalerweise schon längst meine Freunde wären. An einem Ende ist noch Platz, und ich setze mich. Obwohl sie mich nicht beachten, gleichen wir hier einer Insel, die von einem Meer aus Jungs und Mädchen umgeben ist, die mehr wissen als wir. Ich beobachte, wie Tommy und seine Freunde an Annies Tisch vorbeigehen. Sie stellen sich um sie herum, aber sie blickt nicht auf. Sie stopft sich den Mund langsam mit Kartoffelchips voll und zerkaut sie langsam. Als die Jungs weitergehen, blickt sie auf, sieht sich im Saal um und erblickt mich an meinem neuen Tisch. Die Klingel ertönt, und sie blinzelt; dann stehen wir gemeinsam auf.

«Sally», ruft sie, «he, Sally», und all die anderen Sallys drehen sich um, als ihr Name erklingt, aber ich gehe aus dem Saal auf den Gang hinaus, wo ich Annie in dem Lärm der Jungs und Mädchen, die sich miteinander unterhalten, nicht hören kann.

Am Ende des Tages wartet sie vor meinem Klassenzimmer. «He», sagt sie, «hast du mich nicht gehört?»

«Was?» sage ich. «Nein.»

«Ich hab deinen Namen gerufen», sagt sie. «Hast du mich nicht gesehen?»

«Nein», sage ich und beobachte, wie die Leute sich in Gruppen zusammenfinden. Jede dieser Gruppen wäre großartig, und dann schaue ich wieder Annie an, ihre langen, dünnen Arme und Beine. Sie blickt an sich herunter, um zu sehen, wo ich hinschaue, und sieht mir dabei zu, wie ich den anderen beim Gehen zusehe. Die haben bereits feste Grüppchen gebildet, zu denen ich nicht leicht Zugang finden werde.

«Tja», sagt sie. «Gehen wir.»

«Ich denke, ich werde noch etwas bleiben», sage ich. «Um auszuhelfen», ist alles, was mir als Erklärung einfällt, aber sie nickt und geht davon. Ich halte meine Bücher vor die Brust und beobachte die Jungs, an denen sie vorbeigeht, um zu sehen, ob sie sich umdrehen.

Am Freitag stehe ich nahe bei einer Gruppe stiller Mädchen, die irgend etwas planen, aber sie nehmen keine Notiz von mir, und schließlich lösen sie sich in kleinere Gruppen auf, verabschieden sich und gehen leicht beschwingt davon. Mir bleibt nur, nach Hause auf die Party meiner Eltern zu gehen. Ich stehe am Eingang der Schule, bis Annie fast den ganzen Schulhof überquert hat; dann folge ich ihr zu unserer Straße.

Meine Mutter leert Eisschalen aus und füllt sie für die Party wieder auf, und von meinem Fenster aus kann ich Annie in ihrem Vorgarten sehen. Sie starrt zu unserem Haus herüber, und schließlich kommt sie über die Straße. Ich warte einige Minuten darauf, daß sie klopft, aber als sie es nicht tut, mache ich die Tür auf und sehe sie in unserem Garten sitzen und einen Grashalm nach dem anderen ausrupfen.

«Oh», sagt sie. «Hi. Weißt du, dein Vater sollte den Rasen noch mal mähen, bevor es kalt wird.» Sie streicht mit der Hand leicht über die Grasdecke.

«Also», sagt sie. «Du kannst heute abend rüberkommen, wenn du willst. Meine Eltern kommen auf eure Party.»

«Ich werde wohl besser zu Hause bleiben», sage ich. «Du weißt schon, um auszuhelfen.»

«Wir haben Eiscreme», sagt sie. «Und Kekse. Wir können uns ansehen, was wir wollen.»

«Ich muß jetzt meiner Mutter helfen», sage ich. «Sie macht Eis.»

«Oh», sagt Annie, «okay.»

Ich gehe in mein Haus zurück, aber sie bleibt im Garten sitzen und blickt auf das Gras um sie herum.

Meine Eltern ziehen sich um für ihre Party. Mein Vater bringt meiner Mutter ihren Drink und betrachtet sie im Spiegel, während sie sich einen Ohrring ans Ohr hält. Ihre Blicke treffen sich und wenden sich schnell ab. Unten im Wohnzimmer stehen Schälchen mit Kleinigkeiten, die nie jemand anrührt auf diesen Partys: Erdnüsse und Kartoffelchips und Oliven. Vom Schlafzimmerfenster meiner Mutter aus sehe ich Annies Eltern aus ihrem Haus treten und Seite an Seite wie zwei Hunde an der Leine die Straße überqueren. Sie kommen absolut pünktlich, aber mindestens eine halbe Stunde früher als erwartet; abgesehen davon kann ich an der Art, wie sie sich gekleidet haben, sehen, daß das ihre erste Cocktailparty ist. Annies Mutter trägt Rock und Pullover, und ihr Vater hat ein Jackett an, aber keine Krawatte. Ihre Kleider haben die gleiche Farbe wie ihre Haut, ein helles Beige, und sie werden herausragen wie kleine Sandbänke in einem Meer von dunklen Anzügen und Kleidern. Annies Mutter hat sich ihr Haar zu einem festen blonden Ballon frisieren lassen, und sie drückt es unwillkürlich an, als sie den Weg heraufkommen. Ihr Haus hinter ihnen sieht dunkel aus; irgendwo dort drinnen sind Annie und Tommy heute abend unter sich. Als Annies Eltern klopfen, blickt meine Mutter zu ihrer Schlafzimmertür, und mein Vater geht, um aufzumachen.

«Mein Gott», sagt meine Mutter. «Wer kommt denn schon so früh?» Sie klemmt ihre Ohrringe fest und zeichnet mit einem langen, rosafarbenen Fingernagel die Linie des Lippenstifts um ihren Mund nach.

«Jetzt wollen wir uns mal amüsieren, Liebes», sagt sie zu mir.

Als ich ihr schließlich nach unten folge, sind schon mehr Gäste eingetroffen. Annies Eltern stehen schweigsam neben dem Couchtisch. Sie stehen mit ihren Drinks in der Hand unbehaglich da und kosten nur mit der Zunge daran, während sie ihre Blicke durch unser Haus schweifen lassen.

«Sie haben ein sehr schönes Haus», sagen sie beide unabhängig voneinander zu meinen Eltern, während meine Mutter lächelt und mein Vater ihnen behutsam die Drinks aus der Hand nimmt, um neue zuzubereiten. Ich helfe, sie wieder hineinzutragen, und Annies Vater strahlt mich an.

«Anne ist ein sehr nettes Mädchen», sagt er zu meinem Vater, der ihn verständnislos ansieht, bis ihm einfällt, daß er es mit Annies Vater zu tun hat.

«Ja», sagt er, «sie macht ganz den Eindruck.»

«Sie müssen sehr stolz auf sie sein», sagt Annies Mutter, und mein Vater blickt sich verwirrt um, bevor er begreift, daß sie von mir sprechen.

«Ja», sagt er und sieht mich seltsam an, als wäre es möglich, daß mein Name tatsächlich Anne ist und er ihn all die Jahre hindurch falsch verstanden hat.

«Ja», sagt er erneut, «das sind wir wohl.»

Sie lächeln mich und einander unsicher an, und mein Vater kann nicht anders, als nach den Drinks zu greifen, die er ihnen gerade erst gegeben hat, um ihnen neue zu bringen. Ich spaziere zwischen den Partygästen herum und halte ihnen kleine Teller mit Crackers und Käse hin. Sie schauen auf mich herab, lächeln kurz und nehmen dann ihre Unterhaltung wieder auf. Als ich wieder zu dem Couchtisch komme, haben Annies Eltern sich nebeneinander aufs Sofa gesetzt und essen Erdnüsse und Kartoffelchips aus den Schälchen auf dem Tisch. Annies Mutter beugt sich vor, um die Oliven anzusehen, betastet eine vorsichtig mit der Fingerspitze und zieht dann ihre Hand zurück. Sie halten ihre Drinks gut fest, an denen sie nur genippt haben, und während sie essen, blicken sie auf und sehen sich die anderen Gäste an, die alle stehen, lachen und sich unterhalten, als wären sie schon seit Jahren miteinander befreundet. Annies Eltern werden sich wohl fragen, wo all diese Leute wohnen und warum sie sie noch nie im Lebensmittelgeschäft oder an der Tankstelle gesehen haben. Durch das Klirren von Eis und Gläsern und den Lärm der Unterhaltung erklingt eine ruhige, eingängige Musik. Ein paar Frauen wiegen sich leicht im Takt. Obwohl man zu keiner Zeit davon sprechen kann, daß richtig getanzt wird, schmiegen sich im Verlauf der Party gelegentlich ein oder zwei Paare aneinander und drehen sich in irgendeiner Ecke im Kreis, während die Ehemänner und Ehefrauen vom Sofa aus zusehen und laute, bitterböse Kommentare abgeben und mein Vater ihnen neue Drinks bringt. Meine Mutter kommt an Annies Eltern vorbei und lächelt huldvoll auf sie hinab.

«Es ist so schön, daß Sie gekommen sind», sagt sie zu ihnen. «Ich hoffe, daß Sie sich gut amüsieren.»

Annies Mutter öffnet den Mund, um zu antworten, aber meine Mutter hat sich schon abgewendet, bevor sie ein Wort herausgebracht hat. Sie dreht sich zu ihrem Mann um, aber der hat sich eine Handvoll Erdnüsse genommen, die er sich eine nach der anderen in den Mund steckt. Sie nippt an ihrem Drink und sieht zu, wie meine Mutter sich mit einem Mann in schwarzem Anzug unterhält. Er nimmt ihre Hand, und sein Daumen liegt auf ihrem Ring.

«Es ist sehr schön, Sie in unserer Stadt zu wissen», sagt er, und meine Mutter lächelt und fängt an, woandershin zu schauen, aber er läßt ihre Hand nicht los.

«Wirklich», sagt er. «Das meine ich ernst.»

Damit erringt er ihre Aufmerksamkeit, und sie wendet ihm langsam den Kopf zu und blickt ihn direkt an. Mein Vater ist in der Küche und bereitet Drinks zu, und als ich dorthin gehe, um ihm zuzusehen, lächelt er mich fröhlich an.

«Ist das nicht klasse?» sagt er. «Sind diese Leute nicht klasse?»

Er setzt die Flasche, aus der er eingießt, an die Lippen und schließt die Augen, während er trinkt. Er zwinkert mir zu, als er die Flasche hinstellt, und geht dann mit einem Tablett voll neuer Drinks.

«Sally», sagt meine Mutter, als ich an ihr vorbeikomme. Sie faßt mich an der Schulter und dreht mich um, bis ich dem Mann im schwarzen Anzug das Gesicht zuwende.

«Das ist Mr. Wheeler.»

Ich halte ihm einen Teller mit Crackers hin, und er lächelt mich nervös an.

«Na», sagt er. «Du bist ganz bei der Sache, was?»

Meine Mutter lächelt stolz. «Als Sally noch klein war», sagt sie, «hat sie unsere Partys geliebt. Sie hat immer allen Gästen einen Gutenachtkuß gegeben.»

Mr. Wheeler nickt höflich, aber es stimmt: Ich erinnere mich daran, wie ich von einem Gast zum anderen geschlurft bin wie ein kleines Haustier, an die flüchtige Berührung ihrer Wangen auf meinen Lippen, den Geruch von Rauch und Parfüm und den warmen Duft des Bourbon in ihrem Atem.

Meine Mutter blickt mit der Zuneigung einer Fremden auf mich herab und läßt ihre Hand über mein Haar gleiten. «Sie konnte nicht schlafen gehen, ohne ihnen allen einen Kuß gegeben zu haben», sagt sie.

«Wie die Mutter, so die Tochter», sagt jemand hinter uns, und einen Augenblick lang erstarrt das Gesicht meiner Mutter; dann wendet sie ihr Lächeln in Richtung der Stimme.

Mein Vater lacht laut über alle Witze, die er zufällig mitbekommt, während er unermüdlich zwischen Küche und Wohnzimmer hin und her läuft, und die Party funkelt um mich herum wie ein Licht, das ich nicht völlig erfassen kann, weil es am äußersten Rand meines Blickfeldes aufleuchtet. Meine Freunde, die nicht meine Freunde sind, halten sich alle zusammen im Haus von irgend jemandem auf und machen Popcorn oder sehen sich Filme im Fernsehen an. Später nehmen sie vielleicht ihren ganzen Mut zusammen und schlendern in einer kleinen Gruppe zu der Pizzeria, wo sich all die anderen Kinder treffen. Der Mutigste von ihnen besteht darauf zu gehen, und die anderen folgen ihm widerwillig; vielleicht werden sie auf dem Weg dorthin von einer Eisdiele oder einem Film angezogen, und sie bleiben, erleichtert über diese Ablenkung; oder vielleicht gehen sie hin und setzen sich in eine Nische, blicken sich um, während sie ihre Pizza essen, und fragen sich, was vor sich geht. Und auf der gegenüberliegenden Straßenseite sitzt Annie in einem kleinen Kreis aus Dunkelheit vor dem Fernseher und lauscht dem Summen von Tommys Nerven, während er die Seiten seines Comic-Hefts umblättert.

Als das Telefon klingelt, dreht sich meine Mutter von der Unterhaltung mit Mr. Wheeler um, und mein Vater blickt von seinem Tablett voll Drinks auf. Ich nehme an ihrer Stelle ab.

«Oh», sagt Annie, «ich habe mich gerade gefragt, ob du deine Meinung geändert hast.»

Sie wartet. «Du weißt schon. Darüber, ob du herkommst.»

Ihre Stimme klingt schrill und unnatürlich.

«Ich kann nicht», sage ich. «Ich muß aushelfen.»

«Oh», sagt sie, aber sie hängt nicht auf. Ich glaube, aus dem ein Stockwerk tiefer gelegenen Keller das boshafte Gelächter von Jungs zu hören, die fernsehen.

Als ich aufhänge und meine Mutter mich fragt, wer dran gewesen sei, sage ich: «Niemand.»

Bevor ich erwachsen bin, werde ich in einem Dutzend weiterer Häuser wohnen und ein Dutzend weiterer Schulen besuchen. Auch Annie wird bald nur noch ein Gesicht ohne Namen sein; und was auch immer im Augenblick mit ihr vor sich geht hinter den dunklen Fenstern ihres Hauses – ich werde es vergessen.

Ich verlasse die Party, ohne den Gästen einen Gutenachtkuß zu geben. Oben an der Treppe drehe ich mich um und beobachte sie. Meine Mutter lächelt einem Mann, den sie gerade erst kennengelernt hat, direkt ins Gesicht, während mein Vater der Ehefrau des Mannes in der Küche die Zeit vertreibt. Um sie herum stehen Leute ohne Gesichter, die mit schriller, aufgeregter Stimme sprechen, und mitten im Zimmer sitzen Annies Eltern beieinander und werfen mit großen Augen gehetzte Blicke um sich. Ich versuche zu erraten, woran meine Mutter denkt, während sie den Mann anlächelt, ob sie in Gedanken nach einem Wort mit fünf Buchstaben für Bratpfanne oder für Mausefalle sucht.

Von meinem Schlafzimmerfenster aus beobachte ich Annies Haus, in dem alles dunkel ist, bis auf die Küche und das Flimmern des Fernsehers im Erdgeschoß. Ich schalte das Licht aus, als Annie gerade aus ihrem Haus kommt. Sie sieht mich und winkt mich herüber, aber ich trete so weit zurück, daß ich nicht mehr zu sehen bin. Ich kann nicht über die Straße gehen, um mich mit ihr zu treffen; unten ist ein Zimmer voller Leute, die ich nicht kenne, und vor mir liegen weitere Zimmer voller Leute, die ich nicht kenne. Unter der Haut pochen meine Nerven wie winzig kleine Leute, die herauszukommen versuchen. Ich sehe Annie dabei zu, wie sie in ihrem Garten herumläuft, Papier, Zweige, frische Blätter aufsammelt, die sie an der Backsteinmauer ihres Hauses zu ungleichmäßigen Haufen aufstapelt. Sie dreht sich wieder zu mir um, und in der Dunkelheit ist ihr Gesicht ein bleicher kleiner Mond, von dem freudlosen Glauben erleuchtet, daß sie die trockenen Ziegelsteine irgendwie zum Brennen bringen und sich in den Flammen eines Feuers, das niemals ausbrechen wird, erlösen kann.

Heuschrecken

Der Wagen ist lang und schwarz, mit Holzimitatverkleidung an den Seiten, die sich in dünnen Metallstreifen von der Karosserie ablöst. Er hupt, noch bevor er vor unserem Haus hält, aber meine Eltern schenken ihm keine Beachtung.

Er hupt weiter, und schließlich blickt meine Mutter von ihrem Buch auf.

«Mein Gott», sagt sie, geht dann ins Badezimmer und schließt die Tür hinter sich ab. Mein Vater steht aus seinem Sessel auf und reißt sich von dem Baseballspiel im Fernsehen los.

«Helen», sagt er rasch zu ihr und sieht mich dann am Fenster stehen. Er lächelt grimmig und wischt sich die Hände an seinem Hemd ab.

Francine steigt als erste aus dem Wagen. Sie sieht umwerfend aus in Rosa mit blauen Designer-Jeans, mit Brüsten, die sich deutlich unterscheiden von den weichen Formen ihres Rückens, ihrer Schultern und ihres Bauches. Die sind neu dazugekommen seit ihrem letzten Besuch hier vor zwei Jahren, als sie und ich auf den heißen Platten am Swimmingpool gelegen und die Finger flach über unserer Brust gespreizt haben, um auch die kleinste Wölbung auf unseren flachen, knochigen Körpern zu entdecken.

Diesen Sommer werden wir nicht schwimmen gehen, da ich mich noch von einer ungewöhnlich heftigen Hepatitis erhole, die ich mir auf unerklärliche Weise zugezogen habe und die mich während der ersten Jahreshälfte daran gehindert hat, zur Schule zu gehen. Ich weiß genau, daß meine Hepatitis Francine beunruhigen wird; sie wird sich fragen, wo und wie ich sie mir zugezogen habe, aber sie wird mich mustern und gleich zu dem Schluß kommen, daß nichts Sexuelles die Ursache sein kann. Während der ersten Nächte wird sie wach in dem Bett gegenüber von meinem liegen und auf meine Atmung horchen. Sie wird versuchen herauszufinden, ob mir Bazillen aus dem Mund strömen, die sich dann erbarmungslos über sie selbst hermachen. Francines Schlaflosigkeit während der ersten Nächte wird mir eine gewisse Genugtuung sein.

Tante Louise und Onkel Woody folgen Francine den Weg herauf. Tante Louise sieht etwas ungehalten aus über den Himmel, die Straße und die Luft, Onkel Woody reibt sich die breiten Hände, während er den Weg zur Eingangstür heraufkommt.

Francine stellt ihren kleinen, quadratischen Kosmetikkoffer auf den Boden und mustert mich, dann schaut sie nach draußen. «Was ist das für ein Lärm?» fragt sie.

«Heuschrecken», sage ich zu ihr. «Siebzehn Jahre alte Heuschrecken.»

Die Heuschrecken sind seit dem Sommeranfang da; nachdem sie siebzehn Jahre lang still unter der Erde gelebt haben, sind sie für die paar Monate ihres Lebens hervorgekommen, und sie sitzen überall und fressen. Es ist erst der erste August, und doch kommen schon die kahlen Zweige der Bäume zum Vorschein; bis jetzt haben nur die Weintrauben hinten im Garten ihnen widerstanden, weil mein Vater sie ständig spritzt, aber auch die werden schließlich eingehen. Alle Bäume und Sträucher sind übersät mit den leeren Larvenhüllen, die die Heuschrecken abgestreift haben; in ihrem durchsichtigen Braun und mit den verschlungenen Formen ihrer Gliedmaßen sehen sie viel furchterregender aus als die Insekten selbst, die träge und völlig unbeholfen sind. Außer essen scheinen sie kaum etwas zu können, und sie machen sich nicht einmal die Mühe wegzufliegen, wenn man sich ihnen nähert, als ob das Leben für sie nicht von Bedeutung wäre; sie fressen einfach weiter, bis man sie fängt oder totschlägt.

Beim Mittagessen habe ich einmal einem Jungen gegenübergesessen, der während des ganzen Essens eine braune Papiertüte neben sich liegen hatte, die leise summte und sich bewegte. Ab und zu sah der Junge sie mit düsterer Genugtuung an, aber erst nachdem er die Reste seines Sandwichs mitsamt der Verpackung zu einer festen kleinen Kugel zusammengeknüllt hatte, machte er die Tüte auf und zeigte mir etwa zwanzig Heuschrecken, die mit ausgerissenen Flügeln in hilfloser, stummer Verwirrung übereinandertaumelten.

«Diese Mistviecher werden keine Bäume mehr fressen», hat der Junge gesagt. «Das ist jedenfalls sicher.»

Am Ende des Sommers werden sie weg sein, und im nächsten Frühjahr werden die Blätter wieder sprießen, die Sträucher wieder blühen, und alles wird sein wie vorher. Wir würden vergessen, daß sie jemals hier waren, sagt mein Vater, aber ich denke, daß ich das Geräusch, das sie machen, niemals vergessen werde. Es ist ein ununterbrochenes Summen, ein Schwirren, das die ganze Zeit zu hören ist, bei Tag und Nacht, und nicht aufhört, bevor die Heuschrecken die ganzen Blätter an den ganzen Bäumen gefressen und endlich ihre Eier gelegt haben und sterben.

Eines Nachts hat mein Vater sein Tonbandgerät auf die Fensterbank gestellt und die Heuschrecken aufgenommen, bis das Band zu Ende war.

«Das ist doch verrückt», hat meine Mutter gesagt. «Reicht es nicht, daß wir uns das die ganze Zeit anhören müssen, ohne es auch noch auf Band zu haben?»

Mein Vater hat ihr keine Beachtung geschenkt; er hat das Band zurückgespult und abgespielt. Obwohl es sich nur um ein schäbiges, blechernes Echo des Geräuschs draußen handelte, lag etwas Schreckliches darin, es auf diese Art zu hören. Da wurde mir zum ersten Mal bewußt, was wir jeden Augenblick des Tages hörten, ohne daß sich die Tonlage oder die Lautstärke je änderte, und ein paar Stunden lang habe ich nichts anderes gehört – weder die Stimmen meiner Eltern noch den Fernseher oder das Geschrei der Kinder draußen, nur das fiebrige Summen der Heuschrecken in meinem Kopf.

Ich mache Francine auf einen Strauch aufmerksam, der mit Larvenhüllen von Heuschrecken übersät ist; sie findet sie ekelhaft und hat Angst vor ihnen. Ich sage ihr, daß sie keine Angst haben müsse, daß sie, wenn eine von ihnen sich in ihrem Haar verfange, es nur behutsam auszuschütteln brauche. Sie zittert leicht. Sie ist angeekelt.

«Helen ist im Badezimmer», sagt mein Vater gerade zu Tante Louise und Onkel Woody. «Ein Bazillus.»

Er schenkt Tante Louises vielsagendem Blick keine Beachtung und kümmert sich mit Onkel Woody um das Gepäck. Sie machen viel Aufhebens darum, die Koffer ins Haus und nach oben zu tragen. Frauen, sagen sie, könnten nirgends hinfahren, ohne einen Schrankvoll Kleider mitzunehmen. Tante Louise betrachtet mich von oben bis unten.

«Na», sagt sie, «du bist ganz schön dünn geworden.»

«Ja», erwidere ich, «ich glaube schon.»

«Hast du die Sache endgültig ausgestanden?»

Ich schaue auf die Badezimmertür und frage mich, wie lange meine Mutter wohl dort drin bleiben kann. Ich bewundere ihre Entschlossenheit; sie weiß zweifellos, daß das Folgen haben wird.

Ich nicke meiner Tante zu. «Endgültig», sage ich.

«Trotzdem», sagt sie, «es ist ein Jammer, daß du so viel von deinem ersten Schuljahr verpaßt hast. Ich nehme an, du hattest nicht viel Gelegenheit, Jungs kennenzulernen.»

Sie hat recht, aber ich will nicht darüber reden, und ich versuche, mir eine Geschichte über einen gutaussehenden Privatlehrer oder einen Krankenhausinsassen auszudenken, als sie sich zu einer kleinen Grausamkeit hinreißen läßt.

«Francine hat eine Menge Freunde», sagt sie. «Alle Jungs in Cross wollen mit ihr ausgehen.»

Alle Jungs in Cross vögeln sie, würde ich am liebsten sagen, obwohl ich mir sicher bin, daß das nicht stimmt. Aber ich kann sie vor mir sehen, wie sie sich um sie scharen und einen flüchtigen Blick auf ihre Brüste werfen, während sie huldvoll und selbstgefällig auf die anderen Mädchen hinablächelt, die unbemerkt bleiben. «Wo ist Francine?» frage ich.

«In der Küche. Sie hat Hunger.» Tante Louise blickt liebevoll zur Küchentür. «Es war eine lange Fahrt.»

Mein Onkel und mein Vater kommen herunter und wischen

sich die Hände ab. Mein Onkel mustert mich, während mein Vater unentschlossen vor der Badezimmertür steht und verhalten lächelt.

«Na», sagt mein Onkel, «du wirst langsam eine richtige kleine Dame. Wie alt bist du jetzt, Susie?»

«Nicht ganz sechzehn.»

«Sechzehn», sagt er. «Reizende Sechzehn. Ich wette, du hast eine Menge Freunde.»

«Nein, Onkel Woody», sage ich, «noch nicht.»

«Oh», sagt er. «Noch nicht. Na ja.» Er beugt sich mit dem Anflug eines Lächelns vor. «Ich wette, du hättest gern einen», sagt er. «Stimmt's? Ein hübscher kleiner Freund, der dir Bonbons mitbringt? Und dich in seinem Auto herumkutschiert?»

«Woody», sagt meine Tante.

«Na ja», sagt er, «ich hab dir ein paar Bonbons mitgebracht.»

Er hält mir eine Tüte Candy Corns hin, die schon angebrochen ist. Die bringt er schon mit, seit ich mit sechs oder sieben an Halloween Bonbons stibitzt habe; da habe ich zwei Tüten Candy Corns gegessen, und mir war so übel, daß ich in der darauffolgenden Nacht nicht rausgehen konnte, um mir Süßigkeiten zu ergattern. Onkel Woody meint, das sei eine sehr lustige Geschichte. Er bringt die Bonbons immer mit, aber jedesmal überreicht er sie mir, als wäre es das erste Mal.

Ich nehme die Bonbons in Empfang und lege sie auf den Tisch. Als ich mich umdrehe, sieht er meine Beine an, meine Knie.

«Woody», sagt mein Vater, «komm, ich zeig dir mal die Weintrauben. Vielleicht fällt dir was ein, wie man diese verdammten Heuschrecken aufhalten kann. Die fressen alles, was ihnen vor die Augen kommt.»

Francine kommt aus der Küche mit einem Erdbeerjoghurt in der einen und ein paar Keksen in der anderen Hand. Aus ihrer Gesäßtasche schaut ein Löffel hervor.

«Laß uns raufgehen», sagt sie zu mir.

Während wir die Treppe hinaufgehen, höre ich, wie die Badezimmertür aufgeht und meine Tante sagt: «Na, Helen, wie geht's dir?»

Ich bleibe stehen und warte auf die Antwort, aber Francine, die hinter mir geht, stößt mit mir zusammen. «Geh schon», sagt sie, und wir gehen langsam zu meinem Zimmer hinauf, wo sie sich mit übereinandergeschlagenen Beinen aufs Bett setzt und ihre Kekse ordentlich vor sich aufreiht, bevor sie ihren Joghurt aufmacht. Sie will mir von ihren Freunden erzählen, von den Footballspielen und der Aufmunterung durch die ganze Schule, davon, wie sie sich mit ihren Freunden bei McDonald's trifft, und von den Feten. Ich kann das nicht hören und konzentriere mich statt dessen auf die straffen, qualvollen Falten aus Fleisch und Jeansstoff, die entstehen, wenn sie die Beine übereinanderschlägt. «Wo geht man hier so hin?» will sie wissen. «Was macht man hier so?» fragt sie mich als nächstes. Wir werden einen langen Nachmittag miteinander verbringen, an dessen Ende sie sagen wird: «Und was machen wir heute abend?» Direkt vor der Stadt gibt es einen Jahrmarkt, auf dem Parkplatz des Einkaufszentrums. Ich bin mit meinem Vater ein- oder zweimal daran vorbeigefahren, und ich schlage Francine vor, dorthin zu gehen.

Sie sieht sich in meinem Zimmer um, das sich seit ihrem letzten Besuch bei uns nicht groß verändert hat, dann liest sie einen Krümel von ihrer Bluse und legt ihn sich vorsichtig auf die Zungenspitze. Jungs, sagen ihre Augen, kennst du denn keine Jungs? Sie wird nicht von dem Thema lassen wollen, bis sie welche gefunden hat. Sie läßt den Löffel über ihre Lippen gleiten und setzt einen gelangweilten Blick auf. Das wird wohl ein langer Sommer, denkt sie bereits.

Genau wie die Heuschrecken werden sie fast bis zum Ende des Sommers hierbleiben, nahezu drei Wochen. Als ich meine Mutter gefragt habe, warum sie so lange bleiben, sah sie von ihrem Buch auf und starrte mich an.

«Frag deinen Vater», sagte sie schließlich. «Es ist seine Verwandtschaft.»

Er wandte seinen Blick kurz vom Fernseher ab, gerade

lange genug, um zu sagen: «Helen», und drehte sich dann wieder um, rechtzeitig, um sich das nächste Spiel anzusehen.

«Los», sagte sie zu mir. «Frag ihn.»

Mein Vater stand auf und ging in die Küche. Die Kühlschranktür ging scheppernd auf, Eis klirrte in einem Glas, und wenig später legte meine Mutter ihr Buch hin und folgte ihm dorthin. Ihre Stimmen drangen nur als wütendes Gemurmel über das Baseballspiel hinweg herüber, aber nach einer Weile schlug die Hintertür zu, und dann sprang der Wagen an. Als meine Mutter ins Wohnzimmer zurückkam, schien sie überrascht, mich dort zu sehen.

«Susan», sagte sie, «es ist schon spät. Geh jetzt lieber ins Bett.»

Später wachte ich noch einmal auf und hörte hinter dem Haus Stimmen. Als ich ans Fenster trat, sah ich meine Mutter und ihre beste Freundin, Carol, in einem Lichtkegel auf der Veranda unter mir nahe beieinander sitzen. Meine Mutter lehnte sich bei Carol an, und Carol ließ ihre Hände sanft über das Haar meiner Mutter gleiten. «Ist ja gut», sagte sie immer wieder. Im Dämmerlicht des Mondes streckten sich all die blauen Rasenflächen der Vorstadt friedlich aus, bis sie mit dem dunkleren Blau verschmolzen, das jenseits davon lag.

Ich ging wieder ins Bett, und morgens beim Frühstück waren wieder alle nett zueinander. Nichts deutete auf die vorangegangene Nacht hin, nichts außer einem Kranz von Zigarettenstummeln, die auf dem weißen Beton der Veranda ausgedrückt worden waren. Später am Nachmittag beobachtete ich, wie mein Vater sie aufhob und an den dunklen Flecken, die sie hinterlassen hatten, herumschrubbte, bis sie kaum noch zu erkennen waren und vom nächsten Regenguß weggespült werden würden.

Francine macht ihren Koffer auf und stapelt ihre Kleider ordentlich an der Stelle, die ich ihr in meiner Frisierkommode frei gelassen habe. Neben meinen Kleidern bilden ihre in der Schublade ein Viereck aus leuchtenden Farben. Dann macht sie ihren kleinen Kosmetikkoffer auf, beginnt, Döschen mit Make-up, Lippenstifte und Kämme herauszunehmen, die sie alle auf der

Frisierkommode ausbreitet, und summt vor sich hin, während sie alles auspackt, so, als ob ich gar nicht da wäre.

Zum Abendessen gibt es Mais, Kartoffelbrei und Hähnchen. Normalerweise geht es bei uns beim Essen nicht so formlich zu; meine Mutter füllt uns das Essen aus Töpfen auf dem Herd auf, und wir gehen mit unseren Tellern zum Tisch oder ins Wohnzimmer, um zu essen, aber heute abend ist das ganze Essen in Schüsseln auf dem Tisch verteilt. Meine Mutter hat schon ihren dritten Martini neben sich stehen, ein kühler Fleck inmitten der dampfenden Schüsseln. Mein Onkel schaut mich an.

«Susie» sagt er, «ich möchte etwas Brust.»

Ich sitze zu weit weg von den Hähnchen, deshalb reiche ich ihm statt dessen einen Maiskolben.

Meine Mutter starrt den Hähnchenschenkel auf ihrem Teller an und faßt ihr Glas am Stiel; als sie meinen Vater bittet, ihr noch einen Drink zuzubereiten, steht er wortlos auf und weicht dem Blick aus, den ihm meine Tante über den Tisch hinweg zuwirft.

Onkel Woody erzählt uns alles über die Abfallpresse, die er sich gerade gekauft hat, über die Zweckdienlichkeit, die Umweltfreundlichkeit, die absolute Schönheit dieses Geräts. Maiskörner kleben ihm an den Lippen, und sein Kinn glänzt von der geschmolzenen Butter. Ich bin erstaunt, daß ihn niemand darauf anspricht, aber dann bemerke ich, daß nur mein Vater und ich ihm zuhören. Meine Mutter starrt auf ihren Teller oder ihr Glas oder zum Fenster hinaus; Francine untersucht währenddessen sorgfältig ihr Essen, dreht es von der einen auf die andere Seite und sucht nach der idealen Verbindung von Zähnen und Nahrung, während Tante Louise meine Mutter mit einer Art verkniffener Neugierde beobachtet; jedesmal, wenn meine Mutter sich rührt, wendet meine Tante jäh den Kopf und starrt sie eine Weile lang direkt an. Nur mein Vater und ich schenken Onkel Woody überhaupt Aufmerksamkeit, und wir sind zu höflich, um ihn auf die Butter anzusprechen. An diesem, unserem ersten gemeinsamen Abend hat irgend jemand – vielleicht Onkel Woody, vielleicht meine Mutter – Kerzen angezündet, und wir sitzen hier in der heißen, flackernden Abenddämmerung, miteinander verknüpft durch das Licht und den Klang von Onkel Woodys Stimme. Über uns allen schwebt das Summen der Heuschrecken in der Luft und ruht auf uns wie ein Segen.

Nach dem Abendessen findet mein Vater ein Spiel im Fernsehen, und Onkel Woody bleibt am Tisch sitzen, um zu rauchen und mir und Francine dabei zuzusehen, wie wir das Geschirr in die Küche bringen. Obwohl wir haufenweise Aschenbecher haben, schnipst er die Asche auf seinen Teller und läßt sie in die kleinen Pfützen geschmolzener Butter fallen. Tante Louise scheint meine Mutter durch die ganze Küche zu treiben; jedesmal, wenn wir hereinkommen, stehen sie in einer anderen Ecke, bis meine Mutter schließlich beim Herd in der Falle sitzt. Als ich die Schüssel mit dem Kartoffelbrei hineinbringe, nimmt Tante Louise sie mir ab und stellt sie ins Spülbecken.

«Ihr Mädchen könnt jetzt los», sagt sie. «Bitte deinen Onkel Woody, euch zu dem Jahrmarkt zu fahren.»

Ich stehe direkt vor der Küchentür und warte, bis Francine sich umgezogen und Onkel Woody seine Zigarette zu Ende geraucht hat.

«Na ja», sagt meine Tante in der Küche. «Zumindest siehst du gut aus.»

Ein Streichholz wird angezündet, dann holt jemand tief Luft. «Es geht mir gut, Louise», sagt meine Mutter. «Es geht uns allen gut.»

Bevor meine Tante darauf antwortet, steht mein Onkel vor mir.

«Fertig für den Jahrmarkt?» fragt er. Er hat sich die Butter vom Kinn gewischt, aber seine Haut schimmert noch, als er zu mir herablächelt. «Du kannst während der Fahrt vorne bei mir sitzen.»

Auf dem Jahrmarkt faßt mein Onkel mich am Arm und lotst mich zum Riesenrad. Er deutet auf die oberste Gondel, die wahnsinnig schwankt, weil die zwei Jungs darin hin- und herschaukeln.

«Das ist klasse, was?» sagt er. «Damit fahren wir als erstes.»

Francines Augen strahlen, während sie ihren Blick über die gewaltigen, hell leuchtenden Neonlichter schweifen läßt. «Guck mal da», sagt sie und deutet auf eine Gruppe von Mädchen an einer Imbißbude. «Kennst du die?»

Die Mädchen sind etwa in meinem Alter und gehen wahrscheinlich auf dieselbe Schule wie ich, doch ich schüttle den Kopf.

«Und die?» sagt sie und zeigt auf einige Jungs, die mit Bällen auf Stoffkatzen werfen, und ich schüttle erneut den Kopf.

«Kennst du denn überhaupt niemanden?» fragt sie. Sie sieht enttäuscht aus, aber sie lebt auf, als sie eine Auslage mit riesigen rosafarbenen Stoffpandas entdeckt, und sie macht sich auf den Weg dorthin. Mein Onkel zwinkert mir zu, geht dann hinter ihr her und läßt mich inmitten dieser explodierenden Lichter und Klänge allein stehen, umgeben von umherstreifenden Gruppen von Jungs und Mädchen, die ich nicht kenne.

Nach den ersten paar Tagen verfallen wir schnell in eine Art Trott: Francines Augen blicken dem Tag ohne Liebe entgegen und wenden sich voll Hoffnungslosigkeit mir zu. Jungs, sagen sie, wo sind die ganzen Jungs? Danach Frühstück, dann der Tag, den jeder für sich verbringt. Francine legt sich eine glänzende Schicht Sonnenöl auf und setzt sich auf die Veranda, legt Patiencen oder liest Modezeitschriften, für die sie noch zu jung ist, voller Tips, wie man mehr Männer am Arbeitsplatz kennenlernt und durch welche Schönheitsoperationen man eine problematische Figur am besten vervollkommnen kann. Mein Vater, der jetzt seinen Jahresurlaub genommen hat, liegt auf dem Sofa vor dem Fernseher, und Tante Louise sitzt neben ihm und strickt, so daß ihre Nadeln ununterbrochen zu dem Lärm des Spiels klappern. Ich blättere die Seiten meines Buches geräuschlos um, und meine Mutter läuft im Haus und draußen herum und zieht Rauchwölkchen und Onkel Woody hinter sich her, der ab und zu stehenbleibt, um mir eine Handvoll Candy Corns anzubieten. Nach dem Abendessen bringt jemand Francine und mich zum

Jahrmarkt, und spätabends fallen wir alle erschöpft ins Bett, obwohl es so scheint, als hätten wir den ganzen Tag lang kaum etwas getan. Francine fällt sofort in einen tiefen, mißmutigen Schlaf, und ich liege wach und lausche ihrem leichten Schnarchen. Irgendwann vor Tagesanbruch wache ich auf und höre meinen Onkel den Flur entlangschleichen. Er bleibt vor meiner Tür stehen und horcht. Oder auch nicht. Seine Kunststoffsohlen verraten ihn nicht; auch seine Knochen und sein Atem verraten ihn nicht. Er bleibt stehen und horcht, dann schleicht er zu einer anderen Tür und horcht.

Als ich ein Eichhörnchen dabei beobachte, wie es einen Baum hochläuft, erklingt das laute Lachen meines Onkels direkt an meinem Ohr.

«Was hat das verdammte Eichhörnchen denn vor?» fragt er, und plötzlich legt sich seine riesige Hand auf meine Schulter. Sie fühlt sich an wie ein Betonhandschuh, der mich in die Erde rammt, und schon fange ich an zu schwitzen, wovor Mutter mich gewarnt hat. Obwohl ich mich nicht erinnern kann, daß mein Arzt etwas davon erwähnt hat, und ich auch nicht völlig sicher bin, ob meine Mutter es sich nicht ausgedacht hat, da sie selbst sich nicht um die Hitze schert, bemühe ich mich dennoch, aus der Sonne zu bleiben, und die Schweißperlen, die über meine Rippen rinnen, fühlen sich beunruhigend kalt an.

«Ein Bonbon, Susie?»

Als ich zu ihm aufsehe, lächelt er. Ich reiche ihm nur bis zur Brust, und ich kann ein leichtes Pfeifen hören, als er atmet. Er streckt seine Faust aus und öffnet sie, um mir einige Candy Corns zu zeigen, die zu einem klebrigen kleinen Klumpen zusammengedrückt sind.

«Nein, danke, Onkel Woody.»

«Oh», sagt er. «Nimm sie doch. Du bist ein so spindeldürres, kleines Ding.»

Er löst ein paar Candy Corns aus dem Klumpen in seiner Hand und läßt sie in meine fallen, dann schließt er meine Finger darüber. Die Bonbons sind warm und glitschig, und ich lasse sie ins Gras fallen. Onkel Woody lacht, sperrt dann den Mund weit auf, reißt die Hand hoch und wirft den Bonbonklumpen hinein. Er zwinkert mir zu, während er kaut, und schlendert unter Kopfschütteln zum Haus zurück. Ich kann durch die Fenster sehen, wie er sich von der Küche ins Wohnzimmer begibt, wo mein Vater sich das Spiel zwischen Cincinnati und Chicago ansieht.

Ich bin im Badezimmer und mache eine Bestandsaufnahme. Wangenknochen: flach, Kinn: fliehend, Haar: dünn, Brüste: klein, äußere Erscheinung: problematisch.

Ich habe mir ein paar von Francines Kosmetika ausgeborgt, und die stehen vor mir auf dem Waschbecken ausgebreitet, als sie, ohne anzuklopfen, in einem flauschigen rosafarbenen Bademantel hereinkommt. Sie sieht das Make-up auf dem Waschbekken stehen, und ich versuche, es ihr zu erklären, aber sie geht an mir vorbei und läßt Wasser in die Badewanne laufen. Sie nimmt ein Fläschchen aus der Tasche ihres Bademantels, macht es auf und riecht daran; dann gießt sie etwas von der Flüssigkeit unter das fließende Wasser. Sofort bilden sich glänzende Blasen in der Wanne, und sie lächelt, als sie sich zu mir umdreht.

«Badeöl», sagt sie. «Dadurch fühlt sich deine Haut seidenweich an.»

Wer wird das wohl nachprüfen, Francine? denke ich. Sie setzt sich in die Wanne und atmet tief durch.

Wer? denke ich, und dann spreche ich es aus: «Wer?»

«Was?» sagt sie. Sie hält sich eine Handvoll von den Blasen vors Gesicht und pustet sie in die Luft. «Ich hab eine Verabredung heute abend», sagt sie.

Das ist mir unerklärlich. Wie kann sie eine Verabredung haben? Sie kennt keine Jungs. Ich sehe beiläufig in den Spiegel.

«Oh?» sage ich. «Mit wem?»

«Mit einem Jungen», sagt sie. «Einem Jungen, den ich gestern abend auf dem Jahrmarkt kennengelernt habe.»

Gestern abend, denke ich und lasse den Abend im Geist noch einmal Revue passieren. Sie muß den Jungen kennengelernt haben, als mein Onkel und ich Riesenrad gefahren sind oder als mein

Onkel mit Gummibällen auf den Clown geworfen hat oder als mein Onkel mir Bonbons gekauft hat.

«Wo geht ihr hin?» frage ich.

«Wir treffen uns auf dem Jahrmarkt», sagt sie und wedelt mit der Hand über die Gipfel der Berge aus Blasen, von denen ihre Brüste umgeben sind. Ich stelle mir die beiden hoch über den Lichtern des Parkplatzes des Einkaufszentrums vor, wie sie sich in der künstlichen Verzückung des Riesenrads wiegen, Francine mit einem gewaltigen Bausch rosafarbener Zuckerwatte in der Hand und der Junge – seine Hand unter ihrem Pullover – das weiche Bonbon ihres Busens haltend.

Wir stehen alle um die Haustür herum, während Onkel Woody sich darauf vorbereitet, Francine zum Jahrmarkt zu fahren. Meine Tante streckt die Hand aus, in der sie ein Kleenex hält, um etwas verschmierten Lippenstift von Francines Kinn zu wischen.

«Willst du denn nicht mitfahren, Susie?» fragt mein Onkel. «Du willst doch nicht die ganze Nacht mit uns alten Leuten hierbleiben.»

«Ich fühle mich nicht wohl», sage ich ihm. «Ich werde ein bißchen lesen.»

«Wenn du willst», sagt er, «können wir in einen Film gehen. Nur du und ich. Wie bei einer normalen Verabredung. Ich kaufe dir Popcorn, und wir setzen uns in die letzte Reihe und sehen den anderen beim Knutschen zu.»

«Woody», sagt meine Tante, «Francine wird noch zu spät kommen.»

Francine dreht sich an der Tür noch einmal um und wirft mir ein Lächeln zu. «Mal sehen, ob er einen Freund hat», sagt sie.

Tante Louise beobachtet, wie sie zum Wagen gehen, und mein Vater geht zurück ins Wohnzimmer. Mir wird bewußt, daß meine Mutter nicht bei uns gestanden hat; vielleicht ist sie im Keller oder auf der Veranda. Als der Wagen davonfährt, dreht sich Tante Louise zufrieden zu mir um.

«Francine ist sehr beliebt», sagt sie. «Überall, wo sie hingeht, scheint sie neue Freundschaften zu schließen.»

Ich nicke und versuche mir etwas einfallen zu lassen, was ich sagen könnte, aber als die Tür des Gefrierschranks sich mit einem saugenden Geräusch öffnet, wendet sie sich abrupt ab und geht in die Richtung, aus der das Geräusch einer knackenden Eisschale ertönt.

Mein Vater steht beim Fernseher und trommelt geistesabwesend auf den Bildschirm. Er ist hin- und hergerissen: Er kann sich entweder das Spiel zwischen L.A. und Cincinnati oder das Spiel zwischen Cleveland und Detroit ansehen. Er schaut aus dem Fenster auf die letzten Strahlen der Abendsonne über den Weintrauben und wischt sich behutsam die Finger an seinem Hemd ab, dann klaubt er ein paar Candy Corns aus der Schale auf dem Fernseher, die mein Onkel dorthin gestellt hat, um mich zu dem flimmernden Bildschirm zu locken, während er sprungbereit im Dunkeln lauert. Mein Vater entscheidet sich schließlich für ein Spiel, setzt sich unzufrieden hin, um es sich anzusehen, und denkt einzig an das Spiel, das er gerade verpaßt, obwohl er bald eingeschlafen sein wird. Die Stimme des Kommentators bei dem Baseballspiel, die durchs ganze Haus bis in mein Schlafzimmer dringt, klingt beruhigend: Sommer, Vater, Zuhause, sagt sie, und ihre eindringlich wechselnde Lautstärke verschmilzt mit dem Gemurmel der Heuschrecken. Mein Vater liegt – den Drink auf seine Brust gestützt – auf dem Sofa und döst oder träumt, während Tante Louise neben ihm ihre Hand über irgendein Model in *Vogue* oder *Cosmopolitan* gleiten läßt und dabei denkt: Das will ich haben, das will ich haben. Meine Mutter und mein Onkel sind weg, Verfolgte oder Verfolger unter den dunklen Bäumen, und irgendwo wandert die schmale Hand eines Jungen über Francine, entzückt von der Nachgiebigkeit ihrer Haut, von der Festigkeit ihrer Brustwarze. Erstaunt und begeistert streichelt er sie irgendwo im Mondlicht. Hier gibt es kein Licht außer dem blauen Licht des Fernsehers und kein Geräusch außer dem Geräusch, das mein Onkel nicht macht, wenn er von Tür zu Tür schleicht, dem Geräusch, das weder das Quietschen seiner Schuhe noch das Knacken seiner Knochen verursacht.

Ich gehe ins Bett, bevor Francine zurückkommt, und als ich später aufwache, weiß ich nicht, ob sie schon zurück ist, aber die Gestalt meines Onkels zeichnet sich undeutlich im Mondlicht ab, das durch mein Fenster fällt, und sein massiger Körper läßt mein Bett bedenklich knarren. Die Latten unter der Matratze passen nicht richtig, und manchmal gleiten sie vom Rahmen, und dann fällt die Matratze durch bis auf den Fußboden.

«Susie», sagt er. «Susie.» Er rüttelt an meiner Schulter. «Susie, wach auf.»

Ich tue so, als würde ich im Schlaf wirres Zeug reden, und drehe mich zur Seite, aber er legt mir die Hand auf die Stirn und dreht mein Gesicht wieder ihm zu.

«Susie», sagt er. «Ich will dir eine Gutenachtgeschichte erzählen. Welche hast du am liebsten?»

Er beugt sein Gesicht ganz nah zu mir herunter und rüttelt wieder an meiner Schulter. «Welche?» sagt er. «Welche?»

Er riecht nach Gin, den sie alle trinken, und Zigaretten und noch irgend etwas – ein süßlicher, geheimnisvoller, erregter Geruch. Ich halte die Augen geschlossen. Mir fällt keine Geschichte ein außer dieser.

«Suuusie», sagt er. Seine Stimme klingt, als würde er mich aus großer Entfernung rufen, und ich schlage die Augen auf. Er lächelt. «Ich hab gewußt, daß du wach bist», sagt er.

«Ich bin müde, Onkel Woody. Ich will jetzt schlafen.»

«Laß mich dir erst eine Geschichte erzählen. Guck mal. Ich hab dir Bonbons mitgebracht.»

Er macht die Hand über mir auf und verstreut Candy Corns auf dem Bettlaken über meinem Bauch, meinen Brüsten.

«Mir ist schlecht», sage ich. «Ich muß mal ins Badezimmer.»

Er legt sich neben mich und drängt sich zwischen mich und die Bettkante.

«Es war einmal», beginnt er, «ein kleines Mädchen.» Er streicht mir das Haar behutsam aus dem Gesicht und seufzt zufrieden auf. Sein Atem kommt feucht und schwer.

«Mir ist schlecht», sage ich erneut und rapple mich mühsam auf.

«Warte», flüstert er und streckt die Hand aus. «Warte», und dann kracht das Bett zusammen, und ich bin draußen.

In dem hellen Licht, vor den weißen Fliesen des Badezimmers, ist das alles ein Traum. Das Gesicht, das mich aus dem Spiegel anstarrt, träumt. Als ich in mein Zimmer zurückkomme, sieht alles aus wie vorher: Das Bett liegt ordentlich auf dem Rahmen, die Bonbons sind verschwunden. Das ist ein Traum, und morgen früh werde ich ihn vergessen haben. Kurz bevor ich wieder einschlafe, wird mir bewußt, daß ich vergessen habe nachzusehen, ob Francine da ist, aber dann fällt mir wieder ein, daß das ein Traum ist.

Am Morgen ist alles wie gewöhnlich, und als mein Muffin aus dem Toaster springt, reicht mir meine Tante die Butter.

«Woody sagt, er habe dir gestern nacht einen Schrecken eingejagt», sagt sie und dreht sich um, um einen weiteren Muffin in den Toaster zu stecken.

Ich nehme die Butter mit zu meinem Muffin auf dem Tisch. «Einen Schrecken eingejagt?»

«Er hat gesagt, er habe zuviel getrunken und sei aus Versehen in dein Zimmer gekommen.»

Sie beobachtet mich genau, während ich meinen Muffin mit Butter bestreiche.

«Oh», sage ich. «Ich hab keine Angst gehabt.»

Ich sitze an dem Tisch beim Fenster. Draußen gehen mein Onkel und mein Vater im Garten umher und unterziehen die Sträucher einer genauen Untersuchung. Als er sieht, daß ich sie beobachte, winkt mein Onkel Woody fröhlich, und mein Vater schaut sich um, um zu sehen, wem er zuwinkt. Plötzlich summt eine Heuschrecke am Fenster vorbei wie ein winziger, schwerfälliger Vogel. Irgendwo, habe ich gehört, ißt man sie, brät sie und ißt sie dann, eine Delikatesse wie Kaviar oder Austern. Mein Vater und Onkel Woody gehen weiter im Garten umher und zupfen hin und wieder Larvenhüllen von den Blättern.

«Widerlich», zischt meine Tante, «einfach widerlich.» Ihre Stimme dringt durch die Nacht wie ein Feuer, das alles niederbrennt, was sich ihm in den Weg stellt, direkt an meine Ohren. «Du bist ein widerlicher Dummkopf», sagt sie, «und denk bloß nicht, daß das nicht jeder sehen kann.»

Francine schläft oder tut so, obwohl ich die Stimme meiner Tante deutlich hören kann, und sie rührt sich nicht, als ich aufstehe, um ins Badezimmer zu gehen. Ich mache keinerlei Geräusch beim Gehen und zähle bei jedem Schritt meine Atemzüge.

«Hör mir zu», sagt sie. «Du gottverdammter Dummkopf.»

Ich stelle mir vor, wie mein Onkel mit mahlenden Kiefern neben ihr im Bett liegt.

«Hör mir zu», sagt sie erneut, und dann schlägt sie mit der flachen Hand nach ihm, was mitten in der Nacht so klingt, als würde es furchtbar weh tun. «Wirst du mir wohl zuhören?»

Er muß wach sein, mit einem Brennen auf der Wange, und in die Nacht hinausstarren, um ihn herum nur ihre Stimme. Eines Tages wird er sie umbringen. Er wird sie in der Waschküche überfallen, wenn sie ihn vor dem Fernseher wähnt, und er wird sich mit seinen Kunststoffsohlen an sie heranschleichen und ihr Gesicht in den weichen, süßlich duftenden Bettlaken begraben, die sie gegen den nächsten Tag auftürmt. Er wird ihr Gesicht in den Bettlaken begraben, und er wird ihre Leiche im Garten begraben, und dann wird er über mich hereinbrechen wie ein Regenguß. Bonbon, Susie, Bonbon, wird er sagen, und ich werde angelaufen kommen.

Ich halte mir die Ohren zu, doch Tante Louises Stimme sikkert wie Rauch zwischen meinen Fingern hindurch, wie Licht durchs Blattwerk.

«Widerlich», sagt sie, «einfach widerlich.»

Meine Mutter wird heute sechsunddreißig Jahre alt. Ich wurde geboren, als sie zwanzig war; sie hat mich die ganzen Jahre um sich gehabt. Seit sie zwanzig war, gibt es mich. In vier Jahren werde ich zwanzig sein. Zu ihrem Geburtstag heute wird ein kleines Festessen mit der Familie und ein paar Freunden meiner

Eltern stattfinden. Onkel Woody hat einige Flaschen Champagner und ein großes Netz zum Volleyball- oder Federballspielen besorgt. Carol kommt als erste, früh am Tag, um bei den Essensvorbereitungen zu helfen. Sie bringt ihr ein kleines Geschenk mit, das in leuchtend blaues Papier eingewickelt ist, und einen Strauß Blumen, der orangeweiß leuchtet wie ein Armvoll Feuer. Während Tante Louise losrennt, um eine Vase zu holen, reicht Carol mir eine kleine Blume, und die größte und schönste von ihnen steckt sie meiner Mutter hinters Ohr, eine Flamme in ihrem Haar.

«So», sagt sie, «jetzt siehst du wie ein Geburtstagskind aus.»

Meine Mutter lächelt beinahe, als sie die Blume berührt, und Carol wendet ihren Blick zu meinem Vater und Francine, die sich hinten im Garten damit abmühen, das Netz aufzuhängen. Tante Louise kehrt mit den Blumen in einer Vase zurück und sieht die Blume im Haar meiner Mutter an.

«Meinst du nicht, es wäre besser, die auch ins Wasser zu stellen?» sagt sie, und meine Mutter nimmt die Blume und gibt sie ihr. Ich stecke mir meine ins oberste Knopfloch.

«Susan», ruft Carol vom Fenster her. «Komm mal her. Sieh nur.» Sie deutet auf die Blätter eines Strauchs, der an der Fensterscheibe lehnt, und zeigt mir eine große Heuschrecke, die mittels einer schleimigen Ausscheidung ihres Körpers an einem Blatt festklebt. Sie müht sich ab freizukommen, aber jedesmal, wenn sie ein Bein losbekommt, muß sie sich wieder daraufstellen, um das andere loszubekommen, so daß sie erneut festsitzt.

«Das bedeutet, daß sie bald sterben werden», sagt Carol. Sie lächelt. «Sie werden mir irgendwie fehlen. Ich habe mich so an den Lärm gewöhnt. Stell dir vor, wie still es sein wird, wenn sie nicht mehr da sind. Wir werden uns selber wieder denken hören können.»

«Tja», sagt Tante Louise, «das wird eine nette Abwechslung für euch alle sein.» Sie lächelt freundlich, während sie die Vase mit den Blumen ins Eßzimmer bringt.

Ich stehe vor dem Küchenfenster und schneide Zutaten für das Geburtstagsessen klein, Möhren, Zwiebeln und Paprikaschoten, die alle in die Sauce zu dem Lammfleisch kommen, dem Lieblingsessen meiner Mutter. Die spätnachmittägliche Sonne glitzert auf dem Messer, und ich konzentriere mich auf das Spiel meiner Finger und auf die Klinge, während meine Hand sich stetig auf dem Rücken einer Möhre vorarbeitet und das Messer ihr unerbittlich nachjagt. Alle haben das Haus verlassen. Francine und Tante Louise holen die Geburtstagstorte; Onkel Woody und mein Vater sind los, um die tragbare Abfallpresse zu kaufen, die die Familie meiner Mutter schenken wird; meine Mutter und Carol pflücken hinten im Garten Weintrauben, vielleicht die letzten in diesem Jahr, die nicht von den Heuschrecken gefressen werden.

Ich frage mich gerade, ob Francine in diesem Augenblick, da sie die Torte in der Bäckerei holt, neue Freundschaften schließt, Jungs kennenlernt, die mit ihr ausgehen wollen, und ich blicke auf und aus dem Fenster und sehe meine Mutter und Carol zusammen zwischen den Weintrauben stehen; die Blätter sind noch feucht von einem Regenschauer in der Frühe, und sie glänzen in der strahlenden Sonne, als Carol mit tastenden Fingern nach Trauben sucht. Sie pflückt eine ab und hält sie hoch, dann läßt sie sie in die blauweiße Schüssel fallen, die meine Mutter hält. Etwas, was sie sagt, läßt meine Mutter lächeln – nur einen Augenblick lang, aber bevor das Lächeln verschwunden ist, nimmt Carol das Gesicht meiner Mutter in beide Hände und drückt es an ihr eigenes. Das Gesicht meiner Mutter verschwindet, während ich dabei zusehe, wie sie sich unter den feuchten Blättern küssen und die Trauben wie dicke Fliegen über ihnen hängen. Die Schüssel fällt meiner Mutter aus den Händen und kippt um; Trauben rollen durchs Gras, und als Carol und meine Mutter sich aneinanderschmiegen, fällt von den Blättern ein Regenschauer auf ihre Köpfe herab. Ringe bilden sich um diesen Augenblick, diesen Himmel, diese Sonne, fliegen über die feuchten Blätter wie winzige Lichtkugeln und blenden meine Augen. Onkel Woody wird jetzt über mich hereinbrechen wie ein Sturm.

Plötzlich schwindet das Sonnenlicht, wird von einer Wolke verdeckt, und ich wende den Blick wieder meiner Arbeitsplatte zu. Um mich herum liegen Gemüseschnitzel wie aufgetürmte Leichen. Ich wundere mich, daß ich mich nicht geschnitten habe. Als ich noch einmal auf die Weintrauben schaue, sind Carol und meine Mutter verschwunden; auch die Schüssel liegt nicht mehr auf der Erde.

Beim Essen liegt ein kleiner Haufen schwarzer Trauben mitten auf dem Tisch. Sie sehen aus wie Kokons, die sprachlos das blauweiße Muster der Schüssel anhauchen. Ich reiche Onkel Woody neben mir die Brötchen; ich gebe ihm das Salz, den Pfeffer, und ich hebe mein Glas, als er seins erhebt und einen Toast auf meine Mutter ausbringt, die die Abfallpresse neben sich auf dem Fußboden anstarrt. Ich lächle zu allem, was mein Onkel in seinem Toast auch sagen mag, aber ich habe gesehen, wie sie sich geküßt haben, denke ich, ich habe gesehen, wie sie sich unter den feuchten Blättern geküßt haben und die Trauben sich über ihnen bewegt haben wie träge Fliegen. Die Worte meines Onkels legen sich über die Trauben und um jede Rundung und wärmen sie. Meine Augen wandern über die Trauben wie über unbekanntes Territorium, und ich folge der Spur der Sätze meines Onkels wie auf einer Landkarte.

«Du wirst diese Abfallpresse mögen, Helen», sagt er gerade.

Ich versuche mir meine Mutter vorzustellen, wie sie etwas in die Abfallpresse fallen läßt, Dosen, Servietten, Pappteller, aber ihr Gesicht verschwindet in dem weiten blauen Himmel, den feuchten Blättern, den dicken schwarzen Trauben.

«Durch unsere spare ich viel – Zeit, Mühe, Geld –, und ich kann dir sagen, das summiert sich.»

Carol schneidet ihr Fleisch sorgfältig, und meine Tante sieht ihr zu und fragt sich: «Was jetzt? Was jetzt?»

Nachdem wir alle zu Ende gebracht haben, was immer wir mit unserem Essen anstellen, bringen meine Tante und Francine die Geburtstagstorte herein, ein großes weißes Etwas, auf dem schmucklos der Name meiner Mutter geschrieben steht und sich mindestens drei oder vier Kerzen zuviel befinden. Carol und mein Vater geben sich alle Mühe, sämtliche Kerzen anzuzünden, bevor von den ersten Wachs auf den Zuckerguß tropft, aber sie sind zu ungeschickt und zu langsam, so daß sich kleine blaue Wachslachen auf dem Namen meiner Mutter ausbreiten.

Jemand sagt: «Wünsch dir was», und sie schließt die Augen und bläst dann die zwei oder drei Kerzen aus, die ihr am nächsten sind. Francine steht auf und bläst die restlichen aus. Ihre Augen sind verträumt geschlossen, und sie denkt schon an den Jungen, den sie in der Bäckerei oder auf dem Parkplatz des Ladens kennengelernt hat. Die Hand meines Onkels schwebt über den Trauben. Rühr sie nicht an, denke ich; bring das nicht durcheinander. Er hält bei der Traube inne, auf der meine Augen ruhen, und faßt sie an und ertappt mich dabei, wie ich ihm auf die Hand schaue. Als er sie aus der Schüssel nimmt, lächelt er.

«Hast wohl die Sprache verloren, Susie?» sagt er.

Wie herabregnende heiße Asche wird er jetzt über mich hereinbrechen. Meine Tante beobachtet ihn mit funkelnden Augen.

Als ich aufwache, höre ich meinen Onkel den Flur entlangschleichen. Er bleibt an meiner Tür stehen oder auch nicht, dann schleicht er weiter.

In meinem Traum sitze ich im Sonnenlicht in einem Kreis aus Stühlen genau in der Mitte einer lang abfallenden grünen Rasenfläche. In der Mitte des Kreises aus Stühlen steht eine orangegelbe Blume wie eine Flamme im Herzen; sie paßt zu der kleineren Blume, die ich an der Brust trage, in den Falten meines Kleides. Über alldem liegt das Geräusch der Heuschrecken, das leise Flügelschlagen, und in der Ferne höre ich die Stimmen von Männern. Hinter mir liegt ein dunkler Wald, in dem meine Mutter und Carol unter den schweren, feuchten Blättern stehen. Als sie sich küssen, bewegen sich die Blätter, fliegen davon und lassen die Zweige nackt und bloß zurück. Ich laufe weg von ihnen, und mein Onkel kommt hinter mir her, als der Himmel sich plötzlich vor lauter Heuschrecken verdunkelt, die in einer riesigen Wolke fliegen. Mein Onkel bleibt zurück und ruft: «Bonbon, Susie, Bonbon», aber seine Stimme wird vom Summen und Schwirren des Himmels übertönt.

Als ich die Augen aufmache, höre ich, wie Francines gleichmäßiger Atem die Nacht umhüllt und durch die Luft gleitet. Ich kann all die unterschiedlichen Geräusche des Hauses hören. Widerlich, säuselt es; Bonbon, säuselt es; Jahrmarkt, Liebe. Ich halte mir die Ohren zu, aber ich kann immer noch so, als wäre ich unter Wasser, Francines leichtes Stöhnen hören, während sie von einem Paar Hände träumt, die sich unter den Bettlaken hervorschlängeln, um über ihren Körper zu gleiten, ihr das Haar sanft aus dem Gesicht zu streichen, ihre Lippen zu berühren.

«Francine», flüstere ich, «Francine.» Ich kann ihr nicht zuhören.

Im Flur oben an der Treppe ist es so dunkel, daß ich meine eigene Hand nicht sehen kann. Meine Mutter setzt sich neben mich, bevor ich merke, daß sie da ist, so als hätte die Dunkelheit all meine Sinne geschwächt. Sie zündet sich eine Zigarette an, und ich sehe zu, wie der Rauch von ihrem Gesicht aufsteigt. Sie streicht mein Haar zurück und wischt mir die Tränen mit dem Zipfel ihres Morgenrocks weg. Sie hat den Arm um mich gelegt, und wir schaukeln auf der obersten Stufe vor und zurück. Mein Gesicht liegt an ihrem Hals, und sie wiegt mich, so als wäre ich aus einem bösen Traum erwacht, als wären wir ganz allein auf der Welt.

«Susie», flüstert sie, «Susie», und ihre Stimme klingt wie die Heuschrecken, ein Flüstern, das alles übertönt, das das Säuseln des Hauses übertönt und es zum Schweigen bringt. Das ist alles, was ich jemals gewollt habe.

Sie sieht mich an, und ihre Augen glänzen im Licht ihrer Zigarette. Es gibt so vieles, was sie sagen könnte.

«Ich bin sechsunddreißig», sagt sie schließlich und schüttelt den Kopf. «Wer hätte gedacht, daß alles einmal so furchtbar sein würde?»

Ich verstecke mein Gesicht in ihren Haaren; die braunen sind weich und die grauen borstig, und ich kann kaum meine eigene Stimme verstehen. «Ich werde immer bei dir sein», sage ich.

Sie macht sich los und sieht mich einen Augenblick lang an, dann starrt sie in das dunkle Zimmer am Fuß der Treppe. Sie werden bald weg sein, will ich ihr sagen; sie werden bald weg sein, und dann sind wir wieder unter uns, und alles wird so sein wie vorher. Nichts wird geschehen sein. Es gibt so vieles, was ich sagen könnte. Ihre Zigarette ist fast heruntergebrannt, und ich kann die zarten weißen Knochen ihrer Hände und Finger sehen. Es gibt so vieles, was ich sagen könnte, doch das Summen meines Herzens verschluckt jedes Wort, und als sie mir schließlich den Blick zuwendet, sehen ihre Augen wie Heuschrecken aus, die unbeholfen über ihre weiße Haut krabbeln.

Brachliegende Felder

Als Alice' Mutter den Gang entlang auf sie zukommt, stützt sie die Hand fest auf jeden einzelnen Sitz, um bei dem Geschaukel des Zuges das Gleichgewicht zu halten, und ihre Handtasche stößt an die Sitzlehnen hinter ihr. Die Leute blicken verärgert auf, und Alice wendet sich wieder ihrem Buch zu, aber sie kann spüren, wie ihr Vater jeden einzelnen Schritt beobachtet, bis ihre Mutter schließlich in den gegenüberliegenden Sitz fällt.

«Um Himmels willen, Adele», sagt er. «Du bist praktisch jedem von den Leuten an den Kopf gedonnert.»

Alice' Mutter schaut die Sitzreihe entlang und sieht dann wieder ihn an.

«Ich denke, wenn es sie gestört hätte», sagt sie, «dann hätten sie etwas sagen können.»

Er blickt auf die Karte, die auf seinem Schoß ausgebreitet ist, und sie starrt aus dem schmutzigen Fenster auf die vorbeiziehenden Felder.

«Meinst du nicht auch?» fragt sie schließlich. «Meinst du nicht auch, daß sie etwas gesagt hätten?»

Alice' Vater knistert mit der Landkarte und blickt dann auf. «Klar», sagt er. «Genau das hätten sie getan. Genau das.»

«Na ja», sagt sie, «das würde ich zumindest tun.»

Ihr Blick wandert zwischen ihm und Alice hin und her, aber er ist schon wieder über seine Karte gebeugt, und Alice lehnt sich hinaus, um den Gang entlangzublicken. Die Leute haben sich wieder ihren Büchern, ihrem Kartenspiel oder ihren Gesprächen zugewendet; sie haben bereits vergessen, daß sie gestört wurden.

«Liebes», sagt ihre Mutter und beugt sich vor. «Gefällt es dir?» Sie riecht nach frischer Luft und Zigaretten, weil sie sich zum Rauchen lieber in den Durchgang zwischen den Waggons gestellt hat, statt den ganzen Weg bis zum Raucherabteil zu gehen.

Alice nickt, und ihre Mutter tätschelt ihr das Knie. Dann lehnt sie sich wieder in den Sitz zurück. Draußen verändert sich die Landschaft von Grau über Braun wieder zu Grau, während sie an Feldern, dann an Farmen und schließlich wieder an Feldern vorbeifahren. Sie fahren durch den südlichen Mittelwesten, von ihrem Zuhause in Ohio zur Hochzeit einer Cousine von Alice' Vater in Arizona. Alice ist der Cousine vorher noch nie begegnet, kann sich nicht einmal daran erinnern, daß jemals von ihr die Rede war, aber ihr Vater hat gesagt, sie seien eingeladen, und sie gehöre zur Familie, also würden sie hinfahren. Noch weniger leuchtet ihr ein, warum sie sich so viel Zeit nehmen, mit dem Zug zu fahren, obwohl das einmal eine gute Idee zu sein schien, eine nette kleine Abwechslung. So hatte ihr Vater sich ausgedrückt: eine nette kleine Abwechslung; und die, hatte er gesagt, könnten sie weiß Gott alle gut gebrauchen. Sie hatten auch gedacht, daß es eine gute Erfahrung für Alice wäre, die Möglichkeit, mal andere Gegenden des Landes zu sehen, aber bisher sieht alles, woran sie vorbeifahren, genauso aus wie das, woran sie schon vorbeigekommen sind.

Während der rasenden Fahrt in den Südwesten hat sie wenig Überraschendes gesehen; ab und zu läuft ein Hund oder ein Kind über ein gemustertes Feld, doch was ihr hauptsächlich in Erinnerung bleiben wird, sind ein gefrorener Boden aus schmutzigem Schnee und die Herden vor Kälte starrer Kühe, die verzweifelt an vibrierenden Zäunen grasen. Und alles scheint die gleiche Farbe zu haben; selbst die Städte, durch die sie fahren, sind braun und gesichtslos wie aus Sand gebaute kleine Ortschaften.

Sie sind seit dem frühen Morgen unterwegs und werden erst in drei Tagen in Arizona ankommen. Weil die Fahrt so lange dauert, haben sie sich eine kleine Kabine mit Etagenbetten und Toilette gemietet. Als sie in den Zug gestiegen sind, sind sie direkt dorthin gegangen, haben ihr Gepäck sorgfältig an der Wand aufgestapelt und sich dann in dem winzigen Raum umgesehen.

«Das ist ganz anders, als ich es aus meiner Kindheit in Erinnerung habe», hat Alice' Mutter gesagt. «Die Kabinen sind mir damals so groß vorgekommen.»

Ein paar Minuten lang hockten sie alle drei vorsichtig auf der Kante ihrer Stühle, die an der Wand oder am Boden festgeschraubt waren; dann begaben sie sich schnell zu ihren Plätzen im Waggon, wo sie bisher den größten Teil der Fahrt verbrachten.

Bevor sie von zu Hause aufbrachen, hatte Alice' Vater ihre ungefähre Route auf einer Karte eingezeichnet, und während der ersten paar Stunden der Reise machte er sie auf manches aufmerksam – Grenzsteine, Universitäten, historische Stätten –, aber seitdem sind sie alle in Trübsinn verfallen und beobachten teilnahmslos, wie die Städte, die Felder und der spätwinterliche Himmel vorüberrauschen. Sie befinden sich jetzt in Indiana – schon seit Tagen, wie es scheint –, und obwohl ihr Vater aufgehört hat, Alice auf bestimmte Dinge aufmerksam zu machen, verfolgt er immer noch sorgfältig, wo sie sich gerade befinden. Jetzt hält er Alice die Karte hin und deutet auf einen winzigen Punkt an der Grenze zu Missouri.

«Siehst du das?» sagt er. «Da halten wir als nächstes.»

Alice blickt auf die Karte; es liegen immer noch mindestens vier große, quadratische Staaten zwischen ihnen und Arizona.

«Mal sehen», sagt ihr Vater. «Die nächste größere Stadt ist Poplar Bluff, und die hat» – er hält inne und sieht am Kartenrand nach – «dreitausend Einwohner.»

«Weißt du», sagt Alice' Mutter, «die Karte ist mindestens fünf Jahre alt. Sie ist wahrscheinlich nicht auf dem neuesten Stand.»

Er legt den Finger auf den kleinen Punkt und sieht zu ihr auf. «Ich glaube nicht», sagt er, «daß sich die äußere Gestalt der Staaten in den letzten fünf Jahren sehr verändert hat. Glaubst du das?» fragt er Alice, und sie blickt auf die Karte.

«Vielleicht haben sich die Einwohnerzahlen verändert», sagt sie. «Vielleicht hat sie das gemeint.»

«Ich spreche nicht von den Einwohnerzahlen», sagt ihr Vater.

«Die *Staaten* sind gleichgeblieben. Und die schauen wir uns hier gerade an. Die Staaten.»

Er streicht die Karte auf seinen Beinen glatt und blickt darauf, dann hebt er den Kopf. «Es sei denn», sagt er zu Alice' Mutter, «es sei denn, du weißt mehr als ich.» Er starrt sie an, bis sie den Kopf zum Fenster dreht.

«Oh», sagt sie, «seht mal.» Und sie blicken alle auf ein graues Feld, das mit Rauhreif überzogen ist; mitten darauf läuft ein Mädchen auf Schlittschuhen eine holprige Figur auf einem zugefrorenen Teich. Sie bleibt stehen und läuft die Figur noch einmal.

«Das könnte ich sein», sagt Alice' Mutter. «Weißt du», sagt sie zu Alice, «ich hätte als Eiskunstläuferin Karriere machen können. Ich war sehr gut.»

Alice hört das nicht zum ersten Mal, und während ihre Mutter sich vorbeugt, um dem Mädchen zuzusehen, versucht Alice, sie sich beim Schlittschuhlaufen vorzustellen. Das Mädchen verschwindet aus dem Blickfeld, und Alice' Mutter lehnt sich zurück.

«Im College konnte ich eine perfekte Acht laufen», sagt sie. «Perfekt. War's nicht so?» fragt sie Alice' Vater.

«Ja», sagt er und starrt immer noch aus dem Fenster, obwohl nur noch eine weite Fläche hohen, bereiften Grases zu sehen ist, das sich unter dem Gewicht des Winternachmittags kaum biegt. «Perfekt.»

«Aber damals war alles anders», sagt sie zu Alice. «Ich habe nicht deine Möglichkeiten gehabt.»

Sie macht ihre Handtasche auf und wühlt darin herum, dann sieht sie zu Alice auf. «Du», sagt sie, «du kannst alles tun.» Sie nickt. «Alles, was du willst. Du kannst alles erreichen.»

«Mein Gott», sagt Alice' Vater, «sie ist erst zwölf.»

«Ich weiß», sagt Alice' Mutter. «Ich weiß, wie alt sie ist. Ich habe ihr bloß erklärt, wie die Dinge sich geändert haben, das ist alles. Heutzutage ist alles anders. Sie *kann* alles erreichen.»

Er blickt auf seine Karte.

«Du weißt das nicht», sagt sie zu ihm. «Du hast die Möglichkeit gehabt, alles zu tun, was du wolltest.»

Er blickt nicht auf, aber sein Mund wird schmal und verkniffen, während er seinen Finger die blaue Linie entlanglaufen läßt, die er von Ohio nach Arizona gezogen hat.

«Damals war es für Mädchen anders», bekommt Alice von ihrer Mutter erzählt. Sie holt ihre Zigaretten hervor, dann fällt ihr ein, daß sie im Waggon nicht rauchen darf, und sie steckt sie wieder weg. «Ich würde alles geben, um diese Chance noch einmal zu bekommen», sagt sie. «Alles.»

Alice schaut gerade rechtzeitig aus dem Fenster, um zu sehen, wie der Schatten einer Wolke über das Feld zieht, und sie denkt an das Mädchen auf dem Teich, das Haar mit Rauhreif überzogen, wie sie sich bückt und versucht, eine Bedeutung in die Figur hineinzulesen, die sie gerade in die Eisfläche geritzt hat.

Der Zug rollt langsam aus, und Alice' Vater steht, wie an jedem Bahnhof, auf und sagt, wie an jedem Bahnhof: «Tja, ich denke, ich werde mir mal die Beine vertreten.» Er geht vorsichtig den Gang hinunter und wartet an der Tür, bis der Zug vollends zum Stillstand gekommen ist. Er steigt an jedem Bahnhof aus, um, wie er sagt, etwas von der örtlichen Kultur in sich aufzunehmen, und bringt immer eine Lokalzeitung mit zurück, die er zu den anderen auf den Stapel auf dem ihm gegenüberliegenden Sitz neben Alice' Mutter legt.

«Die können wir gebrauchen, wenn wir zu Hause sind», sagt er jedesmal, wenn er eine neue Zeitung dazulegt. «Um zu sehen, was überall, wo wir waren, passiert ist.»

Als er aus dem Zug steigt, klappt Alice' Mutter die Zeitschrift in ihrem Schoß zusammen. «Gefällt es dir auch wirklich, Liebes?» fragt sie, und Alice nickt. Ihre Mutter lächelt. «Das ist schön», sagt sie. «Na immerhin.»

Es ist nur ein kurzer Halt, und Alice' Vater kehrt mit einem *Kansas City Star* zurück, den er aufschlägt, als er sich hinsetzt.

«Okay», sagt er in herzlichem Ton, «mal sehen, was in Kansas los ist.»

«Das hier ist Missouri», sagt Alice' Mutter, ohne von ihrer Zeitschrift aufzublicken. «Kansas City liegt in Missouri.»

Er sieht sie über die Zeitung hinweg an. «Oh», sagt er. «Dann also Kansas, Missouri, wo liegt da der Unterschied?» Er hebt die Zeitung höher. «So», sagt er, «was ist hier los?» Er murmelt beim Lesen vor sich hin und hält dann plötzlich inne.

«Was?» sagt Alice' Mutter, aber er liest schweigend weiter.

«Hört euch das an», sagt er schließlich. «Im Holiday Inn ist gestern abend ein Mann abgestiegen und aus dem sechsten Stock gesprungen. Hat Selbstmord begangen.» Er schüttelt den Kopf, während er sich wieder dem Artikel zuwendet. «Sie wissen noch nicht, um wen es sich handelt. Oder wo er herkommt.»

Alice' Mutter schüttelt den Kopf. «Stell dir das vor», sagt sie. «Stell dir vor, sich so viel Mühe zu machen, nur um sich umzubringen. Warum nicht daheim bleiben und es da tun?»

«Oh», sagt Alice' Vater, «ich verstehe das.» Er nickt und liest den Rest des Artikels, dann sieht er zu Alice' Mutter auf. «Ich kann das vollkommen verstehen.»

Alice schaut zur Zeitung hinüber, aber dort ist nur das grobkörnige Bild eines Hotels mit einem kleinen weißen Kreis um eines der Fenster zu sehen. Alice dreht den Kopf zur Seite und sieht sich die Außenbezirke der Stadt an, ein paar geduckt daliegende graue Gebäude, die weiten, brachliegenden Feldern Platz machen.

«Ich schätze, das kann ich auch», sagt ihre Mutter. «Wahrscheinlich hat ihn die Landschaft deprimiert. Wahrscheinlich konnte er es nicht mehr ertragen, dauernd Maisfelder zu sehen.»

Sie legt ihre Zeitschrift auf den Stapel Zeitungen neben sich. «Ich glaube, ich kann das auch nicht mehr», sagt sie und steht auf. «Ich werd mal eine rauchen.»

Sie geht, die Handtasche vor sich, den Gang hinunter und hält mit nur einer Hand auf den Sitzlehnen behutsam das Gleichgewicht, aber auch so blicken die Leute auf, als sie vorbeigeht. Alice' Vater wartet, bis sie weg ist, und sagt dann: «Nun, daraus kannst du etwas lernen. Das sind Weizen- und keine Maisfelder.»

Er faltet die Zeitung zusammen, legt sie auf die Zeitschrift von Alice' Mutter und breitet dann seine Karte aus. «Okay», sagt er, «wenn wir uns in Missouri befinden, dann kommt als nächstes Arkansas.»

Er zeichnet mit seinem Finger die Route nach. «Und danach Oklahoma.» Er lächelt. «Oklahoma. *Das* ist ein Staat. Oklahoma wird dir gefallen. Mal sehen, wie weit es ist.»

Alice beugt sich mit ihm über die Karte, während er seinen Fingerknöchel langsam entlang der blauen Linie vorwärtsschiebt. Der umfaßt jedesmal eine Strecke von ungefähr sechzig Meilen und paßt nicht ganz siebenmal zwischen Oklahoma und die Grenze von Missouri.

«Sechs mal sieben», sagt er und hält inne. «Sechsunddreißig», sagt er einen Augenblick später, «das heißt dreihundertundsechzig Meilen. Das ist gar nicht so weit.»

Alice lehnt sich zurück. Draußen, gleich jenseits der Felder, kann sie einen kleinen Vorort sehen, eine ebene, baumlose Fläche mit Häusern darauf, die geradewegs aus der Landschaft zu wachsen scheint, kaum von ihr zu unterscheiden, als wäre alles – Land, Häuser, Sträucher, Autos – aus derselben grauen Masse. Er unterscheidet sich völlig von ihrem ordentlichen weißen Viertel in Ohio, mit seinen tiefgrünen Rasenflächen und seinen sauberen weißen Gehsteigen, wo jeden Sonntag von Männern wie Alice' Vater das Gras abgemäht wird.

«Augenblick mal», sagt er. «Sechs mal sieben. Sechs mal sieben.»

Er zieht einen Kugelschreiber aus der Tasche und schreibt es am Kartenrand auf: 6×7. «Sechs mal sieben», sagt er erneut, und sie will ihm die Lösung verraten, schließt aber statt dessen die Augen und wartet darauf, daß es Zeit zum Abendessen ist. In Ohio, denkt sie, wächst das zähe grüne Gras unterm Schnee. Im Sommer wird ihr Vater es abmähen, und es wird, starr und unbiegsam, immer wieder nachwachsen. Halb schläft sie, halb hört sie zu, und über das Rattern des Zuges hinweg kann sie hören, wie ihr Vater leise das kleine Einmaleins durchgeht.

Der Speisewagen ist nur halb voll, als sie ihr Abendessen einnehmen, und als der Kellner ihre Teller hinstellt, beobachtet Alice, wie das Eis in den Drinks ihrer Eltern im Rhythmus der Zugfahrt vibriert. «Also», sagt ihr Vater gut gelaunt, «nur noch fünfhundert Meilen bis Oklahoma.» Er nimmt Messer und Gabel und blickt auf sein Roastbeefsandwich. «Oklahoma wird dir gefallen», sagt er zu Alice. «Ich bin immer sehr gern dort gewesen.»

Alice' Mutter sieht sich nach einem Aschenbecher um und lehnt ihre Zigarette schließlich gegen den Rand der Butterdose. «Du bist noch nie in Oklahoma gewesen», sagt sie.

Alice' Vater legt sein Silberbesteck hin und legt die Hände neben seinen Teller. Dann beugt er sich vor, bis seine Krawatte beinahe in der Sauce hängt.

«Ich bin schon in Oklahoma gewesen», sagt er leise. «Ich bin dagewesen, als ich fünfzehn war. In einem Basketballtrainingslager.»

«Oh», sagt sie. «Na ja, das hab ich nicht gewußt. Das hast du mir nie erzählt. Ich verstehe nicht, wie du erwarten kannst, daß ich das weiß.»

«Ich hab's dir erzählt», sagt er. «Wahrscheinlich hab ich's dir schon zehnmal erzählt. Zwanzigmal.»

Alice beobachtet eine Familie auf der anderen Seite des Gangs und fragt sich, worüber sie reden. Ein Mädchen ungefähr in ihrem Alter ist dabei und ein Junge, der etwas jünger ist, und sie fragt sich, was wohl anders gewesen wäre in ihrem Leben, wenn sie einen Bruder gehabt hätte, aber sie kann sich niemand anderen in ihrem Haus vorstellen; obwohl es geräumig ist, scheint der Platz schon für sie kaum auszureichen.

Alice' Vater nimmt seine Gabel. «Oklahoma», sagt er, «ist wunderschön. Da hab ich die schönste Zeit meines Lebens verbracht. Die schönste.»

Er schneidet sein Sandwich in der Mitte durch und beobachtet, wie die Soße über den Teller läuft. «Wahrscheinlich würde ich dort ganz gut zurechtkommen. Wahrscheinlich könnte ich dort ein ganz angenehmes Leben führen. Vielleicht», sagt er, «vielleicht lasse ich mir das noch mal durch den Kopf gehen.»

«Na prima», sagt Alice' Mutter. «Und wir können alle Dreck fressen.»

Sie lächelt Alice an. «Oklahoma ist ein Staat voller Staub», sagt sie. «Nichts als Staub. Und Dreck.»

Alice' Vater blickt auf. «Ich habe nichts davon gesagt, daß wir alle gehen», sagt er, und er starrt Alice' Mutter einen Augenblick lang an, während Alice beobachtet, wie die Erbsen in dem kleinen Schälchen vibrieren. Sie blickt auf, als der Kellner kommt und sich unauffällig neben ihren Tisch stellt.

«Verzeihung», sagt er entschuldigend zu Alice' Mutter. Er reicht ihr einen Aschenbecher. «Rauchen ist hier leider nicht gestattet.» Er stellt den Aschenbecher hin und geht, und Alice' Vater sieht zu, wie sie ihre Zigarette ausdrückt.

«Wahrscheinlich haben alle sich beschwert», sagt er. «Wahrscheinlich jeder im ganzen Waggon.» Er lächelt, als er mit der Gabel in sein Sandwich sticht.

Nach dem Abendessen ziehen sie sich in ihre Kabine zurück und sitzen nervös auf den festgeschraubten Stühlen. Alles, was sie von der Welt draußen sehen können, ist ein dunkles Viereck im Fenster: kein Mond, keine Sterne, nicht einmal das Spiegelbild von Häusern oder den Lichtern einer Stadt, nur ein schwarzes Viereck und darin ihre eigenen Spiegelbilder, die wie Gespenster in der Scheibe eingeschlossen sind. Schließlich steht Alice' Mutter auf.

«Ich denke, ich geh mal ins Raucherabteil», sagt sie. «Da kann ich mich wenigstens ein bißchen unterhalten.»

Als sie weg ist, lächelt Alice' Vater. «Ist das nicht toll?» sagt er.

«Schätze schon», sagt Alice. Sie klopft auf die hart gefederte untere Koje des Etagenbetts, setzt sich und lehnt sich dann mit ihrem Buch an die Wand zurück.

«He», sagt ihr Vater, «du mußt nicht hier drin bei mir bleiben. In einem Zug gibt es viel zu entdecken. Man muß nur wissen, wo man suchen muß.» Er starrt sie an, bis sie das Buch weglegt und die Kabine verläßt.

Sie geht mitten auf dem Gang entlang, ohne die Sitze zu berühren, wenn sie an ihnen vorbeigeht, und hält das Gleichgewicht, indem sie ihren Schwerpunkt mit dem Holpern des Zugs verlagert. In dem kühlen Durchgang zwischen den Waggons bleibt sie stehen; als der Zug in den Gleisen ruckt, klappern die Haken, die die Waggons zusammenhalten, aber sie halten, und sie fragt sich, was wohl passieren würde, wenn der Zug genau hier, direkt unter ihr, auseinandergerissen würde; sie würde eine schnelle Entscheidung treffen und auf einen der beiden Waggons springen müssen, aber sie ist besessen von der Vorstellung, wie sie mit gespreizten Beinen über dem Spalt zwischen den Waggons steht, der dadurch, daß sie auseinanderdriften, immer breiter wird.

Direkt vor der Tür zum Raucherabteil kann Alice ihre Mutter sehen, wie sie mit dem Rücken zu ihr an einem kleinen weißen Tisch einem Mann in dunklem Pullover gegenübersitzt. Als Alice näher kommt, beobachtet sie, wie der Mann ihre Mutter betrachtet; er lächelt von Zeit zu Zeit, zieht die Augenbrauen hoch, nickt. Sein Blick wandert über ihr Gesicht, zu ihren Händen hinunter und wieder zurück.

«Ich konnte eine perfekte Acht laufen», hört Alice, als sie näher kommt. Ihre Mutter zieht an ihrer Zigarette, und Rauch steigt auf und umrahmt einen Augenblick lang ihren Kopf. «Ich war auf meine Art», fährt sie fort, «so etwas wie ein Wunderkind.»

Der Mann nickt und läßt seinen Blick über den Raum schweifen. Als Alice an dem Tisch stehenbleibt, lächelt er geistesabwesend, und Alice' Mutter dreht sich um.

«Oh», sagt sie. «Alice. Alice, das ist Mr. Gregg. Er fährt nach Albuquerque. Geschäftlich.»

«Alice», sagt er. «Was für ein hübscher Name.»

«Ja», sagt Alice' Mutter. «Nicht wahr?»

Sie drückt ihre Zigarette aus und lächelt Alice an. «Der Name kommt oft vor in unserer Familie», sagt sie, aber Alice fällt sonst niemand in ihrer Familie ein, der Alice heißt. Der Mann sieht aus dem Fenster auf die dunkle Leinwand der Welt, die draußen vorbeizieht, und als er sich wieder umdreht, scheint es ihn zu überraschen, daß Alice immer noch da ist.

Er lächelt grimmig. «Tja, Alice», sagt er, «was willst du mal werden, wenn du groß bist?»

Alice sieht ihre Mutter an und versucht sich vorzustellen, was sie mal werden wird, was sie tun wird, wenn sie in deren Alter ist. Bis dahin wird sie wahrscheinlich rauchen, und sie wird mit einem Mann verheiratet sein, der ihrem Vater sehr ähnlich ist, und im Sommer wird sie wahrscheinlich Urlaub machen mit ihm und ihren kleinen, stillen Kindern. Sie schließt einen Augenblick lang die Augen und versucht es noch einmal: Sie wird ein ganz anderes Leben führen, eins, wo sie nach dem Frühstück ein Nickerchen macht und sich nach dem Abendessen hinlegt. Sie wird eine Katze haben, die ruhig auf ihrem Schoß sitzt, und wenn die stirbt, wird sie sich eine neue anschaffen.

«Ich weiß nicht», sagt sie schließlich. «Krankenschwester.»

«Ah», sagt der Mann. «Etwas aus dem medizinischen Bereich.»

Ihre Mutter lächelt sie an. «Das ist genau das, was ich werden wollte», sagt sie. «Krankenschwester.» Sie sieht den Mann an. «Und ich hätte es gekonnt. Ich wäre eine gute Krankenschwester gewesen.»

Sie hält inne und schnipst eine Zigarette aus ihrer Packung. Der Mann nimmt sein Feuerzeug, aber sie blickt auf die Zigarette und führt sie nicht zum Mund.

«Ich wäre immer noch gern Krankenschwester», sagt sie. «Doch dafür ist es zu spät.»

«Aber, aber», sagt er. «Es ist nie zu spät. Nicht für eine Frau wie Sie. Sie sind doch noch eine junge Frau.»

Alice' Mutter sieht ihn an und lächelt. «Wirklich?» sagt sie.

«O ja», sagt er. «O ja.» Er knipst sein Feuerzeug an, und Alice beobachtet, wie die Flamme über die dunklen Augen ihrer Mutter gleitet.

Ihr Vater sitzt auf dem Stuhl am Fenster, als sie in die Kabine zurückkehrt. Die Karte und die Zeitungen sind um ihn herum auf dem Boden ausgebreitet, und auf seinem Schoß liegt die Zeitung aus Kansas City. Von der Tür aus kann Alice das Foto von dem Hotel mit dem weißen Kreis um das Fenster sehen. Er sieht sie an und läßt die Zeitung zu Boden fallen.

«Wo ist deine Mutter?» fragt er.

«Sie raucht», sagt Alice. «Sie ist noch im Raucherabteil.»

«Sie schließt wohl Bekanntschaften?» sagt er, und Alice nickt.

«Deine Mutter ist ein sehr kontaktfreudiger Mensch», sagt er und starrt sie an, und sie merkt, daß er auf eine Antwort wartet, aber sie setzt sich auf ihr Bett und nimmt sich ihr Buch. Schließlich greift er nach einer der Zeitungen auf dem Boden, und Alice beobachtet ihn über ihr Buch hinweg beim Lesen: Seine Augen gleiten schnell über das Blatt bis ganz nach unten, aber als er fertig ist, fängt er, ohne umzublättern, wieder oben an. Er wartet darauf, daß Alice' Mutter zurückkommt; Alice merkt, daß er darauf wartet, daß etwas passiert, und sie will weit weg sein, wenn es soweit ist, aber sie weiß bereits, daß es nicht in ihrer Abwesenheit passieren wird; wenn sie nicht da ist, wird es so lange unerledigt bleiben, bis sie wieder da ist – bis sie aus dem Badezimmer oder aus der Schule kommt oder bis sie aufwacht –, und solange es nichts ganz Furchtbares ist – ein Wort, ein Blick, eine leichte Ohrfeige –, wird sie als Zeugin dabeisein; sie gehört inzwischen dazu. Es hat einmal eine Zeit gegeben, als ihre Eltern sich ihr, wenn sie sich gestritten hatten, mit traurigen, bestürzten Gesichtern zugewendet haben wegen allem, was sie mit ansehen mußte, doch jetzt spielt es sich so ab, als wäre sie gar nicht da. Ihr Vater legt die Zeitung weg und schaut aus dem Fenster; das einzige Licht ist das des Zuges, der sich seinen Weg durch die schwarze Landschaft bahnt. Sie fragt sich, ob er an das Leben denkt, das er in Oklahoma hätte führen können, oder an ihre Mutter, oder ob er an gar nichts denkt und sein Kopf ein brachliegendes Feld ist, das nur von Zeit zu Zeit von ein paar Gedanken auf einem vergessenen Pfad überquert wird.

Als ihre Mutter zurückkommt, hat Alice ihr Buch zu Ende gelesen, und ihr Vater hat wieder gute Laune und zeichnet ihre Reiseroute nach. Er blickt auf und lächelt Alice' Mutter kurz an, als sie sich auf den Stuhl neben dem Bett setzt. Sie nimmt sich eine Zeitschrift, starrt sie eine Weile an und klappt sie dann zu.

«Erinnerst du dich daran», sagt sie zu ihm, «daß ich Krankenschwester werden wollte?»

Er blickt von der Karte auf und macht viel Aufhebens darum, sie sorgfältig so, wie sie ursprünglich gefaltet war, zusammenzulegen; als er damit fertig ist, lächelt er. «Nein», sagt er. «Daran erinnere ich mich nicht.»

«Tja», sagt sie, «ich schon.»

Er schaut aus dem Fenster, und sie nickt. «Weißt du», sagt sie, «ich bin immer noch verhältnismäßig jung. Ich bin immer noch eine verhältnismäßig junge Frau.»

Er antwortet nicht, aber seine Lippen bewegen sich, und während er auf die vorüberziehende Landschaft starrt, versucht Alice zu erkennen, was er sagt. Nach kurzer Zeit wird ihr bewußt, daß er das kleine Einmaleins durchgeht.

Sie legt ihr Buch zur Seite und geht in die winzige Toilette, um sich vor dem Zubettgehen die Zähne zu putzen, und einer nach dem anderen gehen sie alle in die Toilette und kommen in ihrer Nachtwäsche wieder heraus. Alice' Vater klettert als erster in die obere Koje des Etagenbetts, und ihre Mutter folgt ihm. Kurz bevor ihre Mutter ihr Bein hinaufzieht, entdeckt Alice ein Büschel dünner blonder Härchen an ihrem Knöchel, das ihr beim Rasieren entgangen ist. Sie fragt sich, woran ihre Mutter an jenem Tag gedacht hat, als sie sich über ihre langen weißen Beine gebeugt hat; ob sie vielleicht an all die Dinge gedacht hat, die sie statt dessen tun könnte. Alice dreht ihr Gesicht zur Wand und fragt sich, wer vor ihnen in diesen Betten geschlafen hat, welche Familie diesen Raum vor dieser Nacht benutzt hat. Sie konzentriert sich darauf, nicht zu horchen, aber das ist eine überflüssige Anstrengung: Ihre Eltern machen nicht das geringste Geräusch; sie liegen über ihr wie Steine, und sie kann sie nicht einmal atmen hören.

Sie wacht im Dunkeln auf und weiß nicht, ob das Ruckeln des Zuges sie geweckt hat oder ihre Mutter, die auf dem Stuhl neben dem Bett sitzt und sie beobachtet. Ihr Haar zeichnet sich in dem schwachen Licht vom Fenster ab, und ihre Augen sind dunkle Flecken in dem dunklen Oval, das ihr Gesicht ist. Sie beugt sich vor und faßt Alice sanft am Arm.

«Weißt du», sagt sie leise, «ich wollte wirklich Krankenschwester werden. Ich wollte in einem Krankenhaus arbeiten. Wirklich. Das ist nichts, was ich mir da draußen ausgedacht habe, so wie du. Ich wollte das wirklich.»

Alice schließt die Augen und spürt, wie der Zug unter ihr rattert. Sie fragt sich, in welchem Staat sie sich jetzt befinden, welche Stadt es ist, die ein so schmutziges Licht über die Felder draußen wirft. Sie fragt sich, wie lange es dauern wird, bis sie Oklahoma erreichen, und sie hört und hört auch wieder nicht, wie ihre Mutter von dem Stuhl aufsteht; sie spürt und spürt auch wieder nicht, wie ihre Mutter ihr die kalten Lippen auf die Stirn drückt, wie ihre Hand ihr das Haar zurückstreicht; sie schläft und schläft auch wieder nicht, so daß sie weiß, daß ihre Mutter den Raum verläßt, aber nicht hört, wie sie geht. Über ihr regt sich schließlich ihr Vater und wälzt sich auf der dünnen Matratze herum, und Alice kann spüren, daß er wach ist. Als sie wieder einschläft, träumt sie, daß sie sich in einem großen, leeren Zimmer ohne Fenster befindet, daß ihre Füße in Sand eingegraben sind und ihr Gesicht in Flammen steht.

Sie wacht auf, weil der Zug plötzlich ruckt, und sie erschrickt über das, was sie als erstes sieht: wie die Welt in einem verschwommenen Durcheinander vorbeirauscht. Dann fällt ihr ein, wo sie sich befindet, und sie schließt die Augen und versucht, sich den Augenblick ins Gedächtnis zurückzurufen, in dem sie die Augen aufgeschlagen und nicht gewußt hat, wo sie sich befindet, aber es ist zu spät. Überall im Zug erwachen die Leute in einer Welt, die nicht die ihre ist, und nur einen Augenblick lang vergessen sie alles: Ehemänner, Liebhaber, Kinder, Ehefrauen, selbst das Reiseziel, auf das sie mit solcher Entschlossenheit zurasen; dann blicken sie sich um; ihr Blick fällt auf ihre Kleider, auf die Gesichter ihrer Kinder, ihre vertrauten Koffer und Bücher, auf alles, was sie bei sich haben. Die Matratze über ihr bewegt sich, und sie fragt sich, wie es wohl sein mag für ihre Eltern, jeden Tag nebeneinander aufzuwachen – ob sie, und sei es nur einen Augenblick lang, überrascht sind. Sie macht die Augen wieder auf und sieht das Gesicht ihrer Mutter über der Matratze baumeln, wie es sie kopfüber anlächelt, und sie kann hören, wie ihr Vater sich in der Toilette die Zähne putzt. Er ist schon angezogen, als er herauskommt, und lächelt verkniffen.

«Okay», sagt er. «Ein neuer Tag.» Er geht zum Fenster, dann zur Tür und läuft unternehmungslustig im Raum umher, klopft sich im Gehen mit den Händen auf die Schenkel und wartet auf Alice und ihre Mutter, doch als sie schließlich angezogen sind und bereit zu frühstücken, sitzt er auf einem Stuhl und beobachtet sie gelangweilt.

Die Familie, die beim Abendessen auf der anderen Seite gesessen hat, ist nicht mehr da, und an ihre Stelle ist ein altes Paar getreten, das ununterbrochen ißt und sich nicht unterhält. Sie nehmen ihre Bissen fast gleichzeitig zu sich, blicken sich im Raum um, während sie kauen, und führen dann ihre Gabeln erneut lustlos zum Mund. Alice ist hin- und hergerissen zwischen French Toast und verlorenen Eiern, aber als ihre Mutter French Toast nimmt, entscheidet sie sich für die Eier, gespannt darauf zu sehen, was für eine Auswirkung das Rattern des Zuges auf das zitternde Häutchen des Eis hat. Als die Eier gebracht werden, sind sie zu lange gekocht, und als sie eins mit der Gabel zerteilt, tröpfelt nur eine enttäuschend geringe Menge Eigelb auf ihren Toast. Mr. Gregg betritt den Waggon und setzt sich an einen Tisch am anderen Ende des Raums. Er sieht ihnen beim Essen zu, und als Alice' und sein Blick sich treffen, nickt er ihr auf eine nüchterne Art zu. Sie lächelt und wendet dann den Blick ab, und ihr Vater dreht sich um, um zu sehen, wem sie zulächelt. Er sieht zu, wie Mr. Gregg seine Zeitung auseinanderfaltet und vors Gesicht hält, und wendet sich dann wieder Alice zu.

«Sieht aus, als hättest du einen Freund», sagt er. Alice zerdrückt ihr Ei auf ihrem Toast.

«Alice», sagt ihre Mutter, «spiel nicht mit deinem Essen rum. Wenn du jetzt nichts ißt, wirst du später Hunger haben.»

«Es ist zu lange gekocht», sagt ihr Vater. «Siehst du nicht, daß es zu lange gekocht ist?» Er lächelt Alice an. «Wer ist dein Freund?» fragt er.

«Kannst du sie nicht in Ruhe lassen?» sagt ihre Mutter. «Kannst du sie nicht einfach in Ruhe ihre Eier aufessen lassen?»

Einen Augenblick lang schweigen sie alle, und Alice' Mutter schabt mit ihrer Gabel über ihren French Toast, dann schiebt sie ihren Teller von sich.

«Mir wird schon ganz schlecht von dem Essen in diesem Zug», sagt sie. «Mir wird schlecht von dem Essen, mir wird schlecht von dem Raum, und mir wird schlecht von der gottverdammten Landschaft. Ich geh jetzt eine rauchen.»

Mr. Gregg dreht sich nicht um, als sie beim Verlassen des Speisewagens an ihm vorbeikommt, aber als sie weg ist, blickt er sich um und sieht, wie die Tür sich hinter ihr schließt.

Alice' Vater zieht ihren Teller mit dem French Toast zu sich herüber.

«Ich fürchte», sagt er, «deine Mutter ist nicht besonders glücklich.» Er gießt Sirup über den French Toast. «Nein», sagt er, «sie ist gar nicht glücklich.» Er schneidet den French Toast in vier Teile, dann in noch kleinere Stücke, und blickt sich nicht ein einziges Mal um, während er zu essen anfängt.

Zurück in der Kabine, kniet Alice' Vater sich über die Zeitung, die er erst vor kurzem gekauft hat, und sucht nach einem Artikel über den Selbstmord, aber sie seien wohl, so sagt er zu Alice, zu weit weg von Kansas City, um noch einen Bericht darüber zu finden.

«Warte mal», sagt er. «Hier ist was. Hier steht, daß er Familienvater war. Es ist für alle völlig überraschend gekommen. Sie haben nicht mal gewußt, wo er hingefahren ist.» Er starrt über die Zeitung hinweg auf den Boden.

«Ich kann das verstehen», sagt er. «Wirklich.» Als er aufblickt, scheint er erstaunt, sie zu sehen.

«He», sagt er, «du solltest dich amüsieren. Du solltest etwas *tun*. Was würdest du jetzt zu Hause tun?»

«Ich weiß nicht. Lesen. Fernsehen», sagt Alice, aber in Wirklichkeit würde sie nach dem Frühstück auf ihr Zimmer gehen, sich aufs Bett setzen und die Hände über ihre Beine gleiten lassen, von den Knöcheln bis zu den Knien, und die Nervenstränge mal in die eine Richtung, mal in die andere schieben, bis ihre Eltern sie zum Mittag- oder Abendessen rufen.

«Also», sagt er, «du kannst viel mehr tun als das hier», und er setzt sich auf die Hacken und wartet darauf, daß sie geht.

Durch das Fenster des Raucherabteils beobachtet Alice ihre Mutter, die allein an einem Tisch sitzt. Sie zündet sich eine Zigarette an und raucht, ohne sich umzublicken, aber jedesmal, wenn an einem Ende des Waggons die Tür aufgeht, zieht sie die Schultern zusammen. Sie wartet auf jemanden, aber nicht auf Alice, also geht Alice zu ihrem Fensterplatz im Nichtraucherabteil. Draußen trotten Hunde, Kühe und Schweine durch den Dreck oder sitzen unter verdorrten Bäumen. Als der Zug an einem Bahnübergang langsamer fährt, schaut Alice hinaus auf ein blaues Auto, das darauf wartet, daß sie vorbeifahren; am Steuer sitzt eine Frau und neben ihr ein Junge; im Augenblick des Vorbeifahrens ist Alice sicher, daß der Junge heraufgeschaut hat und sich ihre Blicke getroffen haben. Sie stellt sich vor, daß sie selbst in dem Auto sitzt. Der Junge und seine Mutter fahren vielleicht zum Schwimmunterricht oder zum Schlittschuhlaufen oder zu einem Laden, in dem sie neue Kleider aussuchen wollen, doch früher oder später werden sie wieder an diesen Bäumen vorbeikommen und nach Hause fahren. Sie wissen nichts davon, wie es ist, in diesem Zug zu sitzen.

Bald darauf hält der Zug erneut, und Alice sucht den Bahnsteig draußen nach ihrem Vater ab. Er taucht direkt vor ihrem Fenster auf, kann sie aber drinnen nicht sehen. Er streckt sich, steht einen Augenblick lang still und schaut in die entgegengesetzte Richtung, dann bückt er sich und steckt Münzen in einen Zeitungskasten.

Als Alice aufwacht, ist es später Nachmittag. Die Sonne steht am Rand eines Feldes, und Alice hält Ausschau nach einem Anhaltspunkt, wo sie sich befinden. Nachdem es mehrere Meilen weit nur langsam vorangegangen ist, sieht sie das Schild einer Bank aus Oklahoma, und sie steht auf, um in die Kabine zu gehen. Ihr ist schwindlig von ihrem Nickerchen, und vor Nervosität brummt ihr der Kopf, als sie in den Raum kommt, wo ihr Vater über einer Zeitung kniet und ihre Mutter auf einem Stuhl sitzt und in Alice' Buch liest.

«Tja», sagt ihre Mutter, «du warst zweifellos im Reich der Träume, als ich dich zum Mittagessen holen wollte. Hast du gut geschlafen?»

«Ja», sagt Alice, «ich glaube schon.»

«Na ja», sagt ihre Mutter, «du hast nicht viel verpaßt. Ich glaube, wir nehmen den Umweg.» Sie klappt das Buch zu. «Vielleicht hast du ein oder zwei Schweine verpaßt.»

Alice' Vater blickt auf. «Willst du damit etwas sagen?» fragt er.

«Nein», sagt sie. «Ich habe nur eine Bemerkung über die Landschaft gemacht.»

«Oh», sagt er. «Ich verstehe.» Er legt die Zeitung auf seinen Schoß. «Ich denke, es ist Zeit fürs Abendessen.»

Alice' Mutter nickt, steht aber nicht von ihrem Stuhl auf. «Ich meine ja nur», sagt sie. «Ich meine ja nur, daß das eine furchtbar lange Reise für Alice ist.»

Alice' Vater sieht Alice an. «Mach dir keine Sorgen um Alice», sagt er. «Alice kann auf sich selbst aufpassen.»

«Das weiß ich», sagt ihre Mutter. «Ich meine ja nur, daß es eine Menge andere Sachen gibt, die wir in diesem Urlaub hätten tun können, außer auf die Hochzeit von jemandem zu fahren, den wir nicht kennen.»

Er blickt einen Augenblick lang auf die Zeitung, so als würde er lesen.

«Okay», sagt er. «Nächstes Jahr kannst du entscheiden, was wir machen. Und übernächstes Jahr. Und das Jahr danach auch, jedes Jahr, das noch kommt, bis zu unserem Tod.» Seine Stimme klingt ruhig und gelassen, doch Alice kann sehen, daß seine Hände leicht zittern, während er die Handflächen auf die Knie preßt.

«Ich sage doch bloß», sagt Alice' Mutter, «daß das eine lange Reise ist.»

Er faltet die Zeitung zusammen, läßt seine Finger vorsichtig über jeden einzelnen der scharfen Knicke gleiten und steht dann auf. «Mein Gott!» sagt er. «Großer Gott!»

Alice blickt auf ihre Turnschuhe hinab. Die sind neu, extra für diese Reise gekauft. Sie versucht, sich irgendeinen Ort in diesem Zug vorzustellen, wo sie hingehen könnte, einen Ort, an dem sie noch nicht war, aber sie weiß bereits, daß es nur eine Aneinanderreihung immer gleicher Waggons ist.

Ihre Mutter seufzt schwer und steht auf.

«Ich geh eine rauchen», sagt sie. «Falls jemand was von mir will.»

Als sie gegangen ist, legt Alice' Vater behutsam die Zeitung weg und geht zum Fenster. «Ich könnte hier aussteigen», sagt er. «Ich könnte einfach hier in Arkansas aussteigen.»

«Oklahoma», sagt Alice. «Wir sind jetzt in Oklahoma. Ich hab ein Schild gesehen.»

Er dreht sich nicht um. «Arkansas», sagt er. «Oklahoma. Wo liegt da der Unterschied? Das ist alles dasselbe. Und es zieht sich ewig hin.»

Draußen schiebt sich der Abend über die Felder. Hinter ihnen im Osten ist die Nacht schon hereingebrochen, aber vor ihnen ist es noch hell, und Alice kommt es so vor, als würden sie, wenn sie der Sonne weiter nach Westen folgten, immer in den Tag hineinfahren und als würde es niemals Nacht werden, aber obwohl sie mit rasender Geschwindigkeit vorankommen, wird es in der Kabine schummerig, und sie fahren in dem kühlen Dämmerlicht des Abends dahin, bis der Zug in einen Bahnhof einläuft.

«Tja», sagt Alice' Vater, «ich denke, ich werde mir mal die Beine vertreten.»

Er macht die Kabinentür hinter sich zu, und Alice nimmt seine Karte. Kleine blaue Kreise sind um all die Städte in Oklahoma gezogen, die an der blauen Linie liegen, die ihr Vater gezogen hat, um den Weg des Zugs nach Süden zu verfolgen. Sie sieht sich jede einzelne Stadt an und versucht sich daran zu erinnern, welches die Hauptstadt von Oklahoma ist, während sie auf die Abfahrt des Zugs wartet. Als sie wieder in voller Fahrt sind und ihr Vater nicht zurückgekehrt ist, geht sie zu ihrem Bett und schlägt ihr Buch auf, gewillt, nicht eher aus dem Fenster zu schauen, bis sie ganz aus der Stadt heraus sind, aber sie schaut zu früh, und mit einem kurzen Blick sieht sie eine Bank, ein Hotel, ein Lebensmittelgeschäft; aus jedem der Gebäude treten große, grau gekleidete, unglücklich aussehende Männer, die genau wie ihr Vater aussehen.

Mein Vater lebt jetzt in Oklahoma, denkt sie, und sie übt sich darin, es laut auszusprechen. «Mein Vater lebt in Oklahoma», wird sie zu ihren Freundinnen in der Schule sagen, zu ihren Lehrern, zu den Freunden, die sie bald haben wird. «Er kommt dort gut zurecht.»

Als sie die Stadt hinter sich gelassen haben, legt sie ihr Buch zur Seite, verläßt die Kabine und macht die Tür leise hinter sich zu. Während sie den Gang hinaufgeht, läßt sie ihre Hände über die Sitzlehnen gleiten, fast ohne sie zu berühren. In diesem Augenblick geht ihr Vater in einem Restaurant einen Kaffee trinken, der ihm von einer Kellnerin mittleren Alters mit ergrautem Haar serviert wird, und als sie ihn anlächelt, erklärt er ihr, daß er nicht glücklich sei, daß er niemals glücklich gewesen sei, trotz seiner vielen Möglichkeiten. Das liege an seiner Frau, wird er der Kellnerin erzählen, und an seiner Tochter, und sie wird nicken; sie hat zu Hause einen unglücklichen Mann genau wie Alice' Vater. Alice stellt sich vor, wie er in sein Sandwich beißt, lächelt und sich fragt, in welchem Hotel er übernachten, was für ein Auto er sich kaufen, ob er einen Nachtisch nehmen soll. In ihrer Vorstellung ist er gerade im Begriff, die Rechnung zu bezahlen, als sie sieht, daß er schwankend in dem Durchgang direkt vor ihr steht. Sie ist nahe genug, um zu sehen, wie seine Kaumuskeln sich bewegen, während er nach draußen schaut und sein neues Leben an sich vorbeiziehen sieht, und sie dreht sich um und geht in die andere Richtung. Im nächsten Waggon oder in dem danach sitzt rauchend ihre Mutter und wartet auf jemanden, mit dem sie sich unterhalten kann, aber bevor Alice bei ihr ankommt, spürt sie eine Hand auf ihrer Schulter und sieht sich, als sie sich umdreht, Mr. Gregg gegenüber.

«Tja», sagt er, «hab mir schon gedacht, daß ich dich hier finde. Ich bin gerade auf dem Weg zu deiner Mutter.»

Er wartet höflich auf eine Antwort, aber Alice sagt nichts. Hinter ihr ist eine Toilettentür, und sie lehnt sich dagegen.

«Weißt du», sagt Mr. Gregg, «deine Mutter ist eine sehr bemerkenswerte Frau.» Er lächelt auf eine Art, die nichts mit Alice zu tun hat.

«Sie ist nicht meine Mutter», sagt Alice, dreht sich um und geht in die winzige Toilette, die noch kleiner ist als die in ihrer Kabine. Drinnen befinden sich ein Waschbecken und ein Klosett aus rostfreiem Edelstahl, die beide mit durchweichtem Papier verstopft sind, und das Wasser rinnt in einem dünnen Strahl aus dem Hahn.

Alice betrachtet sich im Spiegel. Es ist wirklich noch zu früh, um zu sagen, wie sie einmal als Erwachsene aussehen wird, wem sie am meisten ähneln wird und ob sie eine Schönheit sein wird, und obwohl sie weiß, daß sie sich später darum sorgen wird, spielt es in diesem Augenblick noch keine Rolle. In diesem Augenblick sehnt sie sich nur danach, das alles hinter sich zu haben, endlich alt zu sein, sich auf einen Stock gestützt herumzuschleppen, in der Sonne zu sitzen und sich um nichts zu sorgen, während alles, was sie einmal geliebt hat, sich in Sicherheit befindet vor den Kümmernissen des Lebens. Sie sieht das vor sich wie einen Traum – eine alte Frau zu sein, deren Haut trocken und fleckig geworden ist, deren Haar eine hauchfeine Wolke über ihrem Schädel ist, nur noch ein zerbrechliches Relikt inmitten eines Feldes, eine alte Frau, die nichts anderes zu tun hat, als sich ihre Augen mit Sand füllen zu lassen. In diesem Augenblick ist jene alte Frau alles, was sie sein will, aber zwischen ihnen beiden kauert die ungeheure Verantwortung ihres eigenen Lebens. Der Zug rattert über eine verformte Schiene, und Alice stützt sich auf das Waschbecken und blickt in den Spiegel, aber da ist niemand zu sehen; sie ist schon weg, verschwunden in der leuchtenden, frostigen Welt, die vor ihr wartet.

Ein anderes Land

«Liebes», ruft meine Mutter, und ihre Stimme hallt über den Holzfußboden in die Küche, wo ich Erdnußbutter auf meinen Toast streiche. Ich hebe den Kopf und warte darauf, daß sie noch einmal ruft.

«Liebes», sagt sie diesmal lauter. «Komm, ich möchte dich mit deinem Onkel...» Sie hält einen Augenblick lang inne und sagt dann: «...Carl bekannt machen.»

Ich komme ins Zimmer, wo sie neben einem großgewachsenen, gelangweilt aussehenden Mann steht, der mit dem Kleingeld in seinen Taschen spielt und mich teilnahmslos ansieht.

«Hi», sage ich.

«Hi», sagt er mehr oder weniger in meine Richtung. «Bist du fertig?» fragt er meine Mutter. «Die Vorstellung fängt bald an.»

«Wir gehen ins Kino», sagt meine Mutter zu mir, während sie sich einen langen blauen Schal um den Hals schlingt. «Kommst du allein klar?»

Sie dreht sich mit einem strahlenden Lächeln zu dem Mann um. «Gehen wir, Schatz», sagt sie.

Als sie sich bückt und ihre Handtasche nimmt, wandern seine Augen langsam an ihrem Körper hinab; dann sieht er mich flüchtig an, sieht auf den Fußboden und läßt darauf seinen Blick durchs Zimmer schweifen, aber meine Mutter blickt er nicht mehr an. Während er sich mit einem Klimpern abwendet, hält ihm meine Mutter ihren Mantel hin, aber er ist schon an der Tür, und sie zieht ihn sich allein an.

«Du brauchst nicht aufzubleiben, Schatz», sagt sie und wirft mir einen Kuß zu. Ihr Blick ist bereits auf den Rücken des Mannes geheftet, während er unser Apartment verläßt. Ich schließe die Tür hinter ihnen ab und horche, wie meine Mutter mit klappernden Absätzen den Hausflur entlanggeht.

«Nettes Kind», sagt der Mann mit gedämpfter Stimme, als sie weggehen.

«Sie ist kein Kind mehr», sagt meine Mutter. «Sie ist sechzehn.» Sie hält einen Augenblick lang inne. «Siebzehn», sagt sie.

Die schwere gläserne Außentür verschluckt den Rest ihrer Unterhaltung, und ich gehe ans Fenster, um sie vorbeigehen zu sehen. Unser Apartment liegt im Souterrain, und ich kann sie nur von den Knien abwärts sehen – die langen dünnen Beine und die Knöchel meiner Mutter und dahinter die beigefarbene Hose und die braunen Halbschuhe des Mannes. Sie wirbeln Blätter auf, als sie vorbeigehen, und ich kann an den schrägstehenden Absätzen meiner Mutter erkennen, daß sie sich an den Mann gelehnt hat. Über mir höre ich Mr. Rosenberg zu seinem Fenster fahren. Da er weiter oben wohnt, hat er einen besseren Blick – er kann sehen, ob sie sich im Gehen unterhalten oder küssen. Ich kann mir nur vorstellen, wie sie an der Straßenecke stehen: Meine Mutter hat ihren Arm locker um die Schulter des Mannes geschlungen, während er in beiden Richtungen die Straße entlangblickt, sich eine Zigarette anzündet und seinen Mantel festzieht. Mr. Rosenberg kann sie zwei oder drei Blocks lang beobachten, aber ich kann nur die Straße, Autoreifen und die einförmigen Wände der Gebäude auf der anderen Straßenseite sehen. Man kann von diesem Fenster aus wirklich nichts anderes sehen, aber meine Mutter verbringt den größten Teil ihrer Zeit hier und schaut durch das Eisengitter nach draußen. «An den Schuhen der Leute und an ihrem Gang kann man viel sehen», erzählt sie mir, aber wenn ich sie dann bitte, mir zu erklären, was ein Paar rote Turnschuhe oder irgendwelche billigen Halbschuhe ihr sagen, schaut sie durch die trübe Scheibe nach draußen. «Tja», sagt sie dann, «die gehen wirklich zu schnell vorbei, um viel sehen zu können.»

Obwohl wir schon jahrelang hier wohnen, ertappe ich mich immer wieder dabei, wie ich damit rechne, daß der Blick sich ändern könnte, doch er bleibt über alle Jahreszeiten hinweg gleich: Im Winter spritzen die Füße schmutzigen Schnee gegen unser Fenster, und während der restlichen Zeit schlurfen sie durch verdorrte Blätter oder irgendwelchen Abfall. Manchmal verfängt sich ein Fetzen Papier im Fenstergitter und flattert dann im Wind, bis jemand ihn herauszieht oder er davonfliegt.

Wenn meine Mutter aus seinem Blickfeld verschwunden ist, bummert Mr. Rosenberg auf den Fußboden, aber ich bleibe am Fenster stehen. Auf der anderen Straßenseite betreten kleine Kinder in winzigen weißen Uniformen das Gebäude, das unterm Dach ein Karatestudio beherbergt. Mr. Rosenberg bummert noch einmal, und ich gehe in die Küche und stelle das Radio an. Ein Stockwerk höher kommt er hinter mir her, ein ununterbrochenes Reifenquietschen die Zimmerdecke entlang. Er horcht, während ich einen Sender suche. Ich lasse das Radio an, als ich hinausgehe, und mache unsere Tür so leise wie möglich zu, drehe den Schlüssel langsam im Schloß, bis ich ein schwaches Klicken höre, und steige die Treppe auf Zehenspitzen hinauf, aber als ich an seine Tür klopfe, wartet er bereits auf der anderen Seite.

«Wer ist da?» fragt er, und als ich es ihm sage, beginnt er seine Schlösser aufzumachen, zieht die Tür so weit auf, wie die Kette es zuläßt, und sieht mich an.

«Oh», sagt er. «Du bist es.»

In der düsteren kleinen Welt, die von der schwachen Kette geschützt wird, würde ein Einbrecher nichts Wertvolles entdekken: ein alter Fernseher, ein splittriges Klavier, das mit Fotos in billigen Rahmen vollgestellt ist, Mr. Rosenbergs schmales, welkes Gesicht. Er macht die Tür zu und die Kette los.

«So», sagt er und fährt auf den Fernseher zu. «Deine Mutter ist weggegangen.»

Der Fernseher läuft schon, brummt leise in der Ecke und erzeugt ständig neue Lichteffekte auf dem Fußboden und den Wänden. Meine Mutter hat uns nie einen Fernseher haben lassen. «Das ist das einzige, was ich bei euch Kindern jemals richtig gemacht habe», sagt sie manchmal. Und als Kinder haben wir abendelang rumgesessen, während überall in den Häusern um uns herum die Fernseher angingen und die Schatten und die Farbe der Nacht vor den Fenstern veränderten; jeden Tag haben wir in den Pausen, wenn die anderen Kinder zusammengekommen sind, um sich über ihre Lieblingsshows zu unterhalten, unbeteiligt danebengestanden und Desinteresse geheuchelt, während wir in Wirklichkeit nach Neuigkeiten über Leute geschmachtet haben, die wir noch nie gesehen hatten. Ich glaube nicht, daß Mr. Rosenberg seinen Fernseher jemals abschaltet; er dreht wohl nur den Ton leiser, wenn nichts läuft, was er sehen will. Manchmal frühmorgens, noch bevor jemand wach ist, bin ich sicher, daß ich sein Brummen durch die Decke hören kann, und dann frage ich mich, was wohl läuft, während Mr. Rosenberg davorsitzt und döst, ab und zu aufwacht und sich etwas ansieht und dann langsam wieder einschläft. Den Rest seiner Zeit verbringt er damit, rastlos in seinem Apartment herumzurollen; falls er jemals richtig schlafen sollte, dann in seinem Stuhl, aufrecht sitzend wie eine Katze oder ein Pferd, und nur während kurzer Zeitspannen.

Er dreht den Ton jetzt lauter, und als eine Sendung beginnt, rollt er in den Schatten in der Ecke zurück, und ich setze mich auf den geraden, hölzernen Stuhl, den er für mich mitten im Zimmer in der Nähe des Fernsehers hingestellt hat. Er bestimmt, was wir uns ansehen, und das ist im allgemeinen das Programm, das gerade eingeschaltet ist, und wir reden nie miteinander, nicht einmal während der Werbung. Ab und zu gibt er ein Geräusch von sich, ein Seufzen, einen leisen Aufschrei, aber ich drehe mich nie zu ihm um. Das einzige andere Geräusch kommt vom Fernseher und vom gleichmäßigen Rhythmus seines Atems, während er sich Zigaretten anzündet und sie raucht. Man hat ihm mit Klebeband einen großen Plastikaschenbecher auf der Armlehne seines Rollstuhls befestigt, aber den benutzt er nur selten; normalerweise läßt er eine Zigarette, wenn er sie bis zum Filter aufgeraucht hat, neben sich auf den Fußboden fallen und zündet sich eine andere an. Sein Fußboden ist mit kleinen dunklen Brandflecken übersät. Bei gutem Wetter fährt er mit dem klapprigen Aufzug nach unten, pflanzt sich dann draußen vor dem Eingang zu unserem Gebäude auf, wo er den ganzen Tag lang ganz allein sitzt und raucht, es sei denn, jemand bleibt stehen und unterhält sich mit ihm. «Tritt mal da drauf», sagt er dann und läßt einen brennenden Zigarettenstummel auf die Erde fallen, und bevor man auch nur den Fuß gehoben hat, hat er sich schon die nächste angezündet.

«Irgendwann», sagt meine Mutter, «brennt der noch mal das Haus ab. Der bringt uns alle um», sagt sie mit Genugtuung, aber sie raucht genauso unaufhörlich, und unser Apartment sieht von dem Rauch grau und schmutzig aus.

«Oh, dein Vater konnte das nicht ausstehen», sagt sie. «Deshalb ist unsere Ehe in die Brüche gegangen. Er hat gesagt, ich würde versuchen, ihm Krebs anzuhängen.»

Manchmal sagt sie aber auch, es habe am Geld gelegen, an einem anderen Mann, einer anderen Frau, daß ihre Ehe in die Brüche gegangen sei. Einmal hat sie sich traurig vom Fenster zu mir umgedreht und so, als hätte sie schon lange darüber nachgedacht, gesagt: «Weißt du, bevor ihr Kinder geboren wurdet...» – und ist dann verstummt. «Ich weiß nicht», hat sie dann gesagt. «Damals schien alles anders zu sein.»

Sie hat sich eine Zigarette angezündet und durch mich hindurchgeschaut, während draußen auf der Straße eine Frau mit einem kaputten Einkaufswagen voller Plastiktüten vorbeigekommen ist.

Mr. Rosenberg zündet sich hinter mir eine Zigarette an, und ich mache es mir auf meinem harten Stuhl bequem. Vor uns macht ein flimmerndes Bild dem nächsten Platz, folgt Familie auf Familie, eine Geschichte auf die andere, und Mr. Rosenberg zündet Zigaretten an und läßt sie fallen, und dem geräuschvollen Zischen eines Streichholzes folgt das noch geräuschvollere Inhalieren. Als um elf die Nachrichten kommen, regt sich Mr. Rosenberg.

«So», sagt er. «So. Hast du deinen Bruder schon gefunden?»

Ich drehe den Ton des Fernsehers leise, richte den Blick aber weiter auf den Bildschirm. Mr. Rosenberg stellt mir regelmäßig diese Frage, seit mein Bruder vor mehr als einem Jahr gegangen ist.

«Er wird nicht vermißt», sage ich. «Er ist bloß ausgezogen.»

Doch in Wahrheit haben wir ihn seit mehreren Monaten nicht mehr gesehen, und ich weiß nicht, wo ich ihn finden kann, so daß ich denke, man könnte ihn als vermißt bezeichnen, und ich bringe meistens einen Teil des Tages damit zu, nach ihm zu suchen.

«Na ja», sagt Mr. Rosenberg, «er wird als vermißt gelten, wenn du ihn nicht bald findest.»

Ich sage nichts und sehe mir an, wie ein junger Mann aus einem brennenden Gebäude an der Lower Eastside geschleppt wird.

«Ich weiß nicht», sagt Mr. Rosenberg. «Es ist ein Wunder, daß du nicht auch verschwunden bist, so wie die Dinge laufen.»

«Er ist nicht verschwunden», sage ich. «Er ist irgendwo hier in der Gegend.»

«Hör mal zu», sagt er. «Du hörst jetzt einfach mal zu. Meine Kathy. Die war auch irgendwo hier in der Gegend, und dann war sie urplötzlich mir nichts, dir nichts nicht mehr da. Sie gilt als vermißt. Mir nichts, dir nichts.»

Er deutet auf die aufgereihten Fotos, von denen alle bis auf eins Bilder von Mädchen und Frauen sind – seine Frau und seine fünf Töchter. Auf dem einen steht er neben seiner Frau und sieht zu, wie sie lächelt, während sie sich eine Zigarette in den Mund steckt. Alle Mädchen sehen sich meiner Meinung nach sehr ähnlich, dünn und brünett, mit dem für Fotos üblichen gestellten Lächeln und verdutzten Blick. Mr. Rosenberg schüttelt den Kopf.

«Ich weiß nicht», sagt er. «Ich hätte es da schon sehen müssen, auf dem Bild. Ich weiß nicht», sagt er erneut. «Vielleicht auch nicht. Es waren so viele.»

In den Nachrichten wird ein Mann durch eine Menschenmenge geschubst, hinter ihm mehrere grinsende Polizisten. Unten geht die Haustür auf und schnappt wieder zu, und dann ertönen Schritte im Hausflur. Ich stehe auf.

«Ich denke, ich sollte jetzt besser gehen», sage ich. «Das könnte meine Mutter sein.»

Mr. Rosenberg blickt auf seine Armbanduhr. «Ha», sagt er.

«Zu früh.» Er nickt, aber ich bleibe stehen, während jemand mit klappernden Absätzen den Flur entlang und die Treppe herauf kommt und an uns vorbei in eins der darüberliegenden Stockwerke geht.

«Siehst du?» sagt er, aber ich sage, daß ich sowieso besser gehen sollte.

«Warum hast du es so eilig?» fragt er. «Ihr habt kein Fernsehen. Deine Mutter ist nicht daheim.»

In den Nachrichten zeichnet jemand auf einer Karte das Symbol für Schnee von North Dakota über den Mittelwesten bis hin nach New York ein. Ich habe keine Vorstellung davon, wie es in North Dakota aussehen könnte.

«Was machst du überhaupt da unten?» fragt Mr. Rosenberg.

«Ich lese», sage ich. «Oder löse Kreuzworträtsel. Ich höre Radio.»

Ich sage ihm nichts davon, daß ich manchmal, wenn ich allein bin, den Reifen seines Rollstuhls nachgehe, während der Fußboden über mir knarrt, seinen Weg von einem Zimmer ins andere verfolge und mir dabei sein Gesicht vorstelle, den Rauch in seinen Lungen, die Dinge, die ihm im Kopf herumgehen. Ab und zu kann ich spüren, daß er direkt über mir hält und horcht, und atemlos warten wir dann gemeinsam, bis einer von uns sich schließlich davonstiehlt und den anderen verunsichert stehenläßt. Das sind ein paar von den Dingen, die ich tue, aber meistens warte ich mit oder ohne meine Mutter darauf, daß etwas passiert.

Mr. Rosenberg läßt seine Zigarette auf den Fußboden fallen und kommt zu mir herübergefahren.

«Was noch?»

Ich erzähle ihm, daß ich manchmal die Tauben in der Seitengasse füttere. Die Dächer sind hier voller Tauben, die heruntergeflattert kommen, um aus den Müllcontainern in der Gasse zu fressen. Da wir im Souterrain wohnen, sind unsere zur Seite liegenden Fenster zu dick, um hindurchsehen zu können – die Scheiben sind grünlich und ausgebuchtet –, also habe ich immer Brot auf den Gehsteig vorne hinausgeworfen und den Tauben von unserem Fenster aus zugesehen, doch meine Mutter hat gesagt, es deprimiere sie zu sehen, wie all diese Vögel hinter ein paar Brotkrusten herscharren, so daß ich sie jetzt in der Gasse füttere. Wie regelmäßig ich auch mit Futter komme, wenn ich mich ihnen nähere, fliegen sie immer noch auf und lassen sich dann behutsam wieder herab, sobald ich ihnen das Brot hinwerfe; aber sie kommen nicht in meine Nähe, sondern warten, bis ich mich aus der Gasse zurückgezogen habe, ehe sie das Brot fressen, das neben meine Füße gefallen ist. Sie bedecken völlig den Boden und sind so dicht aneinandergedrängt, daß sie, wenn ich ihnen mit halbgeschlossenen Augen vom Gehsteig aus zusehe, wie ein großes, wippendes grauweißes Gebilde aussehen, wie eine Traumgestalt.

Bevor mein Bruder weggegangen ist, ist er manchmal mitgekommen, um die Tauben zu füttern, aber jetzt, da er weg ist, gehe ich allein hin. Ihr Gefieder wird dichter, je näher der Winter kommt.

Mr. Rosenberg dreht seinen Rollstuhl um und sieht die Wand an, hinter der die Gasse liegt. Seine Fenster haben durchsichtige Scheiben, aber er hat meistens die Jalousien unten, da das angrenzende Gebäude nur ein paar Meter entfernt ist.

«Tauben», sagt er. «Ratten mit Flügeln.» Er zündet sich eine Zigarette an und wirft das Streichholz auf den Fußboden. «Schaff dir eine Katze an.»

«Ich will eine Katze haben», sage ich, «aber meine Mutter sagt, das ist zu teuer.»

«Teuer?» sagt er. «Wieso kaufen? Ich habe Katzen gehabt. Fünf Stück. Richtige Prachtexemplare. Tauben. Ha.»

Er starrt eine Weile auf den Fernseher. «Was noch?»

«Was?»

«Was noch? Was machst du sonst noch?»

Ansonsten durchstreife ich nur die Straßen und suche nach meinem Bruder. Ich weiß nicht einmal mehr, warum ich das tue, außer daß ich irgendwie das Gefühl habe, daß man es von mir erwartet; außerdem war alles anders, bevor er weggegangen ist, und ich glaube wohl, daß alles wieder anders würde, wenn er wieder da wäre, aber das will ich Mr. Rosenberg nicht erzählen, so daß ich schließlich sage: «Nichts.»

«Das hab ich mir gedacht», sagt er und läßt seine Zigarette fallen. «Du solltest was tun», sagt er und fährt zur Wand hinüber. Unter dem Foto seiner Tochter Brenda bleibt er stehen. Sie lächelt, und über ihren Körper läuft eine breite rote Schärpe, auf der «Miss Florida» steht.

«Nimm dir ein Beispiel an Brenda», sagt er. «Tu was.»

In den erleuchteten Fenstern des Karatestudios auf der anderen Straßenseite springen ordentlich aufgereihte Kinder mit gestreckten Beinen in die Luft. Wenn sie auf dem Boden aufkommen, gehen ihre Münder lautlos auf und zu. Mr. Rosenberg zündet sich noch eine Zigarette an.

«Vielleicht kommt deine Mutter heute nacht nicht heim», sagt er. «Wer weiß? Früher oder später passiert das jedem mal.»

Er hält seine Zigarette an die Lippen und starrt mich an. Als ich gehe, sitzt er immer noch unter dem Bild von Brenda, aber ich warte auf den Stufen, und einen Augenblick später höre ich, wie er über den Fußboden rollt, und dann, während ich nach unten gehe, wie jedes einzelne Schloß einschnappt.

Ich versuche, die Tür so leise wie möglich abzuschließen, versuche, ohne ein Geräusch zu machen, von einem Zimmer ins andere, dann ins Bett zu gehen und das Licht auszuschalten, aber auch so bin ich mir sicher, hören zu können, daß er mir folgt; er verrät sich durch das leise Zischen eines Streichholzes und das schwache Knistern des Holzes, während der Fußboden über mir glimmt. Doch ich wohne hier schon lange, und manchmal bin ich mir nicht ganz sicher, was sich nur in meiner Vorstellung abspielt und was wirklich passiert. Es gibt so viel, was real erscheint, es aber nicht sein kann. Die U-Bahn fährt unter uns entlang, und das ganze Gebäude bebt. Mr. Rosenberg fährt davon und dreht den Ton seines Fernsehers lauter.

Ich liege im Bett, horche, wie die Blätter gegen die Fensterscheiben fliegen, und sehe zu, wie das Licht sich in dem zur Gasse gelegenen Rauchglasfenster verändert, und ich stelle mich auf meinen Traum über New Jersey ein. Seit Monaten träume ich jetzt schon von New Jersey, wo wir einmal gewohnt haben; dort lebt jetzt mein Vater mit seiner neuen Familie. In meiner Erinnerung sind dort überall schöne Rasenflächen, Bäume, Gras und Kinder, aber als ich das meiner Mutter erzählt habe, hat sie nur gelacht.

«New Jersey», hat sie gesagt. «Alle wollen raus aus New Jersey. Warum, meinst du, gibt es da so viele Brücken und Tunnel? Sei bloß froh, daß du schon hier bist und die Fahrt hierher schon hinter dir liegt.»

«Aber da waren wir doch glücklich», habe ich gesagt, und in dem Augenblick habe ich das auch geglaubt, obwohl ich mich nicht richtig daran erinnere.

Sie hat gelacht. «In New Jersey ist niemand glücklich», hat sie gesagt. «Erinnerst du dich nicht?» Aber alles, woran ich mich erinnere, sind eine grüne Rasenfläche, ein schwarzer Hund und die spindeldürren braunen Beine meines Bruders, wenn er im Garten gespielt hat.

«Das mit dem Hund», sagt meine Mutter, «das spinnst du dir zurecht. Wir haben nie einen Hund gehabt. Dein Vater ist allergisch.»

Aber ich könnte schwören, mich daran zu erinnern, wie er in unserem Garten auf mich gewartet hat, und ich könnte schwören, mich daran zu erinnern, wie ich aufgewacht bin und sein rauhes Fell gespürt habe, wenn er am Fußende meines Bettes geschlafen hat. Ich könnte schwören, mich daran zu erinnern.

In meinem Traum sitzt Mr. Rosenberg in einem Kreis aus glimmenden Zigaretten; das Gebäude brennt, und meine Mutter ist noch drinnen, aber als die Wand einstürzt, bleibt unser Fenster stehen, und das vom Schatten des Eisengitters gestreifte Bild meiner Mutter ist darin eingebrannt. Hinter ihr steigen Männer aus der Asche und gehen auf mich zu. «Liebling», flüstert meine Mutter, «Schatz.»

Der Zug fährt durch meinen Traum, und die Erde bebt jedesmal, wenn er unter unserem Apartment entlangfährt. Als meine Mutter nach Hause kommt, rollt Mr. Rosenberg über uns rastlos umher. Meine Tür öffnet sich einen Spalt, und durch die geschlossenen Augen kann ich meine Mutter in einem Streifen Licht sehen. Aus dem Badezimmer dringt das Geräusch von Wasser. Es ist die Toilettenspülung. Sie macht meine Tür behutsam zu, und Mr. Rosenberg folgt ihr auf dem Weg zum Bett. «Liebling», flüstert sie, «Schatz», und Mr. Rosenberg horcht eine Weile, bis die Heizung anspringt und das Zischen und Rappeln jedes andere Geräusch übertönt. Er fährt langsam zu den Fenstern über meinem Zimmer zurück. Ich kann jeden Zigarettenstummel auf den Fußboden fallen hören. Er sitzt da und starrt aus dem Fenster, um ihn herum steigt Rauch auf, und als ich schließlich einschlafe, beginnt Leben in die Stadt zu kommen: Die Pferde in den Ställen am Park schnauben und heben die Köpfe, Tauben umflattern Männer in Hauseingängen, und Taxis tauchen auf und fahren ziellos umher, während die Morgendämmerung die Stadt aufbricht.

Beim Frühstück ist der Mann schon weg, und das Gesicht meiner Mutter sieht blaß und müde aus. Sie nimmt die Zeitung und sieht sich die Schlagzeilen an.

«Noch mehr schlechte Nachrichten», sagt sie. «Ich weiß nicht, wozu du das Ding hier holst.»

«Wegen dem Rätsel», sage ich. «Das da ist das beste.»

«Das sind eine Menge schlechte Nachrichten für *ein* Rätsel», sagt sie, stöbert in ihren Taschen herum, sucht auf dem Tisch nach ihren Zigaretten und geht dann ins Wohnzimmer.

«Verdammt noch mal», sagt sie. «Hör mal, Liebes», ruft sie und kommt zurück in die Küche. «Würdest du mir wohl ein paar Zigaretten holen? Carl hat meine alle geraucht. Geld ist in meiner Handtasche.» Sie setzt sich und nimmt die Zeitung. «Wenn er das nicht auch noch mitgenommen hat», sagt sie zu sich.

Kurz bevor die Tür sich hinter mir schließt, ruft sie meinen Namen, und ich halte die Tür mit dem Fuß an. «Schatz», sagt sie. «Bring mir auch noch eine Flasche Gin mit, ja?»

Ich frage sie nicht nach dem Mann. Er wird wiederkommen oder auch nicht, und in beiden Fällen wird früher oder später ein anderer an seine Stelle treten. Anfangs, direkt nachdem mein Bruder weggegangen ist, sind sie eine Weile geblieben, manchmal Tage, manchmal sogar ein oder zwei Wochen. Ein paar von ihnen sind sogar auf gut Glück bei uns eingezogen. Ich bin immer nach Hause gekommen und habe ein Paar Schuhe unter dem Sofa gesehen, und dann hat meine Mutter mich hereingerufen, um mich mit einem Mann bekannt zu machen, der mir zugenickt und dann schnell wieder meine Mutter angesehen hat, weil er sein Glück kaum fassen konnte, eine so schöne Frau gefunden zu haben. So sind sie gekommen und gegangen, aber jeder von ihnen hat woanders ein Leben geführt, das ungeduldig auf seine Rückkehr gewartet hat, und früher oder später wurden sie von der Ehefrau oder der Freundin aufgestöbert, oder der Anblick eines vaterlosen Kindes an der Straßenecke hat sie nach Hause getrieben. Jetzt bleiben sie nur kurz und ziehen niemals ein, aber immer noch kommen und gehen sie, und sie schenken mir alle so ziemlich genausoviel Beachtung. Ich frage mich, ob sie sich an mich erinnern, wenn sie an ihre Zeit mit meiner Mutter zurückdenken. Manchmal sehe ich sie auf der Straße, und dann schauen sie so schnell weg, daß ich nicht sagen kann, was sie denken. Meine Mutter sitzt am Fenster und wartet darauf, daß sie zu ihr zurückkommen; sie betrachtet die Füße der Vorbeigehenden und fragt sich, welche davon einem Mann gehören, den sie geliebt hat. Ab und zu dreht sie sich zu mir um, wie ich dasitze und ein Buch lese oder ein Rätsel löse, und sie sieht mich an, als versuche sie, mich genau einzuordnen. «Ich bin euch Kindern eine gute Mutter gewesen», sagt sie. «Oder?» Dann nicke ich immer, und sie dreht sich wieder zum Fenster, um die Autos, die Männer, die Augenblicke zu zählen. Auch jetzt sitzt sie dort und wartet darauf, daß ich mit ihrem Gin und ihren Zigaretten zurückkehre.

«Na so was», sagt der Junge in dem Spirituosengeschäft und streicht sich das Haar zurück, bevor er sich zu der dicken Trennscheibe zwischen uns vorbeugt. «Da ist ja mein Schatz. Hallo, schönes Kind», flüstert er und richtet sich dann auf. «Hast du heute abend Zeit?» fragt er. «Ich und meine Freunde, wir machen eine Party.» Er zwinkert, als er das Wort «Party» sagt.

«Jimmy», sagt sein Onkel hinter ihm. «Gib der Dame einfach, was sie haben will. Wir haben noch andere Kunden.»

Ich blicke mich um, aber außer ein paar Betrunkenen, die auf dem Gehsteig herumstehen, bin ich hier die einzige.

«Also», sagt der Junge, «was darf's heute sein? Champagner? Oder vielleicht eine Flasche von unserem besten Chablis?»

«Gin», sage ich, und er lacht.

«Deine Mutter hat zur Zeit einen ganz schönen Durst.»

Ich schiebe einen Fünfziger durch den Schlitz, und er nimmt ihn, hält ihn gegen das Licht und prüft ihn sorgfältig. «Hast du's nicht kleiner?»

Er packt die Flasche Gin in eine Tüte und schiebt sie halb durch den Schlitz, aber als ich sie ergreife, zieht er sie zurück und hält den Flaschenhals fest. «Oh, Baby», sagt er. «Was machst du bloß mit mir?»

Er dreht sich um und sieht seinen Onkel, der darüber lacht, großspurig an.

«Jimmy», sagt der, «ich glaube, die Dame kann dich nicht leiden.»

«Oh», sagt Jimmy, «die kann mich schon leiden.» Er dreht sich wieder zu mir um und drückt seine feuchte Stirn gegen die Scheibe. «Du wirst mich schon noch lieben», sagt er. Er zuckt mit den Achseln. «Wen solltest du sonst lieben?»

Ich kann ihn lachen hören, als ich mit dem Gin den Block runtergehe.

Meine Mutter wendet sich vom Fenster ab und lächelt, als ich ihr die Flasche reiche. «Tja», sagt sie, «jetzt ist wohl Cocktail Hour.»

Oben folgt Mr. Rosenberg ihr in die Küche und horcht auf das Rascheln der Papiertüte und das Klirren des Eises. Meine Mutter blickt zur Decke hinauf.

«Dieses bescheuerte Arschloch», sagt sie. «Hat der nichts Besseres zu tun?»

Als ich mich auf die Suche nach meinem Bruder mache, ist sie wieder am Fenster. Die Erde bebt, als ein Zug unter uns entlangfährt, und ich verabschiede mich, aber sie bemerkt gar nicht, daß ich gehe.

Meine Nachforschungen wegen meines Bruders sind halbherzig und ergebnislos, aber sie geben mir etwas zu tun. Als er das erste Mal weggegangen ist, ist er bei einem Jungen namens Tony eingezogen, den meine Mutter als seinen «Freund» bezeichnet hat. Nachdem er ein paar Monate weg gewesen war, hat er Tony mitgebracht, um uns mit ihm bekannt zu machen.

«Dein Bruder und sein... Freund kommen zum Abendessen», hat meine Mutter gesagt, und wir haben Makkaroni, Erbsen und Schokoladenpudding gekocht, alles seine Lieblingsspeisen. Ich hatte erwartet, daß Tony reserviert und nicht an uns interessiert sein würde, aber er war nett und hat versucht, meiner Mutter mit dem Essen zu helfen. Die Augenlider meines Bruders waren blau angeschmiert und seine Wangen vielleicht in einem matteren Rotton angemalt, aber sonst hatte er sich in den paar Monaten, die er weg war, kaum verändert. Während des Abendessens hat er fast nichts gesagt und noch weniger gegessen.

«Liebling», hat meine Mutter gesagt, «hast du keinen Hunger?»

Er hat sie einen Augenblick lang direkt angesehen, mit seinen langen Wimpern geklimpert, als er blinzeln mußte, und dann den Kopf geschüttelt.

«Nein», hat er gesagt und dann seine Hand ausgestreckt. «Guck dir das an.» Er hat mit den Fingern eines seiner schmalen Handgelenke umfaßt. «Ich hab zugenommen, seit ich zu Tony gezogen bin.»

Tony ist unruhig auf seinem Stuhl hin und her gerutscht. «Sie hätten ihn sehen sollen, als ich ihn kennengelernt habe», hat er gesagt. «Nur Haut und Knochen.» Er hat mit den Achseln gezuckt. «Ich bin Italiener. Ich sage ihm, daß er essen soll. Er tut's nicht.»

Als mein Bruder ihn schließlich verlassen hat, hat Tony uns

angerufen. Er war nach Buffalo zurückgegangen, wo er herstammte, und hat sich gefragt, ob mein Bruder wieder nach Hause gekommen ist.

«Wahrscheinlich hat er ein nettes Mädchen gefunden», hat meine Mutter gesagt, als sie aufhängte. «Er bringt sie mit nach Hause, um uns mit ihr bekannt zu machen, und alles ist gut. Wie früher», hat sie gesagt. «Weißt du noch?»

Aber alles, was mir von meinem Bruder aus der Zeit, bevor er weggegangen ist, in Erinnerung geblieben ist, sind die Blicke, die der Junge aus dem Spirituosengeschäft und seine Freunde hinter seinem Rücken gewechselt haben, wenn er tapfer, Augen und Wangen in unmöglichen Farben angemalt, die Straße entlanggegangen ist.

«Schwuchtel», hat einer von ihnen früher oder später gerufen. «Kleine Schwuchtel», und es ist immer ein seltsames, schwaches Lächeln über das Gesicht meines Bruders gehuscht, wenn sie ihm Schimpfnamen nachgerufen haben.

Nachdem er weggegangen war, habe ich ihn noch eine Weile in unserer Gegend gesehen, wie er an irgendeiner Straßenecke stand und sich mit einem Jungen unterhielt, der genauso schön war wie er, oder ich habe ihn durch das Fenster eines Restaurants erblickt. Immer hat er sich unterhalten, immer waren seine schmalen Hände in Bewegung, und seine schwarzen Augen gingen auf und zu. Als ich ihn zum letzten Mal sah – ich glaube, im Frühling –, nahm er mich in sein Apartment mit. Auf dem Weg dorthin stellte ich mir unzählige verschiedene, geschmackvoll eingerichtete Zimmer vor, aber seine Wohnung bestand aus einer winzigen Bude am Ende von fünf sich nach oben schraubenden Treppen. Ich konnte hören, wie sein Atem schneller ging, als wir die Treppe hinaufstiegen, und ich konzentrierte mich auf die Tapete, während ich ihm folgte, und ließ meine Hand über das holprige gelbe Muster gleiten.

Sein Apartment lag im Dämmerlicht. Er hatte über alle Fenster Decken und Handtücher gehängt, und nur hier und da blitzte ein heller Lichtstrahl durch ein Loch.

«Die Sonne läßt mich nicht einschlafen», hat er gesagt und

nach dem Lichtschalter gegriffen. «Mach die Augen zu.» Aber ich ließ sie offen, und als das Licht anging, liefen überall Kakerlaken herum und krabbelten in Löcher, hinter Leisten oder in dunkle Ecken. Mein Bruder lächelte traurig, als einer übers Spülbecken lief. «Als ich bei Tony gewohnt hab, hatten wir keine Kakerlaken. Ich weiß nicht, warum. Vielleicht hat er was dagegen unternommen.»

Er drehte das Wasser auf, aber der Kakerlak flitzte wohlbehalten über den Rand des Spülbeckens davon. «Jetzt wünschte ich, ich hätte aufgepaßt», sagte er. Das Licht in seinem Apartment hat ihm nicht gutgetan; seine Haut hatte einen stumpfen Orangeton angenommen, und er sah müde und gelangweilt aus, aber als das Telefon klingelte, trat kurzzeitig ein starkes Leuchten in seine Augen, und sein Lächeln während des Gesprächs wirkte echt.

«Liebling», sagte er. «Natürlich hab ich Zeit.»

Als ich gegangen bin, beugte er sich gerade zum Badezimmerspiegel vor und malte sich nacheinander blaue Linien um beide Augen. «Laß dich mal wieder blicken», sagte er und drehte sich um, um mich mit einem dunklen Auge anzublicken, das andere strahlend wie der Himmel, umrahmt von blasser, stumpfer Haut.

Nachdem ich ihn eine Weile nicht gesehen hatte, ging ich wieder zu dem Gebäude und stieg zu seinem Apartment hinauf, aber als die Tür aufging, sah ich mich einem grellen, blendenden Licht gegenüber, und mit dem verlottert aussehenden Mann, der mich von drinnen anstarrte, würde mein Bruder niemals zusammenleben. Ich fragte trotzdem nach ihm, und der Mann schüttelte den Kopf.

«Wie zum Teufel soll ich wissen, wer vor mir hier gewohnt hat?» fragte er. Er kam auf den Flur heraus und beobachtete, wie ich die gewundene Treppe hinunterging. «Wie zum Teufel soll ich das wissen?» rief er mir nach; als ich das Gebäude verließ, stand er immer noch dort oben.

Ab und zu komme ich wieder einmal in dieses Viertel und gehe in weitem Bogen um das Gebäude, für alle Fälle. Mein Bruder blickt mich aus dem Gesicht jedes jungen Mannes an, der mit umherirrendem, suchenden Blick durch die Straßen streicht und sich dennoch von seiner eigenen Verzweiflung abwendet. Sie sind alle früh gealtert durch jene entstellende Ahnung ihres eigenen, zu frühen Todes, und während sie weitergehen, schleppen sie ihre Blicke hinter sich her und legen sie wie ein Netz über die Stadt. Ich beobachte, wie sie sich umdrehen und mit fieberhafter Müdigkeit umherstreifen, von jeder Bewegung des Sekundenzeigers, jedem Herzschlag, der sie vorantreibt, erschöpft, bis ich der Sache überdrüssig bin und nach Hause gehe.

«Liebling», höre ich hinter mir, aber ich bin nicht gemeint und mache mir nicht einmal die Mühe, mich umzusehen. Ein Halstuch kommt über die Straße durch die Luft geflattert, ein orangeblauer Farbtupfer, aber jemand anders schnappt es sich, und ich gehe weiter.

«Liebes», sagt meine Mutter, «sag hallo zu deinem Onkel Nicky», und der Mann, der bei ihr ist, wendet sich mir mit einem vagen Lächeln auf seinem breiten Gesicht zu.

«Na, Kleines», sagt er, und seine Augen wandern von meinem Gesicht bis zu meinen Füßen und dann gleich wieder nach oben. «Bist ja 'n hübsches kleines Ding.»

«Auf Ihrer Krawatte sind Essensreste», sage ich, und das stimmt.

Er sieht auf seine Krawatte, blickt meine Mutter nervös an und bekommt einen roten Kopf. «Müßtest du nicht in der Schule sein?» fragt er mich. «Wie alt bist du überhaupt?»

Meine Mutter lächelt ihn beruhigend an, wirft einen flüchtigen Blick auf den grünlichen Fleck auf seiner Krawatte und schaut dann wieder in seine gelben Augen.

«Schon wieder da», sagt der Junge in dem Spirituosengeschäft. «Ich hab gewußt, daß es dich wieder zu mir zurückzieht.»

Ich reiche ihm das Geld durch, nehme die Flasche und wende mich zum Gehen.

«He», sagt er. «Kein Kuß von meinem Schätzchen?»

«Ich bin nicht dein Schätzchen», sage ich.

«Was?» sagt er. «Kannst du mich nicht leiden? Vielleicht bin ich nicht hübsch genug? So wie dein Bruder? Du hast gern hübsche Jungs?»

«Du bist hübsch genug», sage ich, und das ist er, dunkle Haut und dunkle Augen zu einem strahlend weißen T-Shirt. Er ist hübsch, genau wie seine ganzen Freunde, die an der Ecke stehen und darauf warten, daß er mit der Arbeit fertig ist. Im Winter tragen sie schwarzes Leder über ihren weißen Hemden, aber sie sehen immer gleich aus, und sie stehen nie zu weniger als drei Leuten zusammen. Die Jahre werden schnell für sie vergehen, aber jetzt sind sie jung und haben große Pläne; heute starren sie ein zerlumptes Etwas an, das auf dem Gehsteig auf der anderen Straßenseite vor sich hin döst. Die Alkis und Junkies bekommen mehr Geld hingeworfen, je näher Weihnachten heranrückt, und auf den hier haben die Jungs schon seit einer Weile ein Auge geworfen. Sie lehnen an der Wand und warten darauf, daß dem Mann seine grüne Flasche aus der Hand gleitet und über den Gehsteig kullert. Früher oder später wird dann einer der Jungs über die Straße gehen, dem Mann die Taschen ausräumen und sich von dem Geld ein Paar neue, strahlend weiße Turnschuhe kaufen.

Es ist noch nicht einmal Thanksgiving, aber schon hat man große rote Schleifen an den Telegrafenmasten befestigt und um fast alle Bäume, die sich aus dem Gehsteig emporarbeiten, eine Lichterkette gehängt. Wenn Weihnachten vorbei ist, wird es das erste Mal gewesen sein, daß mein Bruder nicht einmal zu Besuch da war. Obwohl wir Feiertage nicht richtig begehen, sind sie praktisch, um den Überblick über die Zeit zu behalten. Hier passiert immer etwas, aber es ist immer dasselbe: Überall flitzen Kinder herum, bis sie schließlich müde und verlegen an einer Hauswand lehnen; aus Jungs werden Männer, die ziellos umherwandern, bis irgend etwas ihre Aufmerksamkeit erregt; Frauen legen die Hand an den Mund und rufen ihre Kinder nach Hause. Hier passiert immer irgend etwas, aber es ist nie genau das, worauf wir gewartet haben, so daß wir einfach weiterleben, und in diesem Augenblick warten wir gerade auf meinen Bruder. Meine Mutter wird jetzt, da die Tage kühl und die Nächte kalt werden, langsam nervös.

«Er wird sich eine Grippe holen», sagt sie. «Er wird in diesen entsetzlichen Apartments da drüben erfrieren.»

Sie schüttelt den Kopf und blickt auf die kalte Straße hinaus. «Was hätte ich tun können?» sagt sie und dreht sich zu mir um. «Ich hab's versucht. Ich hab versucht, euch Kindern eine gute Mutter zu sein.»

Die Sonne geht unter, und hinter ihr leuchtet das Gebäude auf der anderen Straßenseite in dem verlöschenden Licht rosarot auf. Über ihr fährt Mr. Rosenberg auf dem abgewetzten Fußboden hin und her und denkt an seine Tochter Brenda.

«Liebes», sagt meine Mutter. «Gib deinem Onkel Nicky zur Begrüßung einen Kuß.»

Er starrt sie völlig ausdruckslos an.

«Nick» sagt sie unvermittelt. «Dein Onkel Nick.» Sein dünnes blondes Haar ist zurückgekämmt; seine Kopfhaut hat dieselbe rötlichgelbe Farbe wie sein Haar, und seine Augen sehen wie Male mitten im Gesicht aus.

«Tja», sagt er. «Das stimmt.» Er lächelt zu mir herab. «Das stimmt», sagt er erneut. «Gib deinem Onkel Nick einen Kuß. Du kannst mich Nicky nennen», sagt er, und meine Mutter dreht die ganze Zeit ihr Halstuch in den Händen und beobachtet ihn.

Als sie nach Hause kommen, stecke ich den Kopf unter mein Kissen. Ich höre sie nicht, aber Mr. Rosenberg fährt heimlich über den Fußboden und horcht, während ich schlafe.

Mitten in der Nacht schlage ich die Augen auf, und Nick steht in meiner Tür. Er rührt sich nicht, atmet nicht; er steht einfach da und beobachtet mich. Ich kann seine Augen nicht sehen. Es könnte sonstwer sein. Über uns zündet sich Mr. Rosenberg in seiner Aufregung eine Zigarette nach der anderen an und wirft sie alle auf den Fußboden, bevor er sie zu Ende geraucht hat. Nach einer Weile geht meine Tür zu und dann die meiner Mutter.

Mr. Rosenberg stößt einen tiefen Seufzer aus und fragt sich, ob er die glimmenden Zigaretten aufheben oder liegenlassen und sie lange geschlängelte Brandlöcher ins Holz brennen lassen soll, bis er schließlich in einen Traum vom Schlafen gleitet.

Irgendwann vor Tagesanbruch höre ich, wie sich Körper herumwälzen und Stimmen ertönen.

«Verflucht noch mal», sagt meine Mutter, und dann folgt ein knallender Schlag.

Mr. Rosenberg reißt, von dem Geräusch aufgeschreckt, den Kopf hoch; er starrt in das Dunkel seines Zimmers, bis er sich, davon überzeugt, daß niemand da ist, wieder davonstiehlt. Ich mache die Augen zu und versuche mich zu erinnern, ob ich geschlafen habe oder nicht.

Am Morgen sieht eins der Augen meiner Mutter dunkel und geschwollen aus, aber es ist das andere, das blau ist.

«Und», sage ich, weil ich mich nicht bremsen kann, «wo ist Nicky?»

Sie greift lustlos nach ihren Zigaretten, als würde ihr diese Frage seit Jahren jeden Morgen gestellt, und sie hätte noch keine Antwort gefunden. «Bist du es nicht leid, immer Toast zu essen?» fragt sie und zündet sich eine Zigarette an.

Sie erhebt sich, als würde sie das große Mühe kosten, und geht langsam, den Gürtel ihres Morgenmantels hinter sich herschleifend, in das Zimmer nebenan.

«Schatz», sagt sie von dem Stuhl am Fenster her, «ich könnte wahrhaftig einen Drink gebrauchen.»

Als sie den Kopf beugt, um in ihrer Handtasche nach Geld zu suchen, kann ich die dünnen grauen Strähnen durch ihr Haar laufen sehen. Sie sieht mit einem getrübten Auge zu mir auf, und das andere ist so klar und durchsichtig wie das eines Kindes.

«Ich bin euch Kindern eine gute Mutter gewesen», sagt sie, und obwohl ihr dunkles Auge beinahe zugeschwollen ist, kann ich nur das ansehen. «Oder?» fragt sie. «Oder?»

Hinter ihr haben die Füße der Vorbeigehenden gerade Stoßzeit, doch sie gehen zu schnell, als daß man etwas daraus ersehen könnte. Schließlich wende ich mich zum Gehen, aber an der Tür holt ihre Stimme mich ein. «Liebes», sagt sie zu den am Fenster vorbeikommenden Füßen. «Du würdest mich doch nie verlassen, oder?»

Sie dreht sich um, um mich anzusehen, und ihr dunkles Auge blickt mir bedeutungsvoll ins Gesicht. Ich schüttle den Kopf. Sie lächelt. «Du kannst mich nicht verlassen», sagt sie und dreht sich wieder zum Fenster. «Ich bin deine Mutter.» Sie zündet sich ihre Zigarette an, und ich warte einen Augenblick lang in der Tür, bis der Rauch sich in einem Ring um ihren Kopf gelegt hat.

«Schätzchen», sagt der Junge in dem Spirituosengeschäft. «Liebling.»

Seine neuen Turnschuhe leuchten in dem düsteren Laden, und seine Freunde stehen dichter zusammengedrängt an der Ecke, weil die Temperaturen sinken. Sie rufen mir etwas nach, als ich vorbeigehe, und sehen mich mit hungrigen, boshaften Augen an. An ihnen kann man sehen, wie die Tage vergehen, wenn sie sich vor Kälte aneinanderdrängen oder nervös zum Himmel aufblicken, sobald es zu schneien droht. In unserer Gasse sind die Bewegungen der Tauben steif, und sie fliegen wie mit mechanischen Flügeln. Oben umkreist Mr. Rosenberg unermüdlich sein Zimmer, bummert manchmal, damit ich ihm Gesellschaft leiste, vergißt mich manchmal aber auch völlig. Meine Mutter sitzt am Fenster und sieht zu, wie die letzten Blätter davonfliegen, bis das blaue Auge wieder zurückgegangen ist.

«Liebes», sagt sie, «sag hallo zu deinem Onkel Bill.»

Ein großer Schwarzer lächelt mich an. «William», verbessert er sie geduldig.

«William», sagt sie.

«Freut mich, dich kennenzulernen», sagt er höflich, aber er hat schon das Interesse an mir verloren und wendet sich wieder meiner Mutter zu. Seine Haut glänzt, als er sich eine Zigarette anzündet. Seine Zähne glänzen. Sein Haar glänzt, und seine

Augen glänzen, und der Stoff seines Hemds glänzt, wenn er sich bewegt. Meine Mutter lächelt und streift mit den Fingerspitzen darüber.

«Schwarze sind anders», sagt sie zu mir, obwohl ich nicht daran interessiert bin. «Sie hassen Frauen nicht so sehr wie Weiße.» Sie hält inne, um sich eine Zigarette anzuzünden. «Aber sie hassen sie auch.»

Ich sehe zu, wie die Füße mehrerer Leute am Fenster vorbeigehen.

«Eines Tages mußt du das alles wissen», sagt sie. «Wirklich.»

«Liebes», sagt meine Mutter, «das ist dein Onkel Nathan.» Ich ergreife die Hand, die er mir freundlich reicht. Er schüttelt meine Hand freundlich, und er lächelt freundlich und läßt meine Hand schnell und freundlich los. Alles an ihm ist freundlich, und deshalb wird er bald wieder weg sein, bevor seine freundlichen Augen zornig werden.

Ein paar Tage, nachdem er weg ist, steht meine Mutter vor dem Spiegel, legt den Kopf von der einen auf die andere Seite und reißt sich ein paar graue Haare aus.

«Ich brauche eine Veränderung», sagt sie, und bald darauf sitzen wir in dem Schönheitssalon an der Ecke, wo viel Wind um sie gemacht wird: wie wenig graue Haare sie habe, wie jung sie noch aussehe bei einer so großen Tochter. In einer angenehmen Mischung aus Spanisch und Englisch wieseln sie um sie herum, während ich Zeitschriften durchblättere. Der scharfe Geruch der Dauerwellenlotion liegt in der Luft und treibt mir Tränen in die Augen. Sie sei so schön, sagen sie ihr, und sie lächelt und sagt: «Oh, Sie sollten erst mal meinen Sohn sehen.» Sie lächeln alle und nicken und reden über ihre eigenen Söhne, ihre eigenen Ehemänner. Das hübsche Aussehen von Männern ist etwas, für das sie alle viel auf sich genommen haben. Die Frau hinter dem Ladentisch beobachtet mich, während ich die

Seiten der Friseurzeitschriften umblättere. «Du wirst eines Tages auch eine Schönheit sein», sagt sie, als würde sie ein Todesurteil verkünden. Als meine Mutter fertig ist, ist ihr ganzes Haar wieder dunkel, mit einem rötlichen Ton, und sie stellt sich vor mich und sieht mich an, als versuche sie sich genau daran zu erinnern, wo wir uns schon einmal begegnet sind. Sie tätschelt ihr straffes Haar. «Na? Wie sehe ich aus?» fragt sie und dreht sich um, damit ich sie von hinten betrachten kann.

Mr. Rosenberg sitzt vor unserem Wohnblock und nimmt die letzten Herbsttage in sich auf. Um ihn herum liegen überall Zigarettenstummel, und er wirft einigen Tauben, die ein paar Schritte entfernt versammelt sind, Brotkrumen hin. Die Brocken, die er wirft, sind zu groß, um sie auf einmal zu fressen oder sie wegzuschaffen, und die Vögel picken danach, lassen schließlich die größeren Krumen liegen, um dann wiederzukommen und wieder danach zu picken.

«Na, meine Damen», sagt er, als wir näher kommen. «Einen Spaziergang gemacht?» Seine Haut sieht im hellen Tageslicht bläulich aus.

«Guckt euch das an», sagt er, und er hält seinen Brotbeutel hoch und schüttet alles auf seine Füße und rings um seinen Rollstuhl auf die Erde. Eine fette Taube kommt vorsichtig näher, dann noch eine, und im Nu ist die Luft um ihn herum von Flügelschlägen erfüllt; während die Vögel sich über die Krumen hermachen, die Mr. Rosenberg fallen lassen hat, verschwinden seine Beine und der untere Teil seines Rollstuhls unter einer wogenden grauen Decke, und er lächelt, während sie nach dem Brot picken. So nah sind sie zu mir nie gekommen.

«Ha», sagt er. «Nicht schlecht für Ratten mit Flügeln.»

Meine Mutter stößt an seinen Rollstuhl, als sie an ihm vorbeigeht, und die Vögel fliegen aufgeregt auseinander. «Sie werden zu Staub zerfallen», sagt sie, «zu einem großen Haufen Staub und Asche, und dann werden wir Sie einfach wegfegen.»

Er zwinkert und lächelt mir zu, als ich hinter meiner Mutter hergehe. «He, Süße», sagt er, aber als ich mich umdrehe, ist er zu

Asche zerfallen; die Worte kommen aus einem Haufen Staub und Asche, der auf dem Gehsteig schwelt.

Männer kommen und gehen, und meine Mutter wartet geduldig am Fenster, trommelt im Takt mit dem Radio und raucht. Ab und zu fährt sie mit der Hand in ihr Haar, streicht darüber und tätschelt es leicht. Wenn sie keinen Gin mehr hat, schickt sie mich los, welchen zu holen.

«He», sagt der Junge in dem Spirituosengeschäft. «Mein Cousin hat deinen Bruder gesehen.»

«Dein Cousin», sage ich. «Der kennt meinen Bruder nicht mal.»

«Oh, er kennt ihn», sagt der Junge. «Er kennt ihn wirklich gut. Er hat ihn in der Innenstadt gesehen. Und er sagt, daß er nicht so besonders aussieht.»

Er reicht die Flasche durch den Schlitz und zieht eine Augenbraue hoch. «Falls du weißt, was ich meine», sagt er.

Ich weiß, was er meint, aber ich tue so, als wüßte ich es nicht, und gebe ihm das Geld. Als er mir das Wechselgeld durchschiebt, lehnt er sich vor und preßt seine Lippen an die Scheibe. Die Schmierspuren seines Kusses hängen zwischen uns, und ich wende mich zum Gehen.

«He», sagt er, «willst du nicht mal wissen, wo er ihn gesehen hat?»

Die Straße, die er mir genannt hat, ist voller Männer und Jungs, die an Gebäuden lehnen, aufmerksam am Fenster stehen, müßig vor dem Eingang auf und ab gehen. Sie werfen sich schräge Blicke zu, ohne einander direkt ins Gesicht zu schauen, und bleiben stehen, wenn sie kurz ihr Spiegelbild sehen, um sich das Halstuch, die Krawatte oder die Sonnenbrille zurechtzurücken.

Ich bin erst seit etwa einer Stunde hier, als ich meinen Bruder auf mich zukommen sehe. Er hat einen Mann bei sich, den er von Zeit zu Zeit leicht anstößt. Jedesmal wenn mein Bruder sich zu ihm hinüberneigt, macht der Mann einen leichten Bogen in Richtung Bordstein. Als mein Bruder mich sieht, richtet er sich auf, und sein Gesichtsausdruck verändert sich.

«Robbie», sage ich, «ich hab dich überall gesucht.»

Sein Begleiter blickt unruhig die Straße entlang und tritt einen Schritt zuruck. «Hor mal», sagt er.

«Nein, warte», sagt Robbie und sieht mich an, starrt mir direkt in die Augen.

«Ich wollte mit dir reden», sage ich. «Nur ganz kurz.»

«Hör mal», sagt der Mann erneut. «Hör mal, ich ruf dich an, okay?» Er ist im Begriff, sich davonzumachen, und blickt schon die Straße hinunter.

«Okay», sagt Robbie. «Warte.» Er zieht einen Streichholzbrief aus der Tasche, sucht nach einem Stift und kritzelt eine Nummer darauf.

«Robert», sagt er und reicht dem Mann den Streichholzbrief, der ihn einsteckt, ohne einen Blick darauf zu werfen. «Vergiß nicht», sagt Robbie, «ich bin heute abend zu Hause.»

«Ja», sagt der Mann und geht davon. Robbie sieht ihm einen Augenblick lang nach und dreht sich dann zu mir um.

«Ich hab nach dir gesucht», sage ich. «Ich wollte mit dir reden.» Jetzt, da er mir seine Aufmerksamkeit schenkt, weiß ich nicht, wie ich sie weiter fesseln soll. «Tony hat angerufen», sage ich schließlich, obwohl das schon vor einigen Monaten war.

«Tony hat angerufen?» Er führt die Finger an seine roten Lippen, streicht sich damit über den Mund und hinterläßt einen rötlichen Fleck auf dem Kinn.

«Er ist in Buffalo gewesen. Er wollte mit dir sprechen.»

«Buffalo?» Er läßt seinen Blick über die Straße schweifen, auf der Suche nach einem gereckten Kinn, einem ihm zugewendeten Blick, einem Augenpaar, das ihn direkt anschaut. «Buffalo», sagt er noch einmal. Sein Blick begegnet dem eines Jungen etwas weiter die Straße hinunter, der so tut, als blicke er in das Schaufenster einer Buchhandlung, und ich spüre, wie er mir entgleitet.

«Robbie», sage ich. «Hör mal.»

«Robert», sagt er geistesabwesend und sieht immer noch den Jungen an. «Weißt du noch, ich heiße Robert.»

«Robert», sage ich. «Hör mal.»

Mühsam richtet er seinen Blick wieder auf mich. Seine Wimpern sind zu kleinen schwarzen Dornen zusammengeklebt. «Was?» sagt er. «Ich muß bald gehen.»

«Hör mal», sage ich erneut und frage mich, was ich sagen soll, was ich tun soll, und ich weiß, daß ich es schnell sagen muß. «Ich fahre nach New Jersey, um Dad zu besuchen.»

«New Jersey?» sagt er.

«Ich hab gedacht, wir könnten vielleicht wieder hinziehen.» «Nach Jersey?» sagt er. «Zu Dad?» Er lehnt sich leicht nach hinten und wiegt sich sanft vor und zurück.

«Nicht zu ihm. Weißt du, einfach nach New Jersey.»

Als ich das sage, ergibt es alles einen Sinn, und ich kann uns in unserem kleinen Haus sehen, wie wir in unserer sonnigen, in Gelb gehaltenen Küche mit leuchtend blauen Vorhängen vor den Fenstern das Frühstück zubereiten.

«Jersey», sagt er und sieht sich um.

Seine Augen sehen aus wie schwarze Löcher. Als ich mich umdrehe, um ihm zum Abschied zuzuwinken, lehnt er am Fenster eines Waschsalons und spricht mit dem Jungen von der Buchhandlung. Er lächelt und streicht dem Jungen mit den Fingern durch sein zotteliges Haar.

Als es auf New Jersey zugeht, kommt der Zug an die Erdoberfläche. Der Mann hinter mir raschelt mit seiner Zeitung und beugt sich vor. Ich kann seinen heißen Atem in meinem Nacken spüren, und ich lasse die Hand auf der schmalen Kante des Umschlags liegen, in dem sich mein Geld und ein Bild von meiner Mutter und meinem Bruder befinden.

Während wir durch die öden Viertel New Yorks fahren, werfe ich, so als würde die Zeit stillstehen, einen flüchtigen Blick auf das Leben anderer Leute: Hinter einem rostigen Zaun schraubt sich ein Junge hoch in die Luft und versucht, einen Basketball durch einen Ring zu werfen, aber wir sind schon weg, bevor er sich herabsenkt, und so hängt er in der schmutzigen Luft in der Schwebe; an einer Straßenecke hebt eine Frau ihr

Baby aus seinem Kinderwagen und streckt ihm ihren langen Hals entgegen, während das Baby nach ihrem Gesicht greift; in einer Gasse, in der völliges Durcheinander herrscht, kauert eine Katze hinter einer Mülltonne und schlägt mit dem Schwanz, während sie eine Taube anstarrt, die nach etwas auf der Erde Plattgedrucktem pickt – wir sind schon weg, bevor die Katze springt.

Am Bahnhof lasse ich mir die Richtung sagen, in der die Adresse liegt, die ich dem Telefonbuch entnommen habe. Der Weg ist nicht länger als der, den ich auf der Suche nach meinem Bruder zurückgelegt habe, aber die breiten Straßen hier sind von Bäumen und Häusern gesäumt. Kinder und Hunde und Männer stehen wie Ziergegenstände auf dem Rasen herum und schenken mir nur wenig Beachtung, wenn ich an ihnen vorbei auf die Hausnummern starre. Es ist wie in einem anderen Land. Als ich das Haus meines Vaters ausfindig gemacht habe, postiere ich mich auf der gegenüberliegenden Straßenseite. Mein Vater ist über den Motor seines Wagens gebeugt. Er ist groß und dünn, und sein Haar wird an manchen Stellen schon grau. Ich sehe ihm eine Weile zu, überquere dann die Straße und schlendere an ihm vorbei. Er blickt kurz auf und wendet sich dann wieder dem Motor zu. Ich schlendere zurück und bleibe vor ihm stehen. Er blickt auf, lächelt höflich und beugt sich dann wieder hinunter, doch nur einen Augenblick lang. Meine Mutter hat mir einmal erzählt, daß ich seine Augen hätte, und er hat sie gesehen. Er sieht zu mir auf, als versuche er sich an den Text eines Liedes zu erinnern, und ich frage mich, wie ich ihn nennen soll.

«Catherine?» sagt er, und ich nicke.

«Tja», sagt er und sieht sich um. «Tja», sagt er erneut, und dann noch einmal: «Tja.» Er wischt sich die Hände an seiner Khakihose ab und läßt lange, dunkle Ölflecken darauf zurück, dann sieht er voll Bestürzung, was er angerichtet hat. Er sieht mich schnell wieder an und macht den Mund auf, um noch einmal «Tja» zu sagen, ertappt sich aber dabei, macht den Mund wieder zu und lächelt verkniffen.

«Tja», sagt er schließlich. «Was treibt dich nach New Jersey?»

«Oh», sage ich. «Nichts. Wirklich.»

Er blickt voll Sehnsucht sein Haus an. Der Rasen in seinem Garten ist ordentlich gemäht, auf allen Seiten von niedrigen, gestutzten Hecken gesäumt. Selbst die Bäume sind säuberlich ihrer ganzen Blätter entkleidet.

«Oh», sagt er. «Na, wie geht's dir?» Er lehnt sich gegen seinen Wagen zurück und nimmt eine steife Haltung ein. Überall um uns her rechen Männer Blätter auf, umschlingen Kinder die Beine ihrer Mütter, fangen Hunde wie wild an zu bellen und beruhigen sich dann wieder genauso plötzlich.

«Gut», sage ich. «Mir geht's gut.»

«Schön», sagt er. «Schön.» Er blickt wieder sein Haus an. Inzwischen sind mehrere Gesichter in dem großen, zur Straße gelegenen Fenster aufgetaucht. Ich lächle ihnen zu, doch sie bleiben ausdruckslos, und kurz darauf senkt sich der Vorhang. Mein Vater sieht dabei zu und blickt mich dann wieder an.

«Tja», sagt er, «Ich nehme an, du würdest gern reinkommen? Ganz kurz?»

Als ich nicke, blickt er auf die schwarzen Streifen auf seiner Hose, rührt sich aber nicht von der Stelle.

Als er die Tür aufmacht, steht niemand am Fenster. Nirgends ist jemand zu sehen, aber das ganze Haus hallt von menschlichen Geräuschen wider. Oben spielt eine Stereoanlage, aus der Küche kommt das Geräusch laufenden Wassers, und irgendwo ist ein Fernseher an. Trotz des ganzen Lärms erkenne ich die Werbemelodie, die gerade gespielt wird.

Mein Vater seufzt und ruft dann: «Roberta.»

Seine neue Frau kommt aus der Küche, wischt sich die Hände an einem Geschirrtuch ab und lächelt mich an, wie sie vielleicht den Zeitungsjungen anlächeln würde. Ganz plötzlich erscheint ein Junge, dann ein Mädchen und noch ein Junge. Sie sind alle blond und haben ausdruckslose, aufgedunsene Gesichter.

«Das ist Catherine», sagt mein Vater, und er sagt ihre Namen zu schnell her, als daß ich auch nur einen mitbekommen könnte.

Das Mädchen kommt meinem Alter am nächsten; sie ist vielleicht vierzehn, war eindeutig schon geboren, bevor mein Vater uns verlassen hat; sie ist nicht einmal seine richtige Tochter. Sie mustert mich von oben bis unten, und ich versuche, ohne an mir herabzusehen, mich daran zu erinnern, was ich anhabe. Die Jungs sehen mich ohne wirkliches Interesse an, nur mit der jungenhaften Neugier, was wohl als nächstes passiert, und die Frau meines Vaters lächelt immer noch und wischt sich die Hände an dem Geschirrtuch ab. So stehen wir alle da, bis mein Vater das Schweigen bricht.

«Tja», sagt er, und wir alle sehen ihn dankbar an. «Tja», sagt er noch einmal und streicht sein Sweatshirt über der Hose glatt. Er sieht seine Frau an.

«Ich denke, Catherine könnte eine Cola vertragen», sagt sie. «Nach ihrer langen Fahrt.» Mein Vater starrt sie an, als hätte sie in einer fremden Sprache gesprochen. «Meinst du nicht auch, Schatz?» sagt sie, und er nickt plötzlich.

«Ja», sagt er. «Natürlich. Natürlich könnte sie das.»

«Und du gehst ins Wohnzimmer und setzt dich», sagt sie und winkt mich aus der Diele. Ich gehe ein paar Schritte ins Wohnzimmer und drehe mich dann um, um auf meinen Vater zu warten. Die Kinder beobachten mich alle, aber er starrt seine Frau an, und ich stelle fest, daß das hier schwieriger wird, als ich gedacht habe. Ich versuche mich daran zu erinnern oder mir vorzustellen, was genau ich sagen wollte, aber alles, was mir einfällt, ist, daß er ein schönes Haus hat.

«Du hast ein schönes Haus», sage ich, und er und seine Frau starren mich verdutzt an, bis sie sich umdreht und er zu mir kommt.

«Ja», sagt er. «Ich meine, danke. Ja. Ich denke schon.»

Über das ganze Zimmer verteilt stehen Fotos in Silber- oder Holzrahmen. Ich sehe sie mir nicht genau genug an, um die Gesichter darauf zu erkennen. Er setzt sich auf die Kante eines Sessels, und ich versinke tief in dem Sofa.

«Tja», sagt er, und seine Frau kommt mit einem Glas Coca-Cola herein, das sie behutsam auf einen kleinen Holzuntersetzer stellt. Sie lächelt mich an und verläßt das Zimmer. Mein Vater schaut ihr nach, bis sie weg ist, und wendet sich dann mir zu. Als ich mein Glas nehme, hinterläßt es einen nassen ringförmigen Abdruck auf dem Untersetzer. Mein Vater lächelt zurückhaltend.

«Wie geht's deinem Bruder?» fragt er.

«Oh», sage ich. «Gut.» Ich versuche, mein Glas wieder genau auf den Ring zu stellen. «Er wohnt nicht mehr richtig bei uns.»

«Oh?» sagt mein Vater. «Was macht er?»

Oben gehen Türen auf und zu, und aus der Küche kommen Stimmen. Ich versuche zu verstehen, was gesagt wird. Während er auf meine Antwort wartet, greift er mit einer Hand nach einer Zeitschrift auf dem Couchtisch. Er streicht über das Cover, hebt sie aber nicht auf.

«Tja», sage ich schließlich. «Er hat einen Job. Einen guten Job.»

«Ja, gut», sagt er. «Das ist gut. Das ist klasse.»

«Ja», sage ich. «Das stimmt.»

«Und deine Mutter», sagt er, ohne mich anzusehen. «Wie geht's deiner Mutter?» Er läßt einen Finger über den Rand der Zeitschrift gleiten und blättert die Seiten um. Als ich einen kleinen Schluck Coca-Cola trinke, wirft er einen raschen Blick auf die Titelseite und liest die Schlagzeilen.

«Es geht ihr gut», sage ich. «Wirklich gut. Großartig.»

Und einen lichten Augenblick lang treffen sich die Augen meines Vaters mit meinen, und in diesem Augenblick, der so kurz ist, daß er vielleicht nicht einmal stattgefunden hat, sieht er mich als mein Vater an, der mich einmal geliebt hat und der weiß, daß das hier nicht wahr sein kann. Aber dann wendet er jäh den Blick ab und wieder der Zeitschrift zu, und der Augenblick vergeht, ist so plötzlich vorüber, daß es mir schwerfallen wird zu glauben, daß er sich ereignet hat. Danach verharren wir in regungslosem Schweigen, und ich rücke näher an die Sofakante heran. In ein paar Minuten werde ich nach New York zurückfahren, wo, genau in diesem Augenblick, der Basketballspieler zu

Boden stürzt und sein mißglückter Wurf vom Rand des Rings zurückprallt; die Frau mit dem Baby lächelt einen Mann an, der gerade zufällig vorbeikommt, und hat ihr Kind vergessen; und in der Gasse macht die Katze einen Satz nach der Taube und springt mitten in Federn und schlagende Flügel hinein.

Mein Vater lehnt sich plötzlich zurück und legt die Hände in den Schoß. Auf seinem Gesicht stellt sich beinahe so etwas wie Genugtuung ein, als er das Zimmer überblickt, und ich versuche mir etwas vorzustellen, das wir miteinander gemein haben.

«Danke für die Geburtstagskarten», sage ich. «Und das Geld.»

Die sind regelmäßig jedes Jahr gekommen, mehr oder weniger an unseren Geburtstagen, farbenfrohe, unpersönliche Karten mit einem Zehner oder einem Zwanziger drin, nur mit *Dad* unterschrieben. Ich habe jahrelang den Verdacht gehabt, daß meine Mutter dahintersteckt, daß sie das Geld von seinen regelmäßigen Unterhaltszahlungen nimmt und daß darin der Grund für die etwas knappe Unterschrift liegt. Diesen Verdacht habe ich sogar dann noch gehabt, nachdem mir klargeworden war, daß meiner Mutter so etwas einfach nicht in den Sinn käme.

«Oh», sagt mein Vater verlegen. «Also, das ist das mindeste, was ich tun konnte.» Er lacht nervös.

«Es ist nett von dir, daß du dran gedacht hast.»

Er sieht verwirrt aus, rutscht in seinem Sessel hin und her. «Also, ja», sagt er. «Ist es wohl.» Er blickt sich im Zimmer um. «Du hast wohl bald wieder Geburtstag», sagt er.

«In ein paar Monaten. Ich werde siebzehn.»

Er lächelt. «Deirdre hat auch demnächst Geburtstag. Sie wird vierzehn. Und die Zwillinge.» Er schüttelt den Kopf und lächelt. «Sie werden langsam erwachsen.»

Unangenehm berührt von seinen Worten, hält er plötzlich inne und wendet seine Aufmerksamkeit wieder der Zeitschrift zu. «Möchtest du noch eine Cola?» sagt er, ohne sich im geringsten von der Stelle zu rühren.

«Ich glaube nicht», sage ich und drehe das Glas immer wieder in dem nassen Ring auf dem Untersetzer.

«Tja», sagt er, «es ist furchtbar nett von dir, daß du den ganzen Weg gemacht hast, nur um uns zu sehen. Mich.»

Er streicht die Hose über seinen Schenkeln glatt und macht Anstalten aufzustehen, und ich denke: *Warte*, aber als ich aufblicke, um etwas zu sagen, sieht er, geduldig wartend, auf mich herab, und ich erkenne den Ausdruck auf seinem Gesicht, in seinen Augen wieder: Es ist der Blick von jedem Mann, den meine Mutter jemals geliebt hat.

Niemand kommt in die Diele, um mich zu verabschieden, nur mein Vater, der mir mit der Hand auf dem Türgriff auf Wiedersehen sagt.

«Also», sagt er, und ich sage: «Also.»

«Grüß deinen Bruder.»

«Okay.»

Er ruft meinen Namen, als ich den Weg zur Straße zur Hälfte hinuntergegangen bin, aber als ich mich umdrehe, weiß er sichtlich nicht, was er sagen soll. Er starrt mich hilflos an und macht den Mund auf, aber er bringt kein Wort heraus. Er macht den Mund zu, und ich drehe mich wieder um. Als ich den Gehsteig erreiche, höre ich, wie die Tür zugeht. Zu beiden Seiten ihres Hauses sehen die Häuser genauso aus. Ein paar trockene Blätter wehen über den Rasen, als der Wind auffrischt, und die zunehmende Kälte des Abends hat die meisten Nachbarkinder ins Haus getrieben. Ich gehe zum Bahnhof zurück und frage mich, was ich mir dabei gedacht habe. Was hast du dir bloß dabei gedacht? wird meine Mutter sagen, wenn ich ihr davon erzähle, und dann wird sie ihr Gesicht zur Wand drehen. Bin ich euch Kindern nicht eine gute Mutter gewesen? wird sie fragen. Ich zähle jeden Betonblock des Gehsteigs, während die Abenddämmerung sich über die stillen Straßen, die stillen Autos, die stillen Familien senkt, die in jedem der stillen Häuser wohnen.

Mr. Rosenberg blickt durch sein trübes Fenster auf mich herab. Er raucht gerade und winkt nicht. Als ich an seine Tür klopfe, höre ich ihn langsam mit einem Quietschen über den Fußboden rollen. Ich bin überrascht zu sehen, daß der Fernseher nicht an ist und daß seine ganzen Jalousien, selbst die an der zur Seite liegenden Wand, hochgezogen sind.

«Und», sage ich. «Wie wär's mit ein bißchen Fernsehen?»

Er wirft die Zigarette auf den Fußboden und rollt wieder ans Fenster. «Oh», sagt er, «ich weiß nicht. Vielleicht hat eure Mutter mit dem Fernsehen doch recht gehabt.» Er zündet sich eine Zigarette an und hält sich das Streichholz vors Gesicht. «Es ist kalt hier drin», sagt er. «Findest du nicht, daß es kalt ist hier drin?»

Durch die unverhüllten Fenster kann ich die Leute in dem Gebäude auf der anderen Seite der Gasse sehen. Ein alter Mann zieht sein Hemd aus und steht in der Kälte, während nebenan, nur durch eine dünne Wand getrennt, eine Frau, von der Gewißheit geblendet, daß ihr heute oder morgen die Liebe begegnen wird, ihre Katze streichelt und sich über und unter ihnen genau dieselben Schicksale abspielen.

«Weißt du», sagt Mr. Rosenberg und starrt aus dem Fenster, «du solltest etwas mit deinem Leben anfangen. Wirklich. Das solltest du tun.»

Er sieht mich nicht an, als ich mir die Tür aufmache. Das Licht der Straßenlaterne funkelt auf der stählernen Armlehne seines Rollstuhls, und Brenda lächelt traurig zu ihm hinab.

«Liebes», sagt meine Mutter, als ich die Tür aufmache, und Nick, der hinter ihr steht und seine Hände lose um ihren Hals geschlungen hat, blickt auf. Sie lächelt, während sein Blick über meine Beine zu meinem Gesicht wandert, und ich ziehe die Tür sofort wieder zu, aber bevor sie zugeht, sehe ich, wie Nick ihr das Halstuch wegzieht und auf den Fußboden fallen läßt.

Als ich auf der Straße bin, liegt sie schon wieder in seinen Armen. Ich blicke zu Mr. Rosenberg hinauf, aber er sieht mich nicht. Er starrt an mir vorbei auf eine Stadt voller Leute, die über ein Leben jammern, das nichts mit mir zu tun hat. Er läßt seine Zigarette fallen und fährt davon.

In diesem Augenblick setzt sich mein Vater zum Abendessen

und lächelt geistesabwesend seinen hellblonden neuen Kindern zu, während mein Bruder in einem dunklen Zimmer sitzt und sich in Stein verwandelt. In der Gasse fliegen die Tauben auf, lassen sich ängstlich wieder herab und schütteln die zunehmende Kälte ab. *Mutter*, will ich rufen, *Mutter, ich sterbe*, aber sie sinkt wieder einmal einem Mann in die Arme, den sie liebt.

Am Ende meines Lebens

Ich werde versuchen, mich an alles zu erinnern, weil er mein Bruder ist. Ich warte hier am Rande des Campus auf ihn und beobachte, wie Wolkenfetzen über einen stürmischen Himmel treiben. Vor mir liegt die Stadt, die sich bis zu uns herauf erstreckt, aber wir sind hier durch einen Highway von ihr abgeschnitten, mit unseren Büchern und unseren Gebäuden aus Stein. Ringsherum gehen Studenten vorbei, und über mir erhebt sich eine Statue der Nike von Samothrake, deren Kopf längst abhanden gekommen ist und deren Flügel ihren gewaltigen Schatten über das schwarze Gras gebreitet haben. Ich warte hier und versuche, mich an alles zu erinnern.

Bei den Raufereien mit den Nachbarskindern auf dem welligen Rasen ist er immer der Kleinste, immer der Verwundbarste. «Glen», ruft Mutter, die mit Vater, Onkel Bill und Tante Eileen zusammensitzt. «Glen», ruft sie noch einmal und schnipst die Asche ihrer Zigarette auf den frischgemähten grünen Rasen. «Paß auf, daß nichts kaputtgeht. Paß auf deine Brille auf, paß auf deine Hosenträger auf. Sei um Himmels willen vorsichtig, wenn du schon so herumtoben mußt.»

«Elizabeth», ruft sie mir zu, «du paßt auf ihn auf.»

Als ich zu ihr hinüberblicke, hat sie ihr Gesicht schon Vater zugewendet. Während sie ihm ihr Glas hinhält, um einen neuen Drink zu bekommen, hat sie sich schon mit einem Lächeln Onkel Bill zugewendet. Sie sieht nicht, wie ich Glennie inmitten eines Haufens übereinanderliegender Jungs im Auge behalte, und sie sieht nie, wie auch ich mich auf den Haufen stürze. Wenn Glennie mit seinen kurzsichtigen, orientierungslosen Augen aufblickt, frage ich mich, was er wohl sieht. Er dreht sein kleines Gesicht zur Erde und wartet darauf, daß den Jungs langweilig wird und sie abziehen, um irgendein anderes grausames Spiel zu spielen; er dreht sein Gesicht zur Erde, um zu beobachten, wie Käfer und Ameisen auf einem Territorium, das noch kleiner ist als sein eigenes, einen Kampf miteinander ausfechten. Vor dem Haus zieht sich Mutters Lachen über den Rasen, und Eis klirrt in leeren Gläsern. Die Jungs winden sich schließlich los, und Glennie bleibt auf dem Bauch liegen und guckt auf die Erde. Wenn er den Kopf hebt, ist sein Gesicht fröhlich, doch ich weiß, daß ich später auf die eine oder andere Art dafür bezahlen werde.

«Lizzie», flüstert er. «Sag Mutter nichts davon, daß ich die Lampe kaputtgemacht habe.» Er blickt verstört auf, als er hört, wie ihr Wagen in die Einfahrt fährt, und blickt auf die Scherbe in seiner Hand.

«Sag ihr, daß jemand eingebrochen ist», sagt er. «Sag ihr, daß er versucht hat, uns zu kidnappen und dabei die Lampe kaputtgemacht hat. Sag ihr das», sagt er und fängt schon an, selbst daran zu glauben. Er reicht mir eine Scherbe von der Lampe, und sein Blick wird schlau und verschlagen, während er den Anflug eines Lächelns zeigt. «Sag ihr, daß er wie Daddy ausgesehen hat.»

Als ich meiner Mutter erzähle, daß unser Hund die Lampe zerbrochen habe, als er von einem Fenster zum anderen hinter einem Eichhörnchen hergelaufen sei, das er im Garten entdeckt habe, spielt sie mit einer silbergrauen Strähne, die sie sich gerade ins Haar hat machen lassen.

«Elizabeth», sagt sie und verliert bereits das Interesse. «Du und dein Bruder, habt ihr die Lampe kaputtgemacht?»

«Nein, Mutter», sage ich. «Ehrlich.»

Sie dreht sich um, um sich ihre neue Frisur im Spiegel anzusehen. In der Ecke steht Glennie und lächelt, aber später wird uns zwei Tage lang der Nachtisch gestrichen: heute, weil wir die Lampe kaputtgemacht haben, und morgen, weil wir gelogen haben.

Ich sage Glennie, daß ich Nachtisch haben wolle, und er lächelt. «Laß mal», sagt er. «Ich kaufe dir einen Schokoriegel.»

Als ich ihn frage, wovon, macht er die Hand auf und zeigt mir ein paar Münzen und eine zerknitterte Dollarnote. «Davon», sagt er. «Das hab ich aus Mutters Handtasche.»

Er schließt seine kleinen Finger über dem Geld, hält die Faust vor seine schwache Brust und lächelt Mutters Handtasche an, die unschuldig auf der Arbeitsplatte liegt. Die Schlafzimmertür unserer Eltern ist geschlossen, und ihre Stimmen sind nur ein schwaches Gemurmel.

Jungs gehen an mir vorbei, während ich hier im Mondschein am Rand des Highways auf Glennie warte. Mädchen gehen an mir vorbei, und die Statue wirft einen blassen Schatten auf die Erde.

Mutters Handtasche liegt unschuldig auf der Arbeitsplatte, und die Tür zu ihrem Zimmer ist geschlossen.

«Lizzie», sagt Glennie, und er zieht mich leise zu der geschlossenen Tür hinüber. «Eulenkuchen», flüstert er, und wir kichern und halten uns gegenseitig die vertrauten Münder zu. «Eulenkuchen», haucht er gegen meine warme Hand, und wir rennen in unsere eigenen hellen Zimmer davon. «Eulenkuchen?» bieten wir uns gegenseitig an. «Madam, darf ich Ihnen etwas Eulenkuchen bringen?»

Wir lachen und wissen nicht, warum. Ihre Tür erhebt sich weit über unsere Köpfe, und ich bin nervös, während ich lache, und denke an die Eulen, die sich jede Nacht aus dem Wald hinter unserem Haus in die Lüfte erheben.

Es liegt etwas in seinem Gesicht, wovon ich mich abwenden will, etwas Fremdes, Aufgeregtes. Aber genau aus dem dunklen Mittelpunkt seiner Augen sehe ich mein eigenes Gesicht blicken, riesig und verwirrt. Ich wende meinen Blick von ihm ab, sehe die vier Wände meines Zimmers an, die rosa gestrichen sind, die weißen Möbel, die mit vertrauten Kuscheltieren übersät sind. «Eulenkuchen», singt Glennie leise. Seine Hände sind wie weiche kleine Tiere.

«Guck mal, Lizzie», sagt er, und ich sehe, daß er unserer Hündin Puff die Schnauze mit Klebeband zugeklebt hat. Ich halte mich lange zurück und sehe zu, wie sie sich quält, bis sie schließlich mit wedelndem Schwanz zu mir kommt und stumm darum bettelt, daß ich sie davon befreie. Ich strecke die Hand nach ihr aus, aber Glennie läßt mich nicht.

«Nicht, Lizzie», sagt er. «Mal sehen, ob sie es selber abkriegt.»

«Das ist gemein», sage ich. «Du machst sie bösartig.»

Er sieht mich an und lächelt. «Sie liebt mich», sagt er. «Sie wird mich immer lieben.» Er dreht sich um zu Puff, die verzweifelt mit dem Schwanz wedelt. Bald wird sie im Hinterhof leben, nicht bösartig, aber auch nicht freundlich, Löcher unter dem Zaun hindurchgraben und uns aus der Ferne beobachten.

Ich warte geduldig, und in den Fenstern der Studentenwohnheime halten sich Mädchen Kleider vor den Körper, drehen sich mal in die eine, mal in die andere Richtung, um zu schauen, wie sie aussehen, und fragen sich, was die Jungs, die sie lieben, von dieser Bluse, jenen Schuhen, dieser speziellen Frisur halten werden. Sie drehen sich zum Spiegel und bewundern sich selbst und einander wegen der Jungs, die sie lieben.

«Lizzie», flüstert er. Wie ein Insekt sucht er nachts das Licht, den Mond, der durch mein Fenster scheint. Sein winziges Herz schlägt gegen meine Hand, und ich erzähle ihm, was ich heute im Biologieunterricht gelernt habe: daß das Herz ein Muskel ist, der sich aus einem Bündel langer, miteinander verbundener Nervenfasern zusammensetzt. Wenn es schlägt, läuft der Impuls durch das Bündel und aktiviert jedes einzelne Nervenende, so daß jeder Herzschlag nichts anderes ist als ein langes, unwillkürliches Vibrieren der Nerven, ein stetiger Impuls, der, sobald er begonnen hat, nicht mehr aufzuhalten ist. Er lächelt und dreht sein Gesicht dem Mond zu. «Guck mal, Lizzie», sagt er und deutet auf eine Eule, die aus dem Wald geflogen kommt. Sein Herz schlägt, ein langer, stetiger Rhythmus, der sich wie ein Mottenschwarm anfühlt, der gegen die Wand seiner Brust flattert.

Vater arbeitet im Garten. Er sticht seinen Spaten in die Erde und gräbt unablässig in der brennenden Sonne. Sein blaues Hemd ist voller Schweißflecken, und der Schweiß läuft ihm in einem breiten Strom über die Schultern, der sich verengt, wenn er ihm übers Kreuz rinnt. Das sieht aus wie ein Schmetterling, der mit einer Nadel an seinem Rückgrat festgesteckt ist und seine Flügel über ihm ausbreitet, wenn er sich zur Erde beugt. Glennie sitzt auf seinen Hacken und schaukelt vor und zurück. Er starrt auf das winzige Gewirr von Leben ringsum auf dem Boden, sieht zu Vater auf und dann wieder ins Gras hinab. Während er schaukelt, spiegelt sich die Sonne in seiner Brille, so daß seine Augen, wenn er sie mir zuwendet, zwei blendenden Scheiben gleichen, in denen Licht aufblitzt. Während Vater zwischen den üppig wachsenden, schwankenden Blumen gräbt, sieht Glennie zu und zischt mir zu: «Lizzie, Lizzie, Eulenkuchen», und wir verfallen in ein ausgelassenes, unverständiges Gelächter. Vater sieht zu uns auf: Glennie schaukelt auf seinen Hacken, und ich rolle auf dem Gras nach hinten. Als Vater seinen Spaten schwenkt, hört Glennie auf zu lachen und schlägt aus dem Arm heraus nach mir. Vater wendet sich wieder der Pflege der leuchtenden Blüten der Rosen und Nelken zu, die er eingepflanzt hat.

«Lizzie», sagt Glennie. «Meinst du nicht auch, daß Vater einen Herzinfarkt bekommt?», und ich bin schockiert darüber. Ich wende den Blick ab, und auf dem Maschendrahtzaun funkelt das strahlende Sonnenlicht. Dahinter sitzt Puff und starrt uns an.

«Lizzie», sagt er erneut. «Glaubst du nicht, daß das passiert? Ich schon.»

«Das bringt Unglück», sage ich. «Daran solltest du nicht mal denken.»

Seine Augen richten sich auf mich. Durch die dicken Gläser haben sie die Farbe der Tinte, die aus meinem Füller fließt, ein blasses und gleichzeitig irgendwie leuchtendes Blau.

«Es stimmt», sagt er. «Guck, wie hart er arbeitet.»

Ich tue so, als hätte er das nicht gesagt, und plötzlich schnellt seine Hand vor und schließt sich um die zarten Flügel eines Schmetterlings. Das ist seine einzige Begabung, Schmetterlinge zu fangen, sie direkt aus der Luft oder dort, wo sie um ihn her im Gras sitzen, zu grapschen. Er fängt sie und bringt sie zu mir, macht die Hand auf und zeigt mir wie bei einem Zauberkunststück, daß da ein Schmetterling sitzt, bis er zittrig davonfliegt oder ihm kraftlos aus der Hand fällt.

Es wird spät, während ich hier warte. In den Gebäuden gehen ein paar Lichter aus. Mädchen liegen in der Dunkelheit da, nur ein paar Schritte entfernt von den fremden Menschen, die ihre Zimmergenossinnen sind. Sie schlafen und versuchen, sich langsam an die fremden Atemrhythmen, die fremden Geräusche, das fremde Rascheln von Leuten zu gewöhnen, die sie nicht kennen und die nur ein paar Schritte entfernt im Bett liegen. Irgendwo versucht der Junge, den ich bald lieben werde, zu schlafen. Er zieht sich die Bettdecke bis unters Kinn und träumt davon, meine blasse Haut zu berühren.

Woran ich mich erinnere: die Sonne, die sich auf meinem Bett ausbreitet, die Krähen, die sich in den Bäumen zanken, das leise Geräusch von Puffs Schwanz auf dem Fußboden, wenn Glennie die Tür aufmacht.

«Lizzie», flüstert er mir ins Ohr, «Zeit aufzustehen. Lizzie», haucht er. «Eulenaugen», und ich halte die Augen geschlossen, bis ich spüre, wie er seine Stirn an meine preßt, seine Nase auf meine.

«Eins, zwei, drei», sagt er, und ich schlage die Augen auf und sehe seine, die sein Gesicht wie eine glänzende Maske bedecken, einen Zentimeter von meinem eigenen entfernt. Ich mache die Augen wieder zu und wundere mich über die winzigen, zierlichen Knochen seines Gesichts.

Das ist das, woran ich mich erinnere. Das ist alles, woran ich mich erinnere, genauso, wie es mir im Gedächtnis geblieben ist.

«Lizzie», ruft er. «Komm. Guck mal.»

Es ist ein Spätsommerabend, und die ganzen Kinder gehen von unserem Versteckspiel nach Hause. Während sie sich aus der sicheren Zone unter der Straßenlaterne entfernen, die als Anschlag dient, stelle ich mir vor, wie sie sich in Ungeheuer verwandeln. Glennie sitzt geduckt unter dem Fenster unserer Eltern, und als ich mich zu ihm hocke, sehe ich Mutter daliegen und über ihr, mit zurückgebogenem Körper, Vater, der sich verrenkt wie ein Knochen, der kurz davor ist zu zerbrechen.

«Eulenkuchen», flüstert Glennie, und er läßt ein schrilles Kichern los. Er lächelt. «Ich sehe ihnen schon die ganze Zeit zu», sagt er. «Sieh dir Vater an. Er wird einen Herzinfarkt bekommen.»

Sie hören unsere Stimmen, drehen sich mit gespensterhaften Gesichtern zum Fenster und fragen sich, was da los ist, aber wir ziehen uns zurück und machen dabei Geräusche, die nach dem Rascheln kleiner Tiere in den Büschen klingen.

Als ich in meinem Bett liege, kann ich nicht schlafen. Als ich das Licht ausschalte, kann ich nur ihre runden, gespensterhaften Gesichter sehen, die in dem dunklen Zimmer erglühen.

Der Junge, in den ich mich verlieben werde, wacht auf und geht zum Spiegel. Er betrachtet sich und streicht mit einer Hand über den frischen Stoppelbart auf seinen Wangen. Er stellt sich vor, wie es sein mag, mein Gesicht zu berühren.

In der Schule bezeichnet man Glennie als schwierig, weil er ein Verhalten an den Tag legt, das Lehrer und Verwaltungspersonal verwirrt: Er redet zu laut, läßt sich nicht dazu bringen, im Musikunterricht mitzusingen, macht alles kaputt, was er im Kunstunterricht anfertigt. Unsere Lehrer sind immer überrascht, wenn sie feststellen, daß wir miteinander verwandt sind, und ich kann sehen, daß sie mich dann mit anderen Augen betrachten, mich mit prüfenden Blicken von der Seite ansehen. Meine Eltern schütteln die Köpfe über die Noten in seinen Zeugnissen und legen sie in der festen Absicht weg, diesbezüglich etwas zu unternehmen, aber die Zeit zerrinnt ihnen zwischen den Fingern, und so unterschreiben sie sie und schicken sie in dem beruhigenden Gefühl zurück, daß, wenn das Zeugnis unterschrieben ist, schon etwas unternommen worden ist.

Glennie ist nur zwei Jahre jünger als ich. In den Fluren und auf dem Spielplatz beobachte ich, wie die anderen Kinder ihm verlegen aus dem Weg gehen; anfangs lassen sie sich dadurch täuschen, wie sehr er ihnen ähnelt mit seinem fröhlichen, zufriedenen Gesicht, seinen adretten kleinen Schuhen, Hemden und Shorts.

In der ersten Klasse sitzt er mit einem Stock in der Hand am Rand des betonierten Spielplatzes; während die anderen Kinder über das Klettergerüst klettern, haut er mit dem Stock auf die Erde, summt ein kleines Lied und starrt unverwandt auf ihre Arme und Beine, wenn sie wie Spinnen über die Stangen krabbeln.

In der dritten Klasse sondert er sich in der Pause immer von seinen Mitschülern ab, und ich entdecke ihn, wie er, ein kleiner, dunkler Fleck in einer Ecke des Schulhofs, mit den Händen Löcher gräbt. Er zieht sich in der Hitze das Hemd aus, und sein Rücken, der hellste Farbtupfer an dem ganzen trüben Tag, glüht, während er Sachen in die Löcher steckt und sie dann zudeckt.

Ich sollte etwas tun, denke ich, es gibt etwas, was ich tun sollte, aber ich bin erst in der fünften Klasse. Ich bin erst in der fünften Klasse, sage ich mir, und ich drehe mich um, beobachte die Kinder in meinem Alter und geselle mich zu ihnen.

In Glennies viertem Schuljahr hält sich seine Klasse ein Kaninchen, damit die Schüler lernen, Verantwortung zu übernehmen, und bald, so hat ihnen ihr Lehrer erzählt, würden sie das Wunder der Geburt erleben. Jedes Kind darf das Kaninchen eine Woche lang zu Hause behalten, aber irgendwie kommt die Reihe nie an Glennie, obwohl er dem Kaninchen in einer Ecke seines Zimmers ein Lager gebaut und im Garten ein kleines Loch gegraben hat, wo es sich ausruhen kann. Er macht schon Pläne, eins der Kaninchenjungen als Haustier nach Hause mitzubringen, und als er das meinen Eltern erzählt, nicken sie geistesabwesend in seine Richtung. «Wir werden sehen, wir werden sehen», murmeln sie, und sein Gesicht glüht, während er sich vorstellt, wieviel Spaß er mit dem neuen Haustier haben wird.

Als die Kinder eines Morgens in die Klasse kommen, sind die Kaninchen schon auf der Welt, fünf neue Kaninchen und ein winziges totes. Der Lehrer wählt die Schüler aus, die ein Junges behalten dürfen, und natürlich gehört Glennie nicht dazu, aber irgendwie schnappt er sich in der ganzen Aufregung und dem ganzen Durcheinander das kleine tote. Es vergeht eine Weile, bevor sie das Blut auf seinem hellen Hemd bemerken, unter dem er das Kaninchen an seiner Brust verborgen hat, und als sie es ihm abnehmen, rennt er aus dem Raum. Später finden sie ihn in der Toilette, wo er ins Klosett starrt und immerzu die Wasserspülung betätigt.

Da meine Mutter gerade einkauft oder im Schönheitssalon sitzt oder mit ihren Freunden zu Mittag ißt, muß ich Glennie nach Hause bringen, damit er sich ein anderes Hemd anzieht, und als ich mich dem Büro nähere, wo er wartet, sehe ich ihn, bevor er mich sieht. Ich stehe außerhalb seines Blickfeldes auf dem Gang; er sitzt über seine Knie gebeugt da und blickt auf seine Füße, aber auch so kann ich den Fleck sehen, der sich auf seinem Hemd ausbreitet, und ich laufe zur Toilette, wo ich nicht gezwungen bin zu glauben, daß das wirklich passiert.

Ich betrachte mich im Spiegel. «Ich bin in der sechsten Klasse», sage ich laut. «Ich bin in der sechsten Klasse, und das ist mir egal», aber das Gesicht, das mich anstarrt, hat keinerlei Ähnlichkeit mit meinem. Zum ersten Mal wird mir bewußt, daß er mir hinderlich wird. Als ich wieder zum Büro komme, um ihn zu holen, lächelt er, als er mich sieht. «Lizzie», sagt er. «Laß uns auf dem Heimweg irgendwo Bonbons holen.» Sein Hemd klebt ihm in dunklen, nassen Flecken an der Brust, aber als wir zusammen den Gang hinuntergehen, nimmt er meine Hand und lächelt die kahlen Wände an; hinter den Wänden starren Kinder Ziffern auf einer dunklen Tafel an.

In der Toilette sagt das Mädchen neben mir, das ich gern zu meiner Freundin hätte: «Dein Bruder hat versucht, dieses tote Kaninchen zu stehlen.»

Sie zieht einen winzigen Lippenstift aus ihrer Handtasche. «Oder?»

Ich betrachte mich im Spiegel. «Nein», sage ich.

Sie hält ihr Gesicht dicht vor den Spiegel. «Sein ganzes Hemd war voll Blut», sagt sie.

Ich sehe zu, wie sie sich Lippenstift auf ihre rosafarbenen Lippen schmiert.

«Er hat geblutet», sage ich schließlich. «Er hat eine Krankheit, bei der er aus der Brust blutet.»

Sie blickt zu dem Mädchen auf der anderen Seite von ihr hinüber. Ihre Augen begegnen sich im Spiegel, und sie tauschen ihre Miniaturkosmetika aus. Das Mädchen neben mir malt sich große rote Kreise auf die Wangen, und ich lächle sie an.

Ich will diese Mädchen zu Freundinnen haben. Ich gehe nur einen Schritt hinter ihnen den Gang entlang und werde mit jedem Augenblick älter.

«Lizzie», ruft Glennie vom Trinkbrunnen her, wo er allein steht, aber ich höre ihn nicht, während ich mit diesen Mädchen den Gang entlanggehe. Unsere Röcke rauschen in der kalten Luft.

Was danach geschieht, ist geschehen und kann nicht rückgängig gemacht werden. Jahrelang kommt es zwischen uns nur zu Grausamkeiten, und sie sind mir nur als kleine Wutanfälle in einem endlosen Spiegel der Leidenschaften in Erinnerung geblieben. Seine Grausamkeiten sind geringfügig, aber verwirrend in ihrer Ernsthaftigkeit. Er belegt mich mit Schimpfnamen, um meine Aufmerksamkeit zu erregen, aber ich höre sie nur undeutlich; sie klingen wie das schwache Summen einer Fliege, die zwischen Fenster und Fliegengitter gefangen sitzt.

Am Frühstückstisch sieht Glennie mich verschlagen über seine Corn-flakes hinweg an. Ich sitze widerwillig da, esse kaum etwas und warte darauf, in die Schule entlassen zu werden.

«Lizzie», sagt er, und seine Stimme hebt und senkt sich in einem kleinen Lied. «Ich hab den Jungen gesehen, den du so gern hast.»

Ich blicke auf meine Schale, in der durchweichte Corn-flakes in gelber Milch schwimmen. Meine Eltern sehen nicht von ihrer Zeitung auf, aber sie neigen die Köpfe zur Seite, um zuzuhören, und kurz darauf treffen sich ihre Blicke.

«Er hat Gras geraucht», sagt Glennie und lacht. «Direkt an der Ecke.»

Die Köpfe meiner Eltern drehen sich mir langsam zu wie große Blumen, die auf dünnen Stengeln schwanken. Sie starren mich verständnislos an und warten auf eine Erklärung, während Glennie lächelnd die Corn-flakes in seiner Schale untertaucht und so tut, als wären es Käfer, die sich an vermodernden Booten festklammern.

Als ich später an ihm vorbeigehe, steht er in der offenen Tür, ohne Hemd in der Hitze, und versucht, sich zu entscheiden, ob er drinbleiben oder nach draußen gehen soll. Er hat den Verrat beim Frühstück schon vergessen, aber ich nicht, und als ich an ihm vorbeigehe, kann ich mich nicht bremsen. Ich sehe meinen Arm ausholen, als wenn er jemand anderem gehörte, und schlage ihm fest auf den Rücken; das ruft an dem ruhigen Nachmittag ein unheimliches, befriedigendes Klatschen hervor, und er dreht sich mit Tränen in den Augen zu mir um. «Lizzie», sagt er ungläubig vor Entsetzen und faßt sich mit der Hand an seine weiche Wange. «Du hast mich zum Weinen gebracht.»

Seine kleinen Grausamkeiten sind im Nu vergessen, aus der Welt geschafft durch sein seltsames Leben, aber meine, jede einzelne ein Zeugnis für die Zerbrechlichkeit meiner Liebe, werden nie verblassen. Dieser Schlag wird für alle Zeiten erschallen; alle Grenzlinien meiner Vergangenheit und meiner Zukunft werden dadurch markiert, wie er sich mit offenem Mund und fassungslosem, unschuldigen Blick zu mir umdreht und in den hellen Strahlen der Nachmittagssonne hinter ihm ungewohnte Tränen auf seinen Wangen glitzern.

Diese Jahre der verschlossenen Türen – ich kann kaum glauben, daß sie stattfinden. Ich erinnere mich ohne Scheu an jeden einzelnen Augenblick, selbst daran, wie es endet. «Lizzie», flüstert er an meiner Tür. «Laß mich rein. Ich muß mit dir reden.» Ich schaue aus dem Fenster und beobachte, wie die Eulen sich in den Bäumen versammeln. Ich weiß nicht, ob er schon weg ist, als ich einschlafe. Ich stelle mir vor, wie er sich vor meinem Zimmer zusammenkuschelt und ich kann seinen langsamen Atem durch die dünne Tür hören und wie sein winziges Herz gegen den Fußboden schlägt. Ich schließe die Tür ab und überlasse ihn seinem Leben. Er wird mir hinderlich sein, und ich werde auf der Strecke bleiben und im Sumpf meiner Gefühle für ihn feststecken. Ich habe keine andere Wahl: Ich schließe meine Tür ab und höre nicht auf das schwache Kratzen seiner Nägel am hohl klingenden Holz.

Das sind Jahre, die nie stattfinden. In der Schule sehe ich in den Spiegel, und mein Blick begegnet denen der anderen Mädchen. Wir tauschen unsere Lippenstifte aus und bewundern uns gegenseitig für die Jungs, deren Blicke wir auf uns ziehen werden, die Jungs, die uns in den Spiegeln ihrer Autos betrachten werden. Es vergeht für uns kaum ein Augenblick, in dem jene Jungs uns nicht anschauen, und ich gebe mir große Mühe, ihnen zu zeigen, wie sehr ich sie haben will. Sie sind so geschmeidig mit ihren glatten, unbehaarten Brustkörben, und ich bin nur dann glücklich, wenn ich mich mit dem einen oder anderen von ihnen auf dem Rücksitz seines Wagens befinde, der Mond über uns aufgeht, der Motor zischt und die Fenster von unserem Atem beschlagen. Ich vergesse jedesmal den Namen des Jungen, wenn wir uns küssen, sein Gesicht, wenn er mich berührt, und wenn er sich schwerfällig und gedankenlos auf mich legt, lächle ich mit versteckter Freude, aber immer, wenn ich so sorglos bin, über den zotteligen Kopf eines Jungen hinwegzuschauen, sehe ich Glennie dort, und seine Augen sehen aus wie kleine schwarze Löcher im Mond; *Eulenkuchen*, zwinkert er mir zu, dreht sich um und läßt einen Schwarm Schmetterlinge in den bewölkten Himmel davonfliegen. Ich mache die Augen zu und konzentriere mich auf den Geruch der Haut eines mir unbekannten Jungen, dessen schnell gehender Atem in meinem Ohr klingt und dessen unvertrautes, willkommenes Herz gegen meine Brust schlägt.

Zu Hause übe ich vor dem Spiegel im Flur, wie ich unter den Wimpern hervor zu den Jungs aufsehe; ich übe drei oder vier Arten zu lächeln, mit denen ich Bewunderung erregen werde, bevor ich einen kleinen Fleck am Rand des Spiegels bemerke, mich umdrehe und Glennie mich mit hochgezogenen Schultern aus einer Ecke anstarren sehe. Jeden Tag in der Schule schleicht er in den Gängen hinter mir her. Wenn ich mich umdrehe, um einen Jungen anzulächeln, steht er da und beobachtet uns von einer Tür her oder halb verdeckt von seinem Schließfach aus. Dann lasse ich mein Lächeln erstarren und hefte meine Augen auf das Gesicht des Jungen vor mir, damit er sich nicht umdreht und sieht, daß Glennie uns beobachtet.

Während ich hier am Campus warte, macht der Junge, den ich einmal lieben werde, die Augen zu und schläft schließlich ein und träumt. Sein Zimmergenosse stützt sich auf einen knochigen Ellbogen und beobachtet, wie der Junge, den ich liebe, schläft und von mir träumt.

Als ich schließlich aufs College entlassen werde, sind meine Koffer neben der Tür aufgestapelt. Meine Mutter wird rührselig und legt noch einen Stoffpanda aus meinem Wandschrank auf den Stapel. Ich bringe ihn zurück, aber später liegt an seiner Stelle ein Tiger mit abgescheuertem Gesicht. Glennie sagt nichts, während sich das alles abspielt. Er kann die Schule nicht ausstehen, und er wird langsam fett, platzt aus allen Nähten und wiegt sich in der heißen Augustsonne.

«Glennie, ich seh dich an Thanksgiving», sage ich. «Okay?»

«Okay», sagt er, ohne mich anzusehen. Er zieht einen Stock über die Erde und zerstört einen Ameisenhaufen, während meine Mutter und mein Vater uns hinter ihrer geschlossenen Tür zuhören.

Hier am College habe ich versucht, keinerlei Erwartungen zu haben. Ich besuche meine Vorlesungen und denke gar nicht an zu Hause. Als ich angekommen bin, hat meine neue Zimmergenossin vorgeschlagen, daß wir uns die gleichen Tagesdecken anschaffen und Vorhänge, die zueinander passen. Ich habe nicht gewußt, was ich sagen sollte, und habe sie nur angestarrt und die rauhe Tagesdecke aus Chenille angefaßt, die zu Hause so viele Jahre lang auf meinem Bett gelegen hat. Sie hat einen Freund, der, ohne mich anzusehen, das Zimmer verläßt, wenn ich hereinkomme.

«Elizabeth», sagt meine Mutter am Telefon. «Du mußt nach Hause kommen. Dein Vater und ich müssen mit dir reden.»

Ich bin erst seit einem Monat hier. Meine Zimmergenossin feilt ihre Nägel und betrachtet sich im Spiegel.

«Worüber?» frage ich.

«Deinen Bruder», sagt sie. Ihre Stimme klingt höher als gewöhnlich, und es ist klar, daß sie am Telefon nicht mehr sagen wird. Meine Zimmergenossin sieht mich teilnahmslos an und kaut an einem ihrer Nägel.

Am Flughafen steht meine Mutter nervös in der Ankunftshalle, so daß ich nur einen Augenblick Zeit habe, ein anderes Gesicht aufzusetzen, bevor ich ihr gegenübertrete. Sie küßt mich flüchtig auf die Wange.

«Gehen wir», sagt sie. «Ich parke in der zweiten Reihe.» Sie dreht sich um, und mir fällt auf, daß sie während meiner Abwesenheit irgendwie braun geworden ist, obwohl in Ohio trostloses Herbstwetter herrscht.

Bevor sie den Wagen anläßt, klappt sie die Sonnenblende

herunter, um ihr Make-up im Spiegel zu überprüfen, und reibt mit dem kleinen Finger die schwachen Lippenstiftspuren in den Mundwinkeln weg. Als wir vom Flughafengelände auf den Highway fahren, trommelt sie mit ihren langen Fingernägeln auf den harten Kunststoff des Lenkrads, und ihre Augen wandern zwischen dem Rückspiegel und der vor ihr liegenden Straße hin und her, obwohl kaum Verkehr herrscht.

«Wir haben beschlossen, Glen wegzuschicken», sagt sie schließlich. «In eine Schule.»

Sie blickt in den Seitenspiegel. Ich drehe mein Fenster rauf und runter und starre auf die Landschaft. Ich habe mich so schnell an die sanften Hügel im Osten gewöhnt, daß dieses flache Stück Erde mich in Erstaunen versetzt.

«Weg?» sage ich. «Was für eine Schule?»

«Eine Sonderschule.» Sie blickt mich an, aber ich schaue schnell weg, einfach geradeaus. «Es bleibt uns nichts anderes übrig», sagt sie und wechselt die Spur, so daß ein Käfer direkt auf die Windschutzscheibe klatscht. «Verdammt», sagt sie und stellt die Scheibenwischer an.

«Bleibt nichts anderes übrig?» sage ich. Sie stellt die Scheibenwischer ab, aber da, wo der Käfer auf die Scheibe geflogen ist, ist immer noch ein grünlicher Fleck.

«Tja», sagt sie, «wir werden», und sie hält inne und tut so, als suchte sie nach den Worten, die schon längst feststehen, «nicht mehr mit ihm fertig. Er hat ein Problem», sagt sie und blickt mich flüchtig an. «Mit Mädchen.»

Ich spüre, wie die Welt schrumpft, sich um mich herum verengt, und ich mache mein Fenster weiter auf. Meine Mutter hat ihre Stimme wiedergefunden und fährt fort.

«Er ist», sagt sie und hält inne, um den Zigarettenanzünder hineinzudrücken, «in der Schule über ein Mädchen hergefallen. Liebes, gib mir eine Zigarette, ja?»

Sie schiebt ihre Handtasche zu mir herüber.

«Wie meinst du das?» frage ich sie. Ich weiß, wie sie es meint, aber ich will, daß sie es noch einmal sagt. Sie blickt in den Spiegel und nimmt die Zigarette, die ich ihr anbiete.

«Wir wissen nicht genau, was passiert ist. Der Hausmeister hat sie erwischt. Es ist eines Tages nach der Schule passiert. Im Auditorium. Hinter der Bühne.» Sie wartet darauf, daß ich etwas sage. Ich drehe das Fenster rauf und wieder runter.

«Er ist eben anders», ist schließlich alles, was mir einfällt. «Ich bin sicher, daß es nicht seine Schuld war», sage ich. Ich lächle ihr beruhigend zu, aber ich kann mir vorstellen, wie Glennie dem Mädchen heimlich zulächelt und ihr heimlich hinter die schweren Samtvorhänge folgt. Ich bezweifle nicht, daß er es getan hat.

«Oh, Liebes», sagt meine Mutter. «Du verstehst nicht. Alles, was er tut, ist essen und in seinem Zimmer sitzen oder deinem Vater im Garten zusehen. Er guckt nicht mal Fernsehen. Wenn du nicht hier bist, benimmt er sich unmöglich.»

«Ihr seid für ihn verantwortlich», sage ich, aber meine Stimme klingt hohl. Wir wissen beide, daß das nicht stimmt.

«Oh, Liebes.» Sie streckt die Hand aus, um mir die Wange zu streicheln. Das ist eine Geste, die aus einer Zeit übriggeblieben ist, an die ich mich nicht mehr erinnere, einer Zeit, die vielleicht nie wirklich stattgefunden hat. Ich konzentriere mich völlig auf die Berührung ihrer Hand; der Geruch von Rauch haftet an ihrer Haut, ihrem Haar und ihren Kleidern. Ich werde selbst bald anfangen zu rauchen, und durch diesen süßen, unwiderstehlichen Rauchgeruch wird meine Mutter mich während aller Gesten meines Lebens begleiten. Während der restlichen Fahrt herrscht Schweigen, das nur durch das gelegentliche Trommeln ihrer Nägel auf dem Lenkrad und das Geräusch beim Herausspringen des Zigarettenanzünders unterbrochen wird.

Glennie ist während meiner kurzen Abwesenheit größer geworden, so daß er, als er im Garten auf den Absätzen wippt, nach hinten in die Blätter kippt. Er richtet sich, überrascht darüber, daß sein Körper ihm nicht gehorcht, jäh auf und sieht ringsum auf die Erde, als suche er nach überflüssigem Ballast. Seine Knöchel sind geschwollen, und er blickt auf, als ich die Wagentür zuschlage.

Ich habe mich nur bereit erklärt, eine Nacht hier zu verbringen, und ich schließe meine Tür ab, als ich ins Bett gehe, aber Glennie ist schon in seinem Zimmer und hat die Tür zugemacht. Ich horche die ganze Nacht nach ihm, höre aber nichts, nicht einmal das Geflüster meiner Eltern oder das gelegentliche Rascheln eines Eichhörnchens vor meinem Fenster. Am Morgen streiche ich die Decken über meinem Kissen glatt und gehe zum Frühstücken hinunter, begierig, ihnen die Ringe einer schlaflosen Nacht unter meinen Augen zu zeigen.

«Elizabeth», sagt meine Mutter und blickt meinen Vater an, der verdrießlich auf seinen kahlen, verfallenen Garten hinausstarrt und von Frühling und Sommer träumt. «Wir wollen, daß du deinen Bruder zu der Schule fährst. Es ist alles geregelt.»

Ich fühle mich, als ob ich nach Hause gekommen wäre und feststellte, daß man während meiner Abwesenheit ein Haustier grausam vernachlässigt hat; zuerst ist mein einziger Gedanke, daß ich nie hätte weggehen dürfen, und dann, daß ich nie hätte zurückkommen dürfen. Das ist nichts, was ich mit ansehen will. Es passiert gerade so viel. Ich werde mich bald verlieben. Mein Vater wird bald in seinem Garten an einem Herzinfarkt sterben, und dann wird meine Mutter mir endlich ihr Gesicht zuwenden. Glennie wird aus der Schule weglaufen, und ich werde hier warten, bis er kommt. All das wird passieren, aber vorläufig passiert nur eins: Wir werden zusammen zu der Schule fahren. Meine Eltern werden zum Abschied aus ihrem Zimmer winken; dann werden sie sich umdrehen und einander in die Arme fallen.

Der Junge, den ich lieben werde, ist plötzlich von irgendeinem Geräusch aufgewacht, aber als er die Augen aufschlägt, ist nichts da. Er denkt daran, wie es wohl sein mag, meine Brüste, meine weißen Beine zu berühren, und er schwelgt in einem erregten, sehnsüchtigen Traum, aber ich erlaube ihm nicht, mich zu berühren.

Die Welt fliegt an uns vorbei, während wir durch die weite, flache Einöde des Mittelwestens fahren.

Glennie reibt seine Lippen am Fenster. «Lizzie», sagt er. «Ich will nicht fort.»

«Ich will auch nicht, daß du fort mußt», sage ich.

«Ich will in die Schule gehen», sagt er. «Wie du.»

«Das wirst du, Glennie. Du wirst in die Schule gehen. Da fahren wir jetzt doch hin.»

Ich spüre, wie er langsam den Kopf dreht und mir das Gesicht zuwendet, aber ich halte meinen Blick auf die Straße gerichtet. Er macht die Augen zu und träumt. Sein Kopf tippt gegen das Fenster, und die Meilen ziehen vorbei wie Minuten.

«Lizzie», sagt er und blickt von einem Buch mit Spielen für unterwegs auf. «Ich langweile mich.»

Ein riesiger Lastwagen schiebt sich auf der rechten Spur neben uns und drosselt die Geschwindigkeit. Der Fahrer starrt einen Augenblick lang auf uns herab und rollt dann die Zunge zwischen den Zähnen.

«Guck mal, Glennie», sage ich. «Der Lastwagen kommt aus Kalifornien. Warum zählst du nicht die Nummernschilder? Weißt du noch, das hast du doch immer so gern gemacht.»

Er wirft mir einen verächtlichen Blick zu. «Ich bin kein kleines Kind mehr», sagt er und malt wütend ein Kästchen auf einer Seite seines Buchs aus. Ich will ihn fragen, warum er es getan hat, was er gedacht hat, wer das Mädchen war und was er gesagt hat, als er mit der Hand nach ihrem Gesicht gefaßt hat, während er die andere Hand um ihren Hals gelegt hat. All das will ich fragen, aber ich weiß bereits, daß Antworten einem nie wirklich Antwort geben, daß sie nur neue Fragen aufwerfen. Er würde nur lieb lächeln und mir erzählen, daß ich es war.

«Lizzie», sagt er, «ich hab Hunger. Laß uns anhalten und was essen.»

Er deutet auf Schilder am Highway, die Truck Stops oder Gaststätten anzeigen, und ich sage ihm, daß wir Sandwiches in einer Kühlbox auf dem Rücksitz haben.

«Ich will keine Sandwiches», sagt er. «Ich kann Sandwiches nicht ausstehen.»

Er wirft sein Buch auf den Boden des Wagens und dreht sein Gesicht zum Fenster. Nach einer Weile höre ich ihn vor sich hin flüstern: «Ohio, Indiana, Ohio.» Seine Stimme flattert gegen das Fenster, und ich richte meinen Blick auf die Straße, das lange schwarze Band, das mich dorthin und zurück bringen wird.

Glennie klappt die Sonnenblende herunter und blickt in den Spiegel, den Mutter benutzt, um ihr Haar zu kämmen. «Lizzie. Guck mal, wie rund meine Wangen sind.»

«Wie Äpfel», sage ich.

Er schaut noch einmal, dreht sein Gesicht nach allen Seiten und faßt sich an die Wangen. «Haben wir Äpfel?» fragt er.

«Wir haben Sandwiches. Und Kekse.»

«Keine Äpfel?»

«Keine Äpfel.»

«Laß uns anhalten und ein paar Äpfel besorgen», sagt er. Er sucht nach den Schildern für die nächste Ausfahrt und stößt mit dem Gesicht gegen das Fenster.

«Glennie», sage ich, «warum ißt du nicht einfach einen Keks? Du ißt nicht mal gern Äpfel.»

Er dreht sich wütend zu mir um. «Wie willst *du* das wissen?» sagt er. «Wie willst du wissen, was ich gern esse? Du bist nicht mal hier gewesen. Ich mag Äpfel. Ich *mag* sie.»

Diese kindlichen Worte klingen mit seiner veränderten Stimme seltsam. Er schaukelt in seinem Sitz, und seine Augen sind so glitschig wie Austern, blau und voller Tränen.

«Guck mal, Glennie», sage ich. «Da ist eine Ausfahrt. Wir können anhalten und ein paar Äpfel besorgen.»

Er sieht mich nicht an, sondern dreht sein Fenster herunter und starrt den Fahrer des Wagens an, an dem wir vorbeifahren müssen, um auf die Abbiegespur zu gelangen. Der Fahrer schaut zu Glennie herüber und blickt flüchtig in seinen Rückspiegel. Als er die Geschwindigkeit drosselt, fahren wir vorbei und auf die Abbiegespur hinüber.

Von dem Laden aus kann ich sehen, wie Glennie gegen das Wagenfenster haucht und dann schlampig Herzen auf die von seinem Atem beschlagene Scheibe malt. Er sieht mich nicht. Er haucht gegen die Scheibe und schreibt meinen Namen, dann wischt er ihn mit seiner feuchten Hand weg und lächelt, als ich mit den Äpfeln zurückkomme, in sich hinein.

Während ich hier warte, wird es kalt und feucht. Jungs und Mädchen schalten das Licht aus, legen Bücher zur Seite. Meine Zimmergenossin fragt sich einen Augenblick lang, wo ich bin, und schaltet dann in unserem Zimmer das Licht aus.

In Glennies Schule gibt es hohe Zäune und eine Wache, die uns durchwinkt, ohne daß wir anhalten und unsere Formulare vorzeigen müssen. Glennie sieht sich nicht um, sondern malt weiter dicke Kreise um durcheinandergerüttelte Worte in seinem Buch. Im Büro ist man anscheinend etwas überrascht, daß er nur von mir begleitet wird, aber man stellt sich schnell darauf ein und schüttelt ihm freundlich und kraftvoll die Hand. Er tritt zur Seite, stellt sich etwas abseits hin und sieht zu, während wir alles vereinbaren. Ich sehe von den Papieren auf, und sein ungläubiger Blick begegnet meinem: Ich werde ihn doch bestimmt nicht hierlassen; unser Verhältnis kann doch bestimmt wieder so werden, wie es einmal war.

«Das wird dir Spaß machen», sage ich ihm. «Es wird dir hier gefallen.» Er nickt, aber wir wissen beide, daß das hier ein Ort ist, wo man nichts glauben kann. Jungs stehen mißmutig herum, lehnen an Wänden, warten darauf, daß jemand etwas von ihnen will, und er ist jetzt einer von ihnen.

Wir gehen in sein Zimmer und werden ein paar Minuten allein gelassen. Ich frage ihn nicht, nach was er gesucht hat in diesem Mädchen, aber als ich mich an der Tür seines leeren, weißen Zimmers von ihm verabschiede, wendet er sich von mir ab und sagt zu dem dünnen Drahtgitter vor seinem Fenster: «Lizzie, ich hab diesem Mädchen nichts getan. Ich hab dich einfach vermißt.»

Wände erheben sich hinter ihm, und er klappt die Hände neben seinem Körper auf und zu wie winzige Flügel.

Als ich von der Schule nach Hause fahre, bin ich zum ersten Mal allein; es kommt mir vor, als wäre ich am Ende meines Lebens angekommen und als könnte jetzt ein neues Leben beginnen. Ich dränge Glennie aus meiner Welt; ich sage mir, daß es ihm gutgeht, daß er sich dort wohl fühlen wird, und diese Nacht werde ich mich lediglich auf die Sterne über mir konzentrieren, einen Himmel voller Sterne. Ich mache einen Augenblick lang die Augen zu, und schon flüstert Glennie: «Eulenkuchen», aber sobald ich die Augen aufmache, kann ich lediglich einen Himmel voller Sterne sehen.

Als meine Mutter anruft, weiß ich, daß etwas schiefgelaufen ist, weil das der einzige Grund ist, aus dem sie mich anrufen würde.

«Elizabeth», sagt sie, «Glennie ist verschwunden.»

«Verschwunden?» wiederhole ich. Meine Zimmergenossin sieht von ihren Beinen auf und fährt dann fort, ihre Lotion auf der glatten, dunklen Haut zu verstreichen.

«Aus der Schule. Er ist weggelaufen.»

Ich habe auf diesen Anruf gewartet, aber ich kann darauf verzichten. Ich weiß, daß er alles zerstören wird, und ich würde lieber allein leben, ohne von seinem Blick gestört zu werden, wenn er an mir vorbei in eine Dunkelheit starrt, die ich nur in seinen Augen widergespiegelt sehen kann.

Die Bibliothek ist jetzt geschlossen, und die meisten Lichter in den meisten Gebäuden sind ausgegangen, aber immer noch rasen Autos auf dem Weg nach Boston oder New York vorbei. Die Fahrer schenken mir, die ich hier stehe und warte, keinerlei Beachtung. Ich habe alles Geld mitgebracht, das ich auftreiben konnte, und doch weiß ich, daß es nicht genug ist. Als Glennie kommt, will ich abhauen oder mich verstecken. Ich sehe ihn auf der anderen Seite des stark befahrenen Highways, wie er in seiner dunklen Jacke und seiner dunklen Hose näher kommt. Er ist größer geworden in der kurzen Zeit an der Schule, größer und dünn dazu, und auf seinem blassen Gesicht liegt das Mondlicht. Wie ein Waschbär oder ein Opossum schleicht er am Straßenrand entlang und wartet auf eine Lücke im Verkehrsstrom, und seine Augen funkeln in den vorbeirasenden Lichtern. Er ist wie ein Dieb gekleidet, bewegt sich wie ein Dieb, überquert die Straße wie ein Dieb. Unsere Blicke begegnen sich, und in plötzlicher Scheu schauen wir beide weg.

«Guck mal», sage ich. «Ich hab dir etwas Geld mitgebracht.»

Ich halte es ihm hin, und er sieht es an, dann schweift sein Blick über den Campus, und dann sieht er mich an. «Lizzie», sagt er. «Ich will hierbleiben. Bei dir.»

Er läßt seinen Blick erneut über den Campus schweifen, und seine Augen wandern von einem erleuchteten Fenster zum nächsten; ich kann sehen, daß er sich fragt, welches mein Zimmer ist, wie es wohl aussieht.

«Du kannst mich verstecken.»

Er hat seine Fäuste in den Taschen seiner dünnen Jacke geballt. «Ich würde auch vorsichtig sein. Ich könnte in deinem Zimmer bleiben.»

«Ich hab eine Zimmergenossin», sage ich. «Sie würde es melden.» Ich lasse meine Stimme so ernst wie möglich klingen, aber ich bin mir eigentlich nicht sicher, ob sie viel Notiz von ihm nehmen würde.

Glennie blickt sich aufgeregt um und versucht, einen Plan zu machen. «Lizzie», sagt er schließlich. «Ich kann nirgends hingehen. Das weißt du.»

Er starrt mich an, und seine Augen haben die Farbe des Himmels an einem verschneiten Tag, erst blau, dann grau, dann weiß, zugleich hell und dunkel.

Ich fasse ihn an den Schultern, die sich durch den Stoff seiner Jacke knochig und zerbrechlich anfühlen. Ich frage mich, wo er diese Kleider herhat, wer sie ihm gekauft hat.

«Glennie», sage ich. «Du mußt gehen. Aber hör zu: Ich komme und hole dich. Wenn ich mit dem College fertig bin. Ich komme und hole dich.»

Er sieht mich mißtrauisch an. Ich stecke ihm das Geld in die Tasche und sage ihm, wo der Bus abfährt. Ich will ihn keine Minute länger hier haben.

Geweckt von meiner Stimme, hebt der Junge, den ich liebe, kurz den Kopf und läßt ihn dann wieder sinken.

«Lizzie», sagt Glennie. Er starrt mich an, und seine Augen sehen in der verstörten, einsamen Blässe seines Gesichts wie Narben aus. «Ich muß hierbleiben.»

Ich bin gerade dabei, mich zu verlieben. Er fängt an, mir hinderlich zu werden.

«Ich muß hierbleiben», sagt Glennie erneut. Er geht an mir vorbei auf den Campus, streckt die Hand nach dem weißen, steinernen Flügel der Statue aus und sieht mit einem nachdenklichen Blick zu dem abgebrochenen Hals hinauf, als hätte er unendlich viel Zeit.

«Das geht nicht», sage ich. «Das lasse ich nicht zu. Das ist mein Leben. Ich will dich nicht hier haben.»

Er starrt mich an, während ich spreche, und läßt seinen Blick dann wieder über den Campus schweifen. Es ist ein ruhiger, verschlafener Ort, an dem nur noch ein paar Lichter brennen.

Er dreht sich um und geht langsam davon. Ich weiß, daß er nicht zu der Schule zurückkehren wird, und ich weiß, daß er nicht noch einmal hierher kommen wird. Mein Herz schlägt schneller, und ich frage mich, was er jetzt wohl sieht, als was die Autos, Straßen und Lichter ihm erscheinen. Ich wende mich ab, wieder meiner Welt zu, aber vor mir liegt nur eine weite, dunkle, undurchdringliche Fläche, und ich blicke zu Glennie zurück und rufe seinen Namen.

Er bleibt stehen, wartet einen Augenblick und macht dann kehrt. Selbst von hier aus kann ich die Tränen sehen, die ihm in die Augen getreten sind, und an meinem Handgelenk treten die

Adern blau hervor. Da, wo der Kopf der Nike von Samothrake sitzen müßte, zeigt sich das tote, von Narben übersäte Gesicht des Mondes. Glennie kommt zurück, und sein Körper fügt sich an meinen, als wäre er schon immer da, als wären all die Jahre nur auf diesen Augenblick ausgerichtet gewesen, und bei jeder Bewegung unserer Welt ist es, als würden Schmetterlinge auf die Erde fallen. Als er sich an mich lehnt, treibt der Mond unter einer Wolkendecke davon. Wenn ich lange genug warte, wird er zurückkehren. In diesem Augenblick verliebe ich mich, und was auch immer geschieht, das ist es, woran ich mich erinnere.

Kleine Opfer

Der neue Wagen meines Bruders ist ein Toyota, und das ist alles, worüber er reden will. Selbst mitten in einem Gespräch über ein anderes Thema hält er unvermittelt inne.

«Aber wißt ihr», sagt er dann und blickt mit ernster Miene von meiner Mutter zu mir und wieder zurück, «die Japaner bauen wirklich bessere Autos. Wirklich.»

Oder er hört einen Augenblick lang auf zu kauen und starrt auf seinen Teller. «Wißt ihr, wie viele Meilen ich mit einer Gallone fahren kann?» Er schüttelt beinahe traurig den Kopf, als könnte sein neuer Wagen trotz seiner Vorteile nie die ganzen Qualen aufwiegen, die er am Steuer seines früheren Wagens, eines alten gelben Pinto, durchlitten hat.

Das einzige Problem bei dem neuen Wagen scheint seine Farbe zu sein, ein helles Türkis, das seiner Meinung nach zu feminin ist; das ist eine Farbe, die seiner Ex-Frau gefallen hätte, aber da wir alle so vorsichtig waren, nicht die Sprache auf sie zu bringen, läßt sich schwer sagen, ob er den Wagen wegen oder trotz der Farbe gekauft hat. Es ist fast die gleiche Farbe wie bei dem Pullover, den er ihr letztes Jahr zu Weihnachten geschenkt hat, und als sie die Schachtel aufgemacht hat, konnte selbst ich sehen, daß sie nicht verhindern konnte, daß so etwas wie Überraschung in ihrem Gesicht aufblitzte. «Der ist hübsch», hat sie gesagt und sich, verblüfft darüber, daß er ihr etwas geschenkt hatte, was ihr so gut gefiel, umgeblickt. Wir alle sahen zu, wie sie den Pullover behutsam zusammenlegte und wieder in Seidenpapier wickelte und dann den Deckel wieder auf die Schachtel setzte; alle außer David, der unverwandt den Baum anstarrte, um dem Blick meiner Mutter auszuweichen, die ihm gesagt hatte, die

Farbe des Pullovers passe nicht zum Teint seiner Frau. Jetzt legt er seine Gabel hin, auf der ein Stück Brokkoli aufgespießt ist.

«Ich weiß nicht, wie ich die ganzen Jahre mit diesem Pinto zurechtgekommen bin», sagt er, und meine Mutter nickt und schüttelt das Eis auf den Boden ihres Drinks.

«Das stimmt», sagt sie. «Zuallererst hättest du diesen Pinto nicht behalten sollen.»

Der Pinto war alles, was meinem Bruder aus seiner Ehe geblieben war – er und eine Vase, die ich ihnen zu Weihnachten geschenkt habe. Das hat er einmal erwähnt, als er aus Ohio angerufen hat, um mir von der Scheidung zu erzählen.

«Diese Vase, die du mir geschenkt hast», sagte er. «Ich hab sie behalten. Ich hab sie hier.»

Die Vase war lang und dünn, aus hellgrünem Glas, und als er sprach, stellte ich ihn mir in einem Zimmer vor, das völlig leer ist, bis auf das Telefon und die Vase, die in dem spätsommerlichen Abendlicht grüne Schatten auf sein Gesicht wirft.

«Ja», sagte er etwas später, «diese Vase und der Pinto, das ist alles.» – «Und die Kinder», sagte er einen Augenblick später noch, «zwei Wochen lang im Sommer.» Dann war er still, und ich konnte die Leere in dem Zimmer um ihn herum hören. «Ich weiß noch nicht, was ich mit ihnen mache», sagte er schließlich. «Vielleicht besuchen wir Disneyland oder so was. Ich denke, da könnten wir hinfahren.»

Er sagt mir jetzt, daß er gern irgendwo ein kleines Haus mieten würde, so eins wie meins, aber vorläufig wohnt er bei meiner Mutter – eine Übergangsregelung, sagt er, bis er wieder festen Boden unter den Füßen habe. Seine Scheidung ist erst sechs oder sieben Monate her, und er und meine Mutter machen Urlaub und fahren in Davids neuem Wagen in Richtung Westen – das sei eine gute Gelegenheit, um es einzufahren, sagt er, um die Mängel abzustellen. Ich wohne nur etwa hundert Meilen abseits ihrer Reiseroute, und das ist die erste von zwei Nächten, die sie hier verbringen werden. Sie sind tatsächlich die ersten Menschen, die länger hier sind, seit Alan vor einem oder zwei Monaten weggegangen ist. Er hat kaum etwas dagelassen, nur den alten

Schreibtisch in der Ecke, ein paar Kleidungsstücke und seine Katze. Ab und zu rechne ich damit, noch auf irgend etwas von ihm zu stoßen, hinten in einer Schublade oder in einer Ecke des Wandschranks, aber es ist nichts da, nicht einmal ein Kamm oder eine Ansichtskarte; alles, was noch da ist, um mich an ihn zu erinnern, sind große Lücken, die sich an den Stellen breitgemacht haben, wo er einmal gestanden, gesessen oder geschlafen hat. Sie lauern rings ums Haus wie Gespenster und warten darauf, mich zu überraschen, und ich bin jedesmal völlig perplex, wenn ich auf eine davon stoße. Es ist, als würde ein Flugzeug in ein Luftloch geraten: Mir wird flau im Magen, und ich muß mich setzen und mich mit der Frage beschäftigen, wie es war, als er noch hier war, und dann muß ich mich mit der Frage beschäftigen, was es bedeutet, daß ich mich kaum noch an ihn erinnere – daran, wie er ausgesehen hat, an seinen Gang, den Geruch seines Atems. Alles, woran ich mich von Zeit zu Zeit wirklich erinnere, ist seine Stimme, eine bebende, durchdringende Saite im Frageton, die ich nachts, kurz vor dem Einschlafen, manchmal höre.

Daß er seine Katze dagelassen hat, hat mich mehr erschüttert, als daß er gegangen ist, und so geht es anscheinend auch seiner Katze, die sich meistens draußen aufhält; wenn sie hereinkommt, setzt sie sich ans Fenster und starrt auf die Straße hinaus. Sie nimmt kaum Notiz von mir, aber wenn im Fernsehen eine männliche Stimme ertönt, spitzt sie die Ohren. Meine eigene Katze sitzt auf dem Sofa, starrt die von Alan an und folgt ihr, wenn sie nach draußen geht.

Meine Mutter hat Alan nicht erwähnt, als sie und David angerufen haben, um ihren Besuch anzukündigen. Sie ist ihm nur einmal begegnet und mochte ihn nicht, aber als ich ihr erzählt habe, daß er weg ist, ist sie einen Augenblick lang still gewesen, und ich konnte sie atmen hören.

«Also», hat sie schließlich gesagt, «welcher ist Alan gewesen?»

Später hat sie gesagt, daß sie den Gedanken nicht ertragen könne, daß ich ganz allein hier draußen wohnte, aber sie ist vage geblieben, so als würde sie gleichzeitig fernsehen und versuchen, einer verwickelten Handlung zu folgen.

Vor Alan hat es andere gegeben, und obwohl ich mir gern etwas anderes einrede, weiß ich, daß andere nach ihm kommen werden. Sie kommen und gehen wie Sommergewitter, an die man sich an den strahlenden Nachmittagen, die darauf folgen, kaum noch erinnern kann. Ich denke wirklich nie an sie, und sie lassen nur winzige Tränen in meinem Leben zurück – nicht genug, um wirklich Aufmerksamkeit zu erregen. Ich denke, eines Tages werden sie sich summieren, und dann stehe ich mit einem Leben voller Löcher da, aber im Augenblick habe ich eine Katze, einen Schreibtisch und – zwei Nächte lang – David und meine Mutter.

Das ist das erste Mal, daß sie mich besuchen kommen, so daß ich den ganzen Tag am Fenster gewartet und nach ihnen Ausschau gehalten habe. Als der neue Wagen meines Bruders, den er mir am Telefon ausführlich beschrieben hatte, die Straße entlanggefahren kam, habe ich beobachtet, wie sie bei jedem Haus die Geschwindigkeit gedrosselt und die Hausnummer überprüft haben. Als sie an meinem Haus vorbeigeschlichen kamen und meine Mutter zu meiner Tür herüberstarrte, war ich sicher, daß unsere Blicke sich begegnen würden, aber sie schüttelte den Kopf, und dann fuhren sie weiter, nur um ein paar Minuten später widerwillig wiederaufzutauchen und am Bordstein anzuhalten. Als sie aus dem Wagen stiegen, versuchte ich, mir vorzustellen, was für einen Eindruck sie machen würden, wenn ich sie nicht kennen würde, und sie sahen aus wie ein Paar, das dringend genaue Anweisungen braucht. Sie standen auf dem Gehsteig und sahen sich sehnsüchtig all die anderen Häuser in der Straße an – alle größer als meins und von gepflegten Rasenflächen voller Kinder und Blumen umgeben; dann kamen sie schließlich über die rissigen Platten zu meinem Haus herauf. Meine Mutter paßte genau auf, wo sie hintrat, und ließ ihren Blick über das wuchernde Gras schweifen, und mein Bruder hatte sich bei ihr eingehakt. Sie schienen überrascht, mich zu sehen, als ich die Tür aufmachte, aber kurz darauf breitete meine Mutter die Arme aus, und ich sank vorsichtig hinein und hatte den Geruch ihres Puders und ihres neuen Parfüms in der Nase. Mein Bruder stand verlegen daneben und klopfte mir unbeholfen auf die Schulter.

«Du siehst gut aus, Theresa», sagte er. «Vielleicht ein bißchen dünn.»

Er war ganz in Pastelltöne gekleidet, wodurch seine Haut einen hellen Orangeton annahm, aber ich sagte ihm, daß er ebenfalls gut aussehe, und er starrte an sich hinab. «Oh», sagte er. «Tja. Ich denke, ich hab ein paar Pfund zugelegt. Ich könnte wohl ruhig ein bißchen abnehmen.»

Meine Mutter tätschelte ihm den Arm. «Du kannst das schon vertragen, mein Schatz», sagte sie. «Du hast starke Knochen.»

Er lächelte gequält in Richtung Straße und legte die Hand behutsam an seine Brust.

Jetzt, in dem Restaurant, ißt er, wenn er nicht innehält, um über seinen Wagen zu reden, ununterbrochen, über sein Essen gebeugt, ohne etwas zu sagen, und sein Blick ist verträumt auf die weiße Tischdecke vor ihm gerichtet. Über den Rand ihres Glases hinweg beobachtet meine Mutter die gleichbleibende Bewegung seiner Gabel, und als er mit dem Essen fertig ist, blickt er verzweifelt auf seinen leeren Teller und legt seine Gabel daneben.

«Ich kann's kaum erwarten, mit dir eine Fahrt in dem Toyota zu machen», sagt er. Wir sind in meinem Wagen zu dem Restaurant gefahren, weil er seinem nach der langen Fahrt von Ohio etwas Ruhe gönnen wollte, aber er hat mir für morgen eine Probefahrt versprochen, damit er mir die Extras seines Wagens vorführen kann, die er bereits alle für mich aufgelistet hat. Seit ihrer Ankunft haben wir uns über folgende Themen unterhalten: über Davids neuen Wagen, das Wetter und die Schönheitsoperation, die meine Mutter vielleicht vornehmen lassen will, wenn sie von ihrer Reise zurückkehren.

«Eine Schönheitsoperation?» sage ich. «Aus welchem Grund solltest du eine Schönheitsoperation vornehmen lassen?»

«Oh», sagt sie und wedelt mit den Fingern vor ihrem Gesicht

herum. «Bloß hier, wo es ein bißchen aufgedunsen ist, und hier» – sie streicht über die weiche Haut an ihrem Kinn – «wo es anfängt, schlaff zu werden.»

Sie läßt ihre Hand auf den Tisch sinken und blickt uns abwechselnd an. «Du meinst, das ist eine schlechte Idee», sagt sie zu David. «Oder?» Er spreizt die Hände auf der Tischdecke.

«Das ist gut», sagt er. «Ich finde es gut.»

Er starrt auf seine Hände, und meine Mutter nimmt ihr Glas. Ich kann sehen, daß sie mindestens einmal am Tag darüber geredet haben, seit meine Mutter darauf verfallen ist.

«Nein», sagt David, obwohl sie gar nichts gesagt hat. «Wirklich. Es ist gut. Warum nicht?» Er lächelt, und sie lehnt sich zur Seite, um den Kellner auf sich aufmerksam zu machen; als er sie sieht, hält sie ihr Glas hoch.

«Ich meine», sagt sie und lehnt sich auf ihrem Stuhl zurück, «es ist schließlich mein Geld.»

Ich habe einmal in irgendeinem Wartezimmer in einer Zeitschrift Bilder von einer Schönheitsoperation gesehen. Ich habe schnell weitergeblättert und bin dann darauf zurückgekommen. Ich konnte es kaum ertragen, sie mir anzusehen, aber es lag etwas Unwiderstehliches darin zu sehen, wie das Gesicht dieser Frau säuberlich auseinandergeschnitten und die Haut zurückgezogen war, so daß Muskeln, Blut und Knochen darunter zum Vorschein kamen. Als ihre Haut beschnitten und wieder zusammengenäht war, wobei die Stiche geschickt am Kinnbogen versteckt wurden, hat die Frau vermutlich jünger ausgesehen, aber in ihren Augen hat eine Angst aufgeleuchtet, die größer wirkte als auf dem Bild, das vorher gemacht worden war. Ich schrecke vor dem Gedanken zurück, mir meine Mutter so aufgespießt dort vorzustellen, aber ich lächle ihr zu.

«Das ist großartig», sage ich. «Ich finde, das ist eine großartige Idee.»

«Dein Vater», sagt sie, «findet, daß es Geldverschwendung ist.»

Mein Vater wohnt mit seiner zweiten Frau in derselben Stadt wie meine Mutter und mein Bruder. Sie sind nicht befreundet, aber es ist eine Kleinstadt, und sie laufen sich oft, immer zufällig, über den Weg.

«Also», sagt sie. «Ich finde, es ist eine großartige Idee.»

David schiebt seinen Teller zur Seite und blickt meine Mutter an; sie hat in ihrem Essen herumgestochert, es auf dem Teller herumgeschoben und Klümpchen aus Erbsen und Kartoffeln mit dem Kalbfleisch vermengt, das sie kaum angerührt hat.

Als der Kellner die Rechnung bringt, zögert er einen Augenblick und ist sichtlich unsicher, in welcher Beziehung wir zueinander stehen, obwohl ich mir einbilde, daß wir wie ein junges Paar aussehen, das mit der Mutter von einem von uns zu Abend ißt. Schließlich legt der Kellner die Rechnung zwischen David und meiner Mutter hin, obwohl sie etwas näher bei David liegt. Meine Mutter lächelt und wartet, bis der Kellner weg ist, um danach zu greifen.

«Die Leute können nicht immer sehen, daß wir Mutter und Sohn sind», sagt sie zu mir. «Zumindest jetzt nicht, wo nur wir beide da sind.» Sie legt ihre Kreditkarte auf die Rechnung, schiebt sie über den Tisch zurück und läßt sie neben Davids Ellbogen liegen.

David sitzt auf dem Heimweg allein auf dem Rücksitz und schweigt, und meine Mutter schildert mir in groben Zügen ihre Reiseroute. Ihr endgültiges Ziel ist der Grand Canyon.

«Erinnerst du dich daran», sagt sie und blickt sich zu David um, «wie ihr als Kinder immer da hinfahren wolltet?»

Im Rückspiegel sehe ich ihn nicken, ohne sie anzublicken, und ich versuche mich daran zu erinnern, daß ich zum Grand Canyon fahren wollte, aber das einzige, woran ich mich von allen Urlaubsreisen mit der Familie erinnern kann, ist der Hinterkopf meines Vaters vor mir und vor ihm eine triste Landstraße voller Autos genau wie unserem, in dem Familien genau wie unsere sitzen: vorn eine Mutter, die den Kopf über ein Buch gebeugt hat, und auf dem Rücksitz ein paar gelangweilte Kinder.

«Ich erinnere mich nicht daran, daß ich da hinfahren wollte», sage ich.

«Oh, mein Gott», sagt sie. «Ihr Kinder habt uns immer die Hölle heiß gemacht, damit wir fahren, jeden Sommer.»

«Ja, und warum sind wir dann nicht hingefahren?»

«Weiß ich nicht», sagt sie und klopft die Tür auf der Suche nach dem Schalter für den automatischen Fensterheber ab, den es in meinem Wagen nicht gibt. «Hing wahrscheinlich mit deinem Vater zusammen.» Schließlich dreht sie das Fenster mit der Hand herunter. «Aber jetzt fahren wir.»

Ich versuche, im Spiegel die Aufmerksamkeit meines Bruders zu erregen, aber er starrt im Fenster neben sich seinem eigenen Spiegelbild in die Augen. Sein Spiegelbild sieht blasser und aufgedunsener aus als sein wirkliches Gesicht. Als wir in die Einfahrt fahren, blitzen plötzlich die Augen einer Katze im Licht der Scheinwerfer auf, als diese über den Garten schwenken; es ist zu schnell vorbei, um zu sagen, um welche Katze es sich handelt, aber es ist alles, was ich bis zum Morgen von einer der beiden sehe. Jetzt im Frühling bleiben sie die ganze Nacht draußen und streichen auf der Suche nach neugeborenen Tieren herum. Anscheinend bringen sie alles um, was sie finden – Wühlmäuse, Feldmäuse, die Brut von Backenhörnchen. Manchmal fressen sie die Tiere zum Teil auf, aber meistens sehen sie nahezu unberührt aus, völlig unversehrt, bis auf einen roten Fleck am Maul oder einen winzigen Riß im Genick. Meine eigene Katze war vorher nie ein großer Killer, und ich würde gern die ganze Schuld dafür auf Alan schieben, aber ich weiß, daß es zu viele Leichen sind, um das Werk einer einzigen Katze zu sein. Der Tierarzt hat mir gesagt, daß sie keine Schuld treffe, daß es in ihrer Natur liege zu töten; sie glaubten tatsächlich, sagt er, daß sie mir etwas brächten, das mir gefällt. Ich versuche, es aus diesem Blickwinkel zu betrachten, aber auch so scheint allein in der großen Anzahl etwas Vorsätzliches zu liegen. Es gebe nichts, was ich tun könne, hat mir der Tierarzt gesagt, außer sie die ganze Zeit im Haus zu lassen, was ich versucht habe, aber da haben sie die ganze Nacht an der Tür gekratzt, sind im Haus herumgeflitzt und haben jämmerlich geheult; als ich sie am Morgen rausgelassen habe, sind sie zwei Tage weggeblieben, vermutlich aus Angst, daß sie, wenn ich sie erst einmal wieder im Haus hätte, für immer dort bleiben müßten. Also lasse ich sie nachts raus und zähle die Monate bis zum Winter, und morgens sitzen meine Nachbarn am Fenster und sehen zu, wie ich im Garten herumgehe und die Leichen aufsammle.

«Wissen Sie», hat meine Nachbarin zur Rechten vor ein paar Wochen gesagt, «es ist nicht gut, die Tiere einfach herumstreunen und alles umbringen zu lassen, was ihnen unter die Augen kommt. Ich erinnere mich an Zeiten», fuhr sie mit wehmütiger Stimme fort, «als allein zu meinem Vogelhäuschen sieben verschiedene Vogelarten gekommen sind.»

Ich glaubte es nicht, aber ich nickte, und dann starrten wir gemeinsam meine Katze an, die unschuldig auf einem Streifen Sonnenlicht in der Einfahrt lag.

«Das war, bevor Sie hierhergezogen sind», fügte sie überflüssigerweise hinzu. Jetzt knarrt ihr Vogelhäuschen leer an der Dachrinne ihres Hauses, und die Katzen spitzen bei dem Lärm, den es im Wind macht, die Ohren.

Die erbärmlichen Tode reißen nicht ab, und ich versuche, mir einzureden, daß sie keine Rolle spielen, daß sie völlig geringfügig, wirklich nur kleine Opfer sind, aber wenn ich durch meinen Garten gehe, möchte ich mich bei jeder der steifen, kleinen Leichen, die ich aufstöbere, entschuldigen. Ich nehme mir jetzt vor, früh aufzustehen, vor David und meiner Mutter, um ihnen den Anblick der nächtlichen Todesopfer zu ersparen.

Bevor wir ins Bett gehen, nimmt meine Mutter einen Schlaftrunk, und David läuft in der Küche herum und macht die Schränkchen auf und zu.

«Hast du keine Kekse?» fragt er. Er tätschelt sich den Bauch und lächelt. «Ich bin ein richtiges Leckermaul geworden.»

Er entdeckt eine Packung Crackers und nimmt sie mit ins Wohnzimmer, wo er sich hinsetzt und sie ißt, während ich ihm das Sofa als Bett zurechtmache. Meine Mutter sitzt am Küchentisch und beobachtet uns, und ich frage mich einen Augenblick lang, wie es wohl für sie sein mag, uns als Kinder zu haben. Vielleicht ist es so ähnlich, wie wenn man einen Preis gewinnt, für den man keine Verwendung hat – eine leichtere vorübergehende Enttäuschung, die man vergißt, bis sie beim Anblick des unnützen Gegenstands wiedererweckt wird.

Als ich mir die Zähne geputzt und mich zu ihr ins Bett gelegt habe, hat sie sich schon auf ihrer Seite ausgestreckt und schläft. Sie hat ihr Nachthemd bis zum Hals zugeknöpft und nimmt nur eine winzige Ecke des verfügbaren Platzes ein.

Später wache ich von dem schrillen, schreckerfüllten Schrei eines Tieres direkt vor dem Fenster auf, und meine Mutter schlägt die Augen auf und starrt mich an.

«Liebes?» sagt sie.

«Ist schon okay», sage ich. «Das sind bloß die Katzen. Die haben irgendwas gefangen.»

«Theresa?» sagt sie. «Was tust du hier?» Aber sie ist wieder eingeschlafen, bevor ich ihr antworten kann. In den Strahlen des Mondlichts, die sich über dem Bett ausgebreitet haben, sehe ich, wie sich ihre Mundmuskeln entspannen und die Falten verschwinden. Nach der Operation wird ein Teil der Haut, die ich in diesem Augenblick betrachte, weg sein, abgeschnitten und in irgendeinen Eimer geworfen. Ich frage mich, wovon sie träumt. Ich lasse den Kopf aufs Kissen sinken. In ein paar Minuten ist alles wieder ruhig; die Katzen schleichen wieder in den Büschen umher, und die Nachbarn wälzen sich unter der Decke herum und brummeln vor sich hin.

Am Morgen ist die Seite des Bettes, auf der meine Mutter liegt, leer; ihre Bettlaken sind ordentlich unter die Matratze gesteckt, und bis auf den schwachen Duft ihres Parfüms auf dem Kissen ist alles so, als wäre niemand hier gewesen. Als ich in die Küche komme, dreht sie sich vom Herd um.

«Oh, Theresa», sagt sie. «Ich war mir sicher, daß du eine Langschläferin bist, also hab ich schon Kaffee gemacht.»

David blickt von der Zeitung auf. «Was ist denn mit deinen Katzen los?» fragt er. «Die haben mich die ganze Nacht wachgehalten.»

«Mit denen ist alles okay», sage ich. «Die streifen gern umher.»

«Na ja», sagt meine Mutter, «es ist ja nur noch eine Nacht.» Sie macht eins der Schränkchen auf und starrt länger hinein, als die paar Dosen und Schachteln darin es wert sind. «Du scheinst nicht viel zu essen zu haben», sagt sie schließlich. «Bist du deshalb so abgemagert?»

Sie mustert mich, obwohl sie selbst sehr klein und nichts als Haut und Knochen ist. Sie macht ein anderes Schränkchen auf. «Alles, was du hast, sind Gewürze. Was ißt du eigentlich? Kochst du überhaupt?»

In Wirklichkeit habe ich, nachdem Alan gegangen war, weiterhin die gleichen Mahlzeiten zubereitet, die ich für uns zwei gekocht hatte – vermutlich aus Gewohnheit, aber ohne jemanden, der mitißt, hat das Essen widerlich und irgendwie künstlich ausgesehen, wie magnetische Plastikfiguren für den Kühlschrank, die die Form von Keksen und Orangenscheiben haben. Anfangs habe ich die Speisereste in Plastikbehältern im Kühlschrank aufgehoben und sie dann eingefroren, bis ich schließlich alles einfach weggeworfen habe, was ich meiner Mutter nicht erzählen will.

«Ich esse schon», sage ich schließlich. «Ich habe bloß viel trainiert. Wahrscheinlich bin ich deshalb dünner geworden.»

David legt den Finger auf ein Wort in dem Artikel, den er gerade liest, und blickt auf. «Was für ein Training?»

«Oh», sage ich. «Ich gehe in ein Fitneßcenter.» Als ich das sage, sehe ich, daß das genau das ist, was ich vor Monaten schon hätte tun sollen. Das ist etwas, was ich schon immer tun wollte, und ich denke jetzt an alles, was ich dort tun könnte, wenn es wahr wäre.

«Ich schwimme. Und laufe. Und stemme Gewichte.» Meine Mutter sieht meine dünnen Arme an. «Leichte Gewichte», sage ich. «Und Aerobic. Aerobic mache ich auch. Sie geben da Unterricht.»

Während ich rede, türmt sich das Fitneßcenter in einer glänzenden Woge vor dem Himmel auf; es ist voll schöner Männer und Frauen, die sich nicht einmal damit abgeben, einander anzusehen; statt dessen schauen sie liebevoll an ihren glänzenden Körpern herab und lassen die Hände über ihre eigenen wohlgeformten Muskeln und Knochen gleiten. Als mein Bruder sagt, daß sich das gut anhöre, nicke ich.

«Es ist gut», sage ich. «Ich esse da auch. Keimlinge. Naturreine Säfte.»

«Ich wollte schon immer selber ein bißchen trainieren», sagt er. «Vielleicht könnten wir heute mal hingehen.»

Meine Mutter nickt. «Das wäre schön», sagt sie, und ich habe mich schon fast bereit erklärt, sie mitzunehmen, so real ist das Fitneßcenter geworden, so unentbehrlich für mein Wohlbefinden.

«Geht nicht», sage ich schließlich. «Sie haben im Augenblick geschlossen. Sie bringen das Schwimmbecken in Ordnung.»

Meine Mutter dreht sich vom Spülbecken um. «Was ist denn damit?» fragt sie, und ihr Interesse wirkt so aufrichtig, daß ich mich schäme, davon angefangen zu haben.

«Oh», sage ich, «ich weiß nicht. Es war zu klein. Es ist zu schnell schmutzig geworden.»

Sie starren mich an und wollen mehr hören. «Eigentlich», sage ich, «ist es kein besonders gutes Fitneßcenter. Es ist ziemlich runtergekommen, und die Geräte sind alt. Ich habe schon darüber nachgedacht, ob ich nicht woanders hingehen soll.»

Mit jedem Wort beginnt das schöne Fitneßcenter zu zerfallen; von dem Chrom blättert der Rost, die blitzenden Wände setzen Schimmel an, und das Fundament gibt nach und stürzt ein; aus dem Staub erhebt sich ein wurmstichiges Y, und in seinem Innern werden all die Männer und Frauen immer langsamer, bis sie nur noch eine schräge Bahn entlangschleichen oder schwerfällig in dem trüben Wasser eines uralten Schwimmbeckens herumplanschen. Mir schmerzt der Rücken von dem schmutzigen Wasser, und ich werde die Männer voller Altersflecken leid, die mir von einem rostigen Gewicht zum anderen folgen.

«Na ja, wie dem auch sei», sagt David, «es ist gut, daß du ein bißchen trainierst. Ich sollte wirklich ein bißchen abnehmen.»

«Oh, Schatz», sagt meine Mutter. «Du siehst gut aus. Es sind nur ein paar Pfund», sagt sie zu mir. «Jetzt, wo er wieder besser ißt.»

David starrt auf die Zeitung und fährt mit der Hand die Spalte entlang, die er gerade liest.

«Wie dem auch sei», sage ich zu meiner Mutter. «Ich hab was zu essen. Guck mal.»

Ich mache den Kühlschrank auf, um ihr die Lebensmittel zu zeigen, die ich anläßlich ihres Besuchs eingekauft habe: Eier und Speck, womit wir groß geworden sind.

«Hast du keine Haferkleie?» fragt David. «Oder Cornflakes?»

«Nein. Bloß Eier und Speck. Amerikanisches Essen.» Ich mache den Kühlschrank zu. «Ich könnte in den Laden gehen.»

«Ist schon okay», sagt er schnell. «Ich esse gern Eier und Speck. Barbara hat mich nie so was essen lassen. Sie hat mir immer Haferkleie vorgesetzt.»

Meine Mutter dreht jeden einzelnen Ring an ihren Fingern. «Na ja, das *ist* besser für dich», sagt sie unvermittelt, als würde es ihr Schmerzen bereiten, mit Barbara in einer so simplen Angelegenheit wie Essen einer Meinung zu sein. Sie macht ein anderes Schränkchen auf, macht es wieder zu und seufzt auf. «Ich denke, ein paar Eier werden uns nicht schaden», sagt sie. Sie bückt sich, um in einem der Schränke unter dem Herd nach einer Pfanne zu suchen.

«Mom», sagt David, «hör dir das an.» Er liest ihr aus der Zeitung vor, während sie die Pfannen, die sie aus dem Schrank genommen hat, spült und abtrocknet.

Draußen auf dem Rasen meiner Nachbarin hüpft ein Vogel durchs Gras; irgendwo kauern meine Katzen und beobachten ihn ebenfalls. Als meine Mutter den Speck angebraten und das Wasser für die weichgekochten Eier zum Kochen gebracht hat, wischt sie die Arbeitsplatte mit einem Papiertuch ab.

«Na», sagt sie freudestrahlend, «was wollen wir heute machen?»

Das – was ich mit ihnen anfangen soll – wollte ich entscheiden, wenn es auf mich zukommt, und jetzt ist es soweit. David blickt von der Zeitung auf, und sie lächeln mich beide erwartungsvoll an. Kurz darauf sagt meine Mutter hilfsbereit: «Wir wollen nicht, daß du deinen normalen Tagesablauf änderst. Wir wollen dir nicht hinderlich sein.»

«Oh», sage ich. «Ich weiß nicht. Jetzt, wo das Fitneßcenter geschlossen ist...» Ich verstumme und sehe aus dem Fenster; ich bin sicher, daß sie die Gelegenheit ergreifen und einen Blick wechseln. «Ich denke, ich könnte in den Laden gehen. Ich hab das ernst gemeint, daß ich was zu essen besorge.»

«Prima», sagt meine Mutter. «Dann können wir gleich noch ein paar Corn-flakes für morgen zum Frühstück besorgen.»

Sie läßt den Speck auf einem Papiertuch abtropfen und tupft das Fett darauf ab, bevor sie ihn auf den Tisch bringt, dann setzt sie sich und sieht David beim Essen zu, während er liest. Als er die vierte Scheibe nehmen will, räuspert sie sich, woraufhin er, die Hand immer noch nach dem Speck ausgestreckt, überrascht aufblickt.

«Das ist schon deine vierte», sagt sie, und er starrt seine Hand an, als hätte jemand anders sie dort hingeführt. Er sieht mich an, als er die Hand zurückzieht.

«Cholesterin», sagt er. Er starrt einen Augenblick lang den Speck an und wendet sich dann wieder der Zeitung zu. «Hört euch das an», sagt er und fängt an, eine Geschichte über die radioaktiven Meßwerte vorzulesen, die man bei den Haustieren von Leuten ermittelt hat, die in der Nähe von Atomreaktoren leben.

Er sieht zu mir auf. «Die Katzen dieser Leute sind radioaktiv», sagt er und schüttelt den Kopf. «Man kann nicht mal mehr seinen eigenen Haustieren trauen.» Er blickt wieder auf den Artikel und sieht dann erneut zu uns auf. «Ich frage mich, ob sie im Dunkeln leuchten, damit man wenigstens Bescheid weiß.»

Meine Mutter nickt, und ich schaue aus dem Fenster. Von hier aus kann ich einen kleinen grauen Fleck im Gras neben Davids Wagen sehen; es könnte unter Umständen ein Stein sein oder ein Häufchen Erde.

«Ich denke, ich sollte in jedem Falle mal nach ihnen sehen», sage ich, aber meine Mutter bringt mich mit einer Handbewegung zum Schweigen, als David einen Leserbrief an den Verfasser der Ratgeberkolumne vorliest.

Bei dem grauen Fleck neben Davids Wagen handelt es sich um eine Feldmaus; die Pfötchen sind steif zu ihrem Maul heraufgezogen, und sie starrt mich verzweifelt mit ihren winzigen schwarzen Augen an. Ich setze mich auf die Motorhaube von Davids Wagen und zünde mir eine Zigarette an. Die Nachbarn haben sich bereits an ihren Fenstern versammelt, um die Köpfe zu schütteln über mich, meine Katzen, das liederliche und schändliche Leben, das wir ihrer Meinung nach zu führen scheinen. Sie müssen sich fragen, wessen Wagen das ist, und den ganzen Tag darüber nachdenken, während sie den Hausputz machen oder den Rasen mähen.

Ich werfe meine Zigarette auf die Straße, als David mit der Zeitung aus dem Haus kommt. Er scheint darüber entsetzt, mich auf seinem Wagen zu sehen.

«Ich hab gedacht, du willst dir vielleicht diesen Artikel aufheben», sagt er. «Den über die Katzen. Für alle Fälle.»

Ich nehme ihm die Zeitung ab. Unter dem Artikel ist ein Bild abgedruckt, auf dem eine Frau eine Katze anstarrt, dic zusammengekrümmt in einem kleinen Glaskäfig sitzt.

«Also», sagt David und lehnt sich behutsam gegen seinen Wagen. «Es ist schön hier.»

«Es ist okay», sage ich. «Für den Augenblick.»

Er wischt mit der Hand über die Motorhaube des Wagens und schaut, ob sie schmutzig ist, aber seine Handfläche ist sauber.

«He», sagt er beiläufig, als wäre ihm die Idee gerade erst gekommen, «warum kommst du nicht mit uns? Im Auto ist jede Menge Platz.»

Ich sehe vor mir, wie sie zusammen durch das Land fahren; immer sitzen sie irgendwo herum – auf den verlassenen Parkplätzen von Dairy Queen, in den dunklen Eingangshallen der Motels; selbst am Grand Canyon hocken sie inmitten einer Schar Touristen, die sich die Felsen hinunterschleppen, auf kleinen Packeseln herum. Ich versuche, mich in irgendeins dieser Bilder einzufügen, aber ich passe nicht hinein, wie etwas, das zu viele Ecken hat.

«Ich weiß nicht», sage ich. «Ich will eigentlich gar nicht zum Grand Canyon.»

«Na ja, auf alle Fälle hast du mal hingewollt. Ich bin überrascht, daß du dich nicht mehr daran erinnerst.»

«Warum fahrt ihr jetzt hin?»

«Ich weiß nicht. Es scheint mir eine gute Idee zu sein.» Er sieht zum Haus hinüber und läßt dann seinen Blick über das ruhige Viertel schweifen. «Ich sehe nicht ein, warum ich einen Grund haben muß.» Er feuchtet einen Finger an und reibt an einem Fleck auf der Motorhaube seines Wagens, aber es handelt sich um einen Lackfehler und läßt sich nicht wegreiben.

«Wirklich», sagt er, «du solltest mitkommen.»

Er sieht mich erwartungsvoll an, und ich blicke über die Straße. In den Fenstern der Häuser auf der gegenüberliegenden Straßenseite blähen sich die Vorhänge.

«Ich möchte schon», sage ich. «Ich möchte wirklich, aber ich denke, daß ich die Katzen nicht so lange allein lassen kann.»

Er nickt und macht sich von dem Wagen los. «Tja», sagt er, «wenn du deine Meinung änderst...» Er wendet sich dem Haus zu und hält inne. «Theresa», sagt er. «Hier liegt ein totes Tier.»

«Ja?» sage ich. «O mein Gott.»

Ich springe von der Motorhaube und stelle mich neben ihn; gemeinsam starren wir die Maus an. «O mein Gott», sage ich erneut. «Das muß Alans Katze gewesen sein.»

David blickt auf und schaut sich im Garten um, und gleichzeitig entdecken wir ein kleines Backenhörnchen in der Einfahrt, und nahe dabei noch ein kleines braunes Etwas.

«Guck mal», sagt er, «da liegen noch mehr. Mein Gott. Hier sieht's aus wie auf einem Schlachtfeld.»

«So schlimm ist es auch nicht», sage ich. «Das geht auf das Konto von Alans Katze. Ich kann's nicht verhindern.»

David schüttelt den Kopf, als wir ins Haus gehen. «Du solltest sie wenigstens aufheben», sagt er. «Du solltest sie nicht einfach da liegenlassen.»

Meine Mutter blickt auf, als wir in die Küche kommen.

«Mom», sagt David. «In Theresas Garten liegt überall totes Viehzeug rum.»

Sie dreht den Wasserhahn zu, und ich sehe, daß sie meine ganzen Tassen noch einmal spült. «Totes Viehzeug?» sagt sie.

«Mäuse», sagt er. «Backenhörnchen. Vögel. Alles mögliche.»

«Vögel?» sagt sie, und ich sage: «Sie bringen keine Vögel um. Bloß Mäuse, wirklich. Feldmäuse.»

Ihre Blicke begegnen sich. «Das geht auf das Konto von Alans Katze», sage ich. «Ich bin mir ganz sicher, daß es bloß auf ihr Konto geht.»

«Tja», sagt meine Mutter und trocknet sich die Hände an einem Papiertuch ab. «Das läßt sich ganz leicht abstellen. Laß ihnen einfach die Krallen abschneiden. Erinnerst du dich an Fuzzy? Ich hab Fuzzy die Krallen abschneiden lassen, und er hat nie mehr etwas umgebracht.»

«Fluffy», sagt David, und meine Mutter blickt ihn an. «Ihr Name war Fluffy», sagt er.

«Oh. Na ja, wie dem auch sei. Ich hab ihm die Krallen abschneiden lassen, und er hat nie mehr etwas umgebracht.»

«Sie», sagt David. «Und sie ist nie rausgegangen, wie also sollte sie etwas umbringen?»

«Na ja», sagt meine Mutter. «Wie auch immer. Der springende Punkt ist, daß sie nicht mehr in der Lage sind, etwas umzubringen, wenn man ihnen die Krallen abschneiden läßt. «Und», fügt sie hinzu, indem sie sich demonstrativ umblickt, «es ist besser für deine Möbel.»

«Ich glaube nicht», sagt David, «daß Fluffy, wenn sie rausgegangen wäre, irgendwas umgebracht hätte. So eine Katze ist sie nicht gewesen.»

Meine Mutter blickt das Papiertuch in ihren Händen an und faltet es ordentlich zweimal zusammen, bevor sie es wegwirft.

Ich erinnere mich an Fluffy nur als einen kuschligen weißen Farbfleck am Kopfende des Sofas. «Was für eine Katze ist sie gewesen?» frage ich.

David geht zum Fenster und läßt seinen Blick über den Garten schweifen. «Ich weiß nicht», sagt er. «Ich weiß nicht, was für eine Katze sie gewesen ist. Ich mag nicht mal Katzen. Barbara war diejenige, die Katzen gemocht hat.» Er legt die Hände flach aufs Fenster und nähert sich mit dem Gesicht der Scheibe. «Ich kann Katzen nicht ausstehen», sagt er verbittert. «Ich konnte Katzen noch nie ausstehen.»

Meine Mutter räuspert sich. «Tja», sagt sie, «ich bin bloß der Meinung, daß du darüber nachdenken solltest. Ihnen die Krallen abzuschneiden, meine ich. Das ist völlig ungefährlich.»

Ich habe tatsächlich erwogen, Alans Katze die Krallen abschneiden zu lassen, als er sie ins Haus gebracht hat; sie hat alles – die Möbel, die Vorhänge, die Stereolautsprecher – zerkratzt, und meine Katze, die bis dahin kaum mal etwas zerkratzt hatte, hat auch damit angefangen. Als ich den Tierarzt danach gefragt habe, hat er gesagt: «Klar» und dann meine Hand genommen und mir direkt über dem mittleren Fingerglied in den Finger gekniffen. «Das wäre die Stelle bei einer Katze», hat er gesagt. «Wir schneiden sie einfach ab.» Auf dem Heimweg konnte ich immer noch den Druck seiner Finger auf meinem Knochen spüren, und ich habe mich den ganzen Tag gefragt, wie es wohl wäre, ohne Fingernägel und ohne Fingerspitzen herumzulaufen.

«Ich denk mal drüber nach», sage ich, aber meine Mutter sieht David dabei zu, wie er Kreise auf die verstaubten Fenster malt. Er hat einen großen Kreis um seinen Wagen und kleinere Kreise um jedes einzelne tote Tier gezogen, das er im Garten entdeckt hat.

«Vielleicht sollten wir jetzt in den Laden gehen», sagt sie, und als ich mich bereit erkläre zu fahren, dreht David sich mit entsetztem Blick um. «O nein», sagt er. «Laßt uns den Toyota nehmen. Du bist noch nicht damit gefahren.»

Wir warten am Bordstein, während David die Türen für uns aufschließt, und meine Mutter sieht sich die ganzen Häuser an, die meine Straße säumen; als ihr klar wird, daß es sich bei den dunklen Gebilden in den Fenstern um Leute handelt, die zu ihr herausblicken, ist sie verdutzt und zieht ihre Handtasche an die Brust. Sie geht vorsichtig um die Maus herum, um in den Wagen zu steigen.

Während der Fahrt führt David die Extras des Toyotas vor.

«Spürst du das?» fragt er und stellt die Klimaanlage an. Warme, verbrauchte Luft strömt auf mich ein, und er stellt sie kleiner.

«Na ja», sagt er, «es dauert einen Moment, bis sie auf Touren kommt. Und guck mal hier» – er klappt die Sonnenblende auf der Seite meiner Mutter herunter und knipst einen winzigen Schalter unterhalb des Spiegels an, woraufhin ein Licht angeht. Meine Mutter lächelt und hebt ihr Kinn ein wenig an, während sie ihr Spiegelbild anblickt, und als David die Sonnenblende zurückklappt, streicht sie mit den Fingerspitzen leicht über ihren Kinnbogen.

«Und siehst du das?» Plötzlich kippt Davids Sitz fast ganz zurück, und der Wagen schlingert beunruhigend nahe an den Bordstein; dann läßt er den Sitz wieder nach vorn schnappen. «Für den Fall, daß ich an die Seite fahren und ein Nickerchen machen will.»

Meine Mutter dreht sich in ihrem Sitz um. «Er ist genau das richtige für eine lange Fahrt», sagt sie zu mir. «Er ist so bequem.»

«Und geräumig», sagt David. «Für den Fall, daß du beschließt mitzukommen.»

«Ja», sagt meine Mutter und dreht ihr Gesicht wieder der Straße zu. «Aber natürlich bist du dafür viel zu beschäftigt.»

David parkt den Wagen zwei oder drei Plätze von allen anderen entfernt, und an der Tür dreht er sich noch einmal um und lächelt ihm zu. Drinnen sind wir alle plötzlich von der kalten Luft wie betäubt, und wir streifen die Gänge entlang und starren auf die Lebensmittel, bis meine Mutter an der Fleischtruhe stehenbleibt.

«Wir brauchen was zum Abendessen», sagt sie und sieht das Fleisch skeptisch an.

«Such du es aus», sagt David. «Ich besorge ein paar Kekse oder so was.»

Er geht davon, und ich beobachte, wie er am Ende jedes Ganges stehenbleibt, um die Schilder zu lesen. Ich kann von hier aus die Kasse sehen, und mitten in der Schlange für Kunden, die nur wenig gekauft haben, steht ein Mann, mit dem ich mich vor ein oder zwei Jahren ein paarmal getroffen habe. Sein Name ist Richard, und alles, woran ich mich bei ihm erinnere, ist, daß er die ganze Zeit über den Fernseher laufen lassen wollte, selbst wenn er nicht zugesehen hat. Ich kann mich kaum an sein Gesicht erinnern, ohne daß das Licht des Fernsehers wie ein ständig wechselnder Wind über sein Gesicht flimmert. Er starrt mit leerem Blick um sich, während er wartet. Er steht an einen großen Einkaufswagen gelehnt, obwohl auf dessen Boden nur ein paar Sachen rappeln. Bevor ich mich abwenden kann, entdeckt er mich und schaut dann schnell nach, wie viele Leute in der Schlange vor ihm stehen. Da er seinen Platz so nahe bei der Kassiererin nicht aufgeben will, ruft er meinen Namen, aber ich wende den Blick ab und schaue auf all die rotweißen Fleischstücke hinab.

«Terry», ruft er mit verhaltener Eindringlichkeit. Ich strecke die Hand aus und nehme die erste Packung, die mir in die Finger kommt und die sich als ein Rock Cornish Wildhuhn entpuppt.

«Laß uns das nehmen», sage ich.

«Tja», sagt meine Mutter und sieht die Packung Fisch an, die sie in Händen hält.

«Terry», ruft Richard erneut, und sie blickt in die Richtung, aus der seine Stimme kommt.

«Theresa, der Mann da scheint dich auf sich aufmerksam machen zu wollen», sagt sie.

Ich nehme noch ein Huhn. «Hähnchen müßte gut für dich sein», sage ich. «Kein Cholesterin.»

Meine Mutter sieht die beiden Hühner an, die ich in Händen halte. «Stimmt», sagt sie. «Und David ißt gern Hähnchen.»

Sie legt ihre Packung Fisch auf ein Steak und beugt sich in die Fleischtruhe hinunter. Während sie die Hühner zur Seite schiebt, um das größte zu finden, spüre ich, daß hinter mir jemand steht, drehe mich um und sehe mich Richard gegenüber, der seine Tüte zu einem kleinen Bündel zusammengerollt vor der Brust hält. Ich bin verblüfft, daß er so schnell durch die Kasse und zu uns herüber gekommen ist. Er ist mir nie besonders schnell vorgekommen.

«Hi, Terry», sagt er. «Ich schätze, du hast mich nicht gehört.»

Meine Mutter richtet sich auf und lächelt, während Richard sich im Takt der Musik im Laden wiegt, darauf wartet, vorgestellt zu werden, und dann seine Tüte in einen Arm nimmt, um meiner Mutter die Hand zu schütteln.

«Ich würde dich auch noch meinem Bruder vorstellen», sage ich, «aber der ist verschwunden.»

«Oh», sagt Richard. «Ich würde ihn gern kennenlernen. Wirklich.» Er lächelt meine Mutter an. «Würde ich wirklich gern.»

«Tja», sagt sie, «wir fahren morgen früh wieder. Ganz früh.» Sie sieht die Hühner in ihrer Hand an, und obwohl ich es nicht will, sagt sie: «Warum kommen Sie nicht zum Abendessen?»

Ich mache ein völlig ausdrucksloses Gesicht, um ihn nicht zu ermutigen, aber er lächelt glücklich. «Das geht», sagt er. «Ich hab heute abend nichts vor.»

Sie vereinbaren eine Zeit, und als er geht, sieht meine Mutter ihm den ganzen Weg bis zum Eingang des Ladens nach. «Er macht einen sehr netten Eindruck», sagt sie. «Er scheint dich zu mögen.»

Sie wartet keine Antwort ab und beugt sich wieder in die Fleischtruhe hinunter.

Während sie sie nach einem anderen Huhn durchwühlt, erscheint David wieder und hält mir eine Packung tiefgekühlter Pommes frites hin; seinen anderen Arm hält er hinter dem Rükken.

«Ich hab ein Geschenk für dich», sagt er zu mir, streckt die

Hand aus und zeigt uns zwei kleine Halsbänder, eins rot, eins blau, an jedem ein winziges Glöckchen. «Für die Katzen. Die Glöckchen sind dazu da, die Tiere davor zu warnen, daß sie kommen.» Er drückt mir die Halsbänder in die Hand. «Das könnte deine ganzen Probleme lösen», sagt er.

Als wir nach Hause kommen, packt David sofort die Halsbänder aus und geht nach draußen, um die Katzen zu suchen, während meine Mutter am Spülbecken steht und die Hühner zubereitet.

«Ja», sagt sie, «dieser Richard macht einen sehr netten Eindruck. Ganz anders als Alan.»

Ich versuche, mich daran zu erinnern, was sie an Alan nicht leiden konnte, aber inzwischen kann ich mich kaum noch daran erinnern, was ich an ihm nicht leiden konnte. Ich mache die Augen zu, um ihn vor mir zu sehen, aber sein Gesicht bleibt unförmig und verschwommen, wie ein Stück Lehm oder Teig; schließlich geht es in das von Richard über, ein Gesicht, das völlig ausdruckslos ist.

«In Wirklichkeit», sage ich, «hat er viel Ähnlichkeit mit Alan. Er ist Alans bester Freund gewesen.»

Das stimmt nicht, aber sie ist enttäuscht darüber, und sie dreht sich um und nimmt die Hühner weiter aus. In diesem Unbehagen verharren wir, bis David zurückkehrt.

«Guck mal», sagt er und steht, die Hand hinter dem Rücken, in der Tür. «Ich hab dir noch ein Geschenk mitgebracht.» Er hebt seinen Arm hoch und läßt eine tote Maus herunterbaumeln, die steif in seinen Fingern hin und her schwingt.

Meine Mutter macht den Mund auf, bringt aber keinen Ton heraus und dreht sich jäh wieder zum Spülbecken um. David starrt einen Augenblick lang ihren Rücken an, dann die Maus, als hätte er sie gerade erst bemerkt; dann dreht er sich um und wirft sie in den Garten hinaus.

«Entschuldigung», sagt er. Er geht zum Spülbecken, um sich die Hände zu waschen, und lächelt meiner Mutter zu, aber die nimmt die Hühner heraus und tritt, ohne ihn anzusehen, einen Schritt zur Seite.

«Ich konnte die Katzen nirgends finden», sagt er zu mir. «Durch die Glöckchen müssen sie gehört haben, daß ich komme.»

Ich lasse sie in der Küche allein und gehe nach draußen, um sowohl die Maus als auch alle anderen Opfer aufzuheben, die ich vorher vielleicht übersehen habe. Meine Nachbarin zur Rechten tut, als ich aufsehe und sie erblicke, nicht einmal so, als hätte sie mich nicht beobachtet. Sie schüttelt den Kopf und ruft ihren Mann herbei; dann beobachten sie, wie ich durch den Garten gehe und die kleinen Leichen in eine Plastiktüte stecke.

Als ich wieder ins Haus komme, sitzen David und meine Mutter still vor dem Fernseher und sehen sich eine Spielshow an.

«Ich konnte sie auch nirgends finden», sage ich, und meine Mutter blickt auf. «Die Katzen, meine ich.»

«Scht», sagt sie und wendet sich wieder dem Fernseher zu. «Wir sehen uns das gern jeden Abend an.»

Mein Bruder starrt aufmerksam auf den Bildschirm, als der Moderator eine geographische Frage stellt. «Sansibar», sagt David eilig, noch bevor der Gastgeber mit der Frage fertig ist, aber es stellt sich heraus, daß die Antwort «Zaire» lautet. «Verdammt», sagt er. «Ich hab gewußt, daß der Name so ähnlich ist.»

Meine Mutter tätschelt ihm das Knie. «Das ist schon okay», sagt sie. «Wer hätte schon Zaire erraten?»

David hat den Blick auf den Bildschirm gerichtet, und seine Kaumuskeln sind in Bewegung, während er auf die nächste Frage wartet. Ich gehe in die Küche, um eine Zigarette zu rauchen. Die Hühner liegen, Seite an Seite auf einem Backblech, auf der Arbeitsplatte.

Im anderen Zimmer beglückwünscht meine Mutter David zu jeder richtigen Antwort, und ich stelle sie mir in ihrem Wohnzimmer vor, wie sie sich jeden Abend zusammen hinsetzen, um sich diese Sendung anzusehen, und wie sie dann nebeneinandersitzen, David in dem Sessel, in dem einmal mein Vater gesessen hat. Draußen wird es langsam dunkel, und irgendwo liegen meine Katzen, deren Augen wie Glasscherben in der Abenddämmerung funkeln, auf der Lauer. Meine Nachbarn holen ihre Rasenmäher herein und schütteln die Köpfe über das wuchernde Gras bei mir. Drinnen machen sie es sich für den Abend bequem; ich sehe nachts durch ihre Fenster, wie sie das Abendessen zubereiten oder das Geschirr spülen; wahrscheinlich sitzen sie vor derselben Spielshow, die sich David und meine Mutter ansehen, und beglückwünschen und trösten sich abwechselnd, während sie mitraten. Als die Show vorbei ist, geht meine Mutter nach oben, um sich fürs Abendessen zurechtzumachen, und David kommt in die Küche und setzt sich zu mir an den Tisch.

«Hast du noch eine Zigarette?» fragt er.

«Ich dachte, du hättest das Rauchen aufgegeben», sage ich, aber ich reiche ihm eine.

«So was Ähnliches. Ich rauche nicht in Mutters Gegenwart. Ich gehe nach draußen.»

«Du gehst nach draußen, um zu rauchen?»

Er zuckt mit den Achseln. «Das ist nicht so schlimm. Das ist immer noch besser als vorher. Barbara hat jede Nacht an meinem Atem gerochen, wenn ich ins Bett gekommen bin. Ich hab immer die Zähne geputzt, gegurgelt, Kaugummi gekaut. Sie hat es immer gemerkt.»

Er zündet sich die Zigarette an und hält das Streichholz hoch, bis es abgebrannt ist. «Ich weiß nicht», sagt er. «Es war so, als hätte sie Spione gehabt.» Er legt das Streichholz auf den Tisch, obwohl vor mir ein Aschenbecher steht. «Vielleicht die Kinder», sagt er. «Vielleicht hat sie ihnen beigebracht, mir nachzuspionieren.»

«Und», sage ich, «wann gedenkst du, dir eine eigene Wohnung zu nehmen?» Er schaut seine Zigarette an, als hätte er noch nie eine gesehen, und dreht sie zwischen seinen langen Fingern, bevor er einen Zug macht. Als er spricht, kommt mit jedem Wort ein kleines Rauchwölkchen hervor.

«Ich weiß nicht.» Er stößt den restlichen Rauch in einer ununterbrochenen blauen Rauchfahne aus. «Ich verstehe nicht, was daran so schlecht sein soll, daß ich bei ihr wohne. Ich meine», sagt er und läßt seinen Blick durchs Zimmer schweifen, «ich verstehe nicht, was daran so toll sein soll, allein zu leben. Was hast du schon? Bloß ein paar Katzen und einen Haufen totes Viehzeug in deinem Garten.»

«Dieses tote Viehzeug liegt da nicht die ganze Zeit rum», sage ich. «Das ist bloß so eine Phase. Ich bin sicher, daß sie bald damit aufhören.»

Er klopft seine Zigarette am Aschenbecher ab. «Ich weiß nicht», sagt er erneut. «Ich verstehe einfach nicht, was daran so schlecht sein soll.»

Hinter uns räuspert sich meine Mutter, und wir drehen uns beide um und sehen sie in der Tür stehen. «Oh», sagt sie, «ihr beide raucht. Weißt du», sagt sie und sieht mich an, «vom Rauchen bekommt man Falten.»

Sie trägt einen lilafarbenen Pullover mit einem leuchtenden geometrischen Muster. Der sieht so häßlich aus, daß ich das Gefühl habe, ihr deswegen ein Kompliment machen zu müssen, und sie lächelt.

«David hat ihn mir besorgt. Für die Reise.»

David drückt seine Zigarette aus und steht auf. «Ich geh noch mal nach den Katzen sehen», sagt er. Die Abenddämmerung ist angebrochen, und ich weiß, daß er sie niemals finden wird; ich kann das leise Bimmeln der Glöckchen hören, während er ums Haus geht.

Sobald Richard eintrifft, setzen wir uns, um zu essen, und als meine Mutter die vier Hühner auf den Tisch bringt, lächelt er zu ihr auf.

«Das sieht toll aus», sagt er. «Ich liebe Hähnchen.»

«Das sind keine Hähnchen», sage ich. «Das sind Rock Cornish Wildhühner.»

Er wendet mir seine sanften blauen Augen zu, und ich bereue sofort, daß ich das gesagt habe, obwohl es doch nur eine Feststellung der Tatsachen war.

«Oh», sagt er traurig. «Na ja, wie auch immer.»

Er sticht mit seiner Gabel behutsam in das Huhn und wartet, um zu sehen, wie meine Mutter ihres ißt. Als sie die Haut vom

Fleisch abzieht, tut er das gleiche, und sie nehmen beide kleine, bescheidene Bissen zu sich. Genau wie meine Mutter nimmt er nur ein paar von den Pommes frites, die David gekauft hat, aber David hat sich davon einen Haufen auf den Teller geladen; meine Mutter sieht ihm dabei zu, wie er eins nach dem anderen ißt. Die Katzenhalsbänder liegen neben ihm auf dem Tisch, und er hebt bei jedem Geräusch des Windes in den Bäumen den Kopf.

«Und?» sagt Richard. «Was führt Sie beide in unsere Stadt?»

Meine Mutter beschreibt ihm als Antwort ihre Reiseroute, und als sie fertig ist, nickt er.

«Der Grand Canyon», sagt er. «Es wird Ihnen dort gefallen, Dave. Ich bin als Kind da gewesen.»

Er sieht zu, wie meine Mutter vorsichtig einen der Hühnerschenkel abzieht, und schaut dann auf seinen eigenen Teller. «Wissen Sie», fährt er fort, «eine Menge Leute wollen nach Disneyland oder an ähnliche Plätze fahren, aber ich sage, zurück zu den Ursprüngen.»

David blickt von seinem Essen auf. «Den Ursprüngen wovon?» fragt er.

«Oh, ich weiß nicht.» Richard wedelt mit seiner Gabel in der Luft herum. «Der Natur.»

Meine Mutter lächelt. «Ich weiß, was Sie meinen», sagt sie. «Das ist nicht von Menschen geschaffen.»

«Oh», sagt David. Er wendet sich mir zu. «Wo gehen denn deine Katzen normalerweise nachts hin?» Er legt seine Hand auf die Halsbänder. «Weißt du», sagt er, «wenn sie radioaktiv wären, würden sie im Dunkeln leuchten, und dann könntest du sie jederzeit finden.»

«Dave», sagt Richard, «Ihre Mom sagt, Sie hätten sich ein neues Auto gekauft.» Davids Miene hellt sich auf. «Und ob», sagt er. «Einen Toyota. Das ist das Klügste, was ich jemals getan habe, dieses Auto zu kaufen.»

«Das stimmt», sagt meine Mutter. «Es ist so bequem.»

«Und geräumig», fügt David hinzu. «Für den Fall, daß Theresa mit uns kommt.»

Meine Mutter schiebt den kleinen Haufen Haut an den Rand

ihres Tellers. «Ja», sagt sie, «tja.» Sie blickt Richard an. «Richard, was für ein Auto fahren Sie?» fragt sie.

Als Richard seine Gabel hinlegt, um es ihr zu sagen, steht David vom Tisch auf und kommt dann mit den restlichen Pommes frites zurück, die er von der Pfanne auf seinen Teller streift. Er bringt die Pfanne zum Spülbecken und dreht das Wasser auf, das mit einem Zischen auf das heiße Metall trifft. In diesem Augenblick nickt Richard zu dem, was meine Mutter gerade sagt, und als er sieht, daß ich ihn beobachte, tritt eine panische Angst in sein Gesicht. Er weiß nicht, wem von uns beiden er seine Aufmerksamkeit zuwenden soll, und entscheidet sich schließlich für ein Lächeln, das bereits vorüber ist, bevor es bei seinen Augen angelangt ist, die unglücklich von ihrem Gesicht zu meinem und wieder zurück schwenken.

«Theresa», sagt David, «hast du kein Ketchup?»

Als ich ihm das Ketchup gebe, gießt er es auf seinen Teller und stellt die Flasche vor sich auf den Tisch.

«Weißt du», sagt er und sieht die Flasche an, «das ist eins von den Dingen gewesen, wegen denen Barbara immer an mir rumgenörgelt hat, die Ketchupflasche auf dem Tisch stehenzulassen. Sie hat behauptet, daß man sagen würde, wir hätten keinen Stil.» Er zieht eins von den Pommes frites durch das Ketchup auf seinem Teller. «Aber die Sache war die», sagt er, «daß wir eigentlich nie Gäste hatten. Eigentlich hatten wir keine Freunde.» Er sieht uns der Reihe nach an. «Eigentlich schien niemand davon Notiz zu nehmen, als unsere Ehe in die Brüche gegangen ist.»

Meine Mutter streckt die Hand nach ihm aus und faßt ihn am Handgelenk. «Das ist jetzt alles vorbei, Liebling», sagt sie. «Darüber brauchst du dir keine Gedanken mehr zu machen.»

Richard klopft mit seiner Gabel auf den kleinen Haufen Haut am Rand seines Tellers; er drückt darauf, bis er ein kleines Viereck daraus geformt hat, und blickt dann auf.

«Und, Dave», sagt er, «wieso haben Sie sich für einen Toyota entschieden?»

David wirkt einen Augenblick lang verwirrt, seufzt dann auf und beginnt, die Extras seines Wagens aufzuzählen. Richard nickt jedesmal, und meine Mutter hebt den Kopf und streicht behutsam über die Haut unter ihrem Kinn. Draußen raschelt etwas in den Blättern; es könnte eine Katze sein, die der Spur eines Vogels zu seinem Nest folgt, oder es könnte auch einfach der Wind in den Zweigen sein.

Als wir fertig gegessen haben, sind unsere Teller mit winzigen Knochen und einem bräunlichen Saft bedeckt, der mit Fetttropfen gesprenkelt ist. Meine Mutter erhebt sich, und auch Richard steht schnell auf. Er greift nach meinem Teller und nimmt sich heraus, meine Finger mit seinen flüchtig zu berühren, aber ich stehe auf und trage mein Geschirr zum Spülbecken. Im Gehen kann ich seinen Blick in meinem Rücken spüren. David geht mit den Katzenhalsbändern nach draußen, während wir schweigend den Tisch abräumen. Als das ganze Geschirr im Spülbecken steht, dreht meine Mutter das Wasser auf.

«Sie trocknen ab, Richard», sagt sie, und Richard sieht sich freudig nach einem Handtuch um. Ich reiche ihm die Rolle Papiertücher und gehe ins Wohnzimmer.

David ist wieder hereingekommen; er steht an meinem Schreibtisch und blättert in den Papieren, die darauf liegen. In dem Licht kann ich sein Gesicht nicht erkennen, aber er scheint an dem, was er anschaut, nicht interessiert zu sein; er blickt jede einzelne Seite nur kurz an, legt sie dann hin und nimmt sich eine andere. Er blickt auf, als er mich hört, und lächelt schwach.

«Sie scheinen prima miteinander auszukommen», sagt er, und ich nicke.

«Wie alte Freunde», sage ich und bemühe mich um einen heiteren Tonfall.

Er legt den Umschlag hin, den er in der Hand hält, und nimmt ein kleines Glas, in dem sich Briefmarken und Büroklammern befinden. «Sitzt du oft an diesem Schreibtisch?»

«Eigentlich nicht. Rechnungen. Briefe. Er steht einfach da. Alan hat ihn dagelassen.»

Er nickt. «Ich weiß», sagt er. «Vieles läßt sich nur noch schwer erledigen.» Er dreht den Deckel des Glases auf und zu.

«Ich hab so ein Gefühl», sagt er, «daß ich etwas tun müßte. Aber ich weiß nicht, was.» Er stellt das Glas hin und sieht mich an. «Aber du», sagt er. «Du solltest etwas tun. Du hast immer etwas getan.»

Meine Mutter lacht in der Küche, lauter als das Geräusch des fließenden Wassers, und er hält inne, um zu horchen.

«Also du und – wie heißt der Kerl?»

«Richard.»

«Richard. Also du und Richard. Wollt ihr zusammenziehen?»

«Ich kenne ihn kaum», sage ich, aber noch während die Frage aufgeworfen wird, fühle ich, daß ich schon im Begriff bin, mich damit abzufinden. Richard könnte Alans Schreibtisch benutzen und mit Alans Katze spielen, und der Fernseher könnte die ganze Zeit laufen.

David nickt. «Also, du kannst jederzeit wieder zu Hause einziehen. Da ist genügend Platz.»

Mein Zimmer im Haus meiner Mutter hat hohe gelbe Wände, und auf der Kommode und den Bücherregalen sind die Stofftiere immer noch zu kleinen Gruppen arrangiert.

«Oh», sage ich. «Ich bin glücklich hier. Wirklich.»

David starrt auf den Schreibtisch und nimmt dann ein Flugblatt, auf dem ein Vortrag angekündigt wird, zu dem ich vor ein paar Wochen gehen wollte.

«Ich weiß nicht», sagt er. Er dreht den Kopf schnell zum Fenster, als hätte er etwas gehört, aber da ist nichts, nur der Wind und ein Zweig, der gelegentlich gegen die Scheibe schlägt.

«Manchmal», fährt er fort, «manchmal kann ich mich kaum rühren. Weißt du? Ich wache mitten in der Nacht auf, und ich kann nicht mal...» Er hält inne und wirft einen Blick in die Küche, horcht einen Augenblick lang. «Also, weißt du, ich kann nicht mal meine Beine aus dem Bett auf den Fußboden heben.»

Er läßt das Flugblatt fallen und läßt es auf den Fußboden schweben, bevor er sich bückt, um es aufzuheben. «Bist du sicher, daß du nicht mit uns kommen willst?» fragt er. «Du könntest genausogut mitkommen.»

Er sieht mich an, und mir wird klar, daß er recht hat: Ich könnte genausogut mitkommen. Ich denke einen Augenblick lang nach, suche nach einem zwingenden Grund, weshalb ich hierbleiben muß – nach etwas, das in meiner Abwesenheit schieflaufen könnte. Aber alles, was mir einfällt, ist, daß sich dic Zeitungen auf meiner Treppe stapeln würden und daß das Gras weiterhin nicht gemäht und schlaff auf den Gehsteig lappen würde. Die Nachbarn würden mich wahrscheinlich auf ihre Art vermissen und auf gut Glück zum Fenster gehen, und die Katzen würden einfach weiterhin winzige Leichen auf dem Rasen herumliegen lassen. Nachdem sie ein oder zwei Tage lang an der Tür gekratzt hätten, um etwas zu fressen zu bekommen, würden sie begreifen, daß die kleinen Leichen etwas zu fressen sind, und sie würden sich über sie hermachen. Das ist alles, was passieren würde. Ich versuche, mir etwas einfallen zu lassen, was ich zu David sagen könnte, aber ich habe plötzlich das Gefühl, daß ich in einem jener Luftlöcher lebe, die jeder zurückläßt, der sich hier aufgehalten hat. Wenn David und meine Mutter fahren, werden sie ihre eigenen Lücken zurücklassen, um die ich herummanövrieren muß; mein Leben wird die reinste Hindernisstrecke sein.

David starrt mich immer noch an, als Richard und meine Mutter ins Zimmer kommen.

«Tja», sagt Richard, «ich denke, ich sollte jetzt gehen.»

Er stellt sich an die Tür, und meine Mutter tritt taktvoll zur Seite. «Ich lasse euch beide einen Augenblick allein, damit ihr euch verabschieden könnt», sagt sie.

Ich stehe mit Richard auf der Veranda und schaue ihm ins Gesicht, während er versucht, die richtigen Worte zu finden.

«Also», sagt er schließlich, «es hat mir wirklich gefallen.»

«Gut», sage ich. «Schön, daß du da warst.»

«Oh, das hab ich doch gern gemacht.» Er schaut auf die schwarze Straße hinaus. «Wirklich gern.»

Als er geht, bleibt er vor Davids Wagen stehen, geht darum herum, betrachtet ihn von allen Seiten und nickt; als er bei seinem eigenen Wagen ankommt, winkt er mir kurz zu, bevor er einsteigt.

Seine Bremslichter blinken die ganze Straße entlang wie Augen. Als ich mich umdrehe, um ins Haus zu gehen, bin ich einen Augenblick lang überrascht, durchs Fenster David und meine Mutter zu sehen; es ist seltsam, dort Leute zu sehen, und als ich sie beobachte, komme ich mir vor wie eine Schnüfflerin. David sitzt am Schreibtisch, meine Mutter steht hinter ihm; seine Augen schließen sich, als er den Kopf an sie lehnt, und sie lächelt und streicht durch sein dünnes Haar. Ihr Mund bewegt sich und spricht die Worte aus, die eine Mutter in so einem Augenblick zu einem Sohn sagt, und mir ist klar, daß sie überall sein könnten: bei sich zu Hause oder in irgendeinem Motel in irgendeiner Stadt auf ihrem Weg. Ich wende mich von dem Fenster ab. Es ist spät, und der Wind trägt ein schwaches Geräusch herüber, als er durch die Bäume streicht. Das könnte alles mögliche sein: das Bimmeln kleiner Glöckchen vielleicht oder die letzten, winzigen Zuckungen winziger Tiere. Ich mache die Augen zu und versuche, mir alles, was ich habe, ins Gedächtnis zu rufen, aber ich sehe nur David und meine Mutter; ihre Stimmen hallen in den tiefen Canyons wider, in ihren Gesichtern spiegelt sich das Schwindelgefühl bei der Steilheit des Abstiegs, und von überall her fallen Steine auf sie herab, während sie zu mir aufsehen.

Abbatoir

«Guck mal», sagt Teddy, und als er sich mir zuwendet, haben seine Augen das unruhige Blau des Fernsehers, und seine Haut wird von dem reflektierten Licht erhellt.

«Guck mal», sagt er erneut. «Das mußt du dir ansehen.» Also lege ich meinen Finger auf ein Wort, um die Stelle zu kennzeichnen, bis zu der ich den Zeitschriftenartikel gelesen habe, blicke auf und sehe einen Haufen wirr übereinanderliegender Männer auf einem Baseballplatz.

«Das nicht», sagt er. «Warte. Sie zeigen's noch mal.» Er beugt sich auf den Knien vor, bis sein Gesicht etwa dreißig Zentimeter vom Fernseher entfernt ist. «Guck dir das an», sagt er, und dann: «Okay.»

Die Zeitlupenwiederholung beginnt, und wir sehen zu, wie der Mann auf der dritten Base einige Meter läuft und dann dramatisch mit dem Fänger, dem Werfer und dem Schiedsrichter zusammenstößt. Irgendwo in dem Durcheinander ist der Ball geworfen worden, und aus dem Knäuel taucht der Arm des Fängers auf und ist wie durch ein Wunder im Besitz des Balls.

«Erstaunlich», sagt Teddy. «Erstaunlich.» Er dreht sich zu mir um. «An der Ausgangsbase wirst du nie jemanden besser spielen sehen. Dieser Typ hätte eigentlich durchkommen müssen. Jeder andere hätte den Ball fallen lassen.«

Er blickt wieder auf den Bildschirm. «Das ist einer der besten Fänger im Baseball», sagt er. «Ganz egal, was die sagen.»

Der Fänger steht auf, spaziert umher und schüttelt die Beine aus. Er hat gewaltige Oberschenkel, von denen einer allein schon den gleichen Umfang hat wie die Taillen der Models in der Zeitschrift, die ich gerade lese.

«Der hat ungeheure Oberschenkel», sage ich, und Teddy sieht mich an.

«Der braucht solche Oberschenkel», sagt er. «Auf den kommen Bälle mit einer Geschwindigkeit von 90 Meilen pro Stunde zu.» Er nickt. «Da würdest du dir auch solche Oberschenkel wünschen.»

Die Männer auf dem Bildschirm machen sich los, die Trainer stürzen aus den Unterständen, und alle schreien durcheinander, aber niemand scheint zuzuhören. Ich wende mich wieder meinem Zeitschriftenartikel zu, der davon handelt, wie Frauen sich über Enttäuschungen in der Liebe hinwegtrösten.

«Wenn ich solche Oberschenkel gehabt hätte», sagt Teddy, «wäre ich in der High-School Fänger gewesen, statt als First Base zu spielen. Ich hätte in einer der unteren Ligen spielen können. Da kann man immer einen Fänger gebrauchen.» Er seufzt auf und wendet sich wieder dem Fernseher zu. «Das wäre eine gute Karriere gewesen.»

Er streicht mit den Händen über seine Oberschenkel; selbst übereinandergeschlagen haben sie nicht so einen Umfang wie die des Fängers im Fernsehen.

«Du hast doch Karriere gemacht», sage ich. «Im Safeway.»

Er dreht sich um und sieht mich an. «Ich glaube nicht», sagt er, «daß man es als Karriere bezeichnen kann, stellvertretender Verkaufsleiter der Obst- und Gemüseabteilung im Safeway zu sein.»

Er sieht zu, wie der nächste Schlagmann ausholt und vorbeischlägt und damit das Inning beendet. «Scheiße», sagt er und wendet sich dann wieder mir zu. «Wenigstens jetzt noch nicht.» Er schaut sich den Werbespot einen Augenblick lang an und sagt dann: «Aber vielleicht irgendwann mal. Vielleicht leite ich irgendwann mal den ganzen Laden.»

Er nickt nachdenklich, als das Spiel wieder anfängt. Er sagt das oft, daß er vielleicht irgendwann einmal den Laden leitet; er hat mir nämlich versprochen, daß er mir, wenn ich soweit bin, einen Job im Safeway besorgt, und zusammen klettern wir dann langsam die Leiter immer höher hinauf, so daß wir eines Tages ganz oben sind, als geschwisterliches Leitungsteam. Dazu müsse sich erst mal alles beruhigen, sagt er immer, aber er sagt nie, was das heißen soll oder wann es soweit ist. In der Zwischenzeit liest er Bücher, um sich auf diesen Tag vorzubereiten, Bücher über Kalkulation und Finanzplanung, Bücher von Millionären und Geschäftsleuten. Er sagt, er werde bereit sein; er werde sich seine Zukunft erkämpfen. Und meine auch. Aber im Augenblick streicht er erst einmal die Hose über seinen dünnen Beinen glatt und beugt sich vor, um sich den verpatzten Ball an der Ausgangsbase noch einmal anzusehen.

Die Baseballsaison ist noch jung, und wie jedesmal glaubt Teddy auch dieses Jahr, daß die Yankees ihren Weg machen und vergangenen Ruhm wiedererlangen werden; dieses Jahr ist er sich dessen so sicher, daß er das bißchen Geld, das wir haben, für einen Videorecorder ausgegeben hat, damit er all die Spiele aufzeichnen kann, die er verpaßt, während er bei der Arbeit ist.

«Betrachte es», hat er gesagt, als er das Gerät aus dem Karton geholt hat, «als eine Investition für die Zukunft.» Er hat die Kabel entwirrt, sich gebückt, um den Videorecorder an den Fernseher anzuschließen, und mich angelächelt. «Wir werden die ganzen Spiele auf Band haben, und vielleicht sind sie eines Tages was wert. Angebot und Nachfrage», hat er gesagt und ernst genickt. Es schien ihm nicht in den Sinn zu kommen, daß jedermann diese Spiele aufzeichnen könnte, daß New York aller Wahrscheinlichkeit nach voller Leute war, die in diesem Augenblick ein Baseballspiel aufzeichneten, und daß all diese Aufzeichnungen wertlos wären. Auch ist ihm nicht in den Sinn gekommen, die Kosten für Videobänder zu berücksichtigen, und ich habe ihn nicht daran erinnert, aber sie kosten Geld, und wir besitzen nur ein paar, so daß er, statt die ganzen Spiele aufzuzeichnen, für jedes neue Spiel ein altes löschen muß; also hat er zu keiner Zeit mehr als vier oder fünf Spiele auf Band.

Für mich ist das keine kluge Investition, aber das behalte ich für mich, und ich habe mich fast schon daran gewöhnt, daß der Videorecorder anspringt, wenn Teddy bei der Arbeit ist. Vielleicht lese ich gerade oder sitze am Küchentisch oder sehe mir sogar selbst etwas im Fernsehen an, wenn das Gerät plötzlich ein Klicken, ein Surren hören läßt, und dann weiß ich, daß die Yankees in diesem Augenblick irgendwo ein Baseballspiel austragen und sich wie winzig kleine Spielzeugfiguren über das gepflegte Grün eines Baseballfeldes bewegen. Mit dem Videorecorder verhält es sich so, als wäre eine zweite Person in der Wohnung, jemand, der für einen Sachen erledigt, die man nicht unbedingt erledigt haben will – jemand, den ich nie zu Gesicht bekomme, aber der immer da zu sein scheint, sich an mir vorbeischleicht, um den Videorecorder anzuschalten, und dann, wenn ich aufblicke, in der Wand verschwindet, bis das Spiel vorbei ist.

Das Spiel, das Teddy sich im Augenblick ansieht, hat diesen Nachmittag stattgefunden; es ist bereits von den Yankees verloren und von den Männern, die direkt unter unserem Fenster auf dem Gehsteig herumstehen, bis in alle Einzelheiten erörtert worden. Während Teddy zusieht, wie die Yankees schlagen, fangen und laufen, ist die Mannschaft schon wieder in New York und ruht sich für das morgige Spiel aus. Auf der Arbeit hält Teddy sich die Ohren zu, wenn er der Meinung ist, daß irgend jemand über ein Spiel redet, das er gerade aufzeichnet, aus Angst, den Spielstand zu hören. Er verliert jegliche Freude am Zuschauen, wenn er das Ergebnis kennt – jeder Schlag, jeder Wurf, jedes Spiel wird bedeutungslos, wenn Teddys Anwesenheit vor dem Fernseher das, was sich bereits ereignet hat, nicht irgendwie beeinflussen kann. In dieser Hinsicht ist er abergläubisch, und er nimmt es beinahe persönlich, wenn sie verlieren: Dann hat er nicht genug gejubelt, hat nicht gut genug aufgepaßt, ist mit den Gedanken abgeschweift. Die Yankees haben das heutige Spiel nur um einen Run verloren, und Teddy sieht geduldig zu, wie sie sich eine Führung von vier Runs erarbeiten, die sie in der zweiten Hälfte des neunten Innings verspielen werden.

Ich überfliege einen Artikel von einem Mann, der schreibt, daß seine Freundin ihm nie das Richtige zum Geburtstag schenke; sie besorge ihm so etwas wie Kissen für sein Sofa oder Bildbände, schöne Sachen, für die Männer, so sagt er, in ihrer Wohnung keinen Platz hätten. Er läßt seiner Klage eine Liste von geeigneten Geschenken folgen: Eintrittskarten für das Superbowl, eine Kamera, eine Skibrille. Keins dieser Geschenke wäre für Teddy, der sich nur für unsere Zukunft und die Yankees interessiert, das Richtige; er scheint keinerlei anderweitige Interessen oder Wünsche zu haben. Ich habe vor, ihm zum Geburtstag noch ein paar Videokassetten zu schenken, damit er mehr Spiele aufzeichnen kann und etwas hat, was er sich während des langen Winters ansehen kann, wenn er ziellos in unserem Apartment umherwandert und darauf wartet, daß das Frühjahrstraining beginnt. Der Winter liegt noch in weiter Ferne, aber wenn er erst einmal da ist, kommt es mir so vor, als wäre ich nie allein; manchmal legt Teddy eine Extraschicht ein, und er verbringt viel Zeit mit Lernen, aber meistens, wenn wir zusammen sind, beobachtet er mich, was ich tue, wo ich sitze, wann ich ins Bett gehe.

«Ha», sagt er, und als das Spiel von einem Werbespot unterbrochen wird, spult er das Band zurück, um sich anzusehen, wie der Außenfeldspieler an dem Zaun hochspringt, um einen Run zu verhindern. Er spult jedes wichtige Spiel zurück und sieht es sich noch einmal an; es kann Stunden dauern, bis er mit einem Spiel fertig ist, und als ich ihm einmal vorgeschlagen habe, bei der Werbung weiterzuspulen, hat er gelächelt und den Kopf geschüttelt. «Das verstehst du nicht», hat er gesagt. «Das ist ein Teil des Spiels. Deshalb ist es so entspannend» – aber er hockt immer angespannt und vornübergebeugt auf dem Fußboden, während er zusieht und darauf wartet, daß seine Mannschaft wieder verliert.

Unten schlägt eine Tür zu. Ich drehe mich um, um aus dem Fenster zu sehen, und aus der Tür unter uns tritt ein Mann auf die Straße hinaus; er müht sich, die Sommerluft einzuatmen, und geht unsicher zu dem Zeitungsstand an der Ecke, blickt dann in beiden Richtungen den Broadway entlang und verfolgt den Weg jedes vorbeifahrenden Taxis, winkt aber keins heran. Er kommt von Madame Renalda, die direkt unter unserem Apartment ihren Geschäften nachgeht. MADAME RENALDA'S steht an der Tür, über einem großen, blauen Auge, und darunter: KARTENLEGEN UND HANDLESEN. Ich habe Teddy einmal gefragt, ob es vielleicht eine gute Idee sei, ihr einen Besuch abzustatten und herauszufinden, was vor uns liegt, aber er lachte nur.

«Du bist so naiv», sagte er. «Das ist doch nur ein Puff. Ein Massagesalon. Davon gibt es allein in New York unzählige.» Er wandte sich wieder seinem Buch über Kalkulation zu und hielt es mir dann hin. «Das ist unsere Zukunft», sagte er.

«Aber sie könnte uns aus der Hand lesen», sagte ich ihm und schaute meine eigenen Hände an. Ich konnte mir nicht vorstellen, daß irgend jemand die Zukunft aus der glatten, rosafarbenen Oberfläche meiner Haut lesen kann. Er lachte erneut.

«Die liest nicht aus der Hand», sagte er. «Da unten liest niemand aus der Hand. Vielleicht gibt's da nicht mal so was wie eine Handleserin.»

Er war sich seiner Sache anscheinend sehr sicher, aber ich habe die Männer gesehen, die da herauskommen und anders aussehen als beim Hineingehen. Als ich ihm das sagte, schlug er sein Buch zu und sah mich an.

«Das liegt am Sex», sagte er. «Das bewirkt der Sex. Dazu ist er doch da. Er sorgt dafür, daß du dir anders vorkommst. Er sorgt dafür, daß du dich wie jemand anders fühlst.»

Er hat das gesagt, als wenn er Bescheid wüßte, obwohl er nicht viel älter ist als ich, und er hält sich entweder bei der Arbeit oder hier bei mir auf. Seit dieser Zeit habe ich mir manchmal sein dunkles, angeklatschtes Haar und seine dünnen Augenbrauen angesehen und versucht, ihn mir mit einer Frau vorzustellen, sein Atem auf ihrer Haut, sein Gesicht an ihre Brust gedrückt, aber bei dem Gedanken versagt meine Vorstellungskraft. Das da unten, hat er mir einmal gesagt, sei das, wovor er mich beschütze, ein Leben an so einem Ort, wo ich seiner Meinung nach ohne ihn bestimmt gelandet wäre. Jemand müsse auf mich aufpassen, sagt er, und er denkt, das muß er sein, und ich denke, er hat recht. Er ist wirklich alles, was ich habe; er ist wirklich alles, was ich in meiner Erinnerung jemals gehabt habe. Von unserem Vater habe ich nur eine vage Vorstellung als einem kleinen, verschlossenen Mann, der uns unfreundlich angestarrt und viele Jahre unseres Lebens eher durch Abwesenheit geglänzt hat, und unsere Mutter lebt mit ihrem neuen Mann Stan, ihrer Katze Smokey und einem verträumten grünen Aquarium voll tropischer Fische in einem kleinen Apartment auf der East Side. Dort leben sie im Licht unzähliger leuchtender Morphiumampullen, die Stan im Kühlschrank aufbewahrt; er bringt sie aus dem Krankenhaus, in dem er arbeitet, mit nach Hause, was der Grund dafür ist, warum meine Mutter ihn so liebt.

«Kann ich was dafür?» hat sie gesagt, als sie uns verließ, um ihn zu heiraten. Sie berührte mit ihren langen, trockenen Fingern mein Gesicht. «Nein», sagte sie. «Ich kann nichts dafür. Teddy wird auf dich aufpassen.»

Wir haben sie nur einmal besucht, und während der ganzen Zeit, die wir da waren, hat sie, Smokey auf ihrem Schoß und Stan mit traurigem Gesicht hinter ihrem Stuhl, an uns vorbei auf das Aquarium gestarrt. Als Stan den Kühlschrank aufmachte, um nach etwas Trinkbarem für uns zu suchen, konnte Teddy seinen Blick nicht abwenden und schaute all die Fläschchen mit Morphium darin so konzentriert an, daß ich dachte, es müßte selbst meiner Mutter auffallen. Erst später ist mir klargeworden, daß er sie gezählt hat, obwohl ich mir nicht vorstellen konnte, zu welchem Zweck; vielleicht war es ihm, seit er angefangen hatte, in dem Laden zu arbeiten, zur zweiten Natur geworden, alles mögliche zu inventarisieren. Auf der Heimfahrt stand Teddy da, starrte die Karte mit dem U-Bahn-Streckennetz an und verfolgte die ganzen unterschiedlichen Strecken mit dem Finger; er ließ kein Wort über Stan, meine Mutter oder den Besuch fallen, und wir sind nie wieder hingefahren, aber gelegentlich ruft meine Mutter an, oder Stan ruft für sie an.

«Deine Mutter möchte mit euch sprechen», sagt Stan dann und steht hinter ihr, während ihre Gedanken zu der Idee zurückzufinden versuchen, mit uns zu sprechen. In dem Schweigen kann ich ihn atmen hören, und ich kann das traurige, graue Gesicht meiner Mutter sehen, während sie Smokey auf dem Schoß hält; zusammen beobachten sie und Smokey, wie der blaue Fisch durch das Aquarium schnellt, in die winzige silberne Burg und wieder heraus, hinter den Tiefseetaucher. Ihre Augen verengen sich und weiten sich wieder in dem funkelnden Licht, das von dem Fisch ausgeht.

«Liebes?» sagt sie zu mir. «Liebes?» Und nach ein paar Minuten nimmt Stan ihr das Telefon aus der Hand, und ihre langen Arme sinken wieder in ihren Schoß. «Auf Wiederhören», sagt Stan immer höflich. «Es war nett, sich mit dir zu unterhalten.» Er sieht zu, wie sie Smokey streichelt. Er betet ihre weißen Arme an und träumt nachts von ihnen. Sie streicht über Smokeys weiches Fell und spürt, wie das Blut unter seiner Haut pocht.

«Sie ist so glücklich, wie sie im Augenblick sein kann», sagt Teddy immer. «Sie hat alles, was sie braucht.»

Teddy verspricht mir, daß wir uns eines Tages ein großes Haus in den Bergen im Norden kaufen werden, und dann kann sie bei uns wohnen, und Stan auch, wenn er will, aber vorläufig spricht er nicht am Telefon mit ihr, und wenn sie anruft, hebt er den Kopf ein wenig von seinem Buch auf und starrt auf den Tisch, bis klar ist, daß Stan am Apparat ist. «Wir müssen auf uns selber aufpassen», sagt Teddy. «Ich muß ein wachsames Auge auf dich haben.»

Und das hat er. Er behält mich sorgfältig im Auge, während ich älter werde. Er sitzt am Küchentisch und sieht mißtrauisch dabei zu, wie ich die faulen Stellen aus dem ausgesonderten Obst und Gemüse schneide, das er aus dem Laden mit nach Hause bringt; er sieht zu mir auf, wenn ich aus dem Fenster auf die Männer unten auf der Straße hinabschaue; die lächeln mich an, während er bedächtig die einzelnen Seiten seines Buches umblättert, ohne sie gelesen zu haben. Es gibt keinen Augenblick, in dem er mich nicht beobachtet, und wenn er bei der Arbeit ist, ist der Videorecorder da und verfolgt, was ich den ganzen Tag tue. Wenn ich ihn verlasse, wird er am Tisch sitzen und die Seiten seines Buches umblättern, und ab und zu wird er auf das Sofa vor dem Fenster blicken, aber ich werde nicht mehr da sein. Ich werde ihn von den Hochglanzseiten irgendwelcher Zeitschriften anlächeln. Die Männer werden sich auf der Straße nach mir umdrehen, und ich werde viele Liebhaber haben. Er paßt auf, damit das nicht passiert. Manchmal habe ich nachts in seinem Beisein das Gefühl, als würde ich von neuem geboren und jäh in das blaue Licht des Fernsehbildschirms hervorkommen, wo Teddy mich mit besorgtem Blick erwartet.

Unten schlägt wieder die Tür zu. Teddy rührt sich nicht; er beginnt, sich zu entspannen, während die Yankees ihre Führung ausbauen, und ich betrachte die Frauen in meiner Zeitschrift. Ihre Gesichter sehen so ausdruckslos aus wie die von Vögeln, und ich stelle mir vor, wie es wohl wäre, so rote Fingernägel zu haben, wie es wäre, mit Lippen so rot wie diesen in den Lebensmittelladen zu gehen, wie Teddy mich ansehen würde, wenn mein Haar plötzlich solch seltsame Formen annähme.

Ich gehe vor der Katastrophe im neunten Inning ins Bett. Teddy sieht zu, wie ich in mein Zimmer gehe, und dreht den Fernseher leiser, aber ich kann trotzdem die Aufregung hören, als den Yankees das Spiel zu entgleiten beginnt.

«Mannomann», sagt er und seufzt niedergeschlagen, und dann später noch einmal: «Mannomann.»

Unten gehen Männer leise durch die Zimmer; ich frage mich, was sie in den Augen der Frauen lesen, die ihnen auf die Handflächen starren.

Teddy steht vor dem Spiegel und zieht die schwarze Krawatte gerade, die zu seiner Uniform bei Safeway gehört.

«So», sagt er, lächelt und dreht sich dann zu mir um. «Hör mal», sagt er, «ich zeichne ein Spiel auf, laß also deine Finger vom Videorecorder.»

Ich habe den Videorecorder noch nie angerührt, aber ich nicke, und als er geht, beobachte ich, wie er die Straße entlang zur Arbeit geht. Er geht genau in der Mitte des Gehsteigs, ohne sich einmal umzublicken. Unten auf dem Gehsteig vor Madame Renalda's sehen zwei Männer zu mir auf, die bei Tageslicht Mut beweisen.

«He», sagt einer von ihnen. «He, Kleines.»

Sie lächeln, als ich zu ihnen hinunterschaue.

«He», sagt der andere. «Komm mal runter. Komm doch.»

Ich starre sie an, und sie grinsen einander zu; aber das ist kein richtiges Lächeln. Etwas Ernstes, Angsterfülltes lauert hinter ihren Gesichtern.

«Was ist los, Schätzchen?» sagt einer. «Bist du taub?»

Sie lachen darüber, und ich beobachte, wie Teddy bei dem Zeitungsstand um die Ecke biegt, wo junge Paare sich in die Schlange einreihen, um sich die Samstagabendausgabe der Sonntagszeitung zu kaufen, die sie mit nach Hause nehmen und auf ihren glänzenden Holzfußböden ausbreiten werden. Sie werden darüber knien und sich über die zierlichen Druckbuchstaben hinweg küssen.

Ich mache das Fenster zu, und die Männer lachen, als es sich herabsenkt. Aber als sie mich nicht mehr sehen können, verlieren sie das Interesse und blicken unruhig auf Madame Renaldas Tür.

Ich schlafe vor dem Spiel ein, das Teddy gerade aufzeichnet, und meine Hand ruht auf dem glänzenden Gesicht einer schönen Frau. Während ich schlafe oder während ich träume, kommen die Männer von Madame Renalda's in mein Apartment. Ihnen folgt eine Schar nervöser Jungs in engen Jeans und großen Turnschuhen. Langsam ziehen die Männer mir die Kleider aus, langsam wechseln sie sich bei mir ab, während die Jungs gespannt zusehen, mich aber nicht anrühren. Als sie gehen, tropft mein Blut hinter ihnen auf die Straße. Die Männer nehmen keine Notiz davon, aber die Jungs bleiben stehen und drehen sich um; sie vermengen mein Blut mit dem Sand, dem Staub und dem Glas auf der Straße und formen winzige Kuchen daraus. Während sie essen, werden ihre Hände, ihre Münder mit Blut befleckt, und als sie fertig sind, stellen sie sich in die Schlange vor Madame Renalda's und wischen sich mit ihren langen, roten Fingern nervös über ihre roten Lippen. Als ich aufwache, ist ein Sturm aufgekommen und drückt das lose Fliegengitter gegen das Fenster. Das Spiel läuft, aber ich kann nicht sagen, ob es die Aufzeichnung des früheren Spiels oder das Spiel selbst ist. Teddy ist zu Hause, und ich höre zu, wie er sich ein Glas Milch eingießt. Es ist dunkel, aber es läßt sich nicht sagen, wie spät es ist. Er kommt ins Zimmer und lächelt mich, einen dünnen Milchstreifen um den

Mund, an, und unten geht eine Tür auf und zu. Unten gehen Männer beklommen durch die Zimmer, und in den Straßen wandern junge Burschen auf und ab und folgen einer verblassenden Blutspur.

«Also», sagt Teddy, «warum kommst du morgen nicht mal in den Laden?»

Ich nicke und gehe steifbeinig in mein Zimmer. Teddy sieht mir einen Augenblick lang nach und wendet sich dann dem Baseballspiel zu.

Obwohl erst Frühsommer ist, nimmt einem die Hitze bereits den Atem. Ich höre, wie die Männer auf der Straße ständig darüber reden und einander zu erklären versuchen, was sie bei den Fernsehnachrichten nicht verstanden haben. «Das liegt an dieser Treibhaussache», sagen sie kenntnisreich, «es wird einfach immer heißer, und es gibt nichts, was man dagegen tun könnte.» Sie nicken, wischen sich über Hals und Gesicht und versuchen, sich in der drückenden Hitze möglichst wenig zu bewegen. Im Sommer bewegen sich hier nur die Insekten ungehindert; die scheinen sich in der Hitze kräftig zu entwickeln. Schon vermehren sie sich und werden geboren, und die Männer beobachten mit glasigen Augen, wie Insekten durch ihre Apartments krabbeln, in ihr Essen, über die verdutzten Gesichter ihrer Babys.

Frauen sitzen an den Fenstern und auf Feuerleitern und blikken auf die Männer hinab, denen es zu heiß ist, um mehr als eine freudlose Aufmerksamkeit für sie zu zeigen, die hin und wieder von Wutanfällen oder kurz aufflackerndem Interesse abgelöst wird. Das ausdruckslose Gesicht ihrer Zukunft vor Augen, können die Männer nichts anderes tun als das, was von ihnen erwartet wird, während sie gespannt vor Madame Renaldas Tür warten.

Den größten Teil des Sommers bleibe ich drinnen und lese die Zeitschriften, die Teddy mir von der Arbeit mitbringt, außer wenn er mich in den Laden einlädt, wo ich in der Luft der Klimaanlage sitze und ihm dabei zusehe, wie er Obst aufhäuft.

Als ich heute aus dem Apartment in die Hitze hinaustrete,

beobachten die Männer mich teilnahmslos und geben bedeutungslose Worte von sich. «He, Schätzchen», sagen sie. «He, Kleines.»

An der Ecke steht ein Mann und verteilt Flugblätter. Er wedelt den Vorbeigehenden damit vor dem Gesicht herum, so daß sie eins nehmen oder seinen Arm wegstoßen müssen. «He», sagt er. «Probier's aus.» Er zwinkert mir zu und reicht mir ein Flugblatt. MADAME RENALDA, steht darauf, EIN AUFSEHENERREGENDES MEDIUM. «Probier's aus», sagt er noch einmal und zeigt ein Lächeln, das nicht mir gilt, aber er verfolgt mich auf dem Weg zum Safeway mit seinen grünen Augen. Insekten flattern vor mir über den heißen Gehsteig. Unter dem Beton existiert eine dünne Schicht von ihnen, und sie krabbeln leise über die gesamte Erdoberfläche, ohne daß die Füße von Männern auf sie treten.

Im Safeway wandern die Frauen von einer Schlange zur anderen und suchen nach der kürzesten, obwohl auch da immer eine Verzögerung eintritt, wegen jemandem, der sein Scheckheft vergessen oder nicht genug Geld dabeihat. Wenn die einzelnen Frauen sich schließlich in eine Schlange gestellt haben, beobachten sie eine Weile, wie die Frauen vor ihnen vorankommen, dann nehmen sie sich eine Zeitschrift und vertiefen sich in die unerhörten Lebensgeschichten von Leuten, die sie nicht kennen: Filmstars, Rocksänger und Sportler. Einen Augenblick lang lesen sie und vergessen sich selbst, ihren Einkaufswagen, ihr Kind, und wenn sie dann zahlen müssen, blicken sie auf, aufgeschreckt aus einer Welt, in der sie niemals leben können, die sie sich ohne die Anregung der Zeitschriften nicht einmal vorstellen können. Sie betrachten die Packungen mit Corn-flakes und die Tüten mit Kartoffelchips in ihrem Einkaufswagen, das schmutzige Gesicht und die billigen Schuhe ihres Kindes, die schon wieder zu klein sind, und legen die Zeitschrift zurück, um mit einer Art dumpfem Erstaunen wiederum in ihr Leben einzutreten.

In der Obst- und Gemüseabteilung sortiert Teddy das Obst zu farbenprächtigen Haufen, indem er schräg zum Spiegel hellgrüne Äpfel neben gelben aufschichtet. Seine dünnen Arme gleiten ruhig von den Kisten zu den sauberen Apfelkörben. Seine Schürze ist strahlend weiß, und sein Gesicht sieht in der grellen Beleuchtung des Supermarkts alt und müde aus; um ihn herum erhebt sich ordentlich gestapeltes Obst und Gemüse. Plötzlich taucht eine Hand vor meinem Gesicht auf, die einen großen roten Apfel hält. Ich drehe mich um, und es ist Donny, der Leiter von Teddys Obst- und Gemüseabteilung. Er lächelt.

«Hier», sagt er. «Für dich.»

Donny und Teddy sind eine kurze Zeitlang so etwas wie Freunde gewesen. Donny ist ein- oder zweimal herübergekommen, um sich ein Baseballspiel anzusehen, aber er ist ein Fan der Mets, und es schien ihm jedesmal ein besonderes Vergnügen zu bereiten, wenn die Yankees verloren haben. So plötzlich, wie seine Besuche begonnen hatten, hörten sie auch wieder auf; als ich Teddy danach gefragt habe, sagte er nur, daß er so jemanden wie Donny eigentlich nicht leiden könne. «Keinerlei Ehrgeiz», sagte er, «der will es zu gar nichts bringen. Und außerdem redet er zuviel.» Das stimmte; die paarmal, die er vorbeigekommen ist, hat er auf dem Sofa gesessen, Bier getrunken und bei jedem Spiel die ganze Zeit über geredet, während Teddy geradeaus auf den Bildschirm gestarrt hat. Jetzt steht er direkt vor mir, so dicht, daß ich einen feuchten, fruchtigen Geruch in seinem Atem wahrnehme. Teddy dreht sich etwas um, und ich kann im Spiegel sehen, daß er uns beobachtet.

«Also», sagt Donny. «Seit wann bist du denn so hübsch?»

Er macht die Augen zu und öffnet sie mit einem langsamen Zwinkern. Ich kann die Umrisse einer Kontaktlinse im Weißen seines Auges sehen, und als seine Lider hochgehen, verrutschen die Linsen und irren umher, bevor sie wieder an ihren Platz zurückkehren.

«Was?» sagt er, und daran erinnere ich mich von seinen Besuchen bei uns am besten, daß er die ganze Zeit «Was?» gesagt hat.

«Und was ist mit diesem Gooden», hat er dann zum Beispiel gesagt, «der haut jeden Werfer von den Yankees in Grund und Boden, was?» Und Teddy hat sich dann näher an den Bildschirm gehockt. «Was?» hat Donny wieder gesagt. «Und was ist mit dem?»

«Ich hab dich gar nicht so hübsch in Erinnerung», sagt er jetzt. «Wie kommt das?»

«Ich weiß nicht», sage ich. «Ich denke, das ist einfach so gekommen.» Ich führe meine Hand zur Kehle und lasse sie dort liegen, eine Geste, die ich bei einem der Models in meiner Zeitschrift gesehen habe.

«Tja», sagt er, «vielleicht muß ich einfach irgendwann mal vorbeikommen.» Er blickt zu Teddy hinüber, dann auf die Hand an der Kehle. «Was hältst du davon?» sagt er. «Was?»

«Ich weiß nicht», sage ich. Teddy reiht wieder Äpfel ordentlich nebeneinander, aber unsere Blicke begegnen sich im Spiegel. Donny beobachtet ihn einen Augenblick lang und lächelt dann mich an.

«Hier», sagt er und reicht mir den Apfel. «Der ist einwandfrei, ohne jede Druckstelle.»

Als Donny weggeht, blickt Teddy ihm nach, die Hände auf einem Korb zartgelber Äpfel.

«Und», sagt er, «worüber hast du dich mit Donny unterhalten?»

«Nichts», sage ich, und er wischt sich die Hände an seiner weißen Schürze ab.

«Was ist mit deinem Hals?» fragt er. «Ich hab gesehen, wie du dir den Hals gerieben hast.»

«Nichts», sage ich. «Es hat mich gejuckt.»

«Na», sagt er, «okay. Hier.» Er reicht mir einen der Äpfel, die er einsortiert hat. «Die grünen hier sind besser als die roten. Sie sind nicht so groß, aber sie schmecken besser.»

Donny sieht mich aus seiner Ecke bei den Avocados an, und als ich gehe, spüre ich, daß er mir während des ganzen Wegs aus dem Laden nachschaut.

«Guck mal», sagt Teddy, als er nach Hause kommt, und er zieht einen Laib von dem Brot aus dem Laden, ein paar fleckige Bananen und schließlich, ganz vorsichtig, eine Avocado aus seiner Einkaufstüte. Er lächelt. «Die können wir heute abend essen», sagt er, «in einem Salat oder so was.» Die Avocado ist vollkommen reif und grün, und wir essen sie mit Salz.

«Wenn ich befördert werde», sagt Teddy, «essen wir immer so.» Als er behutsam ein Stück Avocado schält, ertönt der elektrische Summer. Wir sehen einander an und blicken zur Tür; schließlich legt Teddy seine Avocado hin und macht die Tür auf. Es ist Donny, der lächelt und eine Sechserpackung Bier in der Hand hat.

«He», sagt er und blickt mich an Teddy vorbei an. «He», sagt er zu mir.

«Wir essen gerade», sagt Teddy. «Wir haben gerade angefangen zu essen.»

«Oh», sagt Donny und blickt erneut an Teddy vorbei, auf den Tisch. «Und eßt auch ganz schön gute Sachen», sagt er, «was?» Er zwinkert mir zu, und Teddy dreht sich um und sieht die Avocado an.

«Also», sagt Donny, «ich bin gerade in der Gegend gewesen, und da hab ich gedacht, ich schau mal vorbei, weißt du, um das Spiel anzusehen.»

«Das ist vorbei», sagt Teddy. «Die haben heute nachmittag gespielt.»

Donny tritt einen Schritt vor. «Ich dachte, du zeichnest alle Spiele auf.»

«Nein», sagt Teddy. «Nicht alle.» Er tritt einen Schritt zurück, fängt an, die Vorderseite seines Hemds mit den Händen glattzustreichen, blickt dann auf seine grünen Finger und hört damit auf.

«Also», sagt Donny, «okay. Ich bin gerade in der Gegend gewesen. Sie haben sowieso verloren», fügt er hinzu. Er zwinkert mir noch einmal zu. «Bis demnächst», sagt er und dreht sich um.

Teddy schließt die Tür hinter ihm ab und legt die Kette vor, obwohl es draußen noch nicht völlig dunkel ist. Er setzt sich und starrt die Avocado auf seinem Teller an.

«Weißt du», sagt er. «Ich kann ihn nicht richtig leiden.»

«Ich dachte, er ist dein Freund», sage ich.

«Er ist nicht mein Freund. Sieht eher so aus, als wäre er dein Freund», sagt Teddy.

Er zerdrückt seine Avocado mit der Gabel, und wir sehen zu, wie sie grün zwischen den Zinken hervorquillt. Schließlich steht er auf, trägt seinen Teller zum Müll und schabt ihn sauber. Die Avocado hinterläßt einen grünen Streifen auf dem weißen Teller.

«Weißt du», sagt Teddy und wendet sich zum Spülbecken, um seinen Teller abzuwaschen, «vielleicht hätte ich auch gern einen Freund.»

«Du könntest Freunde haben», sage ich. «Auf der Arbeit. Da gibt's 'ne Menge Leute.»

«Nein», sagt er, «ich hab keine Zeit. Ich trage eine Verantwortung.»

Ich salze das letzte Stück Avocado. «Was für eine Verantwortung?» frage ich.

«Für dich», sagt er. «Ich trage die Verantwortung für dich.»

Er dreht sich vom Spülbecken um. Sein Hemd ist an der Stelle, wo Wasser darauf gespritzt ist, naß, und durch die billige weiße Baumwolle kann ich die Haut und die wenigen dunklen Haare auf seinem Bauch sehen.

Er schaltet den Fernseher und den Videorecorder ein, setzt sich dann und wartet geduldig, während das Spiel von heute zurückgespult wird. Inzwischen betritt Donny den U-Bahnhof, schiebt das Geld für die Marke durch das Fenster und drückt sich gegen das Drehkreuz. Teddy spult das Band ganz zurück und läßt sich wieder auf die Knie nieder, um sich das Spiel anzusehen, obwohl Donny es ihm dadurch, daß er ihm das Ergebnis gesagt hat, verdorben hat. Als der erste Schlagmann zur Ausgangsbase kommt, starrt Donny gerade aus dem verschmutzten Fenster seines Zuges, und die Yankees fliegen zurück nach New York. Teddy sieht sich ausdruckslos jeden bedeutungslosen Spielabschnitt an, und ich schlage meine Zeitschrift auf. Schließlich beugt er sich vor und schaltet unvermittelt den Fernseher ab.

«Scheiße», sagt er. Er geht zum Fenster, kommt dann und setzt sich neben mich aufs Sofa. Er starrt auf den Artikel, den ich gerade lese, über junge Mädchen, die an Anorexie leiden.

«Warum liest du dieses Zeug?» sagt er. «Daraus kann man nicht das geringste lernen.»

«Na ja», sage ich. «Doch, das geht schon. Der Artikel hier ist zum Beispiel über Mädchen, die sich zu Tode hungern.»

Er sieht mich an. «Ich weiß, was Anorexie ist», sagt er. «Ich kann *lesen*. Ja und? Was weißt du, was du vorher nicht gewußt hast? Wie soll dir das was bringen?» Er steht auf und geht zum Fernseher. «Ich meine», sagt er, «es ist eigentlich nicht wichtig.»

Er legt sich vor dem Fernseher auf den Fußboden und hält die Hände über den Kopf. «Du willst das lernen, was wichtig ist», sagt er und starrt zu seinen blassen Handflächen hinauf, «nicht dieses Zeug aus den Frauenzeitschriften.» Er sieht mich an. «Du bist nicht mal eine Frau», sagt er. «Eigentlich nicht.»

Schließlich steht er auf und nimmt eins seiner Bücher herunter, ein rotes über Kalkulation. Er sitzt am Tisch und schlägt es auf, aber ich kann seinen Blick auf mir spüren. Ich lege die Hand auf den Mund einer schönen Frau in einer Anzeige für französischen Champagner. Ich stelle mir vor, wie ich langsam verhungere. Teddy ist über sein Buch gebeugt und starrt mich an, von Zeit zu Zeit schlägt er nach einem der Insekten, die in dem hellen Licht über ihm kreisen. Er neigt den Kopf zum Lesen, aber er blättert die Seiten zu schnell um, eine nach der anderen, bis er das Buch zuklappt und sich ein anderes herunternimmt.

Inzwischen ist Donny bei sich zu Hause angekommen und sitzt mit leerem Blick vor seinem Fernseher. Als ich ins Bett gehe, stellt Teddy sich direkt vor meine Tür. Ich kann hören, wie seine Fingernägel gegen die Münzen in seiner Tasche ticken. Die Yankees sind inzwischen sicher in La Guardia gelandet, und Teddy steht lange vor dem dunklen Fernsehbildschirm und hört zu, wie die Männer unter ihm rastlos von einem Zimmer zum anderen gehen. Ein- oder zweimal höre ich vor dem Einschlafen flüchtig den Lärm der Menge, als Teddy das Spiel ein- und dann sofort wieder ausschaltet.

Als Teddy von der Arbeit nach Hause kommt, ist sein Gesicht blaß, und seine Augen sehen aus wie Stücke fauligen Obstes.

«Also», sagt er und blickt auf den Videorecorder, um nachzusehen, ob er immer noch das heutige Spiel aufzeichnet. «Also, ich bin heute versetzt worden.» Er stellt sich ans Spülbecken und sieht mir dabei zu, wie ich Spaghetti auf den Tisch stelle, bevor er sich setzt.

«In die Fleischabteilung», sagt er. «Ich bin jetzt in der Fleischabteilung.»

Er versucht, seine Spaghetti um die Gabel zu drehen, hat am Ende aber entweder einen zu großen oder einen zu kleinen Bissen. Schließlich gibt er die Dreherei auf und beginnt, die Spaghetti mit dem Messer zu schneiden.

«Ich schätze», sagt er, «ich habe das Obst nicht richtig gestapelt. Donny hat mir das heute gesagt. Weißt du», sagt er, legt die Gabel hin und beugt sich vor, über seinen Teller. «Weißt du, wenn du zum Beispiel Bananen zu dicht neben etwas anderes legst, lassen sie das zu schnell reif werden. Sie verströmen eine Art Gas.»

«Gas?» sage ich.

«Gas», sagt er. «Das sagt Donny zumindest. Er sagt, wenn du eine Banane neben einen Apfel oder so was legst, wird eins davon zu schnell reif.»

Er starrt einen Augenblick lang auf die winzigen Pfeile, die auf dem Videorecorder vorwärts huschen. «Ich weiß nicht», sagt er. «Ich finde, das hört sich irgendwie komisch an. Ich hab noch nie was von irgendeinem Gas gehört.»

Er seufzt auf und steckt die Gabel in die Spaghetti auf seinem Teller. «Weißt du», sagt er kurz darauf, sieht zu mir auf und blickt dann wieder sein Essen an, «Donny hat vorher nie gesagt, daß ich bei meiner Arbeit irgendwas verkehrt mache.» In seiner Stimme liegt etwas Mißtrauisches, und sein Blick gleitet erneut zu mir, dann zurück zu seinem Teller und wieder zu mir.

«Tja», sage ich schließlich, «vielleicht siehst du das falsch.»

«Ich sehe es falsch?»

«Könnte sein», sage ich. «Vielleicht gibt es in der Fleischabteilung bessere Aufstiegsmöglichkeiten.»

«Aufstiegsmöglichkeiten» ist eins von Teddys Lieblingswörtern. Eigentlich, sagt er mir, liege der Schlüssel zu unserem eventuellen Erfolg in seiner Fähigkeit, die Aufstiegsmöglichkeiten zu nutzen.

Er schiebt die Spaghetti in einem großen Klumpen über seinen Teller und legt dann die Gabel hin. «Weißt du», sagt er. «Kann sein, daß du recht hast. Kann sein, daß Donny mir einen Gefallen getan hat. Ich bin mir nicht so sicher, ob ich es in der Obst- und Gemüseabteilung zu was gebracht hätte.»

Er sieht mich beinahe hoffnungsvoll an. «Vielleicht handelt es sich um einen Wechsel auf der gleichen Ebene», sagt er, schiebt seinen Teller weg und nickt. «Ja», sagt er, «ein Wechsel auf der gleichen Ebene. Vielleicht ist es das, worauf ich gewartet habe. Ich muß bloß was draus machen.»

Er trägt seinen Teller zum Spülbecken und dreht sich um. «Trotzdem, ich weiß nicht», sagt er. «Ich bin irgendwie gern in der Obst- und Gemüseabteilung gewesen. Ich wünschte, ich hätte diese Sache mit dem Gas gewußt.»

Er geht zum Fernseher, hockt sich davor und beobachtet die Pfeile. Das Spiel, das er aufzeichnet, hat am späten Nachmittag begonnen. Es müßte jetzt vorbei sein, also schaltet er den Fernseher an, nur ganz kurz, um zu sehen, ob das stimmt, aber in dem Augenblick, da das Bild erscheint, wird der Spielstand eingeblendet.

«Scheiße», sagt er und schaltet den Fernseher ab, aber es ist zu spät: Er hat den Spielstand gesehen. «Verdammt», sagt er. Er setzt sich auf den Fußboden und starrt auf den Videorecorder, während ich das restliche Geschirr abwasche.

«Weißt du, was wir brauchen?» fragt er und gibt dann die Antwort: «Kabel. Wenn wir Kabel hätten, könnten wir uns die ganze Zeit Spiele ansehen. Da gibt es diesen Sportkanal, der rund um die Uhr sendet, und die ganzen Mannschaften haben ihre eigenen Sender. Die Cubs.» Er hält einen Augenblick lang inne, um nachzudenken. «Die Braves. Es gäbe den ganzen Tag lang Baseballspiele.»

«Ist Kabel nicht teuer?» frage ich.

«Ich weiß nicht», sagt er. «Das wäre es wert. Wenigstens könnten wir ein paar Mannschaften sehen, die ab und zu mal gewinnen.»

Er spult das Band zurück und stellt das Spiel an, aber ich kann spüren, daß er mir dabei zusieht, wie ich die Küche aufräume. Als ich mich wieder umdrehe, sitzt er auf dem Sofa und blättert meine Zeitschrift durch, während sich vor ihm die Yankees dabei abmühen, ein weiteres Spiel zu verlieren. Unten geht die Tür zu Madame Renalda's auf, und er blickt auf. Im Fernsehen schlägt der First Baseman der Yankees einen langen, hohen Flugball, der einen Run einbringt, aber Teddy sieht nur einen Augenblick lang zu und wendet sich dann wieder der Zeitschrift zu. Während er liest, schleifen seine Füße über den Fußboden, und seine Hand trommelt auf die Rückseite der Zeitschrift. Nachdem ich das Geschirr abgewaschen habe, leiste ich ihm auf dem Sofa Gesellschaft, aber er schenkt mir keine Beachtung, sondern starrt auf den Artikel über Anorexie.

«Vielleicht läuft was im Fernsehen», sage ich. «Vielleicht noch ein Baseballspiel.»

Er blickt auf. «Ist mir egal», sagt er. «Du kannst dir was anderes angucken.»

«Hast du keine Lust zu lernen?» frage ich. Er blickt erneut auf und starrt mich einen Augenblick lang an, dann legt er die Zeitschrift hin und geht zum Tisch. Er seufzt, als er einen Stapel Bücher auf den Tisch legt, schlägt dann eins auf und fängt an zu lesen. Winzige Insekten krabbeln über die Seiten des Buches, Insekten fliegen vor seinen Augen herum, und unten krabbeln Insekten Männern in den Mund und wieder heraus.

«Tja», sagt Teddy, als er von seinem ersten Tag in der Fleischabteilung nach Hause kommt, «mein erster Tag in diesem Job.»

Er schaut hoffnungsvoll auf den Fernseher, obwohl die Yankees heute nicht gespielt haben, und stellt dann seine Tüte auf die Arbeitsplatte. Er holt Milch, Brot und, von ganz unten, eine Packung Hamburger hervor.

«Eine Prämie», sagt er. «Die Prämie für den ersten Tag.»

Er legt die Hamburger auf den Tisch und tritt etwas zurück, um sie zu bewundern. Das Fleisch ist in Plastikfolie eingehüllt, die, außer an der Stelle, wo sie von dem Etikett zusammengehalten wird, straff gespannt ist.

«Das hab ich verpackt», sagt er. «Ich hab das Fleisch nicht kleingehackt, aber ich hab es verpackt.»

Er legt die Packung Fleisch an den Rand des Tischs, so daß sie genau mit der Tischkante abschließt. «Das Etikett ist wohl ein bißchen unordentlich», sagt er.

«Es sieht schön aus», sage ich. «Wirklich prima.»

Er lächelt. «Ich bin ein Naturtalent», sagt er und stößt mit dem Finger nach der straffen Plastikfolie. «Guck dir das an. Völlig straff.»

Er schaut in die Tüte. Es ist nichts mehr drin, also faltet er sie ordentlich zusammen und steckt sie zwischen die Arbeitsplatte und den Kühlschrank.

«Weißt du», sagt er, «bei diesem Job gibt's wirklich 'ne Menge zu lernen. Das ist erst der Anfang. Morgen lerne ich, wie man es kleinhackt, Steaks schneidet und das alles.» Er läßt den Finger über die glatte Oberfläche der Plastikfolie gleiten, die das Fleisch umhüllt. «Das ist erst der Anfang.»

Er schaltet den Fernseher an und geht die wenigen Kanäle durch, die wir hereinbekommen; der Bildschirm wirft einen schwachen Lichtschein auf sein Gesicht, läßt es grün, dann rot und dann blau werden. Ich entferne die straffe Plastikfolie von den Hamburgern, und das Fleisch unter dem Zellophan ist weich und riecht nach Blut. Als ich es brate, schießen Fettspritzer aus der Pfanne zu mir hoch, und als ich fertig bin, bedeckt ein feiner brauner Sprühnebel die Abdeckplatte des Herds.

Teddy drückt mit der Gabel behutsam auf seinen Hamburger, als hätte er erwartet, daß er anders aussieht. Wir essen selten Fleisch, und die Hamburger, zusammengeschrumpfte, zähe kleine Dinger neben den gelben Wachsbohnen auf unseren Tellern, sind zu lange gebraten worden. Ich habe gedacht, die Bohnen würden gut zu dem Fleisch passen, aber Teddy schiebt sie nur mit der Gabel herum und formt daraus einen kleinen Kreis um seinen Hamburger.

«Weißt du», sagt er, «irgendwie vermisse ich die Obst- und Gemüseabteilung.» Er legt eine Bohne auf seinen Hamburger. «Ich weiß nicht so genau, ob es mir Spaß macht, mit Fleisch zu arbeiten. Die ganzen Messer und alles.» Er schaut auf den dunklen Fernsehbildschirm. Irgendwo findet gerade ein Baseballspiel statt.

«Tja», sagt er, «ich denke, ich geh mal eine Zeitung oder so was holen.» Er trägt sein Essen zum Müll, und der Hamburger hinterläßt eine dunkel schimmernde Spur auf dem Teller, als er in die Mülltüte gleitet.

Ich beobachte ihn vom Fenster aus, aber er geht geradewegs zu dem Zeitungsstand an der Ecke; nachdem er seine Zeitung gekauft hat, steht er noch einen Augenblick lang da und blickt den Broadway entlang. Um ihn herum wuseln Männer, kaufen junge Frauen frische ganze Früchte an den Ständen, drehen sich Paare ins Licht und wieder hinaus, aber er dreht sich um und kommt zu unserem Apartment zurück, ohne nach links oder rechts zu schauen. Er geht direkt an den Männern unten auf dem Gehsteig vorbei. Als ich die Teller und die Pfanne ins Spülbecken stelle, wird das Wasser braun und fettig. Der Geruch von Fleisch hält sich in unserem Apartment, und den ganzen Abend kann ich, während Teddy auf seine Bücher starrt, eine dünne Fettschicht an meinen Händen spüren, die sich zwischen mich und alles, was ich anfasse, legt.

Ich wache durch das Geräusch des elektrischen Summers von meinem Nickerchen auf dem Sofa auf.

«Kabel», sagt eine Stimme von der Tür her, und ein junger

Schwarzer mit einem Werkzeugkasten lächelt mich an, als ich die Tür aufmache. Er kommt herein, sieht sich im Apartment um und klopft die Wände ab.

«Sie wollen also Kabel», sagt er und geht zum Fenster.

«Nein», sage ich. «Mein Bruder.»

«Hm», sagt er und beginnt, Werkzeuge hervorzukramen. «Worum geht's Ihnen, um einen besseren Empfang wahrscheinlich, was?»

«Nein», sage ich. «Meinem Bruder geht es um den Sportkanal, der rund um die Uhr sendet.»

Er geht zum Fenster und schaut hinaus. Die Männer auf dem Gehsteig blicken mit mäßigem Interesse auf, aber er schenkt ihnen keine Beachtung. Sie sehen zu, wie er ein Loch in die Wand bohrt, ein weißes Kabel durchsteckt und das dann mit einem schwarzen Kabel vor dem Fenster verbindet.

«Sie haben Glück», sagt er und dreht sich vom Fenster weg. «Viele dieser alten Gebäude sind nicht verkabelt. Man will wohl nicht, daß die Leute noch mehr Löcher in die Wände machen.»

Er zieht ein langes Stück Kabel aus einer Box, schneidet es ab und beginnt, es die Wand entlang zu verlegen, wobei er es jeden halben Meter oder so befestigt, bis es mehr als einen Meter vom Fernseher entfernt ausläuft. Er sieht das Kabelende an, den Fernseher, dann das Fenster und wieder das Kabel.

«Scheiße», sagt er. «Gottverdammt.» Er sieht mich an. «Entschuldigung», sagt er und lacht. «Ich kann's nicht glauben, daß mir das passiert ist. Ich mache diese Arbeit seit über zwei Jahren.» Er schüttelt den Kopf und lächelt, während er zurückgeht und alles wieder losmacht, was er gerade befestigt hat. Die Männer auf dem Gehsteig blicken auf und sehen ihm zu.

«Wissen Sie», sagt er. «Heute ist so ein Tag. Haben Sie jemals so einen Tag gehabt, wo Sie bloß 'ne Menge dumme Fehler machen?»

Ich versuche, mich an Fehler zu erinnern oder auch nur an Gelegenheiten in meinem Leben, Fehler zu machen. «Schätze schon», sage ich. «Andauernd.» Aber er fädelt schon wieder ein anderes weißes Kabel durch das Loch.

«Ich weiß nicht», sagt er. «Vielleicht hab ich diese Arbeit einfach satt.» Er sieht mich an. «Ich mache das jetzt seit zwei Jahren. Wissen Sie, was ich meine?»

«Ich glaube schon», sage ich. «Zwei Jahre sind eine lange Zeit.»

Er spult wieder etwas Kabel ab und beginnt, es an der Wand zu befestigen. «Sie haben das richtig verstanden», sagt er. «Zwei Jahre *sind* eine lange Zeit. Vielleicht eine zu lange.» Er verbindet das Kabel mit einem kleinen Gerät, schließt ein paar Drähte an und tritt einen Schritt zurück.

«Wissen Sie», sagt er, «vielleicht haben Sie recht. Vielleicht hab ich diese Arbeit einfach satt. Alles bloß noch Routine, verstehen Sie? Muß mir mal was Neues suchen.»

Er zieht einen Hebel an der Kabelbox, und das nicht benötigte Kabel windet sich wie eine Schlange über den Fußboden und rastet ein. Der Mann zieht ein kleines Heft aus seiner Tasche.

«Okay», sagt er. «Hier ist Ihre Gebrauchsanweisung.» Er blättert sie durch und hält auf einer Seite voller Nummern und Buchstaben inne. «Die sagt Ihnen, wo Ihre ganzen Programme liegen, sehen Sie?»

«Welches ist das, das den ganzen Tag Sport sendet?» frage ich, und er läßt seinen langen Finger die Seite hinuntergleiten.

«Okay», sagt er, «das hier ist Ihr Sportkanal.» Er sieht zu mir auf. «Da gibt es jede Menge Sport.»

«Es ist für meinen Bruder», sage ich. «Er wollte es haben.»

«Hm», sagt er, reicht mir das Heft und sieht sich dann nach seinen Sachen um.

«O Mann», sagt er und dreht sich wieder zum Fernseher. «Wir müssen es ausprobieren und sehen, ob es funktioniert.»

Er hockt sich vor den Fernseher, schaltet ihn an und klopft oben auf den Apparat, während er auf das Bild wartet. «Okay», sagt er, als ein Bild kommt, und dreht den Knopf an dem Kabeltuner von einem Ende zum anderen. «Okay», sagt er erneut, steht auf und schaltet den Fernseher ab.

Er bleibt an der Tür stehen. «He», sagt er, «war nett, sich mit Ihnen zu unterhalten. Danke. Und wer weiß? Vielleicht mache ich nächste Woche schon was anderes.» Er lacht. «Das weiß man nie», sagt er. «Ich könnte alles mögliche machen.»

Er geht in das strahlende Licht der Stadt hinaus, und ich drehe mich zum Fernseher um. Als ich ihn anschalte, wird das Zimmer dunkel, und die Stadt verblaßt. Unten machen die Frauen eine Pause, horchen einen Augenblick lang und wenden sich dann wieder den Männern vor ihnen zu. Madame Renalda hält inne und wartet, während ich alle Programme durchgehe. Sie ist einen Augenblick lang still und blickt dann dem Mann vor ihr in die Augen. «Heiraten Sie nicht», sagt sie zu ihm. «Heiraten Sie nie.»

Ich finde ein Spiel zwischen den Cubs und einer Mannschaft, deren Dreß ich nicht wiedererkenne, und ich stelle den Ton leiser. Stille senkt sich wieder über unser Apartment, und die Fans lächeln an dem strahlenden Nachmittag in Chicago, während sie ihrer Mannschaft zusehen.

Als Teddy nach Hause kommt, blickt er sofort auf den Fernseher und lächelt den Kabeltuner darauf an.

«Klasse», sagt er und schaltet ihn ein. «Das wird klasse.» Er sieht mich mit leuchtenden, hoffnungsvollen Augen an. «Jetzt können wir uns dauernd Spiele angucken.»

Aus der Einkaufstüte, die er auf der Arbeitsplatte liegengelassen hat, nehme ich eine Schachtel Kekse und ein Steak, das fest verpackt ist, aber kein Etikett hat. Teddy sieht mich an.

«Die Prämie für den zweiten Tag», sagt er.

«Ich weiß nicht, wie man ein Steak zubereitet», sage ich. «Ich hab noch nie ein Steak zubereitet.»

«Das bereitet man zu wie alles andere auch», sagt er und wendet sich wieder dem Fernseher zu. «Steak ist im Grunde Hamburgerfleisch, bevor es kleingehackt wird.» Er schaltet fröhlich von einem Programm zum anderen. «Im Grunde», sagt er, «ist es nichts anderes.»

«Man kann ein Steak braten?» frage ich.

«Klar», sagt er. «Braten, backen, was immer du willst.»

Bei dem Sportkanal hält er an und sieht zu, wie zwei Männer über die Sportereignisse des Tages diskutieren, dann schaltet er wieder um, die Skala rauf und runter, bis er ein Baseballspiel findet, das er sich ansieht, während ich das Steak brate. Das Steak wird beim Braten braun, und es bilden sich winzige Fettbläschen darauf.

Teddy nimmt nur ein paar Bissen zu sich. «Es ist ein bißchen zäh», sagt er schließlich und legt seine Gabel hin. «Vielleicht ist das nicht die richtige Art, es zuzubereiten.»

«Sagen sie dir da nicht, wie man es zubereitet?» frage ich.

«Natürlich nicht», sagt er. «Ich zerlege es bloß.» Er starrt ins Wohnzimmer, auf das Spiel, das läuft, während wir essen.

«Wer gewinnt denn?» frage ich.

«Was?» sagt er.

«Das Spiel. Wer gewinnt das Spiel?»

«Oh», sagt er. «Ich weiß nicht.» Er überlegt einen Augenblick lang. «Ich weiß nicht», sagt er. «Der Spielstand wird gleich eingeblendet.»

«Und», sage ich. «Wie gefällt's dir in der Fleischabteilung?»

«Oh», sagt er. «Ich denke, es ist okay.»

Er kaut eine Weile und schiebt schließlich seinen Teller von sich, obwohl er das Steak kaum angerührt hat. «Hör mal», sagt er. «Weißt du, was ein Abattoir ist?»

Ich weiß, daß ich das Wort schon einmal gehört habe, und ich überlege, bis es mir einfällt. «Ein Schlafzimmer», sage ich. «Das ist ein Schlafzimmer.»

Er starrt mich an und schüttelt dann den Kopf. «Ein Schlafzimmer.» Er lacht. «Du lernst aber nicht viel aus diesen Zeitschriften.»

Ich stecke ein Stück Steak in den Mund und kaue, bis es weich genug ist, um es herunterzuschlucken. Es hat einen rätselhaften und ekligen Geschmack.

«Abattoir», sagt er, «ist der Fachausdruck für einen Schlachthof.» Er schüttelt den Kopf. «Ein Schlafzimmer», sagt er erneut. Er starrt einen Augenblick lang auf den Fernseher. Für die Yankees steht heute ein Spiel am späten Abend auf dem Programm, irgendwann nach diesem Spiel, das gerade läuft.

«Auf alle Fälle», sagt er, «sagt mein Chef in der Fleischabteilung, daß ich mehr Geld verdienen kann, wenn ich mich dahin versetzen lasse. Er sagt, daß sie da immer Leute brauchen. Ich glaube, der Laden hat eines direkt vor der Stadt. Oder so ähnlich.»

Er starrt das flache schwarze Stück Steak auf seinem Teller an. «Es ist im großen und ganzen die gleiche Arbeit, Fleisch zerlegen. Was ich jetzt auch mache. Ich würde sie nicht schlachten», sagt er, den Blick auf den Fernseher gerichtet. «Ich würde sie bloß zerlegen, wenn sie schon tot sind.»

Auf dem Bildschirm wird ein Spielstand eingeblendet, der besagt, daß die Mets im Begriff sind, ihr Spiel zu gewinnen. «Scheiße», sagt Teddy und blickt mich dann an. «Ich weiß nicht. Das könnte ein schnellerer Weg zur Spitze sein.»

«Na ja», sage ich, «wenn's die gleiche Arbeit ist.»

«Ich glaube schon», sagt er. «Ich werd mir das jedenfalls mal ansehen. Was hab ich schon zu verlieren?» Er lächelt. «Damit könnte irgendwas in Gang kommen. Wirklich. Das weiß man nie.»

Er steht auf, läßt sein Steak auf dem Tisch stehen und legt sich, seine Zukunft vor Augen, vor den Fernseher, um geduldig das Spiel abzuwarten. Ich kaue mein Steak, bis mir die Mundmuskeln erlahmen, wasche dann das Geschirr ab und setze mich hinter Teddy aufs Sofa.

«Tja», sage ich, «bei der Arbeit geht's wohl bergauf.» Aber er sagt nichts dazu.

«In der Fleischabteilung muß es wohl viel sauberer sein als in der Obst- und Gemüseabteilung», sage ich. Teddy hat sich darüber beklagt, daß Ungeziefer die Waren befällt, und ein- oder zweimal habe ich, glaube ich, welches gesehen, winzig kleine schwarze Pünktchen, die schnell über die glänzende Schale der Früchte gesaust sind.

«Sauberer?» sagt er. «Ich glaube schon.»

Er sieht seine Hände an. «Es sieht sauberer aus», sagt er. «Draußen, wo das Fleisch verkauft wird.» Er schaut auf das Spiel im Fernsehen. «Aber hinter der Scheibe, weißt du, was sie da haben? Ungefähr tausend große Fleischstücke von irgendwelchen Tieren. Und ich muß die zerlegen. Du solltest die Dinger mal sehen. Riesige Kühe. Schweine. Lämmer.» Er setzt sich auf und sieht mich an. «Da haben sie Lämmer. Und Hühner.»

Er legt sich wieder hin. Als die Tür zu Madame Renalda's zuschlägt, bewegt er den Kopf. Er horcht und starrt zum Fenster, und gerade als ich mich zurücklehne, um aus dem Fenster zu schauen, kommt ein Mann auf den Gehsteig hinaus. Er blickt in beiden Richtungen die Straße entlang, sieht aber nichts Vertrautes in der Stadt, in der er sein ganzes Leben verbracht hat; schließlich macht er sich unsicher auf den Weg, auf dem Broadway nach Norden. Als ich mich wieder zu Teddy umdrehe, beobachtet er mich aus runden, tiefliegenden Augen.

An Teddys erstem Tag im Abattoir übe ich das Wort den ganzen Nachmittag.

«Abattoir», sage ich zu den Männern auf der Straße, und sie blicken auf, beobachten, wie meine Lippen sich bewegen, und fragen sich, was ich ihnen wohl sagen mag. «Abattoir», sage ich, und sie blicken in eine andere Richtung, um sich die langen Beine von Mädchen anzusehen, die sich hinunterbeugen, um in Autos ein- oder daraus auszusteigen. Die Gesichter der Männer bleiben ausdruckslos, ihre Gedanken wandern einen Augenblick lang die glatte Haut der Mädchenbeine entlang und kehren dann teilnahmslos zu meinem Gesicht, meinen Lippen, den Worten, die sie nicht hören können, zurück. Die Tür zu Madame Renalda's geht auf und zu, und sie gehen rein und raus. Voller Sehnsucht nach den schlichten Beinen der jungen Mädchen begeben sie sich statt dessen zu den schönen Frauen drinnen.

«Abattoir», flüstere ich ihnen zu, wenn sie eintreten, und einen Augenblick lang bleiben sie stehen, gehen dann hinein.

Als Teddy, das Hemd durchnäßt, die schwarze Krawatte aufgeknotet, von der Arbeit nach Hause kommt, habe ich von dem Wort Besitz ergriffen. «Und», sage ich unbekümmert, «wie war's im Abattoir?»

Ich rühre die Spaghetti auf dem Herd um, um meine Unbekümmertheit zu demonstrieren. Er geht zur Arbeitsplatte, aber als er dort ankommt, stellt er fest, daß er keine Einkaufstüte hat, also steht er einfach da und sieht mir beim Umrühren zu. Schließlich dreht er das Wasser am Spülbecken auf und hält die Hände darunter.

«Abbatoir», sagt er und lacht. Er trocknet sich die Hände ab und zieht ein kleines Glas mit etwas Rotem darin aus der Tasche.

«Hier», sagt er und hält es hoch. «Das ist Kaviar. Der war im Angebot. Den konnte ich mir nicht entgehen lassen.» Er liest das Etikett. «Er ist aus Rußland. Russischer Kaviar. Das ist der beste.»

Er stellt das Glas auf den Tisch und blickt sich um, als würde er mehr erwarten. «Ich will diesen Job nicht», sagt er. «Ich nehm ihn nicht. Ich bin noch nirgends gewesen, wo es so dreckig war.»

Er nimmt den Kaviar und sieht ihn sich genau an. «Man würde nie darauf kommen, daß das Fischeier sind», sagt er. «Ich frage mich, wie die im Wasser überhaupt Eier legen. Man würde meinen, daß sie wegschwimmen.»

Er stellt das Glas hin und sieht zu, wie ich die Spaghetti abschütte. «Ich will dir lieber nicht erzählen, wie sie die Tiere schlachten», sagt er. «Es ist besser, nichts davon zu wissen.»

Er lehnt sich an die Arbeitsplatte und sieht mir zu, während ich fertigkoche, die Teller hinstelle, mich zum Essen setze. Er macht das Glas Kaviar auf und stellt es zwischen uns auf den Tisch. Der riecht nach Fisch, und als ich einen Bissen davon nehme, spüre ich, wie all die winzigen Eier zwischen meinen Zähnen aufplatzen, unzählige Fische, die in meinem Mund freigelassen werden.

«Du mußt das nicht essen, wenn es dir nicht schmeckt», sagt Teddy.

«Es schmeckt mir», sage ich. «Bloß würde es auf Crackers oder so was noch besser schmecken.»

Teddy nimmt das Glas. «Ich meine», sagt er, «wie fangen sie überhaupt all diese kleinen Eier? Sie müssen winzige Netze dazu nehmen.»

«Vielleicht kleben sie an den Felsen», sage ich. «Oder vielleicht legen sie sie in kleine Beutel, und *die* kleben an den Felsen.»

Er nickt. «Kleine Beutel», sagt er. «Das ist es wahrscheinlich.»

Er schiebt seinen Teller weg und starrt zum Fernseher hinüber. Da er jetzt eine andere Arbeitszeit habe, sagt er, sei es schwieriger, mit den Spielen Schritt zu halten. Die Yankees sind heute abend in Kalifornien, doch sie spielen erst später, aber Teddy legt sich vor den Fernseher, schaltet ihn ein, dreht den Schalter an dem Kabeltuner hin und her und hält bei einem Pferderennen an, das er sich ansieht, während ich unser Geschirr abwasche. Ich setze mich hinter ihn aufs Sofa, kurz bevor ein weiteres Rennen gestartet wird. Teddy sieht genau zu, so als wären ihm Pferderennen nicht völlig gleichgültig.

«Paß auf», sagt er unvermittelt, ohne sich zu mir umzusehen. Vor seinen Augen richten sich die Jockeys auf ihren Pferden auf. «Diese Stelle solltest du dir ansehen.»

Die Pferde kommen aus den Startboxen, und eins übernimmt schnell die Führung, aber gerade als ein anderes zu ihm aufschließt, schaltet Teddy um und geht alle Programme durch, so schnell, daß die ganzen Sender nur als ein verschwommenes Bild herüberkommen; dann geht er sie noch einmal durch, diesmal langsamer, und nach allem, was ich sehen kann, gibt es mindestens fünf Programme, auf denen Sport übertragen wird, jedesmal etwas anderes. Teddy schaltet bei einem Tennisspiel, bei Bowling, bei irgendeinem Laufwettbewerb, bei Golf weiter und hält schließlich bei einem Eishockeyspiel an.

«Eishockey», sagt er. «Was für ein blöder Sport.» Aber er lehnt sich auf seine Ellbogen zurück, um es sich anzusehen. Auf dem Bildschirm sind zwei der Eishockeyspieler, die in einen unförmigen, grotesken Sportdreß gekleidet sind, in Kampfstellung gegangen, aber da jeder den anderen am Trikot festhält, können sie sich nur immer wieder eng umschlungen beinahe graziös im Kreis drehen. Als der Schiedsrichter hinläuft, um die beiden Kampfhähne zu trennen, beugt Teddy sich vor und schaltet um. Er schaltet bei einer Modenschau, die ich mir gern ansehen würde, weiter und hält schließlich bei einem Sender an, der nur Wetterberichte ausstrahlt. Er stellt den Ton leiser und lehnt sich zurück.

«Sie treiben die Kühe in einer langen Reihe direkt in das Gebäude», sagt er, «in diesen großen Raum. Sie nennen ihn den Schlachtraum.»

Der Mann auf dem Wetterkanal deutet gut gelaunt auf eine Wetterkarte und lächelt, während er mit einem Stock den Weg eines großen weißen Flecks auf einer Karte von New York verfolgt.

«Dann schlachten sie sie», sagt Teddy. «Also, zuerst schlagen sie sie bewußtlos. Dann töten sie sie. Da steht dieser Kerl, während sie in einer Reihe anmarschiert kommen, und schlägt ihnen vor den Kopf.»

Er sieht aufmerksam dabei zu, wie der Fleck nach New York zieht, und ich nehme mir meine Zeitschrift. «Er schlägt die meisten von ihnen mit einem einzigen Schlag bewußtlos», sagt Teddy. «Einfach so. Wumm. Direkt zwischen die Augen.»

Er dreht sich zu mir um. «Dieser Kerl muß fünfzig Kühe pro Stunde erledigen. Du solltest mal seine Arme sehen. Ich schätze», sagt er und wendet sich wieder dem Fernseher zu, «ich schätze, das ist die billigste Methode.»

Ich versuche, mich auf den Artikel zu konzentrieren, den ich gerade lese, der davon handelt, wie man nach einer unglücklichen Beziehung wieder lernt zu lieben.

«Die eine Kuh», sagt Teddy, «ist nicht sofort bewußtlos gewesen.»

Er schweigt, während in dem Wetterbericht eine Karte der Temperaturen in Städten überall auf der Welt gezeigt wird: Paris, Moskau, Berlin. Ich versuche, mir vorzustellen, wie es wohl wäre, in einer dieser Städte zu leben, was für Kleider ich tragen, wie meine Stimme in einer anderen Sprache klingen würde.

«Sie hat versucht, irgendwie weiterzulaufen», sagt Teddy. «Aber sie konnte eigentlich nirgends mehr hinlaufen.»

In Frankfurt ist es achtzehn Grad warm, aber ich weiß nicht mehr, in welchem Land Frankfurt liegt. Ich mache die Augen zu und versuche, mich zu erinnern. Dann fällt es mir ein: in Deutschland. Ich wende mich wieder meiner Zeitschrift zu.

«Also hat er noch mal zugeschlagen. Wumm.»

Wenn man seinen Partner verliere oder die Beziehung in die Brüche gehe, heißt es in dem Artikel, sei es natürlich, daß man nie mehr lieben wolle.

«Es gab nichts, was ich hätte tun können», sagt Teddy.

Ein Werbespot setzt ein, in dem eine Art Wachs fürs Auto angepriesen wird, das speziell für Regenwetter gemacht ist, und Teddy sieht ihn sich interessiert an. «Das brauch ich», sagt er, obwohl wir gar kein Auto haben.

«Jedenfalls», sagt er, «kommt dann diese große Kette runter und hievt sie hoch.»

Er ist still und sieht sich die restlichen Werbespots an, bis der Wetterbericht wieder anfängt. «Dann schneiden sie ihnen die Kehle durch», sagt er. «Und sie bluten aus.»

Er schaltet um und hält bei einem Zeichentrickfilm an. «Guck mal», sagt er. «Ein Zeichentrickfilm.»

Er lehnt sich zurück und sieht dabei zu, wie zwei kleine Männchen sich verzweifelt bemühen, ein Leck in einer Leitung zu stopfen; wie vorauszusehen, explodiert die Leitung, und Teddy lacht. Ich schaue wieder auf meinen Artikel. Auf dem Bild, das darunter abgedruckt ist, starrt eine schöne Frau das Foto eines Mannes an und streicht mit ihren langen Fingern aus Papier über seine Wange aus Papier.

«Das ist unglaublich», sagt Teddy, und ich blicke auf. Er hat wieder zu dem Pferderennen zurückgeschaltet; all die Pferde kommen in einem Haufen um die Kurve, und ihre scharfen, zerbrechlichen Hufe stampfen in den Dreck.

«Du solltest ihre Augen sehen», sagt Teddy. «Und sie geben die unheimlichsten Geräusche von sich. Besonders, wenn sie näher kommen und sehen, was sie erwartet. Ich glaube, sie können es auch riechen. Es ist wie...», und er hält inne. «Ich weiß nicht, womit man es vergleichen kann. Es ist wie ein Traum. Sie hören einfach nicht auf zu kommen.»

Ich blättere in meiner Zeitschrift eine Seite weiter. Die Frau auf dem Bild liegt jetzt in den Armen eines anderen Mannes; das Foto von ihrem ersten Mann liegt vor ihren Füßen auf dem Fußboden. «Abbatoir», flüstert sie ihrem neuen Liebhaber ins Ohr.

«Da ist überall Blut», sagt Teddy. «Du würdest nicht glauben, wieviel. Es geht einem bis zu den Knöcheln. Ich weiß nicht, wie diese Kerle das aushalten. Sie müssen Gummistiefel anhaben.»

Er setzt sich auf seine Hacken und sieht sich an, wie die Kommentatoren über das Pferderennen diskutieren.

«Ich weiß nicht», sagt er nachdenklich, als würde er eine Frage beantworten, die ich ihm gestellt habe. «Ich denke, das Schlimmste ist der Gestank.»

Schließlich dreht er sich zu mir um, und seine blauen Augen sind blaß und ausdruckslos geworden. «Aber du willst nichts davon hören», sagt er. «Es ist besser, nichts davon zu hören.»

Er dreht sich wieder um und schaltet auf den Sender der Yankees um, wo das Spiel bereits im Gange ist. Es ist ein langweiliges, spätes Spiel, und ich gehe ins Bett, bevor es zur Hälfte vorüber ist. Kurz bevor ich einschlafe, höre ich, daß Teddy es abschaltet. Er schlurft langsam über den Fußboden bis zu meiner Tür, und ich bleibe ruhig liegen, bis er davongeht. Die Tür unseres Apartments geht auf und zu; dann wird sie abgeschlossen. In meinem Schlafzimmer gibt es kein Fenster, so daß ich versuche, ihn durch die Wände zu hören, aber in dem allgemeinen Schlurfen der Männer unten und draußen auf der Straße bekomme ich das Geräusch seiner Schritte nicht mit. Als ich einschlafe, träume ich von einem Raum voller Tiere mit blassen, einfältigen Augen; sie stehen alle in einem Kreis um mein Bett, und jedes hält mir eine Pfote, ein Bein, ein Stück Fleisch hin, damit ich es brate.

Ich wache auf, als Teddy nach Hause kommt, und ich horche, wie er durch die winzigen Zimmer unseres Apartments geht. Schließlich geht er ins Bett, aber ich kann im Dunkeln spüren, daß er bei jedem Geräusch aufschreckt; er setzt sich auf und starrt in die Ecken seines Zimmers, aber dort ist nichts, bis auf die einfältigen, ausdruckslosen Augen von Tieren.

Teddy hat sich trotz der Lohnerhöhung, die man ihm angeboten hat für den Fall, daß er ins Abbatoir geht, entschlossen, in der Fleischabteilung im Safeway zu bleiben. Jeden Abend bringt er Fleisch mit nach Hause statt ausgesondertem Obst und Gemüse; das Fleisch scheint Kakerlaken hervorzubringen oder sie zumindest anzulocken, und da ich anscheinend nicht in der Lage bin, zu lernen, wie man es richtig zubereitet, werfen wir schließlich das meiste davon weg. Es riecht wie etwas, das in der Hitze verfault, und ich würde gern nach jeder Mahlzeit den Müll raustragen, aber Teddy sagt, das wäre eine Verschwendung von Plastiktüten, so daß ich alles, was wir nicht essen, einfach in den Müll gebe, es auf das Fleisch gleiten lasse, was wir den Abend vorher und den Abend davor nicht gegessen haben; manchmal glaube ich, kleine, schwarze Viecher unter all den großen braunen und grauen Fleischstücken herumflitzen zu sehen, obwohl da das Licht täuschen könnte. Zusammen mit dem Fleisch bringt Teddy seltsame Sachen, wie Palmherzen und Granatäpfel, mit nach Hause, die wir niemals essen. Ich fülle sie in kleine Schüsseln, die zwischen uns auf dem Tisch stehen, während wir an unseren Steaks kauen.

Heute abend hat Teddy eine Kokosnuß mit nach Hause gebracht, die er mir auf dem Tisch zurollt. «Du mußt in eins von diesen Löchern bohren, bevor du sie aufbrechen kannst», sagt er. «Das sind die Augen.» Er starrt auf den Fernseher. Der Videorecorder zeichnet gerade ein Spiel der Yankees auf. Er hat die ersten paar Innings verpaßt, aber er will wie gewöhnlich das ganze Spiel auf einmal sehen, also sieht er zu, wie die kleinen roten Pfeile vorwärts huschen, und fragt sich, wann er wohl unbesorgt den Fernseher einschalten kann. Ich lege die Kokosnuß in den Kühlschrank.

«So», sage ich. «Vielleicht kann ich morgen mal kommen, um den Laden zu sehen.» Er sieht zu mir auf. «Den Laden?» sagt er. «Nein, das glaube ich nicht.» Er schaut wieder auf den Fernseher. «Ich glaube nicht, daß es dir gefallen würde. Es ist dort nicht besonders sauber.»

Er reibt an einem Fettfleck auf seiner Hose. «Es ist wirklich nicht besonders sauber.»

Von außen sieht der Laden sauber und einladend aus. Ich gehe zuerst in die Obst- und Gemüseabteilung, um zu sehen, ob sie sich in Teddys Abwesenheit verändert hat. Sie sieht irgendwie anders aus, obwohl die Bananen an der gleichen Stelle wie vorher, neben den Äpfeln, zu liegen scheinen. Donny steht in einer Ecke und beobachtet eine Frau, während sie sich flüchtig umschaut und zwei Bananen von einem Bündel abbricht. Gerade als er im Begriff ist, sie anzusprechen, fallen seine gelben Augen auf mich. Er zeigt so etwas wie ein Lächeln und wischt sich die Hände an seiner Schürze ab, aber bevor er mich erreicht, drehe ich mich um und gehe zum hinteren Teil des Ladens.

Ich stehe mitten in dem Gang mit den Keksen, von wo aus ich die Fleischabteilung beobachten kann. Von hier aus sieht die Fleischtruhe sauber und ordentlich aus: Reihen glänzender roter Steaks, blasses Schweinefleisch, gelbliche Hühnerhälften; der Bereich des Fleischers dahinter – rundum weiße Wände und glänzendes Metall – sieht durch das Fenster fast wie ein Operationssaal aus. Dort hinten hält sich niemand auf, nirgends ist jemand, bis Teddy mit mehreren Packungen Fleisch auf dem Arm durch die Stahltüren kommt. Er legt sie sorgfältig in der Fleischtruhe nebeneinander, dreht sich um und wischt sich die Hände an seiner Schürze ab, die vorne schon leuchtend rosa ist. Er blickt sich um, und unsere Blicke begegnen sich; selbst aus dieser Entfernung kann ich erkennen, daß er sich heute nicht rasiert hat. Er schaut sofort weg und geht wieder durch die Stahltüren. Ich drehe mich um, und Donny steht da, beobachtet mich mit gelben Augen und lächelt sein gelbes Lächeln.

«He», ruft jemand von der Straße. «He, Ted.»

Teddy blickt von seinem Steak auf und schaut auf den Fernseher. Bald fängt ein Spiel an, in ein paar Minuten.

«Laß ihn nicht rein», sagt Teddy. «Der quasselt während des ganzen Spiels.»

Ich gehe ans Fenster und blicke auf den Gehsteig hinunter; Donny lächelt zu mir herauf.

«He», sagt er. Er hält mit der einen Hand eine Sechserpackung und mit der anderen einen Strauß Blumen hoch. Ich gehe zur Tür, um ihn hereinzulassen, und Teddy läßt sein Steak in den Müll gleiten. Als Donny oben an der Treppe ankommt, liegt Teddy schon auf den Knien vor dem Fernseher. Donny lächelt mich über die Blumen, die Sorte, die sie im Safeway in einem riesigen Eisbehälter kühl halten, hinweg an. Er drückt sie mir in die Hand, als er hereinkommt, und ich halte sie mir vors Gesicht, aber sie verströmen keinen Duft, nur so etwas wie die Kälte in einem Supermarkt.

«Teddy», sagt er. «Wie geht's?» Er schnuppert. «Riecht nach Steak hier drin.»

Er zwinkert mir zu. «Ihr habt's wohl jetzt zu was gebracht?» sagt er und zieht ein Bier aus der Sechserpackung. «Teddy, wie wär's mit 'nem Bier?» Teddy schüttelt den Kopf, ohne den Blick vom Fernseher abzuwenden, obwohl nur ein Werbeslogan für Autos läuft.

«Okay», sagt Donny. «Hab mir gedacht, daß ich einfach mal vorbeischaue und hallo sage, mal sehe, ob ihr euch das Spiel anschaut. Genau wie in alten Zeiten», sagt er und zwinkert wieder.

Er macht sein Bier auf und setzt sich aufs Sofa. Ich setze mich neben ihn, und wir drei starren auf den Fernseher, aber keiner von uns sieht sich das Spiel wirklich an. Donny drapiert seinen Arm wie ein nasses Handtuch über die Rückenlehne des Sofas, und Teddy malt mit dem Finger neben seinen Knien Achten auf den Teppich.

«Und, Ted», sagt Donny, «wie läuft der Fleischerjob?»

Teddy dreht sich um. «Bist du gekommen, um dir das Spiel anzusehen», sagt er, «oder um zu quasseln?»

«He», sagt Donny. «He. Ich versuch bloß, ein Gespräch in Gang zu bringen.» Er lächelt, und Teddy wendet sich, gerade als der Schlagmann einen kurzen, hohen Flugball spielt und damit das Inning beendet, wieder dem Spiel zu.

«He, Ted», sagt Donny, «hast du noch nichts davon gehört, daß man Krebs kriegen kann, wenn man zu nah am Fernseher sitzt? Eine Röntgenstrahlenvergiftung oder so was.»

Teddy steht auf und nimmt sich ein Bier aus der Sechserpackung, die Donny mitgebracht hat. «Nein», sagt er. «Davon hab ich noch nichts gehört.»

«Wie das Gas von Bananen», sage ich, und sie sehen mich beide an, als hätte ich etwas in einer fremden Sprache gesagt.

«Oh», sagt Donny schließlich. «Ja.» Er nickt. «Weißt du, Ted», sagt er ernsthaft, «das kann wirklich ein Problem sein.»

Teddy steht in der Mitte des Zimmers und läßt den Finger über seine Bierdose kreisen. Er starrt auf einen Punkt mitten auf dem Teppich, und Donny und ich warten darauf, daß er etwas sagt, aber dann fängt das Spiel an, und er setzt sich wieder hin.

«So», sagt Donny, blickt Teddys Hinterkopf an und schiebt seinen Arm über das Sofa auf mich zu. «So», sagt er erneut, läßt die Hand neben meinem Kopf liegen und dann auf meine Schulter fallen, wo sie einen Augenblick lang liegenbleibt. Ich kann den schwachen Fäulnisgeruch von Äpfeln wahrnehmen, die gerade verderben. Donny lächelt Teddys Rücken an und legt seine Hand auf meinen Nacken; jeder einzelne seiner kalten Finger fühlt sich wie eine Spinne an, die über meine Haut krabbelt. Teddy starrt geradeaus, während Mookie Wilson nach einem Flugball im äußersten Outfield verschwindet; er prallt hart gegen den Zaun, schafft es aber, den Ball zu fangen. Jetzt, da er nicht mehr zu den Mets gehört, ist er einer von Teddys Lieblingsspielern, auch wenn er nicht für die Yankees spielt. Donny lacht.

«Guck dir diesen blöden Nigger an», sagt er. «Mookie. Was, zum Teufel, ist Mookie denn für ein Name?»

Er schnipst mein Haar über das Sofa zurück. «Baseball ist mal ein ganz anderes Spiel gewesen», sagt er zu mir. «*Du* weißt, was ich meine.»

Ich nehme meine Zeitschrift, als die Spielszene noch einmal in Zeitlupe gezeigt wird. Teddy sieht sie sich genau an und nickt dazu, und ich wende mich einem Artikel zu, der davon handelt, wie man in einer eintönigen Beziehung den Zauber wiedererwecken kann.

«He», sagt Donny, «was liest du da?»

«Nichts», sage ich, aber ich zeige ihm die Zeitschrift. Er liest die Überschrift und schnaubt dann kurz durch die Nase.

«Zaubern», sagt er. «Scheiße.»

Ich wende mich wieder dem Artikel zu und versuche, den Faden wiederaufzunehmen. Aber einen Augenblick später streckt Donny die Hand aus und klappt die Zeitschrift zu.

«So», sagt er. Er läßt seine Hand in meinem Schoß liegen, auf der Zeitschrift, und ich bin überrascht, wie sie aussieht, lang und dünn, beinahe zerbrechlich.

Ich mache die Augen zu und sage mir, daß er die makellos schönen Züge eines der Männer auf den Bildern in meiner Zeitschrift hat, aber als ich zu ihm aufsehe, blicke ich in dasselbe Gesicht, dasselbe schmierige Lächeln.

«Was?» sage ich, aber er sagt nichts, deutet nur mit einem Kopfnicken auf die geschlossene Schlafzimmertür. Ich sehe Teddy an, der mit angespannter Aufmerksamkeit vor dem Baseballspiel sitzt.

«Teddy hat nichts dagegen», sagt Donny. «Oder, Ted?»

«Würdest du mich bitte in Ruhe lassen?» sagt Teddy, ohne sich umzudrehen. «Ich versuche gerade, mir das Spiel anzusehen.»

Donny läßt seinen Blick über die Sachen in meinem Zimmer schweifen. Er nimmt ein Bild von Teddy, meiner Mutter und mir. Meine Mutter blickt kühl in Richtung der Person, die das Bild aufnimmt, und selbst so ist ersichtlich, daß sie mit ihren Gedanken woanders ist.

«Ist das deine Mom?» sagt Donny. «Sie sieht total geschafft aus.»

Er stellt das Bild hin und lächelt. «Also, Kleine», sagt er, und seine Augen färben sich grün vor Aufregung. Seine Hände sind nicht grob auf meinen Schultern, aber ihr Griff ist fest, und ich stelle mir vor, wie ebendiese Hände über Bananen, Zwiebeln, Süßkartoffeln gleiten. Als er mich berührt, spüre ich, daß er das schon unzählige Male getan hat und daß es sich nicht ein einziges Mal von all den anderen Malen unterschieden hat. Er schließt die

Augen, um mich zu küssen, aber ich weiß, daß er dabei an seine Mutter denkt, und als seine Hand über meine Haut gleitet, löst sich das, was er berührt, in nichts auf: Mein Mund, meine Augen, meine Knochen, sie alle lösen sich in nichts auf, und das, was er zu mir sagt – Schätzchen, Kleines, Liebling –, diese Worte sind es, in die ich mich verwandle. Seine Haut reibt sich an meiner, bis ich nicht mehr zwischen der Haut und dem zarten Fleisch darunter unterscheiden kann. Es kommt mir nur wie ein Augenblick vor, bis er herausgeht, und als er aufsteht, blickt er herab und sieht, daß die Bettlaken mit kleinen Blutspritzern befleckt sind. Sein Gesichtsausdruck ändert sich, doch nur einen Augenblick lang; dann grinst er.

«Na so was», sagt er nur und bückt sich, um seine Schuhe anzuziehen. Als er das Zimmer verläßt, zieht er eine dünne Blutspur hinter sich her, und das Blut tropft hinter Teddy, der sich die Zeitlupenwiederholung eines perfekten Schlags ansieht und deshalb nichts davon bemerkt, überall auf den Fußboden. Das Blut zieht sich hinter Donny her zur Tür hinaus und tropft durch die schmalen Ritzen der Decke. Unten fällt ein Tropfen auf das Gesicht eines Mannes; er blickt auf und sieht dann die Frau vor ihm an, die den Tropfen mit einem Lächeln abwischt. Er schließt die Augen und spürt nichts als die sanfte Berührung ihrer Hand auf seiner Haut.

Teddy zieht vor dem Spiegel seine Krawatte fest.

«Weißt du», sagt er zu mir. «Vielleicht hätte ich gern eine Geliebte.» Unsere Blicke treffen sich im Spiegel. «Vielleicht hätte ich auch gern eine Geliebte. Ist dir das jemals in den Sinn gekommen?»

Ich sage nichts dazu und gehe zurück, um mir die Morgennachrichten anzusehen.

«Aber», sagt er, «ich trage eine Verantwortung.» Er läßt die Finger behutsam über seine Wangen gleiten.

«Weißt du», sage ich, «ich könnte von hier weggehen. Ich könnte jederzeit von hier weggehen.»

Er hält das Gesicht nahe an den Spiegel und dreht es von

einer Seite zur anderen. «Du bist erst siebzehn», sagt er. «Und du hast nichts gelernt.»

«Könnte ich aber», sage ich. «Ich könnte eine Menge lernen. Das weiß man nie. Ich könnte alles mögliche machen.»

Er lacht. «Könntest du», sagt er. «Aber warum solltest du?»

Er beißt die Zähne zusammen, bringt sie wieder auseinander und hält seine Fingerspitzen an die Wange, um zu fühlen, wie die Muskeln vor- und zurückspringen. Er nickt sich zu und dreht sich um. Als er am Küchentisch vorbeigeht, bleibt er stehen und sieht die Blumen an, die Donny mitgebracht hat.

«Weißt du», sagt er, «das sind bloß Blumen aus dem Supermarkt. Die kommen nicht aus einem Blumengeschäft oder so was. Wir verkaufen sie im Laden.» Er bückt sich und schnuppert daran, richtet sich dann auf und lacht. «Sie duften nicht mal», sagt er.

Als er an mir vorbeikommt, lächelt er freundlich und macht die Tür behutsam hinter sich zu.

In diesem Augenblick dürfte Donny aufwachen, sein Hemd anziehen, die Zähne putzen. Vielleicht schneidet er sich beim Rasieren, und während er das Blut wegwischt, denkt er vielleicht einen Augenblick lang an mich, aber mein Gesicht verliert sich in einem Strom von Frauengesichtern, und er lächelt sich im Spiegel zu. Mir ist bereits klar, daß er nicht mehr wiederkommen wird. Dann werde ich eben, sage ich mir, einen anderen Liebhaber finden. Ich werde einen anderen finden. Als ich den Speck, der von Teddys Frühstück übriggeblieben ist, in den Müll streife, kann ich bereits den Griff meines neuen Liebhabers spüren, der das Muster nachzeichnet, das Donnys Hand auf meiner Haut hinterlassen hat.

Als ich meine Mutter anrufe, hebt Stan ab.

«Na», sagt er. «Na, hallo. Wie geht's dir, Liebes? Und Teddy? Wie geht's Teddy?»

«Gut», sage ich. «Es geht uns beiden gut.»

«Schön», sagt er. «Das ist wirklich schön.» Er hält einen Augenblick lang inne. «Ich nehme an, daß du angerufen hast, um mit deiner Mutter zu sprechen», sagt er.

«Ja», sage ich. «Ich glaube schon.»

Er ist einen Augenblick lang still. «Sie ist ein bißchen müde», sagt er. «Sie ist heute nicht so ganz auf der Höhe, also vielleicht ein kurzes Gespräch.»

Ich kann hören, wie Stans Haut sanft über das Telefon streift, als er die Hand auf den Hörer hält, dann kommt die Stimme meiner Mutter.

«Hallo?» sagt sie. «Hallo?»

«Mutter», sage ich. «Ich bin's.»

Ein anderes Geräusch ertönt, ein Maunzen oder ein kurzes Schnurren, ein Katzenlaut, und da weiß ich, daß ich sie im Augenblick abschreiben kann.

«Smokey?» sagt sie.

«Ich bin's, Mutter», sage ich erneut, aber sie blickt Smokey an und die blauen Male, die überall auf ihren Armen sind. Aus den Schatten in ihrem Zimmer lächeln die Gesichter ihrer Kinder sie verschwommen an, aber sie kann ihre Arme nicht spüren.

«Mutter», sage ich noch einmal. Ich weiß, daß es noch etwas anderes geben muß, was ich sagen könnte, aber als ich meinen Blick über die Wände, den Tisch, den Fernseher schweifen lasse, kann ich mir nicht vorstellen, was es sein könnte.

«Liebes?» sagt meine Mutter. Sie streichelt Smokeys helles Fell, und sie starren zusammen die Fische an. Smokey streckt sich, und sie lächelt ihm zu. «Wo ist meine Katze?» sagt sie. «Wo ist mein kleiner Liebling?» Und dann herrscht wieder Schweigen, bis Stan ihr das Telefon aus der Hand nimmt.

Teddy kommt von der Arbeit nach Hause, während ich mir ein Baseballspiel ansehe, die Mets und irgendeine Mannschaft aus Kalifornien.

«He», sagt er und blickt kurz auf das Spiel. «Guck mal.» Er zerrt mich ans Fenster und deutet auf einen spiegelblanken blauen Wagen, der am Bordstein geparkt ist. «Guck mal», sagt er erneut. «Ich hab ein Auto gemietet. Wir fahren in Urlaub.»

«Urlaub?» Ich wende mich wieder dem Spiel zu. Teddy riecht nach Blut, und um seine Fingernägel haben sich rote Ringe gelegt.

«Ja», sagt er. «Zu den Poconos.»

«Den Poconos?»

«Ja», sagt er. «Das sind Berge. Im Norden. Alle von der Arbeit fahren immer dahin.»

«Wir haben nicht genug Geld, um in Urlaub zu fahren», sage ich. «In Urlaub fahren ist teuer.»

«He», sagt er und klopft auf seine Tasche. «Ich hab 'ne Prämie gekriegt. 'ne große.» Er schaltet das Spiel ab und sieht mich mit leuchtenden Augen an. «Laß uns fahren», sagt er. «Laß uns auf der Stelle fahren.»

«Ist es nicht wunderschön?» sagt Teddy, als wir beim Auto ankommen. «Genauso ein Auto werd ich mir mal kaufen.»

Er macht voller Ungeduld die Tür auf; auf dem Vordersitz steht eine Einkaufstüte, mit einer schlanken Weinflasche obendrauf. Er legt die Tüte auf den Rücksitz, und ich steige ein und drehe das Fenster herunter. Hinter ihrer Tür hervor beobachtet Madame Renalda uns in unserem eben erst gemieteten Wagen. Sie könnte uns retten, aber sie beobachtet uns durch ein winziges Loch in ihrer Tür, während wir uns vom Bordstein weg in den Verkehr einfädeln; dann wendet sie sich ab, um einem weiteren Mann in die Augen zu sehen. «Unternehmen Sie keine Reise», sagt sie. «Nicht heute.»

Teddy schaltet das Radio ein und drückt auf alle möglichen Knöpfe, bis er ein Baseballspiel gefunden hat. Wir fahren den Broadway hinauf direkt nach Norden, und als wir New York verlassen, lehnen Kinder an Zäunen und beobachten uns, bis ihre Mütter sie ins Haus rufen; sie wenden sich wieder den hohen Mauern der Stadt zu, aber wir fahren grünen Bergen entgegen.

In der Abenddämmerung glitzern die Lichter der Brücke auf dem kalten Wasser des Flusses. Teddy pfeift leise, während er bei dem Spiel zuhört, und als es zu Ende ist, schaltet er auf einen anderen Sender und hört zu, bis eine Störung auftritt und er sich einen anderen sucht. Als es dunkel wird, entfernen wir uns von der Stadt, und ab und zu streichen unsere Scheinwerfer über Tiere, die zusammengekauert am Straßenrand sitzen und darauf warten, die Straße überqueren zu können.

Der Highway ist voller Lastwagen, und Teddy überholt sie alle. Er fährt zu einem Viehtransporter auf, dessen Ladefläche mit Schweinen und Kühen vollgestopft ist; die sind so dicht an die Metallstäbe des Lastwagens gedrängt, daß ich kaum sagen kann, um was es sich handelt, aber in dem grellen Licht unserer Scheinwerfer erkenne ich weiße Gesichter und winzige, dunkle Augen.

«Guck mal», sagt Teddy. «Steakfleisch. Hamburger.» Er sieht mich an. «Vielleicht hätte ich nächste Woche genau diese Kühe zerlegt. Genau diese Kühe.» Er lächelt. «Damit ist es jetzt vorbei.»

Er schaltet das Radio aus und summt vor sich hin, während ich sein Spiegelbild in meinem Fenster betrachte. Ab und zu fahren wir über etwas knallrot Aufleuchtendes auf der Straße, das so schnell wieder verschwunden ist, daß es vielleicht nur in meiner Vorstellung existiert. Ich lehne meinen Kopf ans Fenster und döse ein, werde zwischendurch aber immer wieder mal wach; nach einer Weile deutet Teddy nach vorn auf eine unregelmäßige Reihe von Lichtern.

«Guck mal», sagt er. «Das scheint ein guter Platz zum Anhalten zu sein.»

Er dreht sich mit knallroten Augen zu mir hin. «Ich könnte ein bißchen Schlaf gebrauchen», sagt er. «Wie steht's mit dir?»

Der Parkplatz des Motels ist voll, aber Teddy kommt lächelnd zurück. «Wir haben Glück», sagt er. «Wir haben das letzte Zimmer gekriegt. Aber sie hatten nur noch ein Einzelzimmer.»

Unser Zimmer liegt direkt neben dem Salon des Motels; das Metallschild am Türgriff ist verbeult, aber im Zimmer ist es kühl, und es gibt einen großen Fernseher. Teddy trägt die Einkaufstüte herein und stellt sie auf die Kommode vor dem Spiegel. Er nimmt die Flasche Wein vorsichtig heraus und beginnt dann, Lebensmittel hervorzuziehen: eine Schachtel Pralinen, eine Ananas, zwei Gläser australische Haselnüsse. Er hält mir ein Glas Nüsse hin.

«Die waren im Angebot», sagt er. «Dieses ganze Zeug war im Angebot.» Er starrt in die Tüte. «Alles war im Angebot.»

«Guck mal, Teddy», sage ich, «Kabel.»

Er blickt den Fernseher an. «Oh», sagt er. «Ja.»

Er blickt sich im Zimmer um, sieht die orangefarbenen Vorhänge an, das grünorangefarbene Bett, die ganzen Sachen, die er aus der Einkaufstüte geholt hat. Durch die dünne Wand kann ich dumpfe Musikrhythmen und das Gelächter von Männern und Frauen hören.

«Vielleicht könnten wir in diese Bar gehen», sage ich.

Er schüttelt den Kopf. «Du bist noch zu jung», sagt er. «Da mußt du einundzwanzig sein.»

Er zieht die Gardinen auf, als draußen gerade eine Frau vorbeigeht. Sie blickt teilnahmslos zu uns herein; wir kommen ihr wahrscheinlich wie ein frisch verheiratetes Paar vor. Als sie die Tür zur Bar aufmacht, dringt Kneipenlärm heraus; der verklingt wieder, als die Tür hinter ihr zugeht.

«Ich weiß nicht», sagt Teddy und zieht die Gardinen zu. «Ich weiß nicht. Ich bin ziemlich müde, und ich denke, wir haben noch eine lange Strecke vor uns.»

Er legt sich aufs Bett, ohne auch nur die Schuhe auszuziehen. Ich will den Fernseher einschalten und die Schachtel Pralinen aufmachen, die Teddy mitgebracht hat; ich will in den Salon gehen und so einen Drink bestellen, wie die Frauen in meiner Zeitschrift ihn bestellen würden – einen Daiquiri oder einen Margarita –, und an der Bar sitzen, bis ein gutaussehender Mann sich neben mich setzt; ich will meine Mutter und Stan anrufen. All das will ich tun, aber schließlich ziehe ich meine Schuhe aus und lege mich neben Teddy aufs Bett.

Er streckt die Hand aus, um das Licht auszuschalten. Bei der plötzlichen Dunkelheit kann ich in dem bißchen Licht, das durch die Gardinen hereindringt, nur sein Gesicht erkennen.

«Hab ich dir von der einen mit dem gebrochenen Bein erzählt?» fragt er und macht die Augen zu.

Ich kann spüren, wie die Musik gegen unsere Wand hämmert; ein paar Meter von uns entfernt lachen und tanzen und amüsieren sich Männer und Frauen, aber während wir hier im Dunkeln liegen, tragen sich überall schreckliche Dinge zu, gegen die wir nichts tun können. Genau in diesem Augenblick starren Männer ohne Augen Frauen ohne Gesicht an, und genau in diesem Augenblick stolpern unzählige Kühe auf unzählige Männer zu, die unzählige Hämmer hochheben. Nichts davon können wir verhindern, nicht einmal einen Augenblick lang, und während ich Teddys traurigem, flachen Atem zuhöre, mache ich die Augen zu und warte darauf, noch einmal geboren zu werden.

Abendsonne

Florence träumt, daß sie bis zur Taille im Maul eines Haies steckt; sie kann ihre Füße oder Beine nicht spüren, nur das kalte Anbranden des Meeres, während der Hai sie durch das glitzernde Wasser schiebt. Sie kann ihr Spiegelbild in seinen glanzlosen schwarzen Augen sehen, während ihr Körper behutsam in Stücke zerlegt wird.

«Mein Gott», sagt Louis, und Florence schlägt genau in dem Augenblick die Augen auf, als die Klimaanlage klappernd zum Stillstand kommt. Louis sitzt am Ende des Bettes, vor der Klimaanlage; die Bettlaken sind bis zu Florences Taille heruntergezogen, und sie kann die letzten kühlen Luftzüge auf ihren Armen und Schultern spüren.

Louis dreht sich zu ihr um, und sie macht die Augen zu, wartet einen Augenblick und macht sie dann einen Spaltbreit auf; durch den Wimpernvorhang kann sie sehen, daß er sich ihr immer noch zuwendet und sie genau beobachtet, aber sie rührt sich nicht, und er beugt sich wieder zur Klimaanlage, steht dann auf und geht ins Badezimmer. Sie macht die Augen zu und versucht, sich an ihren Traum zu erinnern, aber sie sieht nur Louis vor sich, seinen großen Kopf, der auf dem langen, anmutigen Hals sitzt, und die massigen Buckel seiner Wirbelsäule. Als sie die Augen wieder aufschlägt, stellt sie entsetzt fest, daß sein Gesicht nur ein paar Zentimeter von ihrem eigenen entfernt ist; er riecht nach Seife und Zahnpasta, starrt sie geduldig an und wartet, daß sie aufwacht.

«Florence», sagt er. «Die Klimaanlage ist kaputt.» Sie zieht die Bettlaken bis zum Hals herauf und macht die Augen zu.

«Ruf den Typen an, okay?» sagt er.

Sie nickt, und er bückt sich, um sie auf die Stirn zu küssen. Seine spröden Lippen fühlen sich heiß und pappig an. Die Hitze steigt bereits in ihm auf; sein Gesicht ist bereits von einer glitschigen Schweißschicht bedeckt.

Als er durchs Haus geht, kann sie hören, wie Sand unter seinen Füßen knirscht. Da die Klimaanlage nicht funktioniert, hat er die Schlafzimmerfenster aufgemacht, und in dem Zimmer beginnt sich der Schwefelgeruch von den Sprinklern auszubreiten, die die ganze Nacht laufen. Das ganze Wasser hier ist voller Schwefel: Grundwasser, Badewasser, Leitungswasser. Selbst wenn man es gekocht hat, schmeckt es nach angebrannten Eiern, und es kommt Florence unmöglich vor, daß überhaupt irgend etwas in solchem Wasser gedeihen könnte, aber das Gras hier ist von einem saftigen Grün, und die Blumen sind so stämmig wie Bäume. Sie horcht auf das Geräusch von Louis' Wagen auf dem Kies, und als er weg ist, steht sie auf und macht die Fenster zu. Sie versucht erneut, sich an ihren Traum zu erinnern, aber alles, was sie vor sich sieht, ist Louis, sein großer Kopf und die lange, höckrige Krümmung seines Rückens.

Er hat fast keine Spuren in der Küche hinterlassen, nur lauwarmen Kaffee in der Kanne. Von dem Kaffee steigt Dampf auf, aber als sie sich eine Tasse eingießt, ist er lauwarm. Sie versucht sich daran zu erinnern, wie das kommt; Louis hat es ihr einmal erklärt – «Umgebungsdruck», hat er zu ihr gesagt, aber selbst dadurch, daß sie das Wort laut hersagt, kann sie sich nicht ins Gedächtnis rufen, was es bedeutet. Alles, was sie vor sich sehen kann, ist der ernste Blick auf seinem Gesicht, als er mit der Erklärung begonnen hat. In jenem Augenblick hatte sie irgendwie gewußt, daß sie ihn heiraten würde, und der Umstand, daß sie sich dessen plötzlich so sicher war, hatte sie gezwungen, den Blick abzuwenden. Ihr war bewußt geworden, daß sie von da an genug von ihm zu sehen bekäme, und jetzt, da sie an jenen Augenblick zurückdenkt, kann sie die Kulisse bis in die kleinsten Einzelheiten vor sich sehen – die verschmutzte Tülle des Sahnekännchens auf ihrem Tisch, die Kellnerin, die am Tresen gelehnt und ihnen beim Reden zugesehen hat, Louis' zusammengeknüllte Serviette –, aber sie kann sich immer noch nicht daran erinnern, warum Kaffee so aussieht, als wäre er heiß, wenn es sich gar nicht so verhält.

Sie gießt den Inhalt ihrer Tasse in die Kanne zurück und zieht die Jalousie über dem Spülbecken einen Spaltbreit auf; draußen ist es sonnig. Sie befindet sich nahe genug an Mrs. Walkers Haus, um in deren Küche alles deutlich erkennen zu können – die glänzende Plastikhülle eines Brotlaibs auf der Arbeitsplatte, eine Tasse und eine Untertasse, die auf dem Geschirrständer trocknen –, und als Mrs. Walker nach draußen kommt, zieht Florence schnell die Jalousie fast ganz zu. Mrs. Walker dreht bei der Bewegung den Kopf und starrt genau auf Florence, aber Florence steht reglos da, so daß sie nur wie ein Schatten erscheint, der aufs Fenster geworfen wird. Mrs. Walker schaut einen Augenblick her, hebt dann die Hand und läßt sie wieder sinken.

Sie dreht sich um, nimmt den langen Rechen, der neben ihrer Tür an der Wand lehnt, und beginnt, ihn über den Kies zu ziehen, der ihr Haus umgibt. Ihr Haus ist hier das einzige, vor dem es überhaupt kein Gras gibt, nur einen schmalen Streifen Erde, der direkt in den Kies mündet; die anderen Häuser haben einen winzigen Streifen grünen Gartenlands, aber sie treiben alle auf einem Meer aus weißem Gestein und gehören zu einer kleinen Gruppe von Häusern, die zwischen einer Ladenzeile auf der einen Seite und einer Reihe von Hotels direkt am Meer liegen. Die Häuser sind gebaut worden, bevor Grund und Boden in Florida so wertvoll wurden, und es sind bescheidene und durchgängig häßliche, kleine pastellfarbene Hütten.

Bis auf Florence und Louis sind die Leute, die hier wohnen, alt, und obwohl man ihnen allen eine Menge Geld für ihre Häuser geboten hat, wohnen die meisten von ihnen schon zu lange hier, um sich ein Leben in irgendwelchen anderen Verhältnissen vorstellen zu können; sie werden hier bis zu ihrem Tod wohnen, und dann werden ihre Kinder die kleinen Grundstücke an Makler verkaufen, die regelmäßig in ihren schwarzen Wagen vorfahren und ungeduldig darauf warten werden, daß sie den restlichen

Grund und Boden erwerben können. Eins nach dem anderen werden die winzigen rosaweißen Häuser plötzlich leer werden, und diejenigen, die immer noch dort wohnen, achten bei den anderen Häusern besorgt auf irgendwelche Anzeichen dafür, daß sie leerstehen; die kleinste Veränderung – eine Jalousie, die nachts nicht heruntergelassen wird, eine Morgenzeitung, die nicht hereingeholt wird – treibt sie weiter zurück in ihre vier Wände, und die Grenzen ihrer Welt werden mit jedem Tag enger.

Obwohl Florence die anderen Bewohner über den Kies zwischen ihren Häusern und der Straße hat schlurfen sehen, ist Mrs. Walker der einzige Mensch, dem sie in den paar Monaten, die sie hier wohnt, begegnet ist. Jeden Morgen recht Mrs. Walker ihren Kies, der immer glatt, weiß und eben ist; danach sitzt sie, die Haut so dunkel wie der Streifen Erde um ihr Haus, den ganzen Tag in einem Schaukelstuhl in der Sonne, und ihr Stuhl treibt tiefe Furchen in den Kies, den sie gerecht hat.

Nach dem Frühstück tut Florence das gleiche wie jeden Tag: Sie hört Radio und wäscht dann die Kleider, die Louis am vorangegangenen Tag getragen hat; er schwitze hier so stark, sagt er, daß seine Kleider, wenn sie nicht sofort gewaschen würden, ganz fleckig würden, ruiniert. Der Radiosender, den sie einstellt, bringt den ganzen Tag nur Nachrichten und bietet als Teil seines Programms alle fünfzehn Minuten den Wetterbericht. Es ist immer warm und sonnig. Jetzt hört sie einer Geschichte über ein vermißtes Kind zu, das in der Nähe der Everglades verlorengegangen ist und von dem man befürchtet, daß es tot ist, vielleicht von Alligatoren gefressen. Da war etwas, erinnert sie sich undeutlich, was sie heute tun sollte, etwas, was Louis wollte, aber alles, woran sie denken kann, während sie hellblaues Waschmittel über sein gelbes Hemd gießt, ist das Kind, das in dem finsteren Urwald umherwandert.

Als sie nach draußen kommt, steht die Sonne schon auf der anderen Seite ihres Hauses, und Mrs. Walker sieht ihr geduldig dabei zu, wie sie die Wäsche aufhängt. Ihre kiesbedeckten Rasenflächen gehen direkt ineinander über, aber Mrs. Walker scheint eine klare Vorstellung von der Grenzlinie zu haben, und sie achtet sorgfältig darauf, recht genau bis dorthin und stellt dann ihren Stuhl gegenüber dem kurzen Stück Wäscheleine, das Louis aufgehängt hat, direkt an die Grenze. Wenn Florence fertig ist, wird sie sich hinsetzen, und Mrs. Walker wird anfangen, sich über die Kinder ihres toten Mannes zu beklagen, die, so erzählt sie Florence, nur auf ihren Tod warteten, damit sie ihr Haus verkaufen könnten.

«Es sind Ungeheuer», sagt sie und bekreuzigt sich, «bösartige Ungeheuer.» Dabei tritt immer ein Lächeln in ihr Gesicht. «Das werden sie büßen», sagt sie und nickt. «Warten Sie's nur ab.»

Worauf *sie* warte, hat sie Florence erklärt, sei der Tag der Entrückung, bei dem es sich, soweit Florence es verstanden hat, um so etwas wie das Jüngste Gericht handelt, ein Tag, an dem Mrs. Walker zufolge die wahren Gesichter aller Gläubigen enthüllt und alle Sünder in die ewige Verdammnis gestoßen würden. Mrs. Walker ist katholisch erzogen worden, aber sie habe den Tag der Entrückung in ihre persönliche Kosmologie aufgenommen, sagt sie, weil das sinnvoller sei; das stimmt mit dem Bild überein, das Florence sich von Mrs. Walker gemacht hat, da der Tag der Entrückung eine Hoffnung zu sein scheint, die sich voll und ganz auf Rachegedanken gründet: Keine Beleidigung, keine Kränkung, kein einziger Augenblick von dem Schmerz, den man ihr zugefügt hat, wird unerwidert bleiben, und Florence ist klar, daß Mrs. Walker kaum erwarten kann, bis es soweit ist. Florence stellt sich vor, daß ein Teil der Belohnung für die Gläubigen darin bestehen wird, lange genug auf der Erde zu verweilen, um die Qualen, die ihren Feinden auferlegt werden, mitzuerleben – das scheint größtenteils die Quelle von Mrs. Walkers Begeisterung zu sein, und Florence weiß, daß sie eine Liste der Sünden im Kopf hat. Florence fragt sich, ob sie selbst schon welche begangen hat.

Als Florence damit fertig ist, die Wäsche aufzuhängen, setzt sie sich in ihren Plastikgartenstuhl neben Mrs. Walker, nicht ohne sich zu versichern, daß er auf dem Kies steht, der Louis und ihr gehört. Mrs. Walker beugt sich über die Grenzlinie vor und nimmt ihren Hut ab.

«Hab ich Ihnen das schon erzählt?» sagt sie. «Sie haben einen Sarg für mich gekauft.»

Sie bückt sich, um einen Käfer von ihrem Bein zu schnipsen. «Einen billigen», sagt sie mit Genugtuung. «Den billigsten.»

Florence fragt sich, wie sie das erfahren hat, aber sie schüttelt den Kopf und blickt an Mrs. Walker vorbei. Von hier aus kann sie die Hauptstraße sehen, die auf der anderen Seite von Mrs. Walkers Haus an ihrer Siedlung vorbei zum Strand führt. Ihr eigenes Haus steht etwas zurückgesetzt von der Straße, und aus ihren Fenstern kann sie nur die Rückseite oder die Seitenansicht der Häuser sehen und von vorn ein paar jämmerliche Palmen, die den Weg entlang wachsen. In diesem Augenblick beobachtet sie eine Kleinfamilie auf dem Weg zum Strand. Die Frau müht sich ab, mit dem einen Kind, das vorgelaufen ist, Schritt zu halten, ohne das andere, das hinterhertrödelt, zu verlieren. Später werden sie sich alle zu ihrem Hotel zurückschleppen und, erschöpft von dem Tag in der Sonne, Handtücher, Eimer und Spielzeug hinter sich herschleifen. Florence sieht, wie die Frau zwischen den Häusern hindurch zu ihnen herüberschaut; und Florence weiß, daß sie sie um ihr Leben beneiden muß, darum, den ganzen Tag, das ganze Jahr hier draußen in der Sonne zu sitzen und nichts anderes zu tun zu haben, als die Haut braun werden zu lassen. «Oh», hat ihre Mutter gesagt, als Florence die Sachen für den Umzug gepackt hat, «du wirst ganz wunderbar braun werden.»

Und es stimmt – alle hier haben eine kupferfarbene Haut, aber aus der Nähe betrachtet ist ihre Gesichtshaut rauh und welk; Florences' Haut bleibt aufgedunsen und blaß – wenn sie nach draußen geht, trägt sie einen Hut und lange Ärmel, um sich vor der Sonne zu schützen. Sie muß sich erst noch an das Klima hier gewöhnen; die Hitze und die Sonne scheinen Louis und sie ganz benommen zu machen, und sie verbringen den größten Teil ihrer Zeit im Haus; tagsüber sehen sie zu, wie die Sonne durch die Fenster fällt, und nachts schließen sie vor dem dampfenden Gezisch des Sprinklers die Tür.

Das ist nicht das Leben, das Florence sich vorgestellt hat, als sie in Indiana am Fenster des Hauses ihrer Eltern gesessen und ihren Blick über die weite braune Landschaft hat schweifen lassen. Wie sie vorgehabt hatte, zu wohnen, auszusehen und zu leben, das hatte nichts mit jener Welt zu tun, und als Louis' Tante eines Nachts aufwachte und starb und ihr Haus und alles darin Louis hinterließ, sah Florence das als eine Art Befreiung an. Louis' Tante war alt; sie war darauf vorbereitet zu sterben, da ist Florence sich sicher. Als sie sie einige Jahre vorher kennengelernt hatte, war ihre Haut vom Alter durchsichtig, und sie hatte sich nur für Louis interessiert, der, wie sie Florence erzählte, immer ihr Liebling gewesen sei.

Louis wollte das Haus verkaufen, aber als Florence davon sprach, nach Florida zu ziehen und darin zu wohnen, wandte er sein Gesicht den flachen Feldern zu und sagte nichts, aber nur ein paar Monate später verließen sie Indiana, um nach Süden in ihr neues Heim zu fahren. Als Florence ihren Eltern aus dem Wagenfenster zuwinkte, konnte sie sie kaum vom Hintergrund unterscheiden; die ganze Szene sah so unbeweglich und kontrastlos aus, als wäre sie aus Pappe: das Haus, der Wagen, der in der Einfahrt geparkt war, der Hund und hinter ihnen eine Pappsonne, die auf einen Papphimmel geklebt war. Das war das letzte, was sie von Indiana gesehen hat, und ihr wurde erst, als sie Georgia erreichten, bewußt, daß sie sich bald an einem Ort befinden würden, wo Louis der einzige Mensch war, den sie kannte. Dieser Gedanke weckte die Sehnsucht nach etwas Vertrautem in ihr, aber als sie sich Florida immer mehr näherten, wurde alles noch fremder, und die vertraute Erde und das vertraute Gras von daheim machte einer Welt voller Alligatoren, Palmen und riesiger, flügelschlagender Vögel Platz. Sie konnte sehen, daß Louis ebenfalls besorgt war. Er redete während der ganzen Fahrt von Buzz, seinem besten Freund in Indiana.

«Oh», sagte er immer, wenn sie etwas Ungewohntes sahen, «das würde Buzz gefallen.» Jedesmal, wenn er «Buzz» sagte, blickte er in den Rückspiegel, als rechnete er damit, daß Buzz ihnen in seinem kleinen blauen Wagen auf dem Highway folgte.

«Mein Gott», sagte Louis, als sie zum ersten Mal einen toten Alligator am Straßenrand sahen. «Buzz würde das toll finden.» Er schüttelte den Kopf. «Junge, Junge», sagte er. «Ich wünschte, Buzz wäre hier.» Er unterbrach sich und blickte Florence flüchtig an, aber auch sie selbst wünschte beinahe, daß Buzz da wäre, damit er den sich vergrößernden Abstand zwischen ihnen ausfüllte. Sie wandte den Blick von Louis ab und fragte sich, was einen Alligator dazu bringen könnte, daß er versucht, einen stark befahrenen Highway zu überqueren; selbst einem prähistorischen Gehirn mußten die geringen Chancen dieses Unternehmens eingeleuchtet haben, aber je weiter sie nach Süden kamen, um so größer wurde die Anzahl der Alligatoren, die sie im Vorbeifahren in großen Haufen am Straßenrand wirr durcheinanderliegen sahen.

Nach allem, was sie gelesen und im Radio gehört hat, gibt es einfach zu viele Alligatoren, als daß die rapide kleiner werdenden Urwälder ihnen genügend Raum bieten könnten, und beinahe wöchentlich scheint eine neue Geschichte über einen Alligator bekanntzuwerden, der sich in einen Garten geschleppt hat, um sich einen Hund oder eine Katze zu schnappen, und dann irgendwo wieder im Sumpf verschwunden ist. Florence kann sich den Lärm in seinem Kopf vorstellen, wenn er, von rasenden Autos umringt, in den strahlenden Sonnenschein hinauswankt: Sie geben so riesige, verwirrte Ziele ab, denkt sie, da ist es kein Wunder, daß sie so häufig erwischt werden. Ihre Kadaver liegen, die gewaltigen Köpfe vom Verkehr abgewandt, überall herum und färben sich gelb in der Sonne.

Das ist nicht das Florida, wie Florence es sich vorgestellt hat, nicht das, was ihr, so glaubt sie, vom Fernsehen, von den Zeitschriften und den Plakaten in den Fenstern der Reisebüros versprochen wurde. Sie hat eine strahlende Welt aus Blumen und Licht und makellosem weißen Sand erwartet, aber die Sonne hier ist so nah und heiß und grell, daß sie alles ausbleicht; und obwohl überall Blumen wachsen, nahezu aus dem Nichts emporsprießen, haben sie seltsame, unerträgliche Farben und strömen einen unangenehmen Verwesungsgeruch aus. Und der Sand – der Sand ist so weiß und fein wie Puder, aber er ist überall, in allem, er kriecht unter ihre Bettlaken, in ihre heißen Hautfalten, zwischen ihre Zähne, wenn sie ißt, und wenn sie nachts zu schlafen versucht, kann sie ihn als körnigen Rückstand in ihren Lungen spüren.

Das sind alles Dinge, denkt sie, an die sie sich mit der Zeit gewöhnen, an denen sie vielleicht sogar Gefallen finden könnte, aber woran sie sich niemals vorstellen könnte sich zu gewöhnen, ist die ständige, entnervende Regsamkeit hier, das Leben, das erwacht, wohin sie sich auch wendet: pelzige braune Spinnen, die die Badezimmerwände entlangkrabbeln, winzige graue Eidechsen, die über das Drahtgitter an der Veranda flitzen, große, fliegende Käfer, die Mrs. Walker «Palmettos» nennt, die aber für Florence nur wie Riesenkakerlaken aussehen. Der Boden ist übersät mit Reptilien, und der Himmel ist voller Insekten und Vögel – kreischende Möwen, schwerfällige Pelikane, die so groß wie Hunde sind, feingliedrige Reiher und Flamingos. Eines der Hotels auf der anderen Straßenseite hält vor dem Haus ein paar blaßrosafarbene Flamingos eingesperrt, und die stolzieren den ganzen Tag umher, stochern im Gras und jagen hinter irgendwelchen todgeweihten wuselnden Lebewesen her. Die Bodenoberfläche selbst scheint lebendig zu sein, und ein- oder zweimal hat sie sich dabei ertappt, wie sie eine Gemüsepflanze angestarrt hat, die sich plötzlich bewegt und sich als die glitschige, klumpige Haut eines Frosches oder einer Eidechse zu erkennen gegeben hat. Es ist ganz anders als in Indiana, wo Menschen und Tiere wächsern und unbeweglich gewirkt haben, wo selbst die Blätter der Bäume festgeheftet zu sein schienen. Hier stellt sie immer öfter fest, daß sie sich wachrütteln muß, weil sie in einem Dunstschleier aus körperlichen Empfindungen befangen ist, in dem sie nur noch die brennende Hitze, ein jähes Flügelschlagen, den Geruch von etwas wahrnimmt, das zu lange in der feuchten Luft war – Blumen und Holz und Haut, die verfaulen. Sie fühlt sich von dieser Welt umzingelt, und sie und Louis, die mittendrin stecken und denen die gewöhnlichen Kleinigkeiten eines Lebens, das man gemeinsam am selben Ort verbringt, fehlen, scheinen einander nichts mehr zu sagen zu haben. Wenn er von der Arbeit nach Hause kommt, klebt ihm das Hemd am Körper, und das Haar liegt ihm in dünnen Strähnen auf dem Kopf. Jeden Tag kommt er herein und setzt sich direkt vor die Klimaanlage, lehnt den Kopf ganz zurück, den offenen Mund zur Decke gerichtet, während die kühle Luft auf seinen Hals trifft. Das sei die einzige Art, wie er hier unten atmen könne, erzählt er Florence, aber das sieht so unbequem aus, daß sie ihm den Kopf abknicken und ihn ihm behutsam wieder senkrecht auf den Hals setzen will. Nachdem er sich abgekühlt hat, schaltet er den Fernseher an, der immer läuft, wenn er zu Hause ist. Er sieht sich Sport an, jede Art von Sport, und Florence kann sehen, daß er sich dabei fragt, was Buzz zu dieser Spielszene oder zu jenem abgefangenen Ball sagen würde, und sie kann, egal was Louis auch immer tut oder sagt, sehen, daß seine Gedanken immer noch über die tausend Meilen entfernte, holprige Prärie Indianas schweifen. Sie reden selten über Indiana, aber wenn es einmal dazu kommt, spricht er von Dingen, an die sie sich nicht erinnern kann: dem sich verändernden Geruch der Luft mit dem Wechsel der Jahreszeiten, klaren Sommerabenden voll leuchtender Sterne. Alles, was ihr von Indiana in Erinnerung geblieben ist, sind die flache, trockene Erde, das Stechen der starren Pflanzen an ihren Knöcheln, und wenn sie mit ihrer Mutter am Telefon spricht, ist sie sich sicher, daß sie während der langen Redepausen irgendwo in der Ferne den Lärm heftig stampfender Maschinen hören kann.

Immer, wenn sie mit ihrer Mutter spricht, erzählt Florence ihr, daß es ihr und Louis gutgehe, daß es ihnen hier unten gefalle, daß alles genauso sei, wie sie es sich erhofft hätten; aber es ist Florence klar, daß sie sich beide verändern, besonders Louis. In den ersten paar Wochen, die sie hier gewohnt haben, machte er von allem Polaroidaufnahmen – vom Haus, dem Meer, den Pelikanen und den Flamingos – und schickte sie nach Indiana. Selbst da sah sie, wenn sie sich auf den Bildern betrachtete, seltsam und ausgebleicht aus – sie konnte in dem strahlenden Licht kaum einen Unterschied zwischen ihrem Kleid und ihrer Haut erkennen. Als Louis die Kamera langweilig zu werden begann, hat Florence, indem sie alle paar Tage ein Bild von ihm machte, den Film, den er gekauft hatte, vollgeknipst. Sie hat die Fotos alle auf den Tasten des kleinen Klaviers aufgereiht, das auch Louis' Tante dazu benutzt hatte, Fotos darauf aufzustellen – der Deckel wurde heruntergeklappt und mit Familienfotos vollgestellt, viele von Louis, die von der Grundschule an bis etwa zu dem Jahr vor ihrem Tod aufgenommen worden waren. Wenn Florence die Bilder vergleicht, die sie von Louis gemacht hat – eins auf der Seite mit den tiefen Tönen der Tastatur, das sie in den ersten Wochen ihres Hierseins aufgenommen hat, mit einem jüngeren Foto –, dann ist sie erschüttert zu sehen, wie sehr er sich verändert hat. Er sieht müde und erledigt aus, aber vor allem ist er erschreckend dünn geworden. In seinen Wangen und Augenhöhlen haben sich kleine, schattige Furchen gebildet, und seine Beine, die aus seinen Shorts herausragen, sehen steif und nutzlos aus. Krebs, hat sie augenblicklich gedacht; sie hatte davon gehört, daß so etwas nach plötzlichen Veränderungen eintreten kann, aber selbst während sie ihre Gedanken über die Aussichten einer solchen Zukunft – Chemotherapie, Bestrahlung, Krankenhäuser, Ärzte – schweifen ließ, wußte sie, daß er nur deshalb dünn geworden ist, weil er immer weniger gegessen hat und sich in letzter Zeit sogar geweigert hat, das zu essen, wovon sie sicher war, daß er es gern ißt. Es hat mit Schweinekoteletts angefangen; sie kann sich nicht erinnern, wie lange das jetzt her ist – Wochen, Monate? Sie hat ihm den Teller hingestellt, und er sah das Schweinekotelett darauf an, dann einen Augenblick lang aus dem Fenster und blickte dann wieder auf seinen Teller.

«Ich esse eigentlich nicht gern Schweinekotelett», sagte er, und sie hörte auf zu kauen, um zu überlegen, wie oft sie ihm schon Schweinekotelett vorgesetzt und ob er es gegessen hatte. Sie war sich sicher, daß er das getan hatte.

«Nein», sagte er. «Ich hab Schweinekotelett noch nie ausstehen können. Ich kann die Farbe nicht ausstehen. Und daß es so zäh ist. Und wie es schmeckt.» Er hielt inne und fügte dann hinzu: «Noch nie.»

Und so sind immer mehr Nahrungsmittel aus ihrem Speiseplan gestrichen worden: Erbsen, Roggenbrot, Schweizer Käse. Bei jeder Mahlzeit wartet Florence mit einem leisen nervösen Magenknurren darauf, ob er ißt. Sie fühlt sich schuldig, wenn sie das, was sie zubereitet hat, gerne ißt, und während sie ihm dabei zusieht, wie er das Essen auf seinem Teller in ordentliche, kleine, unantastbare Häufchen unterteilt, bekommt ihr eigenes Essen in ihrem Mund beim Kauen einen bitteren Geschmack. In solchen Augenblicken denkt sie darüber nach, wie die Zeit für sie vergeht, wie ihr Leben sich entwickelt, und ein leichter Schauer des Entsetzens läuft durch ihren Körper.

«Oh», hat ihre Mutter immer zu ihr gesagt, als sie erwachsen wurde, «du bist eine Spätentwicklerin.» Aber jetzt, da sie ihre Eltern verlassen hat und nach Florida gekommen ist, ist noch nichts zum Leben erwacht, um sich um sie herum zu entwickeln. Jeden Tag verrückt sie behutsam Möbel, die sie nicht leiden kann, ißt von Geschirr, das zu kaufen ihr nie einfallen würde, und schläft in einem Bett, in dem, dessen ist sie sich sicher, Louis' Tante gestorben ist. In den ersten paar Wochen ihres Hierseins war sie sicher, daß Louis auf den Augenblick gewartet hat, da sie ihre Meinung ändern und ihm sagen würde, sie könnten zurück nach Indiana ziehen, aber jetzt scheint Indiana unendlich weit weg, und jeden Tag bedeckt sie, während sie darauf wartet, daß etwas passiert, daß sie mit jemandem reden kann, daß etwas sie verändert, Gesicht und Arme und geht nach draußen, um sich in die heiße, strahlende Sonne zu setzen und dem Katalog des Elends zuzuhören, aus dem Mrs. Walkers Leben besteht.

Mrs. Walker beugt sich vor und streicht mit den Händen über die hölzernen Armlehnen ihres Stuhls. «Ich werde nicht zulassen, daß sie mich in irgendeinem billigen Sarg begraben», sagt sie. «Gott wird das nicht zulassen. Er kann nicht.» Sie blickt Florence mit zusammengekniffenen Augen an. «Ihre Tante ist gestorben», sagt sie. «Aber mir wird das nicht passieren.»

«Es ist Louis' Tante gewesen», sagt Florence. «Sie hat einen Herzinfarkt gehabt.»

«Herrgott noch mal», sagt Mrs. Walker. «Man möchte meinen, daß sie noch ein paar Jahre warten könnten. Wie konnte Gott mir das antun? Dieser billige Sarg. Warten Sie's nur ab, die versuchen, mich irgendwo im Sumpf zu begraben.»

Florence beobachtet, wie kleine Gruppen von Touristen auf der Straße vorbeischlendern, und streckt die Hände aus, um sie durch den warmen Kies gleiten zu lassen. Sie streut sich eine Handvoll über die Füße, und Mrs. Walker schüttelt den Kopf.

«Wenn Sie das rechen würden», sagt sie, «wäre es viel ordentlicher.»

«Wie könnten die Sie im Sumpf begraben?» fragt Florence. «Ist das nicht verboten?»

«Oh, ich denke, sie würden einen Weg finden», sagt Mrs. Walker. «Oder sie versuchen, mich einäschern zu lassen. Das hab ich bei Richard gemacht. Er hat das so gewollt», fügt sie rasch hinzu, als hätte Florence ihr irgendwelche Vorwürfe gemacht. Sie macht die Augen zu. «Ich mußte die Asche wieder mitnehmen.»

Sie macht die Augen auf und sieht Florence an. «Was fängt man mit einem Haufen Asche an? Die Leute hier, die wollen ins Meer gekippt werden, aber er konnte das Meer nicht ausstehen.» Sie schüttelt den Kopf. «Ich hab sie einfach hier draußen hingekippt. Dieses Haus war alles, was er geliebt hat.»

Florence läßt den Kies fallen, den sie in der Hand hält. «Das hab ich nicht gewußt», sagt sie.

«Tja», sagt Mrs. Walker. «Jetzt wissen Sie's.»

Florence läßt ihren Blick über Mrs. Walkers ordentlichen Kiesrasen schweifen; sie fragt sich, ob etwas von Mr. Walkers Asche auf ihren eigenen Kies gestreut wurde, und sie fragt sich, was Mrs. Walkers Meinung nach mit Mr. Walker am Tag der Entrückung geschehen wird – ob er irgendwie wieder menschliche Form annimmt oder ob er nur als ein Haufen Kies oder als aufgeblähte Rauchwolke erscheint. Bevor sie herausfindet, wie man höflich danach fragen könnte, lacht Mrs. Walker.

«Dieser Mistkerl», sagt sie. «Der ist, wo er hingehört.»

Sie dreht den Kopf. «Schauen Sie», sagt sie, und Florence blickt sich um und sieht Louis in ihre Einfahrt fahren. Jemand sitzt bei ihm im Wagen, und als Louis aussteigt und sich hinunterbeugt, um mit dem Beifahrer zu reden, kann Florence erkennen, daß es ein Mädchen ist. Louis bemerkt nicht, daß Florence und Mrs. Walker im Garten sitzen, und während er zum Haus geht, beobachtet ihn das Mädchen in dem Wagen; als sie den Kopf bewegt, funkelt etwas um ihren Hals golden auf, aber der Rest von ihr liegt im Schatten.

«Wer ist das?» fragt Mrs. Walker und blickt zum Auto.

«Louis», sagt Florence. «Er ist etwas früher zu Hause.»

«Ich meine im Wagen. Da sitzt ein Mädchen im Wagen.»

Durch die Fenster beobachtet Florence, wie Louis durchs Haus geht. In der Küche bleibt er stehen, und sein Mund geht auf und zu, während er sich umsieht. Sie kann die größer werdenden nassen Flecken unter den Ärmeln seines Hemds sehen, und sie fragt sich, ob irgend jemand von ihren Nachbarn jemals hereinschaut und bei ihr auf so etwas aufmerksam wird – daß ihr Haar unordentlich ist oder daß sie an manchen Tagen nachmittags immer noch ihren Bademantel anhat.

«Ich gehe jetzt wohl besser rein», sagt sie, und Mrs. Walker blickt an ihr vorbei zu dem Mädchen im Wagen. Der Kies knirscht beim Schaukeln unter ihrem Stuhl und läßt einen feinen weißen Staub aufsteigen, und Florence spürt, wie der sich in ihren Lungen festsetzt.

«Oh», sagt Louis, als Florence in die Küche kommt. «Ich hab nach dir gesucht.»

Er lächelt unsicher, und Florence kann sehen, daß er nicht genau weiß, wie er das Thema mit dem Mädchen im Wagen anschneiden soll; er blickt sich überall im Zimmer um und sieht dann wieder Florence an. Die Haut in seinem Gesicht wirkt dunkler als heute morgen, und ein schmaler, weißer Streifen zieht sich um seinen Haaransatz.

«Hast du den Typen angerufen?» fragt er schließlich. «Wegen der Klimaanlage?»

Sie hatte bis zu diesem Augenblick vergessen, daß er sie gebeten hatte, das zu tun. Die Erinnerung an ihre Unterhaltung stellt sich wieder ein, und sie hat die vage Vorstellung, daß ein Hai darin vorgekommen ist.

«Er konnte nicht kommen», sagt sie. «Vielleicht morgen.»

«Oh», sagt Louis. Er blickt sich wieder um und nickt, als würde er das Zimmer in Augenschein nehmen. Florence fragt sich, ob er, einen Augenblick lang, überlegt, kein Wort über das Mädchen im Wagen zu verlieren; vielleicht hofft er, daß sie des Wartens überdrüssig wird und weggeht. Die Sonne hat weiße Ringe um seine Augen hinterlassen, und in deren Mitte zeigt sich ein funkelndes Blau, das wie eine Blume erblüht. Er seufzt unglücklich auf.

«Weil», sagt er, «weil da dieses Mädchen ist. Im Wagen.» Er hält inne und blickt aus dem Fenster auf Mrs. Walker, die immer noch in Richtung Einfahrt starrt. «Eine Tramperin. Sie ist getrampt.»

Er holt Luft, und Florence bemerkt, daß seine Hose einen Fleck am Knie hat. Möglicherweise, denkt sie, hat sie diese Hose Dutzende Male gewaschen, ohne diesen Fleck zu sehen.

«Ich hab mir gedacht», fährt Louis fort, «daß ihr was passieren könnte. Du weißt schon. Sie ist noch ein Kind. Sie ist im Wagen», sagt er erneut, aber hinter ihm geht die Tür auf, und das Mädchen steckt den Kopf herein.

«Hi», sagt sie. «Mir ist heiß geworden.»

Sie ist vielleicht siebzehn, in abgeschnittenen Jeans und ausgeblichenem Hawaiihemd, und sie hat einen grasgrünen Rucksack bei sich, den sie auf den Fußboden fallen läßt. Sie lächelt Florence strahlend an.

«Schönes Haus», sagt sie. «Ihre Blumen gefallen mir.» Sie blickt Florence und Louis erwartungsvoll an, aber Louis hat sich gebückt und reibt an dem Fleck auf seinem Knie herum.

«Danke», sagt Florence, und sie warten alle schweigend darauf, daß jemand etwas sagt.

«Tja», sagt das Mädchen, «haben Sie etwas dagegen, daß ich Ihr Badezimmer benutze?»

«Aber bitte», sagt Florence. Sie zeigt ihr den Weg zum Badezimmer, und Louis tritt rasch einen Schritt zurück, als das Mädchen an ihm vorbeigeht, und starrt dann, als das Schloß einschnappt, den Türgriff an.

«Weißt du, es ist bloß», sagt er, «wegen der ganzen Sachen, die man so liest. Die ganzen Verrückten, die sie auflesen könnten.»

Florence versucht, sich vorzustellen, wie das Mädchen mit seinem grünen Rucksack am Straßenrand steht, und sie versucht, sich Louis auszumalen, als er an ihr vorbeifährt und sich fragt, ob er anhalten soll. Florence kann ihm keinen richtigen Gesichtsausdruck zuordnen, als sein Blick zwischen der Straße vor ihm und dem Rückspiegel hin- und herspringt, als er die Geschwindigkeit drosselt oder als er schließlich anhält, und als sie ihn jetzt betrachtet, wie er jämmerlich die Badezimmertür anstarrt, kann sie ihn sich nicht anders vorstellen als so. Sie hat plötzlich das Bedürfnis, sich die Bilder auf dem Klavier anzusehen, aber da geht die Toilettenspülung, und das Mädchen kommt lächelnd aus dem Badezimmer.

«Ich weiß das wirklich zu schätzen», sagt sie zu Florence. «Es ist nur für ein paar Tage.»

Florence blickt Louis an, aber der schaut nach draußen auf etwas Grünes, das den Stamm einer Palme hinaufkrabbelt.

«Ihre ganzen Sachen gefallen mir sehr», sagt das Mädchen und nimmt ein Bild von Louis, das aufgenommen wurde, als er in der High-School war. «He», sagt sie einen Augenblick später. «Das sind ja Sie.»

Sie nimmt ein anderes, aus der Grundschule, und hält es neben das erste. «He», sagt sie erneut und sieht zu Louis auf, der gerade begonnen hat, sich Schritt für Schritt zu seinem Sessel vor dem Fernseher vorzuarbeiten.

«Also», sagt das Mädchen, und ihr Blick gleitet die Reihe der Bilder auf dem Klavier entlang, «es muß ziemlich schwierig sein, Klavier zu spielen.»

Sie stellt die Bilder hin und blickt sich um. «Wo kann ich meine Sachen hinlegen?» fragt sie Louis, aber der hat bereits ein

Footballspiel im Fernsehen gefunden. Er starrt aufmerksam auf das Spiel, während er am Farbknopf dreht, läßt die Gesichter der Spieler knallrot werden und dann schwarzweiß.

Der Name des Mädchens ist Marybeth, und sie kommt aus New York, wie sie erläutert, während sie Florence dabei zusieht, wie sie fürs Abendessen Tomaten schneidet.

«Wissen Sie», sagt Marybeth, «das ist wirklich nett von Ihnen. Viele Leute würden das nicht tun.»

Florence hört auf zu schneiden, die Hand auf der Tomate; ihr fällt ein, daß Louis keine Tomaten mehr ißt, und sie geht mit dem Teller zum Müll und schabt ihn sauber. Sie kann spüren, daß Marybeth sie beobachtet, als sie zum Kühlschrank geht, sich bückt und die Fächer nach einer anderen Gemüsesorte durchsucht.

«Das ist wirklich nett von Ihnen», sagt Marybeth beim Abendessen erneut. «Von Ihnen beiden.» Sie greift nach einem weiteren Brötchen. «Wirklich», sagt sie. «Das meine ich ernst.»

Louis fischt die Gurkenscheiben aus seinem Salat und legt sie an den Rand seines Schälchens.

«Was?» sagt Marybeth. «Sie essen nicht gern Gurken?»

«Nein», sagt Louis, «die hab ich eigentlich noch nie gern gegessen.»

Marybeth nickt, aber Florence könnte beschwören, daß er sie gebeten hat, welche zu besorgen; vielleicht hat er sie sogar selbst besorgt. Sie versucht, sich daran zu erinnern, wie sie mit ihm im Laden war; sie kann beinahe vor sich sehen, wie er die Hand nach den Gurken ausstreckt.

«Ich weiß, was Sie meinen», sagt Marybeth. Sie nimmt eine Gurkenscheibe und legt sie an die Innenseite ihres Schälchens. «Ich bekomme Blähungen davon.» Sie lächelt Florence an. «Aber sie sind gesund», sagt sie. «Jede Menge Vitamin C.»

Louis legt die Gabel hin und starrt den Ring blaßgrüner Scheiben in seinem Schälchen an. Obwohl nur Louis mit dem Essen fertig ist, steht Marybeth mit ihrem Teller auf.

«Ich mache alles sauber», sagt sie zu Florence. «Ruhen Sie sich aus.»

Während sie das Geschirr zum Spülbecken bringt, zieht es Louis sanft in Richtung Fernseher, bis er schließlich den Tisch verläßt, den Apparat anschaltet und so lange umschaltet, bis er eine Sportsendung findet. Florence sitzt am Tisch und sieht zu, wie Marybeth alles saubermacht; als Marybeth das ganze Geschirr auf der Arbeitsplatte aufgetürmt hat, dreht sie das Wasser auf, und Schwefelgeruch erfüllt das Zimmer. Sie dreht den Wasserhahn zu, tritt einen Schritt zurück und blickt das Spülbekken an.

«Mein Gott», sagt sie zu Florence, «was ist denn mit Ihrem Wasser los?»

«Das ist Schwefel», sagt Florence. «Das ist hier überall so. Der ist im Wasser.»

«Mein Gott», sagt Marybeth erneut. Sie dreht das Wasser auf, lehnt sich vom Spülbecken zurück und wäscht das Geschirr mit vorgestreckten Armen ab. Das ist eine schwierige Angelegenheit, und Florence kann selbst vom Tisch aus sehen, daß das Geschirr nicht völlig sauber wird.

Draußen kommt Mrs. Walker, als es dunkel wird, aus dem Haus, um die Tauben zu füttern. Sie füttert sie regelmäßig und wartet immer bis zum Abend, wenn die Möwen die Strände nach Futter absuchen und nicht zu den Häusern herüberkommen. Sie könne Möwen nicht ausstehen, weil die sich, so erzählt sie Florence, notfalls wegen eines Stücks Brot gegenseitig umbringen würden. Sie erinnerten sie an die Kinder ihres Mannes, erzählt sie Florence, und Florence hat den Verdacht, daß Mrs. Walker die Tauben hauptsächlich deshalb füttert, weil sie damit den Möwen etwas vorenthält. Sie verstreut in weitem Bogen Körner und Küchenabfälle auf dem Kies, und die Tauben zuckeln schwerfällig heran und schleudern Steinchen hoch, um an die Körner zu gelangen. Die meisten Körner fallen zwischen die Steine, um zu keimen oder zu verfaulen, denkt Florence; inzwischen muß eine Menge davon dort unten herumliegen, eine Lage verfaulenden Futters direkt unter dem Kies, alles mit Erde und Mr. Walkers

Asche vermischt. Als Mrs. Walker fertig ist, stellt sie sich mit verschränkten Armen in den Garten und starrt zum Himmel hinauf. Marybeth dreht das Wasser ab und lehnt sich ans Spülbecken, um sie zu beobachten.

«Was hat die denn für Probleme?» fragt sie. Sie lacht und schlägt den Spüllappen am Fenster aus.

«Klopf klopf», sagt sie, und Florence denkt einen Augenblick lang, daß sie mit Mrs. Walker spricht.

«Klopf klopf», sagt Marybeth noch einmal. «Das ist ein Witz.»

«Oh. Wer ist da?»

«Orange», sagt Marybeth, lacht unbändig und hält dann unvermittelt inne. «Moment», sagt sie. «Scheiße. Ich hab's vergessen.» Sie schüttelt den Kopf. «Immer muß ich Witze vermasseln.» Obwohl sie das Geschirr noch nicht fertig abgewaschen hat, hängt sie das Geschirrtuch über den Rand des Spülbeckens. «Na ja», sagt sie. «Ist ja bloß ein Witz.» Sie geht ins Wohnzimmer, wo sie sich neben Louis stellt und auf den Fernseher starrt. «Und», sagt sie. «Was läuft?»

Louis blickt plötzlich verdutzt auf und sieht dann Florence an, als wäre sie irgendwie für Marybeths' Anwesenheit verantwortlich. «Football», sagt er. «Saisonvorbereitung.»

«Football», sagt Marybeth. «Football seh ich mir gern an. Es ist so...» Sie schließt die Augen, dann schlägt sie sie auf. «Ich weiß nicht», sagt sie. «Aber ich seh es mir gern an. Und was ist da gerade los?»

Draußen flattert eine Taube nach der anderen davon, und Florence liest in einer Zeitschrift, während sie zuhört, wie Louis geduldig erklärt, was ein First Down ist. Seine Stimme übertönt das Sprühen der anspringenden Sprinkler und wird nur von dem gelegentlichen dumpfen Aufprall eines Nachtfalters auf ein Fliegengitter unterbrochen. Als Mrs. Walker nach drinnen geht, gehen überall außer in dem ganz kleinen Fenster an der Ecke ihres Hauses die Lichter aus. Florence fragt sich, woran Mrs. Walker nachts denkt, ob sie am Fenster steht und auf ihren ordentlich gerechten Rasen hinausstarrt und ob sie an alles denkt, was ihr gehört, und an alles, was sie noch ertragen muß, bevor der Tag der Entrückung kommt, um ihre Welt zu verändern. Das Spiel läuft immer noch, als Florence ins Bett geht, und als sie einschläft, kann sie Marybeth' Stimme hören.

«Klopf klopf», sagt sie. «Na komm schon, klopf klopf.»

Als Florence am Morgen in die Küche kommt, ist Marybeth schon wach; sie trägt wieder ihre abgeschnittenen Jeans und ein Hawaiihemd, aber diesmal ein anderes, blau mit winzigen orangefarbenen Ananasfrüchten. Die Jalousien vorm Fenster sind weit aufgezogen, und das Sonnenlicht schimmert auf ihrer Haut, während sie die Schränkchen auf- und zumacht.

«Oh», sagt sie zu Florence. «Hi. Ich hab bloß mal nachgesehen, was es zu essen gibt.» Sie lächelt und macht die Schublade zu, die sie gerade herausgezogen hat. «Sie scheinen viel Konserven zu essen.»

«Louis ißt das gern», sagt Florence und zieht die Jalousien halb zu.

«He», sagt Mary, «mögen Sie keinen Sonnenschein?»

«Ich mag ihn. Bloß ist er um diese Uhrzeit ein bißchen zu grell.»

«Na ja», sagt Marybeth. «Ich liebe Sonnenschein. Deshalb bin ich hergekommen.» Sie hält, die Hand auf einem Schränkchen, inne und sieht Florence an. «Ich verstehe nicht, wie irgend jemand Sonnenschein nicht lieben kann», sagt sie.

«Ich mag ihn», sagt Florence erneut. «Ich hab ihn bloß abends lieber.»

Marybeth macht einen Schrank auf, sieht kurz die Tassen und Untertassen darin an und macht ihn dann wieder zu. «Warum?»

«Oh», sagt Florence, zuckt mit den Achseln und versucht, sich einen Grund einfallen zu lassen. Sie erinnert sich an einen Ausdruck, den sie vor kurzem gelesen oder im Radio gehört hat, etwas über die Lichtqualität. «Das liegt an der Lichtqualität», sagt sie. «Die ist dann anders.»

«Wie anders?» fragt Marybeth, und Florence wedelt mit der Hand.

«Oh», sagt sie. «Einfach anders.»

Marybeth zieht eine Schachtel Corn-flakes hervor, liest das Etikett und stellt sie dann zurück. «Na ja», sagt sie, «ich mag ihn den ganzen Tag lang.»

Sie zieht eine Schublade auf, in der sich Topflappen und Geschirrtücher befinden, durchstöbert sie und macht sie dann wieder zu. Sie lächelt Florence an. «Ich bin wohl bloß neugierig», sagt sie. «Ich suche gar nichts. Wirklich.»

Sie blickt auf, als Louis, das Haar naß vom Duschen, im Bademantel hereinkommt. «Louis», sagt Marybeth, «ich hab vorzüglich geschlafen.»

Louis zieht den Bademantel fest um sich und lächelt das Fenster an. Mit seinem grasgrünen Bademantel in dem flach einfallenden Morgenlicht sieht er wie ein Zeitungsausschnitt aus.

«Wie wär's mit etwas Kaffee?» sagt Marybeth. Florence kann an ihrer Stimme nicht erkennen, ob sie welchen anbietet oder darum bittet, und sie geht ins Badezimmer, in dem es von Louis' Dusche immer noch dampft. Sachen, die Marybeth gehören – ein paar Fläschchen, Gläschen mit Hautlotion, roter Plastikkamm und -bürste –, sind auf der Ablage verstreut, und mehrere lange blonde Haare hängen am Rand des Waschbeckens.

Als sie in die Küche zurückkommt, ist der Kaffee fertig. Marybeth steht am Spülbecken und sieht Mrs. Walker dabei zu, wie sie ihren Kies recht.

«Was *ist* denn mit der los?» sagt sie. «Sie recht gerade draußen den Kies.»

«Das tut sie immer», sagt Louis. «Sie ist verrückt.»

Das ist das erste Mal, daß Florence gehört hat, wie Louis sich über Mrs. Walker äußert. Sie leistet Marybeth am Fenster Gesellschaft.

«Sie ist nicht wirklich verrückt», sagt Florence. «Bloß etwas sonderbar.»

«Jetzt sehen Sie sich das mal an», sagt Marybeth, als Mrs. Walker sich in ihren Stuhl setzt. «Sie will schaukeln. Auf Kies.»

«Sie ist verrückt», sagt Louis scharf.

Mrs. Walker blickt zu ihrem Fenster herüber, starrt Marybeth und Florence einen Augenblick lang an und zieht sich dann den Hut über die Augen. Marybeth schüttelt den Kopf.

«Junge, Junge», sagt sie. «Was für ein Ort. Na ja.» Sie dreht sich zu Florence um. «Sind Sie fertig, um zum Strand zu gehen? Wir sind soweit.»

Florence ist seit den ersten Wochen ihres Hierseins, als sie und Louis ein paarmal versuchsweise zu dem öffentlichen Strand ein Stück weiter unten an der Straße gegangen sind, nicht mehr am Meer gewesen. Das war im August, einer schlechten Zeit für hier, hatten alle ihnen erzählt; es war glühend heiß, und Sand und Wasser waren voll gereizter Touristen, ängstlicher, schwitzender Kinder und kreischender Möwen. Florence war nie zuvor im Meer geschwommen, und sie und Louis sind nur hineingewatet, wieder herausgewatet und haben sich dann nach Hause zurückgezogen, um sich keinen Sonnenbrand zu holen.

Bei allem hat Florence ein unbehagliches Gefühl gehabt: bei den Fischen, die ihr um die Knöchel gehuscht sind, dem schleimigen Tang, der angetrieben wurde, dem Sand, der unter ihren Füßen weggerutscht ist. Und später hat sie sich in ihrer Angst bestätigt gefühlt: Während des ersten Monats nach ihrer Ankunft wurde an der Küste ein Junge von einem Hai getötet; es war eigentlich nicht in ihrer Nähe, obwohl es, worauf Florence Louis hingewiesen hat, dasselbe Meer und dasselbe Wasser war, das an ihren eigenen Strand brandete. Seitdem ist Florence nicht mehr hingegangen; die verbrannten, unglücklichen Gesichter der Touristen, die abends zurück nach Hause trotten, genügen, um sie im Haus bleiben zu lassen, diese Gesichter und die Artikel über Sonnenschein und Hautkrebs, die ihre Mutter gelegentlich in die Briefe an sie steckt.

«Nein», sagt sie zu Marybeth. «Ich schwimme eigentlich nicht gern.»

«Sie schwimmen auch nicht gern?» sagt Marybeth. «Sie mögen keinen Sonnenschein. Sie schwimmen nicht gern. Warum leben Sie dann in Florida?»

«Sie hat Angst vor Haien», sagt Louis unvermittelt, und sie

drehen sich beide um und sehen ihn an. Er scheint sich darüber zu wundern, daß ihm so viel Aufmerksamkeit zuteil wird.

«Viele Leute haben davor Angst», sagt er und lächelt hilflos. «Aber es gibt wirklich keinen Grund dafür», sagt er zu Marybeth. «Die kommen nie bis an den Strand.»

«Na ja», sagt Florence, «da war dieser Junge letztes Jahr.»

«Das war im Golf», sagt Louis. «Das war ein verirrter Hai. Es war auf der anderen Seite der Küste.»

«Ja», sagt Florence, «aber es war trotzdem ein Hai, und er hat trotzdem diesen Jungen getötet.»

Marybeth führt ihre Kaffeetasse an die Lippen, und ihr Blick wandert zwischen Louis und Florence hin und her.

«Er hat ihn eigentlich nicht getötet», sagt Louis geduldig zu Marybeth. «Der Junge ist im Krankenhaus gestorben.»

«Er ist verblutet», sagt Florence. «Wegen dem Hai.»

Louis seufzt auf. «Es ist ein kleiner Hai gewesen», sagt er zu Marybeth. «Er hat sich verirrt und dieses Kind gebissen.»

«Er hat ihn gefressen», sagt Florence. «Er hat sein Bein aufgefressen.»

«Man weiß nicht, ob er das Bein aufgefressen hat. Das weiß man nicht.»

Er und Marybeth sehen Florence an und warten auf ihre Antwort, aber da es stimmt, daß man nicht wissen kann, ob der Hai tatsächlich das Bein des Jungen aufgefressen hat oder nicht, sagt Florence nichts und beobachtet statt dessen, wie eine Eidechse auf einer schrägen Bahn auf dem Drahtgitter an der Veranda vorrückt. Ihr Schwanz verursacht ein trockenes Rascheln, als sie über den Draht schnellt.

«Wie dem auch sei», sagt Louis. Er streicht mit den Händen über seine Brust und lächelt erst die beiden und dann Mrs. Walker ausdruckslos an. Er sieht ihr einen Augenblick dabei zu, wie sie schaukelt, und steht dann auf. «Schätze, ich sollte mich fertigmachen.»

Als er das Zimmer verlassen hat, wendet Marybeth sich Florence zu.

«Hat der Hai wirklich das Bein dieses Jungen aufgefressen?»

«Ich weiß nicht. Er hatte es nicht mehr, als sie ihn gefunden haben.»

«Ich kann verstehen, warum Sie Angst vor ihnen haben», sagt Marybeth.

«Ich hab keine richtige Angst. Ich denke bloß, es ist am besten, in Sicherheit zu sein», sagt Florence. Aber nachdem es passiert war, hat sie tagelang darüber nachgedacht und sich gefragt, wie es sich wohl angefühlt hat: der plötzliche heftige Ruck, die unzähligen Zähne, die sich über den zerbrechlichen Knochen am Knie schließen, und sie hat sich gefragt, ob es weh getan hat oder ob der Junge von dem Schock bewußtlos geworden ist. Sie hat überlegt, daß es möglich wäre, daß er überhaupt nichts gespürt hat, als er hinter seinem verlorenen Bein hergepaddelt ist und den weißen Sand nach dem Gesicht seiner Mutter abgesucht hat, während sie ihre Hand über ihre Zeitschrift hat gleiten lassen und in einen heißen, sonnenbeschienenen Schlaf gesunken ist.

«Na ja», sagt Marybeth, «Hai oder kein Hai, ich gehe schwimmen. Sie sollten mal das Wasser in New York sehen. Das läßt Haie ungefährlich erscheinen. Außerdem habe ich nicht gern vor etwas Angst.»

«Ich hab keine Angst», sagt Florence erneut, aber Marybeth wendet ihren Blick Louis zu, als er in einer weißen Frotteejacke zurückkommt, die ihm seine Mutter geschenkt hat, bevor sie hierhergekommen sind. Florence hat vorher erst ein- oder zweimal erlebt, daß er sie angehabt hat. An den Füßen trägt er grüne Plastiksandalen, die auf den Teppich klatschen; sie haben die gleiche Farbe wie der Kunstrasenteppich auf der Veranda.

Marybeth bleibt an der Tür stehen. «Also», sagt sie, «einen schönen Tag noch.»

Florence beobachtet vom Fenster aus, wie sie die Straße hinuntergehen, bis sie nur noch die weiße Sonne an deren Ende sehen kann. Als sie in die vertrauten Zimmer ihres Hauses zurückgeht, ist irgend etwas anders, und es dauert einen Augenblick, bis ihr klar wird, daß das an dem Geruch liegt, an dem blumigen Duft von Marybeth' Parfüm. Sie macht die Augen zu, holt Luft und fragt sich, wie es wohl wäre, innerhalb ihrer Haut so zu riechen.

Sie bleibt einen Augenblick lang an der Tür stehen, bevor sie nach draußen geht; Mrs. Walker lehnt sich in ihrem Schaukelstuhl zurück und starrt direkt in die Sonne, und als Florence sich neben sie setzt, sieht Mrs. Walker sie nicht an.

«Tja», sagt sie, «sie kommen. Um mich zu demütigen. Oder wie auch immer sie es nennen.»

Florence kann es kaum ertragen, die dunkle, lederne Gesichtshaut von Mrs. Walker anzusehen, die in dem grellen Licht glüht. Als Mrs. Walker sich ihr schließlich zuwendet, sehen ihre Augen wie glänzende schwarze Steine aus, die fast völlig im Schlamm versunken sind.

«Wer ist dieses Mädchen?» fragt sie, und Florence blickt an ihr vorbei auf die Straße.

«Bei Ihnen im Haus, meine ich», sagt Mrs. Walker. «Dieses blonde Mädchen.»

«Oh. Das ist Louis' Cousine. Nichte. Aus Indiana.»

«Sie redet zu laut», sagt Mrs. Walker. «Zu laut für hier. Sie erinnert mich an die Kinder meines Mannes.»

Sie macht die Augen zu und lehnt sich zurück. «Hab ich Ihnen schon gesagt, daß sie kommen?» fragt sie. Sie bewegt die Lippen und macht dann die Augen wieder auf, um in die Sonne zu blicken. «Was wird aus mir werden?» fragt sie.

Florence steht auf, aber Mrs. Walker wendet ihren Blick nicht vom Himmel. «Was wird aus *mir* werden?» sagt sie erneut.

Florence bleibt an der Tür stehen; als sie sich umdreht, um Mrs. Walker zu fragen, wann die Kinder ihres Mannes kommen, beugt Mrs. Walker sich in ihrem Stuhl vor und starrt den ordentlichen weißen Kies um sie herum an.

Florence sitzt am Küchentisch und hört sich eine Radiosendung an mit Höreranrufen zu der Alligatorenproblematik, den Panthern in den Everglades und den Problemen mit der Tierwelt im allgemeinen. Es ist Spätnachmittag, und sie erwartet Louis und Marybeth jeden Augenblick zurück, aber erst, als sie ihre Stimmen durchs Fenster hört, fällt ihr plötzlich wieder ein, daß sie den Handwerker wegen der Klimaanlage anrufen sollte.

Sie dreht das Radio ab und geht ans Spülbecken, um dort zu warten. Als die Wagentüren schlagen, dreht sie das Wasser auf und fängt an, das trockene Geschirr von Frühstück und Mittagessen noch einmal abzuspülen, aber sie ist damit fertig, bevor sie hereinkommen, so daß sie alles noch einmal abspült und sich umdreht, als sie schließlich eintreten.

«Junge, Junge», sagt Marybeth zu Florence. «Werden Sie eine Überraschung erleben.» Ihr Haar hat von der Sonne gelbe Streifen. Louis kommt hinter ihr herein und hält zwei kleine Hummer in die Luft.

«Guck mal», sagt er. «Hummer.»

Die Hummer schwenken träge ihre festgesteckten Zangen auf beiden Seiten von Louis' Kopf durch die Luft. Marybeth sieht ihnen mit ausdruckslosem Gesicht zu.

«Sie sind in einer Kiste gewesen», sagt sie zu Florence, «als wir sie gekauft haben.» Sie starren alle ausdruckslos die Hummer an, bis Marybeth fröhlich sagt: «Muß man Hummer nicht einfach gern haben?»

Florence hat hier in Florida erst einmal, kurz nach ihrer Ankunft, Hummer gegessen; sie und Louis sind in ein Restaurant gegangen, wo sie in einer Schlange fast vierzig Minuten auf einen Tisch warten mußten, und während sie warteten, sagte man ihnen, daß sie sich ihre Hummer aus mehreren Exemplaren aussuchen sollten, die trostlos auf dem Boden eines schmutzigen Bassins herumkrochen. Florence sagte, daß ihr jeder recht sei, aber Louis hockte sich vor das Bassin und sah sich alle genau an, bevor er seinen auswählte. Florence sah nicht, daß tatsächlich irgendeiner von ihnen aus dem Bassin herausgeholt wurde, und sie fragte sich, ob der Hummer, den Louis serviert bekam, tatsächlich derselbe war, den er ausgewählt hatte. Als sie aßen, versuchte sie, nicht daran zu denken, wie die, auf die sie gezeigt hatten, aus dem Bassin genommen und in kochendes Wasser gesteckt worden waren.

«Ich weiß nicht», sagt sie. «Ich hab irgendwo gelesen, daß Hummer schreien, wenn man sie kocht.»

Louis blickt von einem Hummer zum anderen und läßt langsam die Hände sinken. «Nein», sagt er. «Es tut nicht weh. Man würde es nicht so machen, wenn es weh täte.»

«Das stimmt, Florence», sagt Marybeth. «Ich glaube, das stimmt. Der Schock von dem kochenden Wasser tötet sie sofort. Auf der Stelle.»

Die Hummer baumeln teilnahmslos in Louis' Händen und regen sich kaum noch. Florence fragt sich, ob sie atmen können, wenn sie so lange nicht im Wasser sind.

«Also», sagt Marybeth, «bringen wir das Wasser zum Kochen.» Sie beginnt, auf der Suche nach einem Topf, der groß genug ist, um beide Hummer darin zu kochen, in den Schränkchen herumzuklappern, während Louis hinter ihr steht und die Hummer neben sich hält.

Florence wartet im Badezimmer, während sie die Hummer kochen; sie ist sicher, daß sie mit dem Schrei recht hat, obwohl sie weiß, daß es überzeugender wäre, wenn sie sich erinnern könnte, wo sie es gelesen hat, oder an ein paar genaue Einzelheiten. Sie stellt sich ans Waschbecken und versucht, sich zu entsinnen. Im Spiegel sieht ihr Haar dünn und trocken aus, und ihr Gesicht wirkt irgendwie aufgeschwemmt, als wäre es draußen im Regen liegengeblieben. Sie dreht sowohl am Waschbecken als auch an der Dusche den Wasserhahn auf, um jegliches Geräusch zu übertönen, das die Hummer machen könnten, und sieht zu, wie Dampf am Spiegel aufsteigt und langsam ihr Gesicht von unten herauf überdeckt.

Als sie in die Küche zurückkommt, sind die Hummer gekocht; ihre Schalen sind knallrot, und die kleinen Holzstifte in ihren Zangen sind dunkel und mit Wasser vollgesogen.

«Sehen Sie?» sagt Marybeth. «Kein Schrei. Ich glaube wirklich nicht, daß sie es überhaupt spüren. Es geht so schnell.»

Der Hummer schmeckt Florence komisch, nach Fisch, aber verwest, und sie glaubt, daß er Louis genauso schmeckt, weil er bedächtig ißt, ihn genau untersucht und Florence nicht ansieht, während er jeden einzelnen Bissen in das kleine Schälchen Butter in der Mitte des Tisches tunkt. Nur Marybeth scheint den Hummer zu genießen, und als sie mit dem Essen fertig sind, wickelt Louis die Schalen in Zeitungspapier und drückt alles sorgfältig in den Abfalleimer, aber der Geruch bleibt. Florence kann ihn an ihren Händen und in ihrem Haar wahrnehmen.

«Tja», sagt Marybeth und blickt sich erwartungsvoll um, «und jetzt?»

Bald wird es dunkel werden; die Sprinkler werden anspringen, Mrs. Walker wird herauskommen, um die Vögel zu füttern, Louis wird ein Spiel im Fernsehen finden, und Florence wird neben ihm auf dem Sofa sitzen und eine Zeitschrift lesen oder vielleicht ihrer Mutter schreiben.

«Es läuft ein Spiel», sagt Louis. «Die Colts.»

«Oh», sagt Marybeth. «Die Colts.»

Sie starrt aus dem Fenster und trommelt mit den Fingernägeln auf den Tisch. Sie sehen aus, als wären sie frisch lackiert, aber nicht gefeilt worden, und Florence fragt sich, wann sie wohl, während sie von New York hergetrampt ist, die Möglichkeit gehabt hat, sich die Fingernägel zu lackieren.

«Ich weiß», sagt Marybeth. «Spielen wir Karten.»

Louis blickt auf den Fernseher. «Karten?» wiederholt er wenig begeistert.

«Klar», sagt sie. «Ich hab immer ein Kartenspiel dabei. Das hilft, sich die Zeit zu vertreiben. Sie wissen, was ich meine», sagt sie und nickt Florence zu.

«Spielt ihr zwei», sagt Florence. «Ich muß ein paar Briefe schreiben.»

Ein leicht enttäuschter Blick geht über Louis' Gesicht, wie ein Schatten, der über ein weites Feld zieht und, wenn er vorübergezogen ist, nur dieselbe gewohnte Landschaft zurückläßt, die von dem Wetterwechsel darüber unbeeinflußt bleibt.

Florence hört ihnen beim Kartenspielen zu, während sie ihrer Mutter schreibt. *Liebe Mutter*, hat sie bis jetzt geschrieben. *Louis geht es gut. Es geht uns beiden gut. Das Wetter ist herrlich, heiter und sonnig. Heute abend hatten wir frischen Hummer.* Sie versucht, sich etwas einfallen zu lassen, wie sie die Sprache auf Marybeth bringen könnte: eine Freundin von Louis, zieht sie in Betracht, oder einfach ein Gast. Sie stellt sich vor, wie ihre Mutter den Brief liest, ihn, zur Hälfte gelesen, irgendwo auf einen Tisch legt und dann vergißt, wo sie ihn liegengelassen hat, während sie Florence' Vater zu erzählen versucht, was drin gestanden hat: Oh, etwas über einen Gast, würde sie sagen, irgendeine Freundin von Louis.

Florence beendet den Brief, ohne Marybeth erwähnt zu haben, und schreibt dann zwei weitere, fast mit demselben Inhalt, einen an ihre Tante, den anderen an eine Frau, mit der sie kurzzeitig gearbeitet hat. Sie fragt sich, was sie wohl alle darüber denken werden, wie sie lebt, wenn sie die Briefe lesen – ob sie sie sich am Strand vorstellen werden, wie sie in glitzerndes Wasser ein- und wieder daraus auftaucht, vital und braun gebrannt, so, wie sie selbst es sich einmal vorgestellt hat.

Als sie die Briefe fertig hat, sieht sie die Zeitung sorgfältig nach irgendwelchen Artikeln durch, die ihre Mutter interessieren könnten; sie sucht vor allen Dingen nach irgendwelchen Geschichten über Alligatoren, mit Bildern davon, wie sie unschuldig auf ordentlichen Vorstadtrasenflächen liegen. Sie nimmt sich Zeit mit der Zeitung, liest jeden Leitartikel, jeden Leserbrief, jeden Comic strip, aber trotzdem sind Louis und Marybeth noch beim Kartenspielen, als sie schließlich aufsteht und ins Bett geht, und haben die Köpfe über den Tisch gebeugt; die Lampe über ihnen hebt die glänzenden blonden Strähnen in Marybeth' Haar hervor.

Florence liegt wach, bis Louis ins Bett kommt. Sie bewegt sich nicht, während er sich neben ihr auf seinen Ellbogen legt, und sie kann ein leichtes Pfeifen in seinem Atem hören; ihr kommt der Gedanke, daß er hier möglicherweise doch Atembeschwerden hat, etwas, das die Probleme übersteigt, die alle mit der heißen, feuchten Luft haben. An seiner Reglosigkeit kann sie erkennen, daß er ihr etwas sagen möchte, und er streckt die Hand aus und läßt seine Finger in der Vertiefung an ihrem Halsansatz ruhen.

«Ich hab mich gerade gefragt, ob du noch wach bist», sagt er.

Sie zieht den Hals von seiner Hand weg. «Ich hab schon geschlafen», sagt sie und dreht ihr Gesicht zur Wand. Die Badezimmertür geht auf und zu, aber dann ist nichts mehr zu hören, nicht die Toilettenspülung, kein fließendes Wasser; sie ist sicher, daß Marybeth ihnen zuhört, daß sie den Kopf an den Spiegel lehnt und horcht, während sie lächelt und das leuchtend rosafarbene Schimmern ihrer Fingernägel bewundert.

Als Florence am Morgen aufsteht, ist Louis schon auf und hat sich geduscht; er sitzt am Tisch und liest die Zeitung, während Marybeth Kaffee aus der Dose in die Kaffeekanne schüttet.

«Florence», sagt sie. «Wie haben Sie geschlafen?» Louis sieht zu ihr auf, und als sie «gut» sagt, schaut er wieder in die Zeitung.

«Ich auch», sagt Marybeth. «Ich habe noch keinmal so gut geschlafen, seit ich New York verlassen habe.» Sie lächelt und wedelt mit der Kaffeedose, wobei sie Kaffee auf der Arbeitsplatte verstreut. «Die Luft ist so sauber», sagt sie. «Ich hab das Gefühl, wieder frei atmen zu können.»

Florence dreht das Wasser am Spülbecken auf, um den Schwefel ablaufen zu lassen. Mrs. Walker sitzt bereits in ihrem Stuhl und schaukelt behutsam im Kies. Sie hält die Hände, die Handflächen der Sonne zugewandt, vor sich in die Luft, starrt sie an, läßt sie dann sinken und blickt auf den Boden.

«Wissen Sie», sagt Marybeth, «so verschwenden Sie eine Menge Wasser. Wasser ist», sagt sie und wendet sich Louis zu, «keine regenerierbare Ressource.»

«Das ist unumgänglich», sagt Florence, aber sie dreht das Wasser ab und sieht zu, wie es aus dem Spülbecken abläuft.

«Hör mal», sagt Louis. «Die Mets haben verloren.»

Marybeth begibt sich zu ihm an den Tisch, und gemeinsam lesen sie die Ergebnistabellen durch. Florence dreht das Wasser wieder auf und läßt es über ihre Hände laufen, bis sie sich taub anfühlen. Als sie das Wasser abdreht, kann sie sie nicht spüren; sie sind wie Leerräume an den Enden ihrer Arme. Hinter ihr bietet Marybeth Louis noch eine Tasse Kaffee an.

«Okay», sagt Marybeth. «Machen wir uns auf die Socken.» Sie geht zum Spülbecken und balanciert ihre Tasse vor sich auf der flach ausgestreckten Hand.

«Florence», sagt sie, «Sie sollten wirklich mit uns kommen. Der Sonnenschein würde Ihnen guttun.» Sie stellt ihre Tasse ins Spülbecken und dreht sich um. «Sie können es sich ja überlegen, während wir uns fertigmachen.»

Florence setzt sich an den Tisch und horcht auf die Geräusche, die Marybeth im Badezimmer macht: das fließende Wasser, das Auftragen der Hautlotion auf ihre zarte Haut. Louis kommt in Strandkleidung, seinen grünen Schuhen und seiner Frotteejacke, herein. Eine Sonnenbrille hängt um seinen Hals, an einer neuen leuchtend blauen Schnur, über die er unsicher seine Finger gleiten läßt. Marybeth kommt lächelnd wieder ins Zimmer.

«Sind Sie sicher, daß Sie nicht mitkommen wollen?» fragt sie, und Louis legt die Hand auf den Türgriff. «Es wird Spaß machen.»

Florence steht in der Mitte des Zimmers und blickt sich um. «Tja», sagt sie, «wenn ihr mich wirklich dabeihaben wollt.»

Louis nimmt die Hand vom Türgriff und legt seine Brille sorgfältig genau auf die Mitte seines Brustkorbs.

Am Strand ist es laut und überfüllt, und sie stellen sich an den Rand des Parkplatzes und lassen ihre Blicke über den Sand schweifen. Ein kleines Kind tapst vor ihnen vorbei, und eine junge Frau kommt hinter ihm her.

«Janette», ruft sie, als das Kind zur Straße tappt. «Warte, Janette», aber sie scheint nicht daran interessiert zu sein, es einzuholen, und schlendert, selbst als sie seinen Namen ruft, träge hinter ihm her.

«Oh», sagt Marybeth, «da ist genau die richtige Stelle.»

Sie folgen ihr über den Sand, bis sie unvermittelt stehenbleibt und ihren Rucksack fallen läßt. «Ist das hier nicht genau richtig?» sagt sie. Sie knöpft ihr Hemd auf und sieht zu, wie Florence sich die Bluse auszieht.

«Junge, Junge», sagt Marybeth. «Sie müssen die weißeste Haut in ganz Florida haben. Gucken Sie mal», und sie streift den Träger ihres Badeanzugs von der Schulter, um ihr einen schmalen, blassen Hautstreifen zu zeigen.

«Selbst da, wo ich nicht braun bin», sagt sie, «habe ich eine dunklere Haut als Sie. Sie sollten lieber aufpassen. Sie könnten sich einen starken Sonnenbrand holen.»

Sie nickt und starrt aufs Wasser hinaus. «Sie müssen nach und nach braun werden. Sonst holen Sie sich einen Sonnenbrand, und Ihre Haut schält sich, und das ist ungesund. Dadurch altern Sie vorzeitig.» Sie nickt ernsthaft, und Florence kann sehen, daß ihr der Klang der Worte gefällt. «Ja», sagt sie, «altern vorzeitig. Dann sehen Sie aus wie diese alte Frau in dem Schaukelstuhl.»

Louis legt die Hände flach auf den Sand und beschreibt kleine Kreise mit ihnen, die nach außen breiter werden; dann hebt er die Hände hoch, sieht die Muster an, die er hervorgebracht hat, und lächelt, zufrieden mit seinem Werk.

Das gibt Florence einen Augenblick lang zu denken, über die Berührung seiner Hand, das Wispern seines Atems auf ihrem Hals am Morgen. Sie steht auf.

«Ich glaube, ich hol mir was zu trinken», sagt sie und läßt sie im Sand zurück, wo Louis immer noch seine Kreise anschaut. Sie weiß, daß Marybeth ihr nachschaut, und sie versucht, sich anmutig zu bewegen, aber ihre Fersen versinken im Sand, und sie fühlt sich wie ein Tier, das sich einen Berg hinaufschleppt.

Die Imbißbude steht auf einer Betonplatte unter einer flachen Überdachung. Dort stehen mehrere Picknicktische voller Leute mit knallroten, unglücklichen Gesichtern; sie sehen benommen aus, und sie essen und trinken mechanisch. Am äußersten Rand des Betons flattern oder laufen Möwen herum und stoßen heisere, hungrige Schreie aus, aber überall untersagen Schilder, sie zu füttern, und die wenigen, die sich auf die Terrasse wagen, bleiben unbeachtet oder werden mit dem Fuß weggestoßen.

Florence kauft sich einen Becher Popcorn und trägt ihn über den Sand zu einer verkümmerten Palme, die etwas Schatten spendet; sie hockt sich darunter und wirft versuchsweise ein paar Popcornkrümel hin. Unverzüglich stürzt sich eine Möwe in den Sand und pickt sie auf; es folgt eine weitere, dann noch eine, und nach wenigen Augenblicken lehnt sie mit dem Rücken an dem rauhen Baumstamm und ist von einem flügelschlagenden Durcheinander umgeben. Möwen picken ungestüm in den Sand und aufeinander los und lassen ab und zu einen Chorgesang aus schrillen Schreien ertönen.

Florence stellt fest, daß es viel zu viele Möwen für die geringe Menge Popcorn in dem Becher sind, und eine leichte Angst steigt in ihr auf. Sie schleudert eine Handvoll nach der anderen von sich, in den Schwarm von Vögeln, und während sie picken und sich zanken, leert sie den Becher aus und geht schnell davon. Sie bleibt stehen, um den leeren Becher in einen Mülleimer fallen zu lassen, und blickt sich um; einige der Möwen am Rande des Kreises sind davongeflogen, aber der Rest ist dageblieben, in einer kleinen Gruppe, die inzwischen auch dort den Boden bedeckt, wo sie gestanden hat. Sie ist überrascht zu spüren, daß ihr Herz hämmert, und als sie über den Sand zurückgeht, versucht sie, sich für Marybeth und Louis eine amüsante Schilderung der Möwen einfallen zu lassen, aber als sie bei ihnen ankommt, stehen sie da und warten auf sie.

«Wir haben auf Sie gewartet», sagt Marybeth. «Wir wollten nicht ins Wasser gehen, ohne Ihnen Bescheid zu sagen.»

«Es macht dir doch nichts aus?» sagt Louis. «Allein hierzubleiben?»

Sie gehen Seite an Seite zum Wasser – Louis schleppt sich vorsichtig dahin, Marybeth gleitet leichtfüßig über den Sand – und bleiben am Rand des Wassers stehen.

Louis geht als erster hinein, bis zu den Knien, und blickt sich dann zu Marybeth um, die hineinplatscht und sich neben ihm seitwärts hinfallen läßt. Florence sieht zu, wie sie hinausschwimmen, bis nur noch zwei winzige Köpfe, zwei dunkle Punkte, die über die Wellen getragen werden, zu erkennen sind.

Sie legt sich auf ihr Handtuch zurück und versucht, Louis in dem Stimmengewirr herauszuhören, und einen jähen, entsetzlichen Augenblick lang kann sie sich nicht an den Klang seiner Stimme erinnern, daran, ob sie tief oder hoch und durchdringend ist. Sie setzt sich auf, um nach ihm Ausschau zu halten. Weit draußen auf dem Wasser sind zwei kleine Gestalten, aber die Wellen heben und senken sich ungestüm vor ihnen, bevor sie ihre Gesichtszüge erkennen kann. Sie schließt die Augen und stellt sich Louis und Marybeth unter Wasser vor, wie ihre Gesichter sich zu einem Kuß treffen. Als sie erneut über das Wasser blickt, kann sie niemanden entdecken, der wie Louis aussieht. Sie konzentriert sich auf jeden dahintreibenden Kopf, bis irgend etwas – die Haarlänge, die Form der Kinnlade, eine ungewohnte Geste – zu erkennen gibt, daß es sich um jemand anderen handelt, und sie starrt aufs Meer hinaus, bis sie nur noch Licht sehen kann; sie ist sich sicher, daß keiner der Köpfe Louis gehört. Den ganzen Strand entlang gehen oder sitzen oder liegen Leute, aber bei keinem von ihnen handelt es sich um Louis, und als Florence sich die Wellen genau ansieht, ist sie sich sicher, daß sie einen Schatten sieht, etwas Großes, Dunkles, das sich auf die Wasseroberfläche zubewegt und wieder nach unten gleitet. Sie sieht plötzlich vor sich, wie Louis' Kopf im Rachen eines Hais steckt, und sie blickt sich nach dem Rettungsschwimmer um, der gerade zu drei Frauen hinablächelt, die um seinen Stuhl herum stehen; er lacht, während er von einer zur anderen blickt, und seine Nase glänzt strahlend weiß. Florence will, daß er nach den Schwimmern Ausschau hält. Es besteht die Möglichkeit, daß Louis und Marybeth ertrunken sind, während er sich mit den Frauen unterhalten hat; es besteht die Möglichkeit, daß in diesem Augenblick ein Hai unbemerkt direkt unter der Wasseroberfläche entlanggleitet. Florence kann sich nicht vorstellen, wie sie die Frauen beiseite schiebt, um mit dem Rettungsschwimmer zu reden, oder wie sein Gesicht aussieht, wenn er zu ihr herabschaut, und sie versucht, sich Louis vorzustellen, wie er selbstsicher die Küste rauf- und runterschwimmt, aber alles, was sie sehen kann, ist sein zerbrechlicher Kopf auf dem Meeresgrund, seine Haut in der Farbe des Sands, Sand in seinen Augen und Sand, der ihm die Kehle verstopft. Während die Leute ins Wasser gehen oder herauskommen, blitzt Licht auf ihrer nassen Haut auf, so daß sie kaum wie Menschen aussehen und in der klaren Luft glitzern. Die Sonne blendet ihre Augen, und sie macht sie zu und legt sich auf den unebenen Sand zurück.

Ihre Haut fühlt sich seltsam und starr an, als sie in Schlaf sinkt. Irgendwo, denkt sie, starrt ein Hai hoffnungsvoll durch blaues Wasser zu einer grünen Sonne auf; irgendwo hebt ein Alligator seinen unbeweglichen Kopf und wälzt sich zu den Beinen eines Kindes; überall liegen Tiere in Erde, Sand und Wasser herum und träumen davon, ihren Rachen über einem menschlichen Körperteil zu schließen.

Als Florence die Augen aufschlägt, stehen Louis und Marybeth über ihr, zwei schwarze Schatten vor der Sonne. Sie kann ihre Gesichter nicht sehen oder irgendwelche Gesichtszüge erkennen, aber sie reden mit ihr, als wäre nichts passiert, und ihr wird bewußt, daß sie geschlafen hat.

«Das Wasser ist prima», sagt Louis. Er tätschelt sich den Bauch. «Wir haben keinerlei Haie gesehen. Oder auch nur irgendwelche Fische.»

«Ich hab eine Menge Fische gesehen», sagt Marybeth. «Haben Sie diesen Rochen gesehen? Mein Gott.» Sie setzt sich neben Florence und deutet mit den Händen etwa dreißig Zentimeter an. «Das war ein riesiges Exemplar.» Florence hält die Hand hoch, um sich vor der Sonne zu schützen.

«Ich hab gedacht, ihr seid ertrunken», sagt sie. «Ich konnte euch nirgends sehen.«

«Warum solltet wir ertrinken?» fragt Louis.

«Sie haben gedacht, wir seien ertrunken, und haben ein Nikkerchen gemacht?» sagt Marybeth. Sie lacht. «Und Ihre Pennies zusammengezählt?»

«Ich konnte euch gar nicht sehen», sagt Florence. «Nirgendwo auf dem Strand.»

«Tja, wir sind dagewesen», sagt Louis. «Geschwommen.»

Als Florence sich aufsetzt, fühlt sie sich, als würde ihr Gesicht auseinandergezogen wie Gummi; ihr wird klar, daß es ihre eigene Haut ist, die so spannt, und als sie an sich herunterblickt, sehen ihre Arme und Beine wie die Glieder von jemand anderem aus.

«Ach du meine Güte», sagt Marybeth, «gucken Sie sich das mal an.»

Sie legt ihre Hand flach auf Florence' Oberschenkel, und Florence starrt darauf. Marybeth' Finger sind lang und schmal, ihre Nägel vollendet geformt, und als sie die Hand hochhebt, bleibt ein langer weißer Abdruck auf Florence' roter Haut zurück.

«Das werden Sie noch merken», sagt Marybeth. «Erstklassig.» Sie schüttelt den Kopf. «Die Haut wird schichtweise abgehen, wenn Sie nichts drauf tun. Vielleicht sogar, wenn Sie was drauf tun.»

Louis nickt. «Du solltest lieber aus der Sonne gehen», sagt er. «Das wird ein starker Sonnenbrand. Willst du, daß ich dich nach Hause bringe?»

Winzige Punkte schweben vor seinem Gesicht, und obwohl Florence weiß, daß das an der Sonne liegt, irritiert es sie. Er streicht sich Sand vom Mund, und sie versucht, sich vorzustellen, wie sich sein sandiges Gesicht an ihrem anfühlen würde. Sie macht die Augen zu, aber alles, was sie spürt, ist die Hitze, die in ihren Knochen aufsteigt und ihre Haut zu einem feinen Pulver verbrennt, das über den breiten Streifen weißen Sandes gefegt werden wird.

«Florence?» sagt Louis.

«Nein», sagt sie, «ich geh allein.»

Als sie aufsteht, spürt sie nichts, nur die steifen, mechanischen Bewegungen ihrer Knochen und Muskeln. Sie weiß, daß das später weh tun wird, aber im Augenblick spürt sie nichts, weder den Sand unter ihren Füßen noch den heißen Gehsteig oder die Sonne, die auf sie herunterbrennt, als sie wie in einem Traum nach Hause geht.

Sie bleibt stehen, um sich die Flamingos vor dem Hotel anzusehen; wenn sie sich nicht bewegen würden, könnte man denken, sie seien aus Plastik, so unbeweglich und rosafarben wie die, die sie ab und zu auf einigen der ausgefalleneren Rasenflächen in Indiana gesehen hat. Sie wartet jetzt so lange, bis sie gesehen hat, daß jeder einzelne Vogel sich bewegt hat, bevor sie sich zu ihrem Haus umdreht.

Bevor sie hineingehen kann, ruft Mrs. Walker nach ihr, und während Florence durch den Garten geht, hat sie das Gefühl, als würde sie leichtfüßig über die Kiesoberfläche gleiten, obwohl sie weiß, daß die hart und spitz sein muß.

«Gucken Sie mal», sagt Mrs. Walker. Sie hält Florence ihre Handflächen hin. «Das ist ein Zeichen. Gott hat mir ein Zeichen gesandt. Nach all den Jahren.» Sie blickt in den flammenden Himmel hinauf und sieht dann Florence an. «Was bedeutet es?» sagt sie. «Wen rufe ich?»

Florence sieht ihre Hände an; sie sind durch tiefe, spinnwebartige Falten und altersbedingte Ausdörrung gekennzeichnet.

«Da ist nichts», sagt Florence, und Mrs. Walker sieht ihre Handflächen an, lehnt sich dann in ihrem Stuhl vor und streicht mit ihnen durch den Kies.

«Gucken Sie mal», sagt sie. «Gucken Sie noch mal hin. Es ist ein Wunder.»

Als sie die Hände hochhebt, sind die weißen Steine blutbefleckt, und Florence spürt, wie in ihrem Innern etwas aufsteigt. Auf der anderen Seite des Meeres erwachen Heilige zum Leben, und der Papst starrt müßig auf die Füße seines Prälaten und bemerkt zum ersten Mal, wie zart sie sind, wie weiß die Haut; sein Geist sträubt sich gegen den Gedanken, und die zierlichen weißen Zehen sind blutbefleckt. Ein Wunder. Florence schließt die Augen.

«Da ist nichts», sagt sie und wendet sich ihrem Haus zu.

«Warten Sie», sagt Mrs. Walker. «Warten Sie.» Florence blickt zu ihr zurück; sie starrt ihre Hände an, aber die Steine um sie herum sind vollkommen weiß, makellos gerecht, bis auf die tiefen Furchen des Schaukelstuhls.

Als Florence aufwacht, ist sie sicher, daß die Geräusche sie geweckt haben, die Marybeth und Louis verursachen, als sie miteinander schlafen. Sie kann hören, wie seine Hand Marybeth' Haut streichelt, das leise Wispern ihres Haars. Sie hat das Gefühl, als stände sie in Flammen, bis auf ein kaltes Gewicht auf ihrem Bauch, und sie ist überrascht festzustellen, daß es sich dabei um ihre eigene Hand handelt. Sie führt sie zum Gesicht, um die trokkene, brennende Haut zu berühren, und stellt sich vor, wie Marybeth die Arme nach Louis ausstreckt, wie ihre schmalen Finger über seinen Rücken streifen; sie kann den Puls in seinem Hals schlagen sehen, als er sich hinunterbeugt, um sie zu küssen, und er denkt an gar nichts, nur an einen breiten Streifen Sand und dahinter das glitzernde Meer.

Sie steht auf, stellt sich an die Tür und horcht auf ihre Stimmen, aber als sie in die Küche geht, haben sie die Köpfe über ein Kartenspiel gebeugt; Louis starrt Marybeth an, während er eine Karte hinknallt, und sie schnappt sie sich.

«Ha», sagt sie. «Ich hab gewußt, daß Sie das machen würden.»

Sie breitet ihre Karten auf dem Tisch aus. «Rommé», sagt sie und beginnt, ihre Punkte zusammenzuzählen. Florence rauscht herein, und sie drehen sich um und sehen sie mit großen, leeren Augen an.

«Sie sehen ja furchtbar aus», sagt Marybeth. «Sie müssen am Verbrennen sein. Sie sollten ihr ein kaltes Bad einlassen», sagt sie zu Louis. «Mit Essig.» Sie macht einen Augenblick lang die Augen zu. «Oder vielleicht ist es auch Tomatensaft. Ich weiß nicht.» Sie wendet sich wieder ihren Karten zu und sieht dann zu Louis auf. «Das sollten Sie wirklich tun», sagt sie, und er schiebt seinen Stuhl zurück.

«Ich glaube, ich brauche bloß etwas frische Luft», sagt Florence und geht an ihnen vorbei.

Louis sieht hilflos zu ihr auf, und Marybeth addiert ihre Punkte zu dem Gesamtstand auf einem Stück Papier. Louis' Karten sind alle niedrig, Dreien und Fünfen und Sechsen, während Marybeth die Hand voller Buben und Damen hat.

Draußen ist es schon beinahe dunkel; die kleinen Häuser werfen ihre Schatten, die den Kies grau und schmutzig erscheinen lassen. Florence versucht sich wieder daran zu erinnern, was sie über die Abendsonne, die Qualität des Lichts gelesen hat; aber bis auf die Schatten scheint es sich in nichts von dem Licht zu jeder anderen Tageszeit zu unterscheiden. Drinnen legen Marybeth und Louis Karten ab, nehmen sie auf, legen sie wieder ab und denken nicht an sie. In Mrs. Walkers Haus sind alle Lichter an. Bald, vielleicht schon morgen, kommen die Kinder ihres Mannes wegen ihr, aber im Augenblick geht sie voller Glaubenseifer von einem Zimmer ins andere, und ihr Gesichtsausdruck ändert sich ständig. Florence setzt sich in Mrs. Walkers Stuhl und schaukelt sanft; unter ihr bewegen sich der knirschende Kies, die Erde und die Asche, und sie schließt die Augen, wartet und atmet den dunklen Schwefel in der Luft ein.

Im Aufbruch

Anne lehnt den Kopf aus dem Wagenfenster in den heißen Fahrtwind und versucht, sich daran zu erinnern, wo genau sie beschlossen hat, David zu verlassen. Sie denkt, daß es Cincinnati war oder vielleicht Cleveland. Es war am Rand einer großen Stadt in Ohio, die mit *C* anfängt, und sie will sich sicher sein, in welcher; sie will in der Lage sein, immer an diesen Entschluß zurückzudenken und sich genau daran zu erinnern, sie will einen Ort und einen Namen haben, den sie damit verbindet. Oh, das stimmt, wird sie sagen können, in Cincinnati habe ich letztendlich beschlossen, Schluß zu machen; dann wird Cincinnati für den Rest ihres Lebens diese Bedeutsamkeit erlangt haben, und jedesmal, wenn sie den Namen hört oder sieht, wird sie das an David erinnern, und das wird sie davon abhalten, sich wieder mit ihm oder jemand Ähnlichem einzulassen. Es wird wie eine Zauberformel sein, deren Zauber nur ihr klar ist, und jetzt kann sie sich nicht daran erinnern, wo es war.

Sie macht die Augen zu und versucht, sich an irgend etwas zu erinnern, ein Schild oder einen Wasserturm. In Ohio gibt es so viele Städte, und so viele davon fangen mit *C* an. Alles, woran sie sich wirklich erinnern kann, ist, daß sie gerade den Rasthof verlassen hatten, wo David die Erdnüsse gekauft hatte, aber das hilft nicht viel weiter, da dieser Rasthof genau wie jeder andere Rasthof an dem Highway war, jeder von ihnen mit der gleichen Anordnung von Snackbar, Toilette und Laden, wo überall die gleichen Zeitungen, Geschenkartikel und Lebensmittel verkauft wurden. Selbst die Leute, die dort arbeiten, haben eine leichte Ähnlichkeit, wie entfernte Verwandte.

Anne und David haben an jedem Rasthof gehalten, an dem

sie vorbeigekommen sind. David, das kann Anne sehen, bereitet die Einförmigkeit dieser Gebäude viel Vergnügen; er geht schnurstracks hinein und steuert, ohne sich auch nur einen Augenblick zu orientieren, auf die Toilette zu, oder er greift, wenn er sich einen Kaffee holt, ohne sich umzusehen, hinter sich auf die kleinen Tische, auf denen Sahne und Zucker stehen. Anne geht immer auf die Toilette, ob sie muß oder nicht.

«Geh besser jetzt», sagt David an jedem Rasthof, «du weißt nicht, wann du wieder die Möglichkeit dazu hast», obwohl sie weiß, daß sie beim nächsten Rasthof an der Straße wieder anhalten werden. Auf der Toilette spritzt sie sich jedesmal Wasser ins Gesicht, tupft es mit Toilettenpapier wieder ab, lehnt sich kurz an die kühle gekachelte Wand und wartet dann an der gläsernen Eingangstür des Rasthofs, wo sie den ununterbrochenen Strom von Familien beobachtet, auf David. Es ist spät im August, und die Familien hetzen, um ihren Urlaub zu Ende zu bringen, bevor der Sommer vorbei ist; in ihren Gesichtern zeigt sich die Anstrengung der mörderischen Fahrt durch das Land, nur um eine Woche später auf derselben Straße benommen und ausgelaugt wieder nach Hause zurückzukehren. Sie sehen alle so vertraut aus, daß Anne sich fragt, ob es nicht immer dieselben sind, ob einige dieser Familien vielleicht Davids Vorbild folgen und bei jeder Gelegenheit anhalten, ob es nun nötig ist oder nicht.

David hat die Erdnüsse am letzten oder am vorletzten Rasthof gekauft; Anne hat vom Zeitungskasten neben der Tür aufgeblickt, mitten in einem Artikel, den sie drei oder vier Rasthöfe vorher zu lesen begonnen hatte, und war überrascht zu sehen, daß David tatsächlich etwas in dem Laden gekauft hat. Normalerweise sah er sich nur um, aber diesmal hat er der Verkäuferin Geld gegeben, und durch die Glaswand des Ladens sah sein unscheinbares, freundliches Gesicht glücklich und leicht gerötet aus, während er mit ihr plauderte.

«Guck mal», sagte David, als er zu Anne kam. Er hielt ihr eine Dose mit leuchtend gelbem Etikett und einer kunstlosen Zeichnung darauf hin, die gleichzeitig fremdartig und seltsam vertraut aussah. Erst einen Augenblick später wurde ihr klar, daß es sich um ein Bild von einer Schüssel Erdnüsse handelte, die mit Schale darin aufgehäuft waren; auf dem Etikett stand, daß sie gekocht und in Salzwasser konserviert sind. Das war etwas für arme Leute, etwas, wovon sich die Leute in Kentucky oder Südstaatler ernährten. Sie sah in Davids zufriedenes, erwartungsvolles Gesicht.

«Gekochte Erdnüsse?» sagte sie.

«Ich hab gedacht, daß das ein schönes Geschenk zum Einzug wäre.»

«Es ist kein neues Haus», sagte sie und gab ihm die Dose zurück.

«Du weißt, was ich meine. Ein Gastgeschenk. Wie auch immer man das nennt.»

«Ein Geschenk für die Gastgeberin. Sie ist meine Schwester. Du mußt kein Geschenk mitbringen.»

«Na ja, ich bin ihr noch nie begegnet. Ich sollte was mitbringen.»

Anne konnte sehen, daß David von ihrer Reaktion enttäuscht war, aber sie ärgerte sich plötzlich über alles – das Bild, die Erdnüsse, den billigen kleinen Laden, der so etwas verkaufte.

«Wer soll die essen?» sagte sie. «Wer ißt schon gekochte Erdnüsse?»

«Sie sind nicht zum *Essen* da», sagte er. «Das ist nicht das Entscheidende.» Er hielt die Dose hoch. «Guck sie dir an.» Er sah das Bild auf dem Etikett unglücklich an und blickte sich dann zu dem Rasthof um. Einen Augenblick später schienen die vertrauten, ausdruckslosen Gesichter der Kinder, die grimmigen, verkniffenen Männer Begeisterung in ihm auszulösen. «Es ist ein Gag», sagte er. «Es ist so was wie ein Scherzartikel.»

«Na ja», sagte sie und wandte sich ab, «gehen wir.»

Sie weiß immer noch nicht, was sie an den Erdnüssen störte; es war nur ein unbedeutender Scherz, aber jetzt liegt die Dose als deutliche Mahnung an diesen letzten Reinfall zwischen ihnen auf dem Sitz. An der Sorglosigkeit des Etiketts ist etwas Mitleiderregendes, und die Dose rollt immer nach außen, wenn

David plötzlich ausschert, um noch einen Kombi voll übermüdeter Eltern und unglücklicher Kinder zu überholen.

Anne will später auf jeden Fall ihre Schwester allein abpassen und ihr erklären, daß sie mit den Erdnüssen nichts zu tun hat, daß das Davids Idee gewesen ist. Du weißt ja, wie Männer sind, wird sie dann sagen und mit der Hand wedeln, und Nancy wird verwirrt nicken und die Erdnüsse auf der Arbeitsplatte stehenlassen, bis David und Anne weg sind; dann wird sie sie in ein Schränkchen stellen, wo sie im Lauf der Jahre allmählich nach hinten geschoben und Dosen und Schachteln mit richtigem Essen Platz machen werden, bis sie Nancy eines Tages, wenn sie die Schränke saubermacht, in die Hände fallen und sie sich dann fragt, was in aller Welt in sie gefahren ist, eine Dose gekochter Erdnüsse zu kaufen. Sie wird ihrem Mann die Schuld geben oder zu dem Schluß kommen, daß eins ihrer Kinder darum gebeten haben muß; bis dahin wird sie David vollkommen vergessen haben, aber Anne hat beschlossen, sich jede Einzelheit zu merken. Sie wünschte, sie könnte die Erdnüsse behalten, sie mit nach Hause nehmen, mit sich herumtragen. Cincinnati, denkt sie, Cleveland, Columbus.

Der Wagen ruckelt plötzlich, und Anne macht die Augen auf und sieht, wie David gespannt auf eine Ausfahrt vor ihnen starrt, aber als er erkennt, daß es neben dem Highway keinen Rastplatz gibt, beschleunigt er wieder. Anne stützt den Kopf auf den Ellbogen und läßt sich vom Wind das Haar ins Gesicht peitschen. Es ist schon den ganzen Tag über dreißig Grad, und selbst der Wind, der durchs Auto weht, ist drückend und nimmt einem den Atem. Ihre Haut fühlt sich wie eine Plastikschicht an, die man um ihren Körper gewickelt hat, aber David weigert sich, seine Klimaanlage laufen zu lassen; irgend etwas sei damit nicht in Ordnung, sagt er, und er wolle es nicht darauf ankommen lassen, den Wagen bei diesem Wetter zu überhitzen, aber sie hat den Verdacht, daß er versucht, Geld zu sparen, da diese Reise schließlich ihretwegen stattfindet und er außer der Fahrt nicht viel davon hat, worauf er sie ab und zu aufmerksam macht.

«Weißt du», sagt er dann, «das ist nicht genau die Art, auf die *ich* gern mein Wochenende verbringen würde.» Aber dann, nachdem er darauf hingewiesen hat, blickt er wieder glücklich auf die Straße vor ihnen oder auf die grünen Felder zu beiden Seiten, zufrieden damit, was für ein guter Kerl er ist und wie hilfsbereit er gewesen ist. Der Zweck ihrer Reise ist, verschiedene Möbelstücke – einen Tisch, ein paar Stühle, einen Sekretär – abzuholen, die Nancy aufgehoben hat, seit ihre Eltern in ein Altenzentrum in Florida gezogen sind. Anne braucht die Möbel eigentlich nicht – sie hat schon zu viele Sachen in ihrem kleinen Apartment –, aber in letzter Zeit hat Nancy in ihren Briefen häufiger darauf Bezug genommen und schließlich beinahe darauf bestanden, daß Anne kommt und sie abholt. Die Möbel sind zu einem Thema geworden in Briefen, die immer nichtssagender wurden, in denen nichts steht außer einer Fülle kurzlebiger Neuigkeiten, kurzen Informationen über das Haus, ihre Kinder, ihren Mann Andy. Jede Unterbrechung in dem Durcheinander von Einzelheiten wird mit rätselhaften Bemerkungen überbrückt, mit versteckten Andeutungen darüber, daß nicht alles so ist, wie es sein sollte, und düsteren kleinen Predigten ganz nebenbei.

«Tja, was lang genug währt, ist irgendwann fällig», schreibt Nancy beispielsweise, aber dann ist sie wieder bei den Zeugnissen, dem Rasen, der Unhöflichkeit einer Verkäuferin.

Anne hat Nancy fast drei Jahre nicht mehr gesehen, und das wenige, was sie von ihrem Leben mitbekommt, stammt aus ihren Briefen und von den Weihnachtsfotos von Andy, Nancy und ihren drei Kindern. Anne kann kaum die Namen und das Alter der Kinder behalten, und sie sehen alle gleich aus, mit blondem Haar und ernsten, ruhigen Gesichtern. Sie sehen weder aus wie jemand in Annes Familie, noch ähneln sie Andy, der großgewachsen ist und scharfgeschnittene, verbitterte Gesichtszüge hat, die mit jedem Bild verschlossener werden. Bevor sie und David losgefahren sind, hat Anne das letzte Foto herausgesucht, damit sie sich an die Gesichter und Namen der Kinder erinnert. Auf diesem Bild ist Nancys Haar nachlässig zurückgebunden, und sie vermittelt den Eindruck, als würde sie ins Leere starren, obwohl sie genau wie die anderen starr in die Kamera blickt; sie hat die Arme seitlich angelegt, und ihre Kinder hocken in einer Reihe vor ihr. Nancy schreibt oft von ihnen, aber jeder Satz scheint von einem tiefen Seufzer unterbrochen zu sein: Das eine schläft im Sommer nicht gut, das andere braucht eine Brille oder muß schon wieder zum Arzt, und alle brauchen sie ständig Schuhe. Anne hat sich die Namen der Kinder und ihr Alter eingeprägt und das Bild in die Schublade zurückgelegt, aber alles, woran sie sich jetzt erinnern kann, ist, daß Jimmy neun ist.

«He», sagt David, aber sie schenkt ihm keine Beachtung und versucht, sich dic Namen der anderen beiden Kinder ins Gedächtnis zurückzurufen.

«He», sagt er erneut, und sie zieht den Kopf vom Fenster zurück. Ihre Haut fühlt sich von der Hitze und dem Wind aufgebläht an.

«Was?» sagt er. «Hast du geschlafen?» Er sieht sie an, blickt dann wieder auf die Straße, und sie schüttelt den Kopf.

«Weißt du», sagt er, «es ist ziemlich langweilig, einfach so zu fahren. Diese Reise ist viel länger, als ich gedacht habe.»

Er blickt auf den Meilenzähler, und sie fragt sich, ob er den Meilenstand verfolgt; sie weiß, daß es ihm nicht in den Sinn kommen würde, sie zu bitten, daß sie für die gefahrenen Meilen zahlt, aber es stört sie, daß er vielleicht den Meilenstand verfolgt – daß er, wenn er an diese Reise zurückdenkt, sie vielleicht als eine Anzahl von Meilen in Erinnerung behält, die er ihretwegen mit seinem Wagen zurückgelegt hat.

«Es würde dir nicht so lange vorkommen, wenn die Klimaanlage an wäre», sagt sie, während ein Lastwagen links neben ihnen auftaucht. David tritt aufs Gas, schießt nach vorne und gleitet dann auf die linke Spur, vor den Lastwagen. Er blickt in den Rückspiegel und lächelt; es ist ein unbedeutender Sieg, aber er bringt seine gute Laune zurück, und er macht es sich wieder auf seinem Sitz bequem.

Das ärgert Anne, wie leicht er seine Gelassenheit wiederfindet; ihr gefällt der Gedanke, daß das einen Mangel an Tiefgang verrät, und meistens scheint dieser Eindruck zu stimmen, aber manchmal, spätnachts, wenn sie aufwacht und er schläft, kommt ihr der beunruhigende Gedanke, daß vielleicht sie es ist, der etwas fehlt, daß ihre Ungeduld gegenüber David auf mangelndem Vorstellungsvermögen ihrerseits beruht. Sie versucht jetzt, ihn heimlich zu beobachten, aber er schaut herüber, zeigt ein schlichtes Lächeln und hat seinen leichten Ärger bereits vergessen. Sie wendet den Blick ab. Seine frohe Laune wird sie nicht davon abhalten, sagt sie sich; es ist vorbei, und sie wird Schluß machen. David drückt aufs Gas, und sie preschen vorwärts in eine getrennte Zukunft, eine Zukunft, die sie schon in Columbus oder vielleicht sogar Cincinnati gesehen hat. In dem strahlenden Licht einer solchen Zukunft kann sie erkennen, daß David etwas Nettes, beinahe etwas Liebenswertes an sich hat; selbst die Erdnüsse erwecken eine leichte Zuneigung in ihr, und sie lächelt und lehnt den Kopf zurück, um das Ende der Affäre zu planen.

Als sie sich Marion nähern, wo Nancy wohnt, ist Anne ihre Trennung so oft durchgegangen – was sie sagen wird, wie sie es sagen wird, wie David sie ansehen und wie sie ihn trösten wird –, daß sie sich so ruhig und zufrieden fühlt, als wäre bereits etwas zwischen ihnen vereinbart worden und als würden ihre gemeinsamen Jahre, die ruhig und nicht besonders aufregend verlaufen sind, plötzlich in einer wunderbar freundschaftlichen und verständnisvollen Atmosphäre zu Ende gehen. Anne klappt die Sonnenblende herunter, um in den Spiegel zu blicken, aber es hat sich nichts verändert, sie ist immer noch dieselbe: Ihr Haar, das sie hochgebunden hat, damit es gepflegt bleibt, sieht schmutzig und verfilzt aus, und die Bluse, von der sie geglaubt hat, daß sie die Reise gut überstehen werde, ist durchnäßt und zerknittert. Sie fragt sich, wie sie auf ihre Schwester und die drei Kinder wirken wird, die sie seit deren frühester Kindheit nicht mehr gesehen haben. Oh, wird sie zu jedem von ihnen sagen, bist du aber groß geworden. Sie übt das Lächeln ein, das sie dabei aufsetzen will, ein freundliches Tantenlächeln mit hochgezogenen Augenbrauen, aber das sieht im Spiegel gespielt und lachhaft aus, so daß sie die Augenbrauen senkt, aber das wirkt ein wenig dämonisch.

«Was machst du da?» fragt David. «Hast du was ins Auge gekriegt?»

Anne klappt die Sonnenblende hoch. «Meinst du, wir könnten für den Rest der Fahrt die Klimaanlage laufen lassen?» sagt sie.

David wirft einen flüchtigen Blick auf das Armaturenbrett. «Ich glaube nicht», sagt er. «Ich will den Motor nicht überlasten. Was ist, wenn er überhitzt wird? Wir würden hier am Ende der Welt festsitzen.» Er blickt in den Rückspiegel. «Weißt du», sagt er und sieht sie mit ernstem Blick an, «das ist schließlich nicht gerade eine Vergnügungsreise für mich.»

Sie lächelt gezwungen; das ist einer dieser Augenblicke, sagt sie sich, die sie dazu zwingen, ihn zu verlassen, kurze Augenblicke, die für sich genommen nicht allzu schlimm sind, die zusammen aber eine große Bedeutung erlangen und unerträglich werden. Sie ruft sich ins Gedächtnis, daß sie bald kein Liebespaar mehr sein werden; tatsächlich ist es schon seit Cincinnati – und sie ist sich fast sicher, daß es Cincinnati war – so, als wären sie kein Liebespaar mehr. Sie macht die Augen zu und stellt sich, bis er sie nach der Richtung fragt, ihr Leben ohne ihn vor. Sie wird in einem Zimmer, in dem es vollkommen still ist, am Fenster sitzen, und er wird nicht ein einziges Mal vorbeigehen und fragen, was sie gerade tut, oder sich ihr gegenüber aufs Sofa setzen, lächeln und sich fragen, was sie als nächstes tun werden. Das sind Kleinigkeiten, sie weiß das, aber trotzdem, wenn sie sich ein Leben ohne ihn vorstellt, scheinen die Tage und Wochen sich wie ein großer, glatter, eisiger Block aus Zeit zu dehnen, unbeeinträchtigt von jeglichem Geräusch, jeglicher Stimme oder der Anwesenheit von jemandem außer ihr selbst.

Als sie in Marion ankommen, blickt David angewidert über die sich am Stadtrand hinziehenden Einkaufszentren und Schnellrestaurants; hier ist Anne geboren, und hier hat sie gelebt, bis sie aufs College gegangen ist. Sie fand es hier immer unerträglich, aber jetzt kommt es ihr noch schlimmer vor, als sie es in Erinnerung hat, ein riesiger labyrinthischer Park aus glänzendem Glas und metallenen Baracken.

«Hier bist du geboren?» fragt David. «Kein Wunder, daß du nicht hierher zurückwillst.»

Er stammt aus Oregon, und wenn er Anne davon erzählt, ist sein Tonfall wehmütig und herablassend zugleich, als könnte jemand aus dem Mittelwesten den Zauber so einer Gegend nie ganz verstehen. Obwohl Anne die Dutzende von überflüssigen Restaurants, die zahlreichen Apartmentgebäude aus hellem Ziegelstein, an die man seitlich winzige Terrassen gekleistert hat, die kleinen quadratischen Tankstellen mit Mini-Markt, die stets einen Block weit voneinander entfernt an jeder Ecke stehen, selbst bedrückend findet, hat sie das Gefühl, das alles gegen ihn verteidigen zu müssen, bevor er beginnt, es mit Portland zu vergleichen.

«Es ist gar nicht so schlecht hier. Die Leute stehen mit beiden Füßen auf der Erde», sagt sie, obwohl sie sie in Wirklichkeit allgemein als nicht allzu ausgeglichen in Erinnerung hat. Sie ist so bald wie möglich weggezogen, und Nancys Entschluß hierzubleiben hat sie immer erstaunt.

David schüttelt den Kopf. «Es gibt hier 'ne Menge Schnellrestaurants», sagt er. «In Portland sieht man nicht so viele Schnellrestaurants.» Er blickt sie an. «Wirklich», sagt er. «Da haben wir hauptsächlich Eßlokale und so was. Richtiges Essen.»

Etwa eine Meile weiter stadteinwärts kommen sie an einem kleinen Jahrmarkt vorbei, den man auf dem mickrigen Parkplatz neben einem Discountladen aufgebaut hat. Es schlendern nur ein paar Leute über den Jahrmarkt, und die Karussells sehen vom Auto aus klapprig und schäbig aus.

«Guck mal», sagt er. «Selbst der Rummel ist armselig.»

«Ich verstehe nicht», sagt Anne, «wie jemand, der der Gastgeberin gekochte Erdnüsse als Geschenk mitbringt, irgendwas armselig nennen kann.»

Obwohl sie es leichthin sagen wollte, kann sie den Tadel in ihrer Stimme hören, und er sieht sie erstaunt an.

«He», sagt er ernsthaft, «das ist ein Scherz. Kapierst du das nicht?»

«Aber natürlich», sagt sie und probiert das Lächeln aus, das sie für die Kinder eingeübt hat. «Hier mußt du abbiegen.»

Den Rest des Weges leitet sie ihn durch die ebenen, breiten

Straßen, an Häusern vorbei, die nach demselben Muster gebaut wurden und alle ungeschützt inmitten saftiger, kurzgeschnittener Rasenflächen stehen, auf denen Bäume wachsen, die noch etliche Jahre zu jung sind, um einen Schatten zu werfen.

Als Nancy die Tür aufmacht, sieht Anne sie genau an, um eine Spur vom Alter und der Unzufriedenheit zu entdecken, die in ihre Briefe eingesickert sind, aber sie scheint sich durch die Jahre und ihr Leben nicht verändert zu haben, und sie besitzt immer noch diese unberührte, unbeschwerte Schönheit, die die Männer, die Anne ihr vorgestellt hat, immer so beeindruckt hat. David tritt einen Schritt zurück, sieht Anne an, blickt auf die Dose Erdnüsse und läßt sie dann seinen Oberschenkel hinabgleiten, bis sie kaum noch zu sehen ist.

Sein Gesichtsausdruck verändert sich, als sie ins Haus treten. Es scheint in dem ganzen Zimmer keine einzige Stelle zu geben, wo nichts herumliegt: Stapel zusammengefalteter Kleider türmen sich auf Stühlen, Schallplatten lehnen an den Beinen der Möbel, Bücher und Zeitschriften und Kisten sind sorgfältig auf Tischen und an den Wänden übereinandergestapelt. David wirft Anne einen Blick zu, als wollte er fragen, warum sie ihm nichts davon erzählt habe, aber sie wendet sich ab; sie denkt, daß sie es hätte erwähnen sollen, obwohl Nancy schon immer so lebt. Selbst als Kind hat sie ihre Kleider lieber ordentlich zusammengefaltet um ihr Bett herum aufgestapelt, als sie in Schubladen zu räumen, so, als könnte sie es nicht ertragen, die Sachen, die ihr gehören, aus den Augen zu verlieren.

Die Instabilität im Wohnzimmer ruft in Anne den Wunsch hervor, sich in eine Ecke zu stellen und den Atem anzuhalten, aber Nancy bewegt sich leichtfüßig darin. Als sie sich umdreht, scheint sie überrascht, sie immer noch an der Tür stehen zu sehen, und sie kommt zurück.

«Sie sind also David», sagt sie, als hätte Anne ihr alles über ihn erzählt.

David wird rot, als sie ihm ihre Aufmerksamkeit zuwendet, sieht Anne an und hält Nancy schließlich die Dose Erdnüsse hin.

«Hier», sagt er und sieht die Dose an. «Die haben wir Ihnen mitgebracht.»

Nancy nimmt die Erdnüsse, liest, was auf dem Etikett steht, und nickt. «Gekochte Erdnüsse», sagt sie. «Ich hab schon davon gehört.»

Sie wendet sich ab. «Kinder», ruft sie, und unmittelbar danach stehen drei Kinder in der Küchentür, die Anne und David ohne Neugier anstarren. Ihre Gesichter sind Anne vertraut, aber auf eine seltsame Art, so, wie Buchstaben, die wahllos aneinandergereiht werden, Wörtern ähneln. Sie versucht, sich ihre Namen und ihr Alter ins Gedächtnis zu rufen; der älteste ist Jimmy, und das Mädchen, Jenny, ist am jüngsten, denkt sie. Sie hat den Namen des mittleren vergessen. Als Nancy David die Kinder vorstellt, fragt Anne sich, was sie tun soll; als Tante sollte sie sich wohl hinunterbeugen und sie an sich drücken, aber als Nichte und Neffen hätten sie doch auch voll Freude auf sie zulaufen müssen, um sich drücken zu lassen. Sie kommen ihr alle wie fremde Kinder vor, so daß sie fröhlich lächelt.

«Na, ihr seid ja alle gewachsen», sagt sie. Nancy sieht etwas überrascht aus, starrt sie an, als wären sie in Wirklichkeit überhaupt nicht gewachsen, und wendet sich dann wieder Anne zu.

«Ja», sagt sie, «ich denke, das stimmt. Auf jeden Fall die Füße.»

Die Kinder warten geduldig an der Tür, bis Nancy sagt: «Okay», und dann drehen sie sich zusammen um und gehen.

«Tja», sagt Nancy, «Andy ist nicht da. Aber er besorgt auf dem Heimweg ein paar Steaks. Zum Abendessen.» Sie blickt auf die Dose Erdnüsse in ihrer Hand, als wäre sie überrascht, sie immer noch dort vorzufinden. «Wollen Sie eine Cola?» fragt sie David, aber bevor er etwas erwidern kann, faßt sie Anne am Ellbogen.

«Los», sagt sie, «wir holen Ihnen eine. Setzen Sie sich», sagt sie zu David, und als er sich nach einem Platz umsieht, wo er davor sicher sein kann, daß ihm ein Stapel Sachen auf den Kopf fällt, tritt so etwas wie Bestürzung in seine Miene.

Anne folgt Nancy in die Küche, wo, genau wie im Wohnzimmer, haufenweise Sachen herumliegen, die wahllos an ihren Platz gekommen zu sein scheinen: Leere Töpfe und Pfannen sind über den Herd verteilt, sauberes Geschirr ist unter den Schränken aufgestapelt, und auf der Arbeitsfläche stehen, ordentlich an der Wand aufgereiht, Packungen mit Lebensmitteln.

«Das ist also David», sagt Nancy. «Er kriegt eine Glatze.»

«Alle Männer kriegen eine Glatze», sagt Anne. «Oder es besteht zumindest die Möglichkeit. Das ist alles, worüber sie jemals nachdenken.»

«Andy denkt nicht darüber nach», sagt Nancy geistesabwesend und blickt auf die Dose Erdnüsse. «Wenigstens soweit ich weiß, macht er das nie.» Sie dreht die Dose immer weiter herum, liest die ganze Schrift, und etwas an ihrer mangelnden Aufmerksamkeit veranlaßt Anne, die Stimme zu senken und sich vorzubeugen.

«Ich mache Schluß mit ihm», sagt sie. «Wenn wir wieder zu Hause sind. Das hab ich in Cincinnati beschlossen.»

Nancy blickt von der Dose auf; ihr Gesicht ist völlig ausdruckslos, aber Anne fühlt sich bereits sicherer und wird sich des wachsenden Verlangens bewußt, nach Hause zu kommen und die Sache voranzutreiben. Sie nickt ungeduldig mit dem Kopf. «Wirklich», sagt sie. «Ich tu's.»

Nancy sieht sich nach einem Platz um, wo sie die Erdnüsse hinstellen kann. Schließlich stellt sie sie auf die Arbeitsplatte hinter sich. «Na ja», sagt sie, «viel Glück. Das ist nicht so leicht, wie du vielleicht denkst. Ich will Andy schon seit Jahren verlassen, aber, na ja, es ist eben nicht so leicht.» Sie nimmt sich die Erdnüsse wieder. «Was genau fängt man hiermit an?»

«Du bist verheiratet», sagt Anne. «Du hast Kinder. Mit Kindern ist das schwerer.»

Nancy blickt auf. «Was hat das damit zu tun? Für die Kinder kann man immer eine Lösung finden. Das hab ich nicht gemeint.» Sie macht den Kühlschrank auf und stellt die Erdnüsse hinein. «Alles, was ich sage, ist, daß es eben nicht so leicht ist. Hör mal», sagt sie, bückt sich und starrt in den Kühlschrank. «Wir haben keine Cola. Alles, was wir haben, ist Ginger-ale.» Sie hält ihr eine große Plastikflasche hin, auf deren Boden ein paar Fingerbreit Ginger-ale herumschwappen. «Außerdem scheint er in Ordnung zu sein. Ich verstehe nicht, was mit ihm nicht stimmen soll. Bis auf sein Haar vielleicht. Männer mit Glatze gefallen mir eigentlich nicht.»

«Es ist eigentlich nicht so, daß etwas mit ihm nicht stimmt», sagt Anne, und Nancy sieht sie an und wartet. «Ich meine», fährt sie fort und geht ihre Geschichte mit David durch, versucht, einen Fehltritt ausfindig zu machen, etwas Schreckliches, Schäbiges, aber alles, was ihr einfällt, sind sein Frohsinn und seine Körperfülle, die bei jeder Gelegenheit einen Schatten auf sie werfen und den Weg zwischen ihr und dem, was sie sich für ihr Leben erhofft hat, versperren. Das scheint jetzt nicht auszureichen, nicht einmal ihr selbst; sie spürt, wie ihre Entschlossenheit entschwindet, und sie greift blindlings danach, um sie zurückzuhalten.

«Zum Beispiel diese Erdnüsse», sagt sie. «Ich meine, er hat diese Erdnüsse ausgesucht. Nicht ich.»

Nancy nimmt ein Glas vom Kühlschrank, untersucht es sorgfältig und dreht sich dann zu Anne um. «Ich kann mir kaum vorstellen», sagt sie, «daß der Kauf einer Dose Erdnüsse ein guter Grund ist, um mit einem Mann Schluß zu machen. Andy macht, selbst wenn er schläft, schlimmere Sachen.»

Anne lehnt sich ans Spülbecken zurück und sieht zu, wie Nancy das Ginger-ale eingießt; das Glas wird davon nur halb voll, so daß Nancy es fast bis zum Rand mit Leitungswasser auffüllt. Sie stellt es auf den Herd und dreht sich zu Anne um.

«Aber willst du wissen, was das Schlimmste ist?» fragt sie. Sie nimmt das Glas und ruft laut: «Jimmy», macht dann das Gefrierfach auf und drückt einen einzelnen Eiswürfel aus einer Eisschale, den sie in das Ginger-ale gleiten läßt.

«Das Schlimmste ist, daß er mich auch verlassen will. Er würde es nie sagen, aber ich kann es sehen.» Sie schüttelt den Kopf. «Es ist, als würden wir einen Wettlauf veranstalten», sagt sie. «Und ich bin dabei zu verlieren.»

Anne dreht sich wegen eines Geräuschs hinter ihr um.

Jimmy steht in der Tür, und Nancy hält ihm das Glas hin. «Hier, Liebling», sagt sie. «Würdest du das bitte David reinbringen? Und leiste ihm ein bißchen Gesellschaft, während wir uns unterhalten. Ich hab schon lange mit niemandem mehr geredet», sagt sie zu Anne. «Vielleicht können wir morgen mal essen gehen oder so was. Nur du und ich. Ich komm überhaupt nicht mehr raus.»

Jimmy dreht sich mit dem Glas in der Hand um. «Mom», sagt er, «was ist mit dem Jahrmarkt?» Nancy sieht ihn verständnislos an.

«Am K Mart», sagt er, und sie nickt.

«Ich hab gedacht, euer Vater wäre mit euch hingegangen», sagt sie. «Wollte er nicht mit euch hingehen?»

«Nein», sagt Jimmy weinerlich. «Du wolltest. Morgen ist der letzte Tag.»

Nancy seufzt theatralisch. «Tja», sagt sie, «eure Tante Anne ist da. Ich weiß nicht, wie ich das jetzt schaffen soll.»

Sie dreht sich wieder zu Anne um, aber Jimmy wartet, und Anne beobachtet, wie sich sein Gesichtsausdruck verändert, während er Argumente in Betracht zieht und verwirft.

«Aber du hast es versprochen», ist schließlich alles, was ihm einfällt, und Nancy lächelt geduldig.

«Liebling», sagt sie freundlich, «es wird noch andere Jahrmärkte geben. Jetzt ist gerade nicht der richtige Zeitpunkt dafür, daß ich mit dir hingehe. Das verstehst du doch?»

Er nickt, aber er verweilt noch einen Augenblick, dreht sich dann um und verläßt den Raum.

«Wo bin ich stehengeblieben?» sagt Nancy. Sie schiebt einen Stapel Geschirr mit dem schrillen Klirren von Porzellan von der Kante der Arbeitsplatte weg und lehnt sich schwerfällig zurück. «Manchmal wünschte ich, er würde einfach verschwinden», sagt sie. «Ich würde nicht wirklich wollen, daß er tot ist.» Sie schüttelt den Kopf. «Manchmal sieht er mich nicht einmal an.» Sie blickt zur Tür. «Ich glaube, letzte Woche wollte er mich schlagen. Wirklich.»

Ein verrücktes Leuchten tritt in ihr Gesicht, während sie redet, und Anne sieht sich in der Küche um und steht dann auf. «Wir sollten vielleicht lieber mal nach David sehen», sagt sie.

Als sie ins Wohnzimmer kommen, hockt David unbeweglich auf der Sofakante, zwischen einem Stapel Zeitungen und einem Karton voll Kleider.

«Oh», sagt Nancy, «räumen Sie doch die Zeitungen weg. Andy sollte sie zum Altpapier bringen.»

Sie bückt sich, um den Karton wegzuräumen, und ihr Gesicht bewegt sich nur im Abstand von ein paar Zentimetern an dem von David vorbei, aber er starrt geradewegs auf den Fußboden und hebt dann sein Glas an den Mund, obwohl Anne nicht sagen kann, ob er tatsächlich etwas trinkt. Nancy setzt sich neben ihn.

«So», sagt sie, «erzählen Sie mir alles über sich.»

David dreht sich vorsichtig zu ihr um und stützt sein Glas fest auf sein Knie.

Als Andy nach Hause kommt, erzählt David Nancy gerade, wie beschwerlich die Fahrt gewesen sei, obwohl er sich, wie er sagt, sehr darüber gefreut habe, kommen zu dürfen; er habe nämlich, vertraut er ihr an, ohne Anne anzusehen, schon immer einmal Annes Familie kennenlernen wollen. Das hat er Anne nie gesagt, und sie fragt sich, ob es stimmt. Er wirkt beinahe enttäuscht, als Andy hereinkommt, und sein Blick wandert unverzüglich zu Andys Haar, das voll und dunkel ist.

«Anne», sagt Andy, sichtlich überrascht, sie zu sehen. «Wann bist du angekommen?»

«Sie sind vor einer Stunde angekommen», sagt Nancy. «Ich hab dir gesagt, daß sie kommen.»

Andy sieht sie an und überlegt. «Nein», sagt er. «Ich bin mir sicher, daß das nicht stimmt. Wann?»

«Wegen der Möbel», sagt Nancy.

«Welche Möbel?» Er blickt sich um. «Unsere Möbel?»

Anne hatte die Möbel ganz vergessen, aber als sie sich im Zimmer umblickt, ist ihr klar, daß nichts gepackt oder vorbereitet wurde; das eine Stück, das sie erkennt, der Sekretär, steht offen und ist mit Stapeln von Briefen und Umschlägen bedeckt und bis zum kleinsten Fach mit irgend etwas vollgestopft. Wenn Anne nach Hause kommt, wird sie ihn in eine Ecke ihres Apartments stellen und in kein Fach mehr als einen Gegenstand legen.

«Mein Gott», sagt Nancy, aber in unbeteiligtem, nahezu ungezwungenen Tonfall. «Ich nehme an, die Steaks hast du auch vergessen?»

Andys Miene hellt sich auf. «Es gibt Steak?»

«Das war geplant», sagt Nancy, «aber du solltest sie besorgen.»

«Oh», sagt er. «Na ja.» Er sieht David zum ersten Mal an, der auf der Suche nach einem Platz ist, wo er sein Glas hinstellen kann; schließlich nimmt er es von der rechten in die linke Hand und steht dann auf, den Blick auf den Stapel Zeitungen neben sich gerichtet. Er wischt sich die Hand am Oberschenkel ab und streckt sie Andy hin.

«Hören Sie», sagt David, «wir können Steaks besorgen. Anne und ich.»

«Nein», sagt Nancy. «Setzen Sie sich wieder hin. Wir finden schon was zu essen. Es wird nicht gerade Steak sein», fügt sie mit einem Blick auf Andy hinzu, der, sichtlich zwischen einander widersprechenden Wünschen hin- und hergerissen, einen Augenblick lang auf den Absätzen vor- und zurückwippt.

«Okay», sagt er schließlich. «Meinetwegen.» Er schiebt die Zeitungen zur Seite, um auf dem Sofa Platz für sich zu schaffen.

«Und, Dave», sagt er, und David sieht ihn aufmerksam an. Immer wenn Andy wegsieht, wandert Davids Blick zu seinem Haar, das sich bis über den Kragenrand kräuselt. Nancy geht in Richtung Küche und bedeutet Anne mit einer Kopfbewegung hinterherzukommen.

«Siehst du?» sagt sie nachdrücklich, als sie in der Küche sind. «Das ist es, wovon ich gesprochen habe. Siehst du, was ich meine? Er hat keine Steaks besorgt. Er hat sich nicht mal daran erinnert, daß ihr kommt.»

«Das mit den Steaks ist schon in Ordnung», sagt Anne. «Ich esse sowieso nicht gern Steak.» Sie versucht sich noch etwas einfallen zu lassen, was sie sagen könnte, aber Nancy hört nicht zu; sie wühlt in den Töpfen und Packungen auf der Arbeitsplatte herum und zieht schließlich eine Packung Makkaroni und Käse hervor. Aus einer Schublade unter dem Spülbecken nimmt sie ein paar Kartoffeln.

«So», sagt sie. «Das sollte für uns alle reichen.»

Während Anne und Nancy das Abendessen zubereiten, gehen die Kinder unruhig, wie gelangweilte Gäste, zwischen Küche und Wohnzimmer hin und her; sie sind immer zusammen, in einer kleinen Gruppe, und ihre Gesichter sind völlig ausdruckslos, aber Anne kann ihre Angespanntheit an ihren verrenkten Knien und Ellbogen erkennen und an der Art, wie sie jeglichen Körperkontakt, auch untereinander, zu vermeiden scheinen. Vielleicht liegt das daran, daß sie inmitten so vieler Stapel von irgendwelchem Zeug leben, die kurz davor sind umzukippen; sie fragt sich, wie wohl ihre eigenen Zimmer aussehen.

Nancy macht den Kühlschrank auf und holt die Dose gekochte Erdnüsse heraus. «Tja», sagt sie, «ich denke, wir sollten irgendwas damit machen.»

Sie zieht eine Schublade auf, die mit Küchengeräten vollgestopft ist, und holt sie, eins nach dem anderen, heraus, bis sie auf einen Dosenöffner stößt; dann macht sie die Schublade zu und läßt ihren Inhalt – einen Schneebesen, den Kartoffelstampfer, mehrere große Löffel – auf einem Haufen auf der Arbeitsplatte liegen. Sie macht die Dose auf, starrt hinein und seufzt auf.

«Na ja», sagt sie, «es ist ein Geschenk.» Sie nimmt ein Schälchen aus dem Spülbecken und sieht es genau an, bevor sie den Inhalt der Dose hineinschüttet; beide starren sie einen Augenblick lang auf einen verklumpten Haufen von etwas Grünem, Durchweichtem, das nur in der Form der Schalen eine Ähnlichkeit mit Erdnüssen hat.

Die Erdnüsse stehen in der Mitte des Tisches, und ab und zu wirft David einen flüchtigen, entsetzten Blick darauf und sieht dann den Tisch an. Das Abendessen ist schon zur Hälfte vorüber, und keiner hat die Erdnüsse angerührt, bis sich Nancy endlich einen kleinen Löffelvoll davon nimmt, den sie vorsichtig an den Rand ihres Tellers legt.

«Und, Dave», sagt Andy, «sind Sie in Vietnam gewesen?»

Andys Militärdienst in Vietnam scheint das bedeutendste Ereignis seines Lebens gewesen zu sein, und obwohl Anne sich nie sicher war, ob er für oder gegen den Krieg ist, ist ihre ausgeprägteste Erinnerung an Nancys Hochzeit, wie Andy jeden männlichen Gast abgeschätzt und dann angesprochen hat. «Und, waren Sie in Vietnam?» wollte er selbst von denen wissen, die eindeutig zu jung oder zu alt waren, um viel mit einem Krieg zu tun gehabt zu haben, der so weit von ihnen entfernt stattgefunden hat. Er hat bei jeder Antwort, die er erhalten hat, nachdenklich genickt und sich dann dem Nächststehenden zugewendet. David blickt bei der Frage überrascht mit vollem Mund auf. Er schluckt, ohne zu kauen, und gibt sich, wie Anne sieht, die größte Mühe, ein bedauerndes Lächeln aufzusetzen.

«Zu jung», sagt er, als wäre das ein Anlaß zu großem Bedauern in seinem Leben gewesen. «Ich war auf der High-School.»

Andy nickt und kneift dann die Augen zusammen. «Wie alt sind Sie überhaupt?» fragt er und wendet sich dann Anne zu. «Wie alt ist er überhaupt?»

Anne denkt einen Augenblick nach. Er hat im Juli Geburtstag; sie müßte es wissen.

«Dreißig», sagt sie schließlich, was ihr eigenes Alter ist.

«Zweiunddreißig», verbessert David, und Anne nickt, als wenn sie es wüßte; sie blickt sich verlegen am Tisch um, aber es ist klar, daß niemand sonst etwas dabei findet, das Alter seines Liebhabers nicht zu wissen.

«Ja», sagt David gut gelaunt, «ich war einfach zu jung.»

Andy nickt. «Wir waren alle zu jung», sagt er bedeutungsvoll.

Nancy rollt mit den Augen und seufzt so schwer, daß sie Andys Blick auf sich zieht, aber sie schenkt ihm keine Beachtung und streckt die Gabel nach Davids Teller aus. Sie sticht nach seiner gebackenen Kartoffel, die nur zur Hälfte aufgegessen ist.

«Sie sollten die Schale essen», sagt sie. «Die ist gesund.» David macht den Mund auf und schließt ihn dann wieder, als sie ihre Gabel in seine Kartoffel stößt und diese auf ihren eigenen Teller hebt.

«Aber Sie sehen ganz gesund aus», sagt sie und sieht Anne an. «Und wie gesund ist er?» fragt sie, und einen Augenblick lang hören alle auf, zu essen oder zu kauen, und starren David an, der seine Kartoffel auf Nancys Teller anblickt.

Er sieht verdutzt zu ihnen auf, und plötzlich fangen alle wieder an zu essen. Anne könnte nicht sagen, was gerade passiert ist oder was es mit diesem Augenblick auf sich gehabt hat, nur, daß er sich wie ein Glas über sie gestülpt und sich dann genauso schnell wieder gehoben hat. Nancy lächelt David an, während sie den Rest seiner Kartoffel ißt, und Andy beobachtet ihn; Anne kann sehen, daß er versucht, sein Alter zu schätzen, auszurechnen, ob ein Zweiunddreißigjähriger tatsächlich während des gesamten Vietnamkriegs auf der High-School gewesen sein kann. Die Kinder essen wie guterzogene Tiere, ungestüm, aber mit ordentlichen, korrekten Umgangsformen; selbst der Jüngste lehnt seine Gabel säuberlich an seinen Teller, bevor er einen Schluck Milch trinkt. Diese Geste weckt in Anne den Wunsch, ihnen irgend etwas zu bieten; schließlich ist sie ihre Tante, und sie würde ihnen ungern nur als eine Fremde in Erinnerung bleiben, die in Begleitung ihres gutgelaunten, langsam kahl werdenden Freundes vorbeigekommen ist und ihre Möbel mitgenommen hat.

«Und», sagt sie zu allen dreien, «die Schule fängt wohl bald wieder an.»

Sie blicken auf, überrascht, angesprochen zu werden, und schließlich sagt eins von ihnen: «In zwei Wochen.»

«Ich nehme an, ihr seid traurig, daß der Sommer zu Ende geht?» beharrt sie, und sie sehen einander an und nicken dann.

«He», sagt David, und alle sehen ihn an. «Wie wär's mit dem Rummel, den wir gesehen haben? Das muß Spaß machen.» Er strahlt Anne an, zufrieden mit sich, weil er diesen Beitrag zu ihrer Unterhaltung mit den Kindern geleistet hat, zufrieden, sich an den Jahrmarkt erinnert zu haben.

«Mein Gott», sagt Nancy. «Jetzt haben Sie davon angefangen. Sie sind uns schon mit dem Jahrmarkt auf die Nerven gegangen, seit er hergekommen ist. Andy wollte mit ihnen hingehen.»

Andy bringt die Gabel ein paar Zentimeter vor seinem Mund zum Stillstand, legt sie dann langsam auf den Tisch und beugt sich auf den Ellbogen vor. «Ich arbeite den ganzen Tag», sagt er. «Ich arbeite den ganzen gottverdammten Tag. Du hättest mit ihnen hingehen können.»

«Ich arbeite auch», sagt sie. «Ich arbeite auch den ganzen gottverdammten Tag.» Sie faltet auf dem Tisch vor ihrem Teller die Hände, lehnt sich zurück und starrt ihn an.

Anne ist beeindruckt von der Diskrepanz zwischen ihren Worten und ihrem Tonfall. Ihre Stimmen klingen ruhig, beinahe freundlich, und jemandem, der die Sprache nicht versteht, könnte es so vorkommen, als redeten sie übers Wetter oder als planten sie einen Urlaub mit der ganzen Familie.

David sieht aufmerksam aus dem Fenster, und Anne blickt die Kinder an, die in gleichmäßigem Rhythmus weitergegessen haben. Nur am Ergebnis interessiert, schneiden sie ihr Essen und stecken es sich in die kleinen, angespannten Münder.

«He», sagt Anne, «ich kann mit euch zum Jahrmarkt gehen.»

Alle sehen sie an, und sie lächelt. «Morgen», sagt sie. «Bevor wir fahren.»

Die Augen der Kinder springen zu Nancy, die Anne einen Augenblick lang anstarrt und dann aufseufzt. «Meinetwegen», sagt sie, und die Kinder gestatten sich ein kurzes, vorsichtiges Lächeln, bevor sie sich wieder ihrem Essen zuwenden.

Andy nimmt seine Gabel und läßt ein leuchtend orangefarbenes Stück Makkaroni auf dem Tisch zurück, und Anne kann spüren, wie die Blicke von David auf der einen und Nancy auf der anderen Seite auf ihr lasten. Niemand außer den Kindern scheint über diese Entwicklung allzu glücklich zu sein, aber sie fangen schließlich alle wieder an zu essen, und Anne hält den Blick während der restlichen Mahlzeit meistens auf das Schälchen Erdnüsse gerichtet.

«Weißt du», sagt Nancy in der Küche, während sie Kaffee kochen, «du hättest nicht sagen sollen, daß du sie auf den Jahrmarkt mitnimmst. Andy wollte das tun.» Sie hebt den Kessel hoch, dreht das Gas ab und stellt ihn dann auf den Herd zurück. «Das ist wirklich so», sagt sie. «Ich weiß, daß du mir nicht glaubst, aber er hat wirklich gesagt, daß er es tut.»

«Also», sagt Anne, «es hat nicht so ausgesehen, als ob er es tun würde. Und morgen ist der letzte Tag.»

«Das weiß ich», sagt Nancy. «Mein Gott. Wer will mir das noch alles erzählen?» Sie schiebt einen Stapel Schüsseln scheppernd an die Seite und stellt vier Kaffeetassen im Kreis auf. «Aber ist es denn egal, daß er gesagt hat, er würde es tun, und es dann doch nicht getan hat?» fragt sie. «Ist das egal?»

«Ich weiß nicht», sagt Anne. «Ich versteh bloß nicht, warum du nicht vorher mit ihnen hingehen konntest. Diese Jahrmärkte sind normalerweise den halben Sommer lang da. Du hättest mit ihnen hingehen können.»

«Ja», sagt Nancy mit ruhiger Stimme. Sie gießt Wasser über den Kaffeesatz und wartet, während es durchtropft. «Ja, das stimmt. Hab ich aber nicht.»

Sie dreht sich um, und Anne ist erschüttert über den plötzlichen Zorn in ihrem Gesicht. «Du verstehst nicht, was?» zischt sie. «Du verstehst nicht.» Sie schüttelt den Kopf und wendet sich wieder dem Kaffee zu, und ihre Gelassenheit kehrt genauso plötzlich zurück, wie sie verflogen ist. «Nein», sagt sie. «Du verstehst nicht. Niemand versteht.» Sie hebt den Plastikfilter von der Kanne und bleibt auf dem Weg zum Spülbecken stehen; immer noch tropft schwärzliches Wasser durch den Filter und spritzt auf ihre weißen Turnschuhe.

«Sieh mal», sagt Nancy. «Es geht nicht darum, ob er mit ihnen hingegangen ist oder nicht. Es wird noch andere Jahrmärkte geben. Da ist jedes Jahr ein Jahrmarkt. Auf wie viele Jahrmärkte konnten wir gehen? Wir haben's überstanden. Darum geht es nicht. Es geht», sagt sie und wedelt mit dem Filter in der Luft, «um was ganz anderes.»

«Um was?» sagt Anne. «Um was geht es?»

«Das ist das Problem», sagt Nancy. «Ich bin mir noch nicht völlig sicher. Ich bin mir einfach nicht völlig sicher. Aber es ist wichtiger als irgend so ein Jahrmarkt.» Sie starrt den Kaffeefilter an. «Da bin ich mir sicher. Wirklich.»

«Der Kaffee tropft», sagt Anne, und Nancy sieht die Flecken auf ihren Schuhen an und blickt sich dann nach einem Platz um, wo sie den Filter hinstellen kann. Schließlich legt sie ihn vorsichtig in einen Topf auf dem Herd, während Anne vier Tassen Kaffee eingießt. Nancy sieht Anne zu und nimmt dann das Schälchen Erdnüsse von der Arbeitsplatte.

«Die hat keiner gegessen», sagt sie. «Ich schätze, ich kann sie den Eichhörnchen geben.» Sie rührt mit einem Löffel in den Erdnüssen herum. Licht blitzt auf ihren Blusenknöpfen, und Anne stellt sich vor, wie Nancy sich an diesem Morgen angezogen hat, wie sie diese Kleider ausgewählt und sich angeschaut hat, während sie die Bluse zugeknöpft hat, sich für einen weiteren Tag an der Seite eines Mannes angezogen hat, von dem sie bereits weiß, daß er sie verlassen wird.

Nancy geht früh ins Bett; sie sei müde, sagt sie und lächelt David an. Sie sei immer müde, erzählt sie ihm, jedoch mit einem kurzen Blick auf Andy, der schon vor dem Fernseher sitzt. Als Anne David in ihr Zimmer folgt, ist sie sicher, daß Andy sie beobachtet; sie verspürt den Drang, sich den Rücken freizuhalten, aber als sie sich umdreht, um gute Nacht zu sagen, schaut er auf den Fernseher, sein Kopf ein dunkler Fleck inmitten des leuchtenden Bildschirms.

Sie übernachten in einem der Kinderzimmer, aber Anne kann nicht sagen, welchem Kind es gehört, da das Zimmer so ordentlich ist: Bücher stehen gleichmäßig aufgereiht auf kleinen Regalen, die Tür des Wandschranks ist verschlossen, und es ist kein Kleidungsstück zu sehen, selbst die Spielsachen sind ordentlich in einem Plastikkorb in der Ecke verstaut. David lehnt sich aufs Kissen und sieht Anne mit einer Art klinischem Desinteresse beim Ausziehen zu, als wäre er neugierig darauf, was für eine

Farbe ihre Haut hat. Das macht sie befangen, und sie läßt sich Zeit beim Aufknöpfen ihrer Bluse.

«Weißt du», sagt er schließlich, «sie behandelt diese Kinder wie Haustiere.»

Er hat recht, sie weiß, daß er recht hat, aber sie will ihm nicht zustimmen. Sie hat das Gefühl, als würde er sie irgendwie dafür verantwortlich machen, und sie will ihm sagen, daß sie und Nancy als Kinder nicht wie Haustiere behandelt worden sind, daß das etwas sei, worauf Nancy ganz allein gekommen sei, etwas, womit Anne nichts zu tun habe, aber sie weiß, daß er, was auch immer sie sagt, wenn er auf diese Reise zurückblickt, sagen wird: «O ja, Annes Schwester behandelt ihre Kinder wie Haustiere», und er wird Anne ansehen, und irgendwie wird das für immer zu dem Bild gehören, das er sich von ihr macht.

Sie legt ihre Bluse über die Rückenlehne eines Stuhls und ruft sich ins Gedächtnis, daß sie sich erst vor ein paar Stunden entschlossen hat, ihn zu verlassen, und daß sie das in ein paar Stunden auch tun wird. Cincinnati, sagt sie sich, und sie denkt an die Erdnüsse, die alle in einem Schälchen im Kühlschrank aufgehäuft sind – aber der Gedanke spendet wenig Trost angesichts der Tatsache, wie er sie in diesem Augenblick sehen muß.

«Na, na», sagt sie schließlich, «na, na.» Sie dreht sich um, um ihm ins Gesicht zu blicken, aber er blickt in ein großes, farbenprächtiges Buch, das einem der Kinder gehört, mit leuchtend orangefarbenen Tigern, die über den Einband springen. Er lächelt zu ihr auf.

«Aber sie ist wirklich hübsch», sagt er und klappt das Buch zu.

Er schläft schnell ein, und Anne schmiedet, während sie neben ihm liegt, Pläne für ihre Zukunft: Als erstes wird sie ihr Apartment gründlich saubermachen; sie denkt an all die Sachen, die sie ausrangieren wird, indem sie Trödelmärkte in ihrer Garage organisiert oder Kleider und Möbel an Kirchen spendet. Von jetzt an wird ihr Leben frei und unbelastet sein, wie ein großes leerstehendes Haus, das voller Zimmer mit unendlich viel Platz ist; in ihren Gedanken ist das alles so glatt und geordnet und leicht, daß sie aufschreckt, als David sich neben ihr regt; sie hatte gedacht, er sei schon weg.

Als sie aufwacht, könnte es jede beliebige Tageszeit sein: Es ist dunkel und still, und die Schatten der Kindersachen sind scharf und makellos; das einzige, was aus der Reihe tanzt, ist eine Unebenheit in der Ecke, wobei es sich, wie ihr einen Augenblick später bewußt wird, um ihre Bluse handelt, die über dem Stuhl hängt. Sie dreht sich zu David um, der ruhig schläft, ohne sich Gedanken darüber zu machen, wie viele Meilen er mit seinem Wagen zurückgelegt hat oder wie viele Haare ihm heute ausgefallen sind. Er ist glücklich und geborgen; wenn sie schlafen, sind sie alle glücklich und geborgen, zumindest vorläufig, sind sie alle unfähig, Schmerz zu empfinden oder zu verursachen, für nichts verantwortlich, was auf der Welt passiert, und es kann nichts passieren – solange sie schlafen. Anne muß David nicht erzählen, daß sie ihn verläßt, Andy verläßt Nancy nicht, die Kinder müssen nicht die Enttäuschung erleben, die sie als nächstes erwartet.

Anne dreht sich auf die Seite und sieht einen Lichtstrahl unter der Tür, der aus dem Wohnzimmer draußen kommt. Sie steht leise auf, schlüpft durch die Tür und macht sie behutsam hinter sich zu. Nancy sitzt vornübergebeugt an dem Sekretär und schreibt. Sie hat Anne nicht gehört, und sie schreibt schnell etwas auf ein Stück Papier; als sie unten ankommt, dreht sie es um und schreibt, ohne aufzublicken oder den Füller richtig abzusetzen, weiter. Anne sieht zu lange zu, um zurückgehen zu können, so daß sie mit den Füßen über den Teppich schlurft, bis Nancy aufblickt.

«Warum bist du noch auf?» fragt Nancy. «Du solltest längst schlafen.» Sie legt ihren Füller hin und blickt die Seite an, die sie schon zur Hälfte vollgeschrieben hat.

«Ein Alptraum», sagt Anne. «Was schreibst du da?»

«Oh», sagt Nancy, «nichts.» Sie faltet das Papier einmal, dann noch einmal zusammen. «Einen Brief», sagt sie und blickt dann hoffnungsvoll auf. «Willst du ihn lesen?»

«Ich weiß nicht. Ich glaube schon.»

«Okay», sagt Nancy und faltet den Brief auseinander. Selbst aus einem Meter Entfernung kann Anne erkennen, daß die Seite von oben bis unten mit einer winzigen, unleserlichen Schrift bedeckt ist, ganz anders als die große, schnörkelige Handschrift aus Nancys Briefen; auf der ganzen Seite gibt es kaum noch einen weißen Fleck.

«Ich les ihn dir vor», sagt Nancy. «Lieber Andy», beginnt sie, hält dann inne und blickt auf. «Er ist an Andy.» Sie räuspert sich. «Lieber Andy. Zunächst einmal», liest sie, «kümmert sich niemand mehr um Vietnam. Das finden alle langweilig. Ich finde es langweilig. Die Kinder finden es langweilig. Anne und David finden es langweilig.»

Sie hält erneut inne. «Du *hast* es langweilig gefunden, oder?» fragt sie. «Ich konnte sehen, daß David bloß höflich gewesen ist.»

Sie wartet keine Antwort ab und wendet sich wieder dem Brief zu.

«Vietnam ist schon lange vorbei. Zweitens. Der Geruch deiner Haut. Der hat mich schon immer gestört, auch bevor du in der Fabrik angefangen hast, aber er ist noch schlimmer geworden. Das ist mir heute beim Abendessen aufgefallen.» Sie blickt auf. «Ist dir dieser Geruch aufgefallen? Es riecht nach irgendwas zu essen», sagt sie. «Oder nach einem Tier. Ganz komisch.»

Sie blickt wieder auf den Brief, zuckt dann mit den Achseln und legt ihn hin.

«Wie dem auch sei», sagt sie. «Es ist bloß noch mehr in der Art. Es sagt ihm, was ich ihm gegenüber empfinde.» Sie sieht Anne ruhig an, als müßte sie eine ausführliche Antwort darauf haben, und Anne versucht sich vorzustellen, wie die lauten könnte.

«Warum sagst du es ihm nicht einfach?» fragt sie schließlich, und Nancy schüttelt den Kopf. «Wenn ich es ihm sagen würde», sagt sie, «dann wüßte er's. Dann würde er auf der Stelle gehen.» Sie blickt auf den Brief. «Die Sache ist die, daß ich darauf warte, daß er wirklich geht. Ich weiß, daß er das tun wird. Es könnte jeden Tag soweit sein.» Sie läßt ihren Blick durch das Zimmer schweifen. «Es gefällt ihm hier nicht. Er liebt mich nicht. Er liebt die Kinder nicht. Das kann man sehen, oder?»

Sie blickt auf ihren Schoß. «Jedenfalls werde ich», sagt sie, «ihm das hier geben, wenn er geht. Ich will, daß er weiß, daß ich ihm gegenüber das gleiche empfunden habe. Ich will nicht, daß er denkt, daß ich ihn liebe, wenn er mich nicht liebt.»

Anne fragt sich, ob irgend jemand sie reden hören kann, Andy oder die Kinder. «Warum sagst du es ihm dann nicht?» sagt sie. «Wenn er geht.»

Nancy schüttelt den Kopf. «Verstehst du nicht? Wenn ich es ihm dann sage, wird er mir nicht glauben. Er wird behaupten, daß ich das bloß sage, weil er geht. Aber das hier» – sie tippt auf die Seiten, die sie geschrieben hat – «das hier ist datiert.»

Sie zieht die Schublade des Sekretärs auf und nimmt einen Stapel Papier heraus, hält ihn dann hoch und blättert ihn durch. Es sind zwanzig oder dreißig Seiten, die alle mit derselben unleserlichen Schrift bedeckt sind.

«Die sind alle datiert», sagt sie. Sie blättert sie durch und sieht zu Anne auf. «Du denkst wahrscheinlich, daß ich spinne, oder? Ich weiß, daß es den Anschein haben muß. Ich will ihm bloß nicht die Genugtuung geben zu glauben, daß er mir das Herz bricht. Wenn er will, kann er gehen, ich kann ihn nicht aufhalten, aber ich will nicht, daß er das glaubt.»

Sie legt die Seiten, die sie gerade geschrieben hat, auf den Stapel. «Ich hab doch recht, oder?» fragt sie. «Oder?»

Sie starrt Anne an, das Gesicht müde und abgespannt in dem grellen Licht, und Anne will sagen: «Ja, hast du» oder «Nein, hast du nicht» – es ist ihr egal, was –, aber weder das eine noch das andere scheint richtig zu sein; sie braucht eine dritte Möglichkeit. Die Verwirrung weckt in ihr die Sehnsucht nach dem kompakten Wall von Davids Rücken, den warmen Kissen, und sie steht mit der Hand auf dem Türgriff hinter ihr, dreht ihn leicht und ist unfähig, zu antworten oder sich von der Stelle zu bewegen.

«Was ist mit den Kindern?» sagt sie schließlich, weil das die einzige Frage ist, die ihr einfällt.

«Den Kindern?» sagt Nancy. «Warum redest du dauernd von den Kindern? Das hat nichts mit den Kindern zu tun. Das ist etwas zwischen mir und Andy. Den Kindern geht's gut.»

Sie liest die Seite durch, die sie gerade geschrieben hat, und blickt dann auf.

«Aber mir nicht», sagt sie. «Mir nicht. Was kann ich sonst tun?»

Anne stellt fest, daß die Farbe des Nachthemds, das Nancy trägt, ein leuchtendes Gelbgrün, nicht zu ihr paßt; es läßt ihre Haut bläßlich und ausgelaugt aussehen. In einer anderen Farbe würde sie vielleicht hübsch und glücklich und fröhlich aussehen, und Anne will ihr das sagen. «Zieh dir einfach ein andersfarbiges Nachthemd an», will sie sagen, «und alles wird gut», aber sie steht an der Tür und dreht den Griff hin und her, während Nancy zu ihr aufstarrt und auf eine Antwort wartet.

Als Anne am Morgen erwacht, ist David schon auf und sitzt auf der Bettkante. Ein paar weiche dunkle Haare liegen auf dem Kissen herum, und sie wendet schnell den Blick ab, bevor er sich umdreht und sieht, daß sie sie bemerkt hat. Sie spürt, daß ein Gewitter aufkommt: Die Luft ist drückend und elektrisch aufgeladen, und ihre Haut fühlt sich aufgedunsen und undurchsichtig wie eine Regenwolke an. Bald werden sie fahren, bald werden sie zu Hause ankommen, bald wird alles verändert sein. David dreht sich um, als sie sich regt.

«He», sagt er, «es wird ein Gewitter geben. Wenn wir sofort aufbrechen, können wir ihm vielleicht entgehen.»

«Okay», sagt sie. «Aber laß uns erst einen Kaffee trinken.»

«Du hast nichts dagegen, den Rummel ausfallen zu lassen?»

Sie will ihm nicht sagen, daß sie den Jahrmarkt auch nur einen Augenblick lang vergessen hatte, aber der Gedanke daran erfüllt sie mit Müdigkeit. «Oh», sagt sie. «Das geht nicht. Ich hab's versprochen.»

Sie kann sehen, daß er vorhat, einen Einwand zu erheben. Je später sie führen, wird er, das weiß sie, sagen, um so später kämen sie an, und es wäre dunkel und stürmisch, und morgen bei der Arbeit wären sie müde, aber schließlich stößt er einen Seufzer aus.

«Meinetwegen», sagt er. «Andy und ich können uns ja noch ein bißchen über Vietnam unterhalten.»

Er steht auf und geht plattfußig durchs Zimmer, ohne einen Gedanken daran, daß sie vielleicht zuschaut; in seinem Mangel an Befangenheit liegt etwas Rührendes. Sie blickt wieder auf die wenigen Haare, die auf seinem Kissen zurückgeblieben sind; jedes einzelne gleicht einer kleinen Nadel in ihrem Herzen. Jetzt wünscht sie sich, daß sie die gekochten Erdnüsse gestern abend wenigstens probiert oder gelacht hätte, als er sie gekauft hat, und ihr wird plötzlich klar, daß es nicht so einfach sein wird, ihn zu verlassen, wie sie gedacht hat. Vielleicht ist heute nicht der beste Tag dafür, vielleicht morgen oder übermorgen, wenn sie sicher zu Hause angekommen und aus dem Gewitter heraus sind. Sie bläst die Haare vom Kissen, während er sich bückt, um sich seine Socken anzuziehen.

«Na», sagt Nancy, als Anne in die Küche kommt, «bist du endlich aufgestanden?» Sie nimmt einen English Muffin vom Toaster, legt ihn auf einen ganzen Tellervoll, der schon auf dem Tisch steht, und bestreicht dann alle mit Marmelade. Die Kinder sitzen am Tisch und sehen Nancy mit im Schoß verborgenen Händen zu.

«Es ist ein Gewitter im Anmarsch», sagt Nancy. «Ihr wollt vermutlich auf der Stelle fahren.» Sie reicht jedem Kind einen Muffin, und sie fangen an zu kauen, ohne Anne anzuschauen.

«O nein», sagt Anne. «Ich denke, wir haben genug Zeit für den Jahrmarkt. Da bin ich mir sicher.»

Selbst das verhaltene Erstaunen, das kurz in die Gesichter der Kinder tritt, bringt ihre Begeisterung für den Jahrmarkt nicht zurück, der in dem düsteren Licht des Tages bestenfalls wie eine trübe Aussicht erscheint. Sie versucht sich daran zu erinnern, was sie dazu gebracht hat, ihnen anzubieten, mit ihnen dort hinzugehen; bestimmt haben sie es in ein paar Monaten vergessen, vielleicht früher. Nancy zuckt mit den Achseln.

«Es ist deine Zeit», sagt sie und sieht die Kinder an. «Ich nehme an, daß sie sich lieber beeilen und fertigmachen sollten. Schuhe», sagt sie. «Lange Hosen. Und ich muß wohl ihre Regenmäntel hervorkramen.»

Sie nimmt einen Schluck von ihrem Kaffee und blickt aus dem Fenster in den Garten, rührt sich aber nicht von der Stelle.

Der Jahrmarkt ist sogar noch kleiner, als es von der Straße her ausgesehen hat; es gibt nur ein paar wacklig wirkende Karussells, einige Glücksspiele und, unter einer rotblauen Markise, eine kleine Menagerie, wo man die Tiere streicheln kann, die aber hauptsächlich Haustiere zu beherbergen scheint – einige Ziegen, ein Schaf, ein paar Enten und erstaunlicherweise ein Lama, das den Kopf hoffnungslos über den Draht seines Käfigs streckt. Ein paar vereinzelte Familienmitglieder schlendern ziellos zwischen den Attraktionen umher; Regen liegt in der Luft, und auf dem Jahrmarkt werden sichtlich die Vorbereitungen dafür getroffen, alles zusammenzupacken – einige der Zelte haben bereits geschlossen.

Die Kinder blicken sich besorgt um, versuchen, eine Wahl zu treffen, und entscheiden sich schließlich für die Menagerie. Anne kauft ihnen kleine Becher mit braunen Körnern darin, damit sie die Tiere füttern können, und sie hüpfen schnell von einem Käfig zum anderen, halten ihnen eine Handvoll Futter hin und ziehen dann die Hände zurück, wenn die Tiere ihnen mit ihren breiten Mäulern nahe kommen.

Anne lehnt sich an einen Pfosten und hält am Himmel und auf der Straße nach Regen Ausschau; ein hellbrauner Kombi genau wie der von Nancy fährt langsam vorbei. Er dreht eine Runde und kommt dann erneut vorbei, und obwohl Farbe und Fabrikat des Wagens ganz alltäglich sind, ist Anne sich sicher, daß es Nancy ist. Sie sucht eingehend nach der Beule, die ihr zu einem früheren Zeitpunkt aufgefallen ist, aber als sie rechts an der Stoßstange einen Schatten entdeckt, ist der Wagen schon zu weit weg, um ihn mit Sicherheit zu identifizieren. Eine Frau ist gefahren, mit einem Mann als Beifahrer, aber Anne war so darauf bedacht, die Beule zu entdecken, daß sie sich die Leute im Wageninnern nicht genau angesehen hat. Sie schaut auf die Straße und wartet darauf, daß der Wagen zurückkehrt, als es endlich zu regnen beginnt.

Manner, die herumgestanden, an Pfosten gelehnt und ihre Zigarettenstummel auf die Erde geworfen haben, setzen sich jetzt ruckartig in Bewegung, wickeln Seile auf, kurbeln Markisen hoch. Die wenigen Besucher laufen zu ihren Wagen, und Nancys Kinder blicken erschreckt auf und kommen dann widerwillig und stellen sich neben Anne.

«Tja», sagt sie, «es regnet.» Sie blicken verzweifelt die schäbigen Karussells an, sehen dann zu ihr auf, und sie kann an ihren Gesichtern sehen, daß sie ihr schon vergeben haben, bevor ihnen auch nur in den Sinn gekommen ist, sie verantwortlich zu machen: Es ist nicht ihre Schuld, daß der Jahrmarkt schäbig und klein und häßlich ist, und es ist nicht ihre Schuld, daß es regnet. Die Leichtigkeit, mit der sie diese Enttäuschung hinnehmen, veranlaßt Anne, zu dem nächsten Arbeiter zu gehen, der gerade ein Zelt abbaut; sie steht einen Augenblick lang neben ihm und faßt ihn dann am Arm. Er ist genau wie alle Männer, die sie je auf solchen Jahrmärkten hat arbeiten sehen: Er sieht jung und sehnig aus, mit ziemlich langem, ungewaschenen Haar unter der Mütze. «Terry» ist mit gelbem Faden auf seine Tasche genäht. Er blickt ohne Interesse auf.

«Wir sind gerade erst gekommen», sagt sie. «Können sie ein einziges Mal mit dem Karussell fahren?»

«Lady», beginnt er, und sie sagt: «Bitte. Es ist wirklich wichtig. Nur einmal.» Er blickt sich um. Bald wird es heftig regnen, und der Staub wird sich in Schlamm verwandeln. Das wird den Umgang mit den Maschinen erschweren und den Tieren einen Schrecken einjagen.

«Lady», sagt er, «wir packen jetzt zusammen.»

Die Kinder kommen unter der Markise der Menagerie hervor und drängen sich um Anne; als sie begreifen, daß sie etwas für sie auszuhandeln versucht, sehen sie sich die Karussells an und wählen für den Fall, daß sie es schafft, eins aus.

«Nur einmal?» sagt sie erneut, und er sieht sie an. Seine Augen sind hellgrün und sehen hinterhältig aus. «Wir sind von weit her gekommen wegen diesem Jahrmarkt», sagt sie. «Den ganzen Weg von Cincinnati.»

Sie weiß, daß das niemand glauben kann, aber vielleicht ist er nicht aus dieser Gegend oder kennt sich in Geographie nicht so gut aus. Er blickt unschlüssig auf die Karussells und wickelt das Seil, das er festhält, einmal um seine Hand.

«Meine Tochter hat Geburtstag», fügt sie hinzu und legt Jenny die Hand auf den Kopf. Sie kommt auf den Gedanken, ihn zu bestechen; sie fragt sich, wie sie das diskret bewerkstelligen könnte, wieviel es kosten würde und ob sie genug Geld dabeihat, aber als sie nachrechnet, blickt er auf die Kinder hinab und sagt: «Also gut, wenn sie Geburtstag hat.»

Er sieht sich die Karussells an. «Ich schätze, sie könnten eine Fahrt mit den Autos machen», sagt er und deutet auf das nächstgelegene Karussell, eine Reihe winziger Autos, die über eine leicht holprige, kreisrunde Bahn fahren; selbst Anne kann sehen, daß es das langweiligste Karussell hier ist, aber die Kinder bewegen sich unwillkürlich darauf zu. Als Terry das Seil fallen läßt und vorwärts geht, prasselt Regen vor ihm in den Staub.

«He», sagt er, «es wird schlimmer.»

«Bitte», sagt sie und ergreift seinen Arm. Der steife Stoff seines Hemds ist voller Maschinenöl, und sie kann seinen harten, knorrigen Ellbogenknochen spüren. Er sieht sie an, und sie rechnet fast damit, daß er lächelt und sagt: «He, ich hab zu Hause auch Kinder» oder: «Ja, ich erinnere mich daran, wie es ist, ein Kind zu sein», aber er läßt seinen Blick flüchtig an ihrem Körper heruntergleiten, blickt ihr dann ins Gesicht und grinst sie an; dann läßt er seinen Blick erneut an ihr heruntergleiten, diesmal langsamer, dreister, da ihm klargeworden ist, daß sie ihm das im Austausch für die Karussellfahrt zugestanden hat.

«Okay», sagt er zu den Kindern, «aber beeilt euch», und sie laufen zu dem Karussell, stellen sich davor und suchen sich ihre Autos aus. Alle sind richtigen Autos nachempfunden; sie haben alle ein aufklappbares Verdeck, ein oder zwei haben Haifischflossen wie ein Cadillac, ein anderes ist rund und bucklig wie ein VW Käfer, und es gibt mehrere rasante Sportwagen.

«He», sagt er, «beeilt euch», und jedes der Kinder geht zu dem nächstgelegenen Auto, steigt ein und legt den Sicherheitsgurt an. «Okay», sagt er, und die Kinder blicken ihn an, während sie warten, halten sich an den Lenkrädern ihrer Autos fest und fragen sich, wie lange er sie fahren lassen wird.

Als er den Hebel umlegt und die Autos sich ruckartig in Bewegung setzen, starren sie erwartungsvoll geradeaus. Der Regen wird stärker, und Anne zieht sich unter die Markise der Menagerie zurück, wo Männer beginnen, die Gehege abzubauen. Terry dreht sich um, um ihr etwas zu sagen, und blickt sich dann um; als er sie unter der Markise entdeckt, sieht er einen Augenblick lang verärgert aus und grinst dann. Sie lächelt widerwillig und denkt an die Heimfahrt, an das Leben, das vor ihr liegt. Sie fragt sich, ob David wieder an den ganzen Rasthöfen anhalten will und ob ihm auffällt, daß etwas anders ist, wenn sie durch Cincinnati fahren. Sie fragt sich, wie alt er sein wird, wenn er schließlich eine Glatze bekommt, wo er leben wird und mit wem. Sie fragt sich, wie sein Leben ohne sie aussehen wird, ob er einsam sein wird, ob er sich fragen wird, wo sie sich aufhält und was sie tut.

Ein jäher Ruck an ihrem Ellbogen läßt sie zusammenfahren, und sie blickt hinab und sieht, wie eine Ziege an dem Ärmel ihrer Bluse knabbert. Sie zieht den Arm weg, und die Ziege sieht freundlich zu ihr auf, dreht sich dann um und trabt wieder in die Ecke ihres Käfigs hinüber. Während Anne dabei zusieht, wie sie das Sägemehl mit der Nase nach irgendwelchen fallen gelassenen Futterkörnern durchstöbert, wird ihr plötzlich klar, daß Davids Leben genau wie jetzt sein wird, nur ohne sie: eine ruhige Abfolge leichter Freuden und leichter Enttäuschungen, eine gleichmütige Hinnahme von Schlägen, die – genau wie der, den sie selbst ihm gerade versetzen will – ihm nie so nahegehen werden, daß sie einen großen Schaden anrichten können. Sie begreift, daß es ihm nicht soviel ausmachen wird, verlassen zu werden, wie sie gedacht hat; er wird es nicht persönlich nehmen, und er wird sie ohne Groll gehen lassen. Der Gedanke daran läßt sie unschlüssig, irgendwie gekränkt sein, und obwohl sie es ist, die geht, kommt sie sich plötzlich verlassen vor.

Sie holt tief Luft, atmet Öl, Staub und Regen ein und weiß, daß, wenn sie an diese Reise zurückdenkt, es dieser Augenblick ist und nicht irgend etwas, was in Cleveland, Columbus oder Cincinnati passiert ist, sondern dieser Augenblick, an den sie sich erinnern wird: das Gefühl von Terrys steifem, ölverschmierten Hemd zwischen ihren Fingern, die Tiere, die unruhig schnauben, während ihre Gehege um sie herum abgebaut werden, und die Kinder, die langsam ihre Kreise ziehen, während der Regen auf ihre kleinen Köpfe rinnt, deren Gesichter einen Ausdruck verbissener, entschlossener Freude angenommen haben, aber deren Herzen bereits empfindungslos geworden sind.

Hannah Green

Hannah Greens Bücher spenden Kraft. Einfühlsam schildert sie nicht nur das Leid, das sie oft selbst erfahren mußte. Hannah Green zeigt ebenso Wege der Hoffnung. Ihr Bericht einer Heilung «Ich hab dir nie einen Rosengarten versprochen» war auf allen Bestsellerlisten zu finden.
Joanne Greenberg, wie Hannah Green in Wirklichkeit heißt, wurde 1932 in New York geboren, studierte in Washington und London. Heute lebt sie mit ihrer Familie in Colorado/USA.

Ich habe dir nie einen Rosengarten versprochen *Bericht einer Heilung*
(rororo 4155)

Mit diesem Zeichen *Roman*
(rororo 4869)
Welche Demütigungen, aber auch Freude und Lebenswillen ein taubstummes Paar erlebt erzählt Hannah Green in diese mitfühlenden, authentischen Familienroman.

Herbstzeitlose oder Glückliche Fügung? *Roman*
(rororo 12186)
Hannah Green erzählt von zwei Menschen, die durch einen entsetzlichen Unfall miteinander verbunden werden – eine Geschichte von der Suche nach dem, was wirklich wichtig ist im Leben.

Landleben *Roman*
(rororo 12396)

Ohne sich zu berühren
Erzählungen
(rororo 5661)

rororo Unterhaltung

Wenn es Sommer wird
Erzählungen
(rororo 4992)

Eine Zeit wie im Paradies
Roman
(rororo 5901)
Das Leben einer frustrierten Mutter, deren erwachsene Kinder sich von der Familie abgewandt haben. «Dieses Buch ist recht aufregend. Es erzählt lakonisch, oft auch witzig und mit genauen Beobachtungen.»
Süddeutscher Rundfunk

Knechte des Königs
Historischer Roman
(rororo 12710)

Aus freien Stücken *Roman*
(rororo 12860)
Fiel Daniel Sanborn einem Attentat zum Opfer, das dem Erzbischof von Málaga galt? Die Nachricht vom Tod des plastischen Chirurgen, der auf den internationalen Kriegsschauplätzen entstellte Gesichter der Zivilbevölkerung operierte, löst weltweit Erschütterung aus.

3231/2

Brigitte Schwaiger

Brigitte Schwaigers Erstlingsroman *Wie kommt das Salz ins Meer* wurde ein literarischer Bestseller. «Wahrscheinlich liegt in ihrer erstaunlichen Fähigkeit, Charaktere und Konflikte vom Sprachlichen her zu erfassen und zu präzisieren, Brigitte Schwaigers spezifische Stärke.» *Friedrich Torberg, Süddeutsche Zeitung*
Brigitte Schwaiger, 1949 in Österreich geboren, unterrichtete Deutsch und Englisch in Spanien, malte und begann schließlich zu schreiben. Sie lebt heute in Wien.

Der Himmel ist süß *Eine Beichte*
(rororo 5749)
«Vormittags ein Klosterkind, nachmittags ein Gassenkind... Aus kindlicher Perspektive, von der Autorin streng, manchmal maliziös kontrastierend geordnet, erzählt das Mädchen Gitti von Lust und Last einer katholischen Kindheit.» *Deutsches Allgemeines Sonntagsblatt*

Liebesversuche *Erzählungen*
(rororo 12783)
Hier träumen Menschen von Liebe und Versöhnung, erleben Unterwerfung und Unterdrückung, und die Hoffnung bleibt ein Rätsel. «Meisterlich erzählt...» *Die Welt*

Mein spanisches Dorf
(rororo 4657)
Brigitte Schwaiger erzählt aus der Perspektive des Kindes von der engen und bedrohlichen Welt einer oberösterreichischen Kleinstadt.

rororo Literatur

Wie kommt das Salz ins Meer
(rororo 4324)
Verträumt und hellwach, humorvoll und verzweifelt erzählt eine junge Frau das Scheitern ihrer Ehe.

Schönes Licht *Roman*
(rororo 12983)
Der Liebes- und Erlebnisroman einer jungen Frau, deren Leben sich grundlegend verändert, nachdem sie als Schriftstellerin berühmt geworden ist - umschwärmt von den Medien, bewundert vom Publikum.

Ein Gesamtverzeichnis aller lieferbaren Bücher und Taschenbücher finden Sie in der *Rowohlt Revue*. Jedes Vierteljahr neu. Kostenlos in Ihrer Buchhandlung.

3274/2

Elfriede Jelinek

Mit kalter Schärfe analysiert **Elfriede Jelinek** die alltägliche Gewalt an Frauen. «Es gibt Dinge, die werden mir als Frau von den Kritikern nicht verziehen. Es gilt als einer Frau angemessen, hübsch intelligent, sparsam und sensibel zu schreiben. Aber ein Extremismus in der Schilderung wird mir als Frau nicht zugestanden.» Elfriede Jelinek, mehrfach für ihr Werk ausgezeichnet, zuletzt mit dem Heinrich-Böll-Preis 1986, lebt in Wien und München.

Die Ausgesperrten *Roman*
(rororo 5519)
«Es ist bemerkenswert, mit welchem Detailreichtum Elfriede Jelinek die Spielarten kleinbürgerlichen Verhaltens aufzeigt, präzise eingeschrieben in die Zeitgeschichte des österreichischen Wirtschaftswunders.» *FAZ*

Die Klavierspielerin *Roman*
(rororo 5812)
«Eine literarische Glanzleistung.» *SZ*

R. Friedrich / U. Nyssen (Hg.)
Theaterstücke
Was geschah, nachdem Nora ihren Mann verlassen hat oder Stützen der Gesellschaft. Clara S. musikalische Tragödie. Burgtheater. Krankheit oder Moderne Frauen
(rororo 12996)

Die Liebhaberinnen *Roman*
(rororo 12467)
«Bestechend an dieser Schriftstellerin ist die Genauigkeit und Schärfe, mit der sie in eine Welt falscher Glücksvorstellungen eindringt.» *FR*

3242/2

rororo Literatur

Michael *Ein Jugendbuch für die Infantilgesellschaft*
(rororo 5880)
In Elfriede Jelineks Buch steht der Name Michael für einen ideologischen Misthaufen, auf dem einzig solche Träume gedeihen, die gesellschaftlich erwünscht und politisch nutzbar sind.

wir sind lockvögel baby!
Roman
(rororo 12341)

Lust
256 Seiten. Gebunden und als rororo 13042

Oh Wildnis, oh Schutz vor ihr
Prosa
288 Seiten. Kartoniert und
Erika Pluhar liest aus «Oh Wildnis, oh Schutz vor ihr»
«Keine Geschichte zum Erzählen»
1 Toncassette im Schuber
(Literatur für KopfHörer 66002)

Totenauberg *Ein Stück*
96 Seiten. Pappband.

Tania Blixen

«Jenseits von Afrika», der Film nach ihrem 1940 erschienenen Roman «Afrika – dunkel lockende Welt», hat **Tania Blixen** weltberühmt gemacht. Geboren wurde die Dänin Karen Christentze Dinesen 1885 auf dem Familienbesitz Rungstedlund. Mit ihrem Ehemann, dem schwedischen Baron Bror Blixen, ging sie 1914 nach Kenia. Dort verliebte sich in den gutaussehenden Denys Finch-Hatton – ihre große Liebe, die tragisch endete. In Afrika entdeckte sie auch ihr literarisches Talent und begann zu schreiben. Tania Blixen starb im September 1962.

Gespensterpferde *Nachgelassene Erzählungen*
(rororo 5711)
«Gleichnishaft und voller Geheimnisse verbindet sich in diesen zehn Geschichten Märchenhaftes und Mystisches, Psychologisches und Phantastisches.» *Hamburger Abendblatt*

Schicksalsanekdoten
Erzählungen
(rororo 5421)
«Es ist eine kleine Kostbarkeit, die dem Leser da an die Hand gegeben wird. Es ist eine Lektüre, wie man sie selten findet...» *Stuttgarter Zeitung*

Schatten wandern übers Gras
(rororo 13029)

Die Rache der Engel *Roman*
(rororo 12630)
«Ein mit hoher Könnerschaft komponierter Reißer voller Spannung.»
Süddeutsche Zeitung

rororo Literatur

Wintergeschichten
(rororo 5951)
«Jeder dieser Menschen – und das ist überhaupt das zentrale Thema dieser Dichterin – lebt mit einer tiefen Sehnsucht im Herzen, die sich fast nie erfüllt; sie sind auf der Suche nach ihrem Schicksal, nach ihrer Bestimmung, sie haben den Wunsch, sich selbst zu leben...» *Frankfurter Allgemeine Zeitung*

Sieben phantastische Geschichten
(rororo 5006)

Judith Thurman
Tania Blixen *Ihr Leben und Werk*
(rororo 13007)
«Eines der besten Bücher der letzten Jahre.» *Time*

«Tania Blixen ist eine verdammt viel bessere Schriftstellerin als sämtliche Schweden, die den Nobelpreis je bekommen haben.» Ernest Hemingway anläßlich seiner eigenen Verleihung des Nobelpreises für Literatur 1954

3204/3

Literatur für KopfHörer

Wer nicht lesen will, kann hören - eine Auswahl von Rowohlt's Hörcassetten:

Simone de Beauvoir
Eine gebrochene Frau
Erika Pluhar liest
2 Toncassetten im Schuber
(66012)

Wolfgang Borchert
Erzählungen
Marius Müller-Westernhagen liest
Die Hundeblume. Nachts schlafen die Ratten noch. Die Küchenuhr. Schischyphusch
1 Toncassette im Schuber
(66011)

Albert Camus
Der Fremde
Bruno Ganz liest
3 Toncassetten im Schuber
(66024)

Truman Capote
Frühstück bei Tiffany
Ingrid Andree liest
3 Toncassetten im Schuber
(66023)

Roald Dahl
Küßchen, Küßchen!
Eva Mattes liest
Die Wirtin. Der Weg zum Himmel. Mrs. Bixby und der Mantel des Obersten
1 Toncassette im Schuber
(66001)

Louise Erdrich
Liebeszauber
Elisabeth Trissenaar liest
Die größten Angler der Welt
2 Toncassetten im Schuber
(66013)

Elke Heidenreich
Kolonien der Liebe
Elke Heidenreich liest
1 Toncassette im Schuber
(66030)

Jean-Paul Sartre
Die Kindheit des Chefs
Christian Brückner liest
3 Toncassetten im Schuber
(66014)

Henry Miller
Lachen, Liebe, Nächte
Hans Michael Rehberg liest
Astrologisches Frikassee
2 Toncassetten im Schuber
(66010)

Vladimir Nabokov
Der Zauberer
Armin Müller-Stahl liest
2 Toncassetten im Schuber
(66005)

Kurt Tucholsky
Schloß Gripsholm
Uwe Friedrichsen liest
4 Toncassetten im Schuber
(66006)

rororo Toncassetten werden produziert von Bernd Liebner. Ein Gesamtverzeichnis der Reihe finden Sie in der *Rowohlt Revue*. Jedes Vierteljahr neu. Kostenlos in Ihrer Buchhandlung.

rororo

Nahaufnahmen

Carola Stern
In den Netzen der Erinnerung
Lebensgeschichten zweier Menschen
(rororo 12227)
«Wie konnte man, als Deutscher, Nazi oder Kommunist – also mit (vielleicht) treuestem Herzen einem verbrecherischen System dienen? – Wie schwer sich zwei höchstgebildete, gewissenhafte Menschen mit der Bewältigung der Vergangenheit tun, das hat Carola Stern nun jedermann klargemacht. Nicht nur deshalb: ein liebenswertes Buch.»
Gerd Bucerius, Die Zeit

Ernst Toller
Eine Jugend in Deutschland
(rororo 4178)
Als begeisterter Freiwilliger zog er in den Ersten Weltkrieg und als humanitärer Pazifist kehrte er heim. Er schlug sich auf die Seite der Aufständischen und erkannte früh die tragische Grenze der Revolution. Das wahrscheinlich bedeutendste Werk des expressionistischen Autors Ernst Toller, der in Dichtung und Politik keinen unversöhnlichen Gegensatz sah.

Edith Piaf
Mein Leben
(rororo 859)
Die Autobiographie der Piaf, deren Stimme für die Welt zum Inbegriff des französischen Chansons wurde. Die Beichte eines Lebens, gezeichnet von Alkohol, Rauschgift und Liebe. Der Abschied eines großen Herzens – mit dem Fazit: ‹Je ne regrette rien.›

rororo Literatur

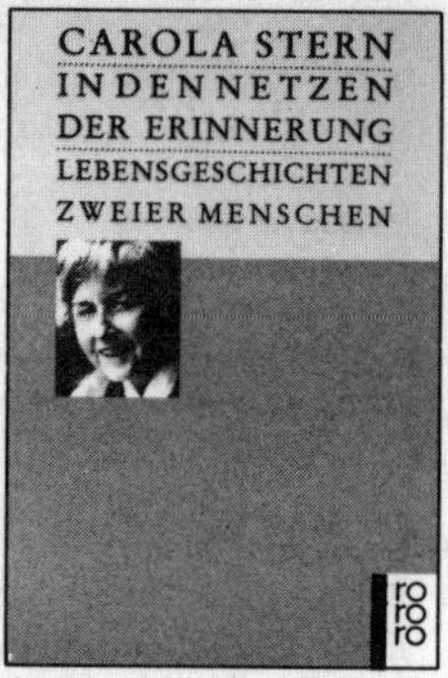

Anja Lundholm
Das Höllentor *Bericht einer Überlebenden. Mit einem Nachwort von Eva Demski*
(rororo 12873 und als gebundene Ausgabe)
Anja Lundholm kam 1944 ins Frauen–KZ Ravensbrück. Als eine von wenigen überlebte sie das Lager, in dem die Nazis Zehntausende weiblicher Gefangener zusammengepfercht hatten.
«Anja Lundholm erklärt nicht; sie kommentiert nicht. Sie entschuldigt nicht. Sie schreibt, was geschah.»
Die Zeit